KB172584

한국 현대시인 연구

윤 석 성

지식과교양

저자의 말

그 동안 발표했던 주요 논문들을 모아 『한국 현대시인 연구』라고 이름 붙였다. 30년대 등단 시인들이 대다수이고, 10년대, 40년대, 50년대, 60년대, 70년대, 80년대, 90년대 시인들이 한 명씩, 20년대 시인도 두 명이 보인다. 최남선이 들어가는 게 문제겠으나, 다시 수록할 기회가 없을 것 같아 포함시켰다. 널리 알려진 시인들이 다수이고, 생소한 이름도 보인다. 어떤 경우이든 내 나름의 관점에서 문학성을 평가하려고 했다.

내 문학 연구의 관심은 한국 문학의 사상과 정서의 원형질을 찾거나 회복하는 일이었다. 다난한 역사의 과정에서 잃어버린 정체성을 회복하는 것이 급선무라고 생각했기 때문이다. 문명비판도 이런 관심에서 출발했다. 또 잊혀져 재평가 받지 못한 시인들에 대한 관심을 환기시키려고도 했다. 잘, 잘못의 평가는 동학과 관심 있는 독자들이 할 일이다.

끝으로 어려운 시기에 인문학 전공서를 발간하기로 결정해 주신 《지식과 교양》 윤석산 사장님과 성심을 다해 책임 편집해 주신 윤수경 선생님께 깊이 감사한다.

윤 석 성

차 례

3장 | 탄층의 수인 – 이상론

4장 | 신념의 시화 – 이육사 시의 경우

5장 | 정한의 세 양상 – 소월, 영랑, 만해 시의 경우

6장 | 지상에의 결의 – 윤동주론

7장 | 김현승 시의 '가을' 연구

8장 | 조지훈의 초기시 – 시의식의 고찰

14장 | 대중소비사회에서의 시적 대응

15장 | 『백팔번뇌』의 '님'

1장

김춘수 시의 상징주의적 해석

12

김춘수 시의 상징주의적 해석

Ⅰ. 문제의 제기

김춘수 시인은 한국 현대시사에서 가장 주목받는 시인들 중의 한 사람이다. 그가 이처럼 주목받는 것은 그가 누구보다도 시의 본도本道에 충실하고 일심으로 시창작에 매진해 왔으며 고비마다 시의 근원적인 문제에 용기있게 도전한 시인이었기 때문이다. 그의 시적 역정은 초기의 다감한 정념기를 거쳐 자아의 본질을 투시하려는 관념기를 지나 종국에는 이 모든 것들로부터도 자유로운 순수의식의 시 곧 무의미시에 집중되고 있다.[1] 그 구체적인 예들로는 꿈꾸며 그리

---

1) 김춘수 시에 대한 연구나 평론은 크게 시의 변모양상, 현상학적 접근, 무의미시 연구로 나눌 수 있을 것이다.
① 시의 변모양상을 논한 글들로는 최하림, 「원초 경험의 변용」,≪문학과 지성≫ '76, 여름, pp.425~439 / 김 현, 「김춘수시의 시적 변용」,『상상력과 인간』, 일지사 '79, pp.146~177 / 김주연, 「김춘수와 고은의 변모」,『변동사회와 작가』,

워하는 정감적 인간이라면 누구나 봉착하게 되는 로만魯漫적 아이러니를 비통한 어조로 노래한 「분수噴水」와 사물의 본질을 투시해 서로 부르며 대답하고자 하는 집요한 갈망을 담은 「꽃」계열의 관념시편들, 순수의식의 세계를 뿌리까지 파고 들어가 절대자유를 노래한 다수의 무의미 시편들을 들 수 있다.

이러한 김춘수의 시들 중 필자가 관심을 갖는 것은 그의 관념기 시편들이다. 이 시기의 시편들에 대한 연구나 논의로는 현상학적인 접근이 주를 이루었고, 또 그의 시의 이해에 상당한 성과도 거두었다.

문학과 지성사, '79, pp.200~214 / 박철석, 「김춘수론」, 『한국현대시인론』, 학문사, '81, pp.309~320 / 최원식, 「김춘수시의 의미와 무의미」, 『한국현대시사연구』, 일지사, '83, pp.607~622 / 이경철, 「김춘수시의 변모양상」, 동악어문론집 제22집, 동악어문학회, pp.249~294 / 김두한, 「김춘수시 연구」, '91, 효성여대 박사논문

② 존재론적, 현상학적 접근을 한 글들로는 이승훈, 「시의 존재론적 해석 시고」, 춘천교대 논문집 제11집, '72, pp.3~14 / 「김춘수론」, 《현대문학》, '77.11, pp.257~269 / 「존재의 해명, 김춘수의 "꽃"」, 《현대시학》, '74.5, pp.48~53 / 전봉건 · 이승훈 대담, 「시와 인식 · 존재」,《현대시학》, '73.3, pp.70~80 / 이형기, 「존재의 해명-'꽃'의 분석」, 『김춘수 연구』, 학문사, '82, pp.27~34 / 최원규, 「존재와 번뇌-김춘수의 '꽃'을 중심으로」,『김춘수 연구』, 학문사, '82, pp.40~58 / 조남현, 「김춘수의 '꽃'-사물과 존재론」, 『김춘수 연구』, pp.330~335 / 이진흥, 「김춘수의 꽃에 대한 존재론적 해명」, 『김춘수 연구』, pp.393~406 / 조명제, 「김춘수시의 현상학적 연구」, '83, 중앙대 석사논문 / 이은정, 「김춘수시의 시적 대상에 대한 연구」, '86, 이화여대 석사논문

③ 무의미시에 대한 논의로는 이진흥, 「일상성의 파기」, 《문학과 언어》1집, '80 이기철, 「의미시와 무의미시」,《시문학》, '81.10월호 / 고정희, 「김춘수의 무의미론 소고」, 《시와 의식》통권 20호, '81 / 원형갑, 「김춘수와 무의미의 기본구조」,김춘수 회갑기념『현대시 논총』,형설출판사, '82 / 홍경표, 「의미추상과 상징언어」, 김춘수 회갑기념 『현대시 논총』,형설출판사, '82 / 박철희, 「김춘수시의 문법」, 『서정과 인식』, 이우출판사, '82 / 이승훈, 「무의미시」, 『비대상』, 민족문화사, '83 / 김두한, 「무의미시 고찰」, '83, 경북대 석사논문 등을 들 수 있다.

그러나 김춘수에게 큰 영향을 끼쳤던 상징주의적 접근[2]은 별로 없었던 것으로 알고 있다. 홍경표가 김춘수의 난해시들을 의미의 추상과 상징언어의 측면에서 접근해 보고 의미의 거부가 아니라 새로운 의미의 탐색이라고 본 것[3]과 김두한이 첫시집『장미와 구름』의「vou」가 보들레르의 조응의 세계를 보이고「경瓊이에게」가 베를레느의 음악적 상징성을 보인다고 지적[4]하고 있으나 '현상즉상징現象卽象徵'으로서의 본격적인 상징시학으로 조명한 것이라고는 볼 수 없다.

따라서 본고에서는 김춘수의 관념시를 이해하기 위해 유력한 문예사조의 하나인 상징주의의 철학과 미학을 살펴보고, 이에 의거해 한국 상징주의의 수용양상을 검토한 후, 이러한 이론들을 김춘수의 관념시 해석에 적용해 보려고 한다. 좀 더 구체적으로 말하면 그의 초 중기의 시 일곱편을 택하여 상징주의의 "현상적인 것은 가상假像적이다" 라는 명제에서 출발하여 본질과의 미적 만남을 끊임없이 시도하는 초월상징주의의 관점에서 김춘수 시를 해석해 보려고 한다. 이러한 해석을 통해 그의 관념기 시편들이 한국에서의 초월상징주의 수용의 선구적 예로써 확인되기를 기대하며, 그가 무의미시로 옮겨간 요인에 대해서도 간단히 언급해 보려고 한다.

---

2) 김춘수는 상징주의의 영향 아래서 습작기와 초 · 중기의 시작활동을 했으며 특히 상징주의의 한 봉우리를 이룬 R.M.릴케에게 깊이 경도했다.

3) 홍경표,「의미추상과 상징언어」,김춘수 회갑기념 논총『현대시 논총』, 형설출판사, '82

4) 김두한,「김춘수시 연구」, '91, 효성여대 박사논문

Ⅱ. 상징주의의 한국적 수용

상징주의는 19세기 중후반 프랑스를 중심으로 일어난 문예사조로 '영혼의 상태'를 동경하는 이상주의와 절대적인 순수시의 실현을 목표로 하고 있다. 상징주의는 사상적으로 프랑스 대혁명 후 급격히 신장된 자유평등 사상과 부르조아지 모럴에 바탕을 두고 정치, 경제, 사회 체제의 변혁을 이루려는 생 시몽 등의 사회주의와 과학적, 실증적 방법을 통해 인류의 발전법칙을 진보의 개념에서 파악하려고 했던 꽁트의 실증주의와 물질세계의 새로운 신비를 밝혀주고 현세에서의 인간의 무한한 가능성을 낙관적으로 보았던 과학만능사상에 대하여 전적인 불신을 드러냈다. 문학에 있어서도 상징주의는 예술의 유용성을 배격하고 「예술을 위한 예술」의 예술지상주의를 신봉하면서 무감동적인 조소성彫塑性에 국한되어 있는 고답파와 객관적이고 비개성적이며 무감동적인 사실주의와 실험과 분석을 통해 객관적이고도 과학적인 진실을 소설로 파헤치고자 했던 졸라 등의 자연주의에 대해 전적인 거부감을 보였다. 왜냐하면 이들 사상,주의,문학은 한결같이 현상과 현실에 국한된 것들이고, 진보의 관점에서 유용성을 기대하고 있으며 현상적, 과학적 진실에만 매여 있어서, '영혼의 상태'와 초월적, 관념적 진실을 추구하는 이상주의 및 예술의 절대성에 헌신하고 있는 상징주의와는 근본적으로 어긋나기 때문이다.[5)]

상징주의의 선구자들로 랑송은 보들레르의 시맥을 이어받은 세 명의 시인들을 들고 있는데, 보들레르의 '영혼의 상태'인 '음악적 암시'

---

5) 김기봉, 「상징주의의 문학적 이상주의」, 충남대『인문과학논문집』Ⅸ-Ⅱ, '82참조

의 세계를 이어받아 순수한 릴리시즘으로 발전시킨 베를레느와, '초월적 사명'과 '초현실성의 계시'를 '체계적인 환각'으로 확산시킨 랭보와, 보들레르의 이론들을 '사상의 집중화'와 '언어의 정화'를 통해 '관념'(idee)으로 제시한 말라르메가 그들이다. 발레리 또한 상징주의의 계보를 보들레르를 정점으로 하여 베를레느가 감정체계를 이어받았고, 랭보는 감각체계를 계승했으며, 말라르메가 완벽성과 시적 순수성의 분야를 연장시켰다고 한다. 기 미쇼 또한 E.A.포우와 바그너의 영향을 받은 보들레르를 시조로 하여 그의 감정적 시가 베를레느를 통해 데카당파 시인들을 거쳐 프루스트로 이어졌고, 그의 지적인 시는 말라르메를 통해 군소상징주의 시인들을 거쳐 발레리와 끌로델에게로 펴져갔으며, 그의 환상적인 시는 랭보를 통해 아폴리네르 등을 거쳐 초현실주의로 이어졌다고 한다.[6)]

이어서 상징주의의 이념 및 철학 · 미학을 살펴보기로 하자.[7)] 현실 혹은 현상에 대한 집착에서 벗어나 '영혼의 상태'를 동경하는 점에서 상징주의는 로만주의와 같이 이상주의의 맥을 잇고 있지만, 두 주의가 근본적으로 다른 점은 로만주의가 주로 감성체계에 바탕을 둔 서정적 산물인 데 반하여 상징주의는 감각체계와 이성理性체계에 함께 뿌리를 둔 이념의 정화精華라는 것이다. 로만주의는 우주의 중심을 주관적 자아에 두고서 그 자아의 본질을 감성을 통해 파악하고자 한데 반해 상징주의는 우주의 중심을 인간까지를 포괄한 우주 자체로 환원시키고서 그 우주의 본질을 감각과 이념을 통해 파악하고자 한

6) 김기봉 편저, 『프랑스 문학이론과 선언문』, 신아사, '80, P.58참조
7) 상징주의의 이념 및 철학 · 미학에 대해서는 김기봉의 「상징주의」(오세영 편 『문예사조』, 고려원, '83)을 많이 참고했다.

다. 따라서 상징주의는 느끼고 투시하고 명상하며 깨치기를 꿈꾼다. 실제로 상징주의의 주요 시인들은 인간까지 포함한 우주현상에 대해 그것들은 무엇이며 어떤 의미를 내포하고 있는가, 그 현상들의 본질은 무엇이며 어떻게 표상되는가, 또 현상과 본질과의 관계는 무엇이며 왜 조화로워야 하는가 하는 철학적 문제를 시로써 캐고 있다. 이로 보면 상징주의 시인들은 시에서 본격적으로 철학을 다루고 있는 셈이며 시에서 형이상학적 문제를 궁극까지 추구한다고 할 수 있다.

상징주의를 출발시키는 철학적 명제는 "현상적인 것은 가상적이다"이다. 모든 현상은 자신의 실상實像을 안으로, 혹은 초월적으로 은폐시키거나 등져버린 채 가상물假像物로서 거기에 있고 우리에게 인식되는 것이다. 그러나 모든 현상은 자신의 존립성과 진실성을 강력히 주장하면서 거기에 있고 존재의 빛을 뿜고 있다. 상징주의가 "현상적인 것은 가상적이다" 라고 할 때의 현상은 존재구조로서의 현상을 말하는 것이고, 반명제反命題인 "현상적인 것은 전적으로 가상적인 것이 아니라 실상적이기도 하다"의 현상은 의미구조로서의 현상을 말한다. 상징주의는 위의 반명제를 언급하면서 현상의 가상성을 극복하기 위해 현상의 실상성을 열렬히 사모하며 추구하게 된다.

그런데 모든 현상적인 것은 시간성을 벗어나서 존재할 수 없고 항상 반드시 시간성 속에 갇혀 있다. 시간성 속에 갇혀 있다는 것은 모든 현상적인 것이 시간의 흐름 위에 실려 있어서 어쩔 수 없이 생성과 소멸을 겪어야 한다는 것을 의미한다. 이와 같은 시간성이야말로 모든 현상적인 것의 존재양식의 본질이다. 요컨대 모든 현상적인 것은 가상적일 뿐만 아니라 그 자체가 시간성을 극복하지 못해 이중적으로 가상적인 것이다. 이처럼 상징주의는 자신의 가상성을 극복하지 못해 애초부터 중대한 허무에 봉착하게 된다. 그러면 상징주의는 이러한 허무를 어떻게 극복하려 하는가. 모든 현상이 자신의 가상성을 극복하기 위해서는 먼저 인식기능이 존재구조로서의 현상의 겉껍데기를 뚫고 들어갈 수 있어야 하고, 다음으로 사유와 상상력이 뭇 현상의 시간성을 초월해 내재하는 의미구조를 바르고 참되게 파악해야 한다. 상징주의는 직관적인 시를 빌어 영원불변의 우주의 철리를 찾아내려고 했다. 그 결과로 상징주의는 "현상적인 것은 가상적이다"는 명제로부터 "현상적인 것은 전적으로 가상적인 것이 아니라 실상적이기도 하다"는 반명제를 겨쳐 "현상적인 것은 실상적이다"는 합명제에 도달하게 된다.

이와 같이 가변적, 가멸可滅적인 모든 현상의 불변적이고도 항구적인 본질이 되는, 또 시간성 속에 갇혀 있는 존재를 영원성 속에서 확립시키는, 모든 현상의 진실이 되고 실체가 되는 근원을 상징주의는 '관념'(idee)이라고 한다. '관념'은 상징주의 시에서는 자신의 본질과 진실을 끊임없이 사모하는 뭇 현상이 자신의 존재가치를 정립하게 하는 미학적 전형 또는 원형原型이 된다. 상징주의는 '관념'의 하늘에서 피어난 꽃이다. 그 '꽃'은 음악과도 같은 순수하고 해조로운 리듬과 '영혼의 상태'를 사모하는 순수하고 정제된 시적 언어로 짜여져 있다. 동시에 그 결정체結晶體인 시어 및 시는 현상 속에서 '관념'을 개시開示하는 발광체가 된다. 요컨대 상징주의는 우주적 진실, 실체, 전형인 '관념'을 궁극적으로 추구하는 점에서 형이상학적 이상주의, 즉 관념론에 입각해 있고, 발광체가 되는 시어 내지 시를 통해서 '관념'의 세계를 사모하고 표상해 낸다는 점에서 시적, 미학적 이상주의에 입각해 있다.

다음으로 상징의 이론 및 미학에 대해 살펴보기로 하자. 상징은 '함께 던지다'라는 어원적 의미에서 던져진 물체를 '함께 나누어 갖다'라는 이의적二義的 의미로 발전하게 되고, 함께 나누어 갖는 행위는 '만남'을 전제로 하게 되며, 나누어 갖는 물체는 다시 만나게 될 때 진정성眞正性(identite)을 확인시켜주는 '표징表徵'이 된다. 그러므로 밝혀지기를 기대하며 부풀어 있는 상징은 그 의미가 바르고 진실되게 밝혀질 때라야 비로소 상징으로서의 진정한 가치를 지니게 되고 기능을 발휘하게 된다. 상징주의는 형이상학적 '관념'에 도달하여 현상의 가상성을 극복함으로써 철학적 문제를 해결했고, 상징의 이론을 현상에 적용해 그 존재이유를 확립시킴으로써 미학적 문제에 구원을 주었다. 이런 점에서 현상은 모든 철학적 미학적 탐색의 출발점이며 귀착점이라고 할 수 있다. 현상은 단순한 가상이 아닌 의미체로서의 가치를 견지하면서 동시에 그 의미내용인 '관념'을 넌지시 암시하는 상징물이 되고, 이런 면에서 상징과 현상은 등가관계에 놓이면서 현상즉상징이 되는 것이다. 현상즉상징은 자신의 껍데기인 존재에 의해 알맹이인 본질이 영원히 아름답고 참인 그것이 자신의 형체 위에 무루無漏하게 얹혀지기를 꿈꾸는 것이다.

이러한 상징주의에 의하면 탁월한 시인은 현상즉상징 속에 깊이 숨겨진 '관념'을 밝혀내고 그 밝혀진 '관념'을 개개의 형체 위에 무루하게 실어서 존재와 본질 간의 조화로운 통일을 이루게 하는 '견자見者'여야 한다. 또 시인이 시인인 까닭은 해독되고 밝혀지는 관념세계를 반드시 언어를 매체로 하여 시로 표상하는 장인匠人이라는 데 있다. 현상즉상징이기 때문에 시도 시즉상징이 되어야 한다. 현상해독 때와 마찬가지로 시적 표현에 있어서도 '관념'은 상징과 암시에 의해서만 직관적으로 밝혀질 수 있다. 왜냐하면 상징주의에서는 시와 시어 모두가 그알맹이를 은폐하고 있는 껍데기, 즉 가상적인 상징체계에 불과한 이상, 그리고 그 상징체계가 끊임없이 자신의 본질을 사모하고 그 알맹이가 자신의 껍데기에 무루하게 실려 있는 통일체로 밝혀지기를 기대하고 있는 이상, 상징이야말로 '관념'을 표상하는 가장 완벽하고 완전한 상형象形이기 때문이다.

상징이 모든 현상의 존재양식과 그것의 본의를 밝히는 해독작업과 그 본의를 표상하는 표현방법에 대한 철학적인 이론을 확립해 주는 주요개념이라면, 조응照應(또는 교응交應, Correspondence)은 상징물로 현시되어 있는 모든 현상 속에 내재하는 바 본질적인 세계가 다른 현상들의 본질적인 세계에 대응하는 관계양상에 대한 종합적 · 미학적인 이론을 확립해 주는 주요개념이다. 조응은 항상 종합과 조화를 도모한다. 조응의 미학은 모든 개체 현상이 제각기 자신의 겉껍데기를 벗은 다음 참이고 본질적인 속알맹이로 돌아가서 서로가 서로를 환기시키고 호응하는 가운데 주객 합일의 상응의 세계가 펼쳐지기를 기대하고, 그와 같은 감각적 이념적인 교류를 통해 모든 개체 현상이 무루하게 종합되어서 아름다운 우주의 교향악을 울리기를 갈망한다. 그러므로 조응의 미학에 의해 이룩되는 우주의 교향악 속에서는 모든 개체현상이 스스로의 고유한 음성인 존재의 본질이 확립되면서 빛을 낼 뿐만 아니라, 동시에 본질로 환원된 존재들 상호간의 참되고 조화로운 관계가 아름답게 건설되어서 세계 전체가 하나의 장엄한 통일체를 이루게 된다.

그러나 이러한 조응의 세계를 체험하는 것은 쉽지 않다. 조응의 세계를 체험하기 위해서는 일상성에 지배되는 인습적 자아를 버려야 하고, 합리성에 매여 있는 범상한 이성적 자아를 버려야 하며, 주관에 집착한 주정적主情的 자아를 버려야 한다. 랭보는 조응의 세계를 체험하기 위해서는 인습에 젖어 온 감각 및 인식체계를 재편성해야 한다고 하고, '견자'가 되기 위해서는 감각의 해체가 전제되어야 한다고 했다. 랭보는 모든 감각체계를 착란시킴으로써 새로운 세계의 질서에 잠입할 수 있고, 참이고 아름다운 세계를 창조할 수 있으며, 이때에 시인은 「자아즉타자自我卽他者」인 '견자'가 될 수 있다고 주장했다. 조응의 형태로 앙리 뻬르는 수평적 조응과 수직적 조응을 들고 있는데, 그에 의하면 수평적 조응은 곧 '공감각'으로 여러 감각체계 간의 교류뿐만 아니라 대상 상호 간의 내적 교통 및 인식주체와 인식대상 간의 일체감 등이 현상세계에서 이루어짐을 통칭하는 미학 개념이다. 수직적 조응은 존재와 본질, 현상과 '관념', 물질과 정신, 육체와 영혼, 지상과 천상, 인간과 신 사이에서 무루하게 이루어지는 조응의 세계로 상징주의는 이를 '영적 일체감'의 세계라고 일컬었다.

위에서 본 것처럼 상징주의는 형이상학적 '관념'과 상징의 이론이 뒷받침되는 가운데 '공감각'과 '영적 일체감'의 조응의 미학을 실현함으로써 철학과 미학에서 함께 참이고도 이상적이며, 조화롭고도 아름다운 일체성의 세계를 체험했고 밝혀냈고 시로 펼쳐놓은 문예사조라고 할 수 있다.

그러면 상징주의가 한국시에서는 어떻게 수용되었는지 그 양상을 살펴보기로 하자.[8] 상징주의가 한국문단에 소개된 것은 1916년 김억

8) 상징주의의 한국적 수용과 해방 이전과 이후의 구체적인 전개 양상에 대해서는
김영철, 「상징주의 수용과 주체적 전개」,(《현대시》, '94. 1월호)
한영옥, 「해방 이후 시에서의 상징주의 영향」(《현대시》, '94. 1월호)

이 《학지광》에 발표한 「요구와 회한」이라는 글에서부터이다. 그는 이 글에서 보들레르의 악마주의 및 교감의 시학, 베를레느의 비애의 시학과 「도시에 내리는 비」를 소개하고 있다. 김억은 창작시를 통해서도 보들레르적인 퇴폐미와 베를레느적인 비애미를 드러내는데, 당시의 세기말적인 시대상황과도 잘 들어맞는 것이다. 한국의 상징주의 수용은 1918년 《태서문예신보》가 창간되면서 본격화된다. 여기에서도 김억이 중심역할을 했는데 그는 〈프랑스 시단〉이라는 난을 통해 프랑스 상징주의를 체계적으로 소개하며 다수의 상징시를 번역하여 싣는 한편, 자신의 창작시도 발표하고 있다. 그는 같은 난에서 파르나시앙과 데카당스에 대해 자세히 설명하고 있는데, 이는 상징주의 이해의 밑바탕이 되고 있다. 그러나 김억은 상징주의의 본질세계인 언어에 의한 조응의 추구나 가시의 세계를 넘어선 '관념'의 추구에 대해서는 언급하지 않음으로써 상징주의를 언어의 음악성 정도로 인식하는 한계를 보이고 있다. 그는 베를레느의 「작시론」, 「가을의 노래」를 소개하면서 상징주의 시의 음악적 특성을 강조하고 있는데, 랭보의 「모음」도 음악성을 살렸다는 점에서 상징주의 시의 극치로 평가하기도 한다. 김억이 1921년에 내놓은 역시집 『오뇌의 무도』는 상징주의의 수용과 정착에 결정적 역할을 한 시집이다. 이 시집에는 베를레느, 구르몽, 싸맹, 보들레르, 예이츠, 폴 · 포르, 시몬즈 등의 상징시가 수록되어 있는데, 이를 통해 권태, 절망, 고뇌, 죽음과 같은 새로운 시적 감정을 경험하게 되었다. 김억은 그의 서구시 체험을 자신의 창작시에 담아 1923년 『해파리의 노래』라는 시집

황도경, 「파리가 된 나비들의 노래」(《현대시》, '94. 1월호)의 도움을 많이 입었다.

을 발간하는데, 3 · 1운동의 좌절로 인한 절망과 애상의 감정이 주종을 이루고 있다. 베를레느의 애상의 미학의 영향이 느껴진다.

황석우도 1919년 《매일신보》에 「시화詩話」를 발표하여 상징시론을 펼쳐보인다. 그는 보들레르의 교감의 시학을 토대로 하여 이를 영률론靈律論으로 변용시키고 있다. 영률론이란 현상 저 너머의 신비의 세계를 개성적인 운율로 담아내는 것이 상징시라는 지론이다. 또한 황석우는 상징주의를 지적 상징주의, 지적 · 정서적 상징주의, 정서적 상징주의로 분류하고 그 중에서 정서적 상징주의를 상징주의의 본령으로 받아들이고 있다. 또 그는 상징주의의 특질을 상상력과 구상성具象性으로 보고 시창작에 직접 적용해 보기도 했다. 그러나 황석우도 상징주의를 데카당스와 감정과잉의 관념의 세계에 머물게 하여 본격적인 상징시학을 보여주지는 못하고 있다. 주요한도 일찍이 일본유학을 통해 서구 상징시를 접하게 되고, 그 영향으로 「불노리」등을 쓰게 된다. 그런데 주요한은 당시의 문단풍토와는 예외적으로 데카당스와 악마주의에 함몰되지 않고 자연과 인생을 긍정적으로 수용하려는 시적 태도를 보인다.

《폐허》, 《장미촌》, 《백조》 등의 동인지에서도 상징주의의 수용양상을 살펴볼 수 있다. 이 중 이상화, 박종화, 박영희의 시를 들어 그 수용양상을 살펴보도록 하겠다. 「나의 침실로」를 비롯한 이상화의 전기 시들은 퇴폐와 관능, 죽음과 허무 등 데카당스가 주조를 이루고 있다. '저녁', '가을'의 조락적 분위기, '동굴', '꿈'과 같은 현실도피, '피', '병', '술', '속 아픈 웃음' 등의 패배주의적 정서가 난무하고 있다. 그는 이러한 시적 분위기로 3 · 1운동 직후의 지식인의 허무주의적 심정을 암시하려고 했던 듯하다. 박종화 역시 「밀실로 돌아가다」, 「흑방비곡」, 「사의 예찬」 등에서 세기말적 시의식을 보여주고 있다. '추예醜穢의 시절', '환상의 꿈터', '해골의 무리', '칠흑의 하늘', '주토의 거리' 등의 시구는 그의 이러한 시의식을 단적으로 보여주는 것들이다. 박종화는 시대적 절망의식을 죽음의식으로 표출하고 있으며 죽음을 통해서 참삶을 꿈꾸었던 듯하다. 박영희도 초기시에서 생의 비애와 허무, 권태와 죽음 등 퇴폐 · 허무적 분위기를 강하게 풍겨주고 있다. 「꿈의 나라로」, 「그림자를 나는 쫓치다」, 「유령의 나라」 등은 그 시제부터가 몽환적, 도피적 뉴앙스를 풍기고 있으며, '그림자', '월광', '꿈', '병실' 등의 시어는 어둠의 이미저리가 시의식의 뿌리로 작용하고 있다. 1920년대 문단과 동떨어져 시작활동을 한 한용운의 시도 상징주의적 해석이 가능하다. 그가 문예사조로서의 상징주의와 직접적인 연관은 없었다 할지라도 존재론적 역설의 보고인 『님의 침묵』은 상징시 특히 초월상징의 시로서 해석될 여지가 있다. 「이별은 미의 창조」, 「하나가 되야주서요」 등의 끝없는 부정을 통한 대긍정에 이르려는 갈망은 '현상적인 것은 가상적이다'에서 '현상적인 것은 실상적이다'에 이르는 상징주의의 집요한 탐구의 태도와 무척 흡사하다. 그러나 『님의 침묵』이 상징주의적 세계로만 한정되지 않는 것 또한 사실이다.

1930년대에 상징시풍을 보인 대표적인 시인으로 서정주를 들 수 있다. 서정주는 초기시에서 현란한 관능의 세계를 보여주어 보들레르의 악마주의에 접근하는 모습을 보인다. 그러나 그는 보들레르에 경도되면서도 20년대의 세기말의식에서 벗어나 반항적 시어로 건강하고도 강렬한 생명의식을 드러내고 있다. 첫 시집 『화사집』은 그의 이러한 시세계가 주조를 이루고 있다. 그에게 '배암'은 '커다란 슬픔으로 태어난' 원죄의 상징이다. 그런데 그는 악의 표상인 '배암'을 '꽃대님 보단도 아름다운 빛'으로 인식한다. 선과 악, 미와 추가 혼융되어 절망이라는 당대의 인습을 깨고 솟아오르는 강렬한 생명의 빛을 뿌리고 있다. 이는 저주받은 삶에서 참다운 삶으로 이행하려는 처절한 몸부림의 기록이기도 하다.

해방 이후에서 70년대까지 상징시풍을 보인 시인으로 한영옥은 정현종, 강은교, 김승희 등을 들고 있다. 정현종은 60년대에 고통을 축제로 승화시키는 상상력의 힘을 보여주고 있다. 그가 현실의 고통을 축제로 승화시킬 수 있었던 것은 사물이 감추고 있는 본질과 그 본질의 아름다움, 그리고 사물들 상호간의 내밀한 교감을 짚어내는 견자의 시선을 갖고 있었기 때문이다. 그는 시창작을 사물을 죽음으로부터 건져내는 일, 사물의 물질성을 의미의 세계로 끌어올리는 것이라고 보고 있다. 그러나 그는 이 작업이 지난함을 고백하고 있다. 시 「철면피한 물질」은 그가 사물의 물질성 앞에서 얼마나 처절하게 고뇌하는가를 보여준다. 그는 끈질긴 의식의 추진력으로 사물의 물질성을 벗겨내고 그 속살을 우리에게 열어보여 주려고 노력한다. 「사물의 꿈 · 1」은 그러한 노력을 감동적으로 시화한 예이다. 그는 나무를 소재로 한 시에서도 '나무'의 사물성을 깨고 나무가 은폐하고 있는 본질세계를 암시적으로 제시하고 있다. 나무는 나무 자체에서 벗어나 햇빛, 비, 바람과의 교감을 통해 생의 흔들리는 소리를 터득한다. 정현종의 시작업의 가치는 우리에게 열렬히 본질 세계로의 그리움을 품게 해 주었다는 데 있다. 이는 상징주의 시인들이 절대관념의 세계를 열렬히 사모하고 만상의 조응에 의해 우주적 교향악을 이루려는 장대한 노력과도 잘 들어맞는 것이다.

강은교 역시 죽음과 삶이라는 이원론의 괴로움을 일원론으로 극복하기 위해 교감의 미학을 독특한 상상력으로 펼쳐보인다. 그녀는 삶과 죽음을 통합시켜 죽음에서 연유되는 슬픔, 허무, 이별 등의 비애감을 뛰어넘으려고 한다. 「사랑법」의 "가장 큰 하늘은 언제나/그대 등 뒤에 있다."는 자신의 등 뒤에 있어서 볼 수 없는 '가장 큰 하늘'에 대한 끝없는 갈망을 토로한 것이다. 「우리가 물이 되어」의 '넓고 깨끗한 하늘'에서의 '우리'의 '만남'은 완벽한 사랑의 성취이자 자아실현의 궁극의 경지를 의미하는 것이라고 할 수 있다. 우주삼라만상이 화합하여 하나의 본질로 환원되는 '우주의 합창곡'이 곧 '넓고 깨끗한 하늘'에서의 '우리'의 '만남'이라고 할 수 있다. 그러나 아직 '우리'는 이러한 화합을 이루어 낼 시원한 '물'로 만나지 못하고 대립적인 '불'로 만나려고 한다. 따라서 절대관념인 '그대'는 현실화하지 못하고 멀리 떨어져 있어서 '나'에게 '만리 밖에서 기다리는 그대'가 된다.

70년대의 김승희는 천상에서 유배당한 저주받은 선민이라는 보들레르적인 시인의식[9]으로 시작활동을 하고 있다. 「천왕성으로의 망원望遠」에서 시인은 모든 인간이 황금족이었던 때가 다시 오기를 꿈꾼다. 이승훈은 김승희의 시적 상상력을 '수직적 광기'라고 하고 있는데, 수직적 광기란 인간의 지상적 한계를 극복하여 신이 되려는 노력이며 삶에 대한 비극적 인식을 환기시키려는 장치로 이해하고 있다. 김승희의 시들은 절대세계를 지향하는 위엄과 안타까움이 한데 어울려 열정적인 화음을 만들어낸다. 일상성으로부터의 탈출, 인습적 자아가 되기를 거부하는 그의 시인적 태도는 상징주의의 선구자

9) 보들레르의 「Albatros」 참조

들의 그것과 일치한다.

이 외에 8, 90년대의 젊은 시인들에게서도 상징주의의 수용은 나타난다. 황도경은 송찬호, 최승호, 이윤학, 김중식, 고진하 등의 시를 들어 상징주의 시를 살펴보고 있다.

이상의 한국시의 상징주의 수용양상을 정리해보면 김억, 황석우, 이상화, 박종화, 박영희의 상징시들은 당시의 시대상황과 결부되어 세기말 의식을 보여주고 있으며, 애상과 관념을 직서적으로 토로하고 있다. 한용운과 서정주의 '님'이나 관능도 상징주의적 해석이 가능하나 상징주의의 핵심 명제에서 출발했다고 보기는 어려우며 이러한 세계를 지속적으로 추구하지도 않았다. 이렇게 보면 해방 이후에 정현종이나 강은교가 초월 상징의 세계를 비교적 충실하게 열어 보였다고 할 수 있으며, 인습적 자아이기를 거부하며 반항적 목소리를 낸 김승희도 상징주의 시인에 합류시킬 수 있을 것이다. 다원적인 태도를 보이고 있지만 8, 90대의 젊은 시인들도 자아상실의 시대에서 독특한 눈과 어법으로 참나찾기를 계속하고 있다. 이렇게 보면 한국의 상징주의 시는 한 때의 수용에 그친 것이 아니라 지속적으로 영향을 끼치는 시 운동임을 알 수 있다. 그런데 이러한 한국의 상징주의 수용과정에서 정작 진지하게 살펴보아야 할 김춘수에 대한 언급은 별로 보이지 않고 있다. 후기시에 대한 단편적 언급은 있으나 초월상징주의의 핵심명제에서 출발해 집요하게 존재의 본질을 추구했다고 볼 수 있는 「꽃」계열의 시에 대한 본격적인 해석은 보이지 않고 있다. 따라서 필자는 그의 관념기의 「꽃」계열의 연작시를 초월적 상징주의의 측면에서 해석해 보고자 한다.

Ⅲ. 김춘수 시의 상징주의적 해석

김춘수의 시 중 1948년 행문사에서 펴낸 『구름과 장미』에 수록된「모른다고 한다」와 1950년 예문사에서 발간된 『늪』에 실린 「오랑캐꽃」, 1959년 백자사에서 펴낸 『꽃의 소묘』에 수록된 「꽃」, 「꽃Ⅱ」, 「돌」, 「꽃의 소묘」, 「꽃을 위한 서시」만을 들어 그의 시의 상징주의적 성격을 살펴보려고 한다. 이 시인이 이후 상징주의를 자신의 시의 본령으로 고수하지는 않았지만 위에 예거한 시편들은 상징주의의 기본 태도와 명제를 충실하게 보여주고 있어 해석해 볼 가치가 있다고 생각되었기 때문이다.

1. 「모른다고 한다」, 「오랑캐꽃」의 해석

산은 모른다고 한다.
물은
모른다 모른다고 한다.

속잎 파릇파릇 돋아나는 날
모른다고 한다.
내가 기다리고 있는 것을
내가 이처럼 너를 기다리고 있는 것을

산은 모른다고 한다.
물은

모른다 모른다고 한다.

—「모른다고 한다」 전문 —

'너'('산'과 '물')는 '나'를 모른다고 한다. '너'와의 만남을 갈망해 헤아릴 수 없이 많은 고통의 밤을 새운 뒤 이제 '속잎 파릇파릇 돋아나'서 너를 기다리고 있는 데도 '너'는 '나'를 모른다고 한다. '너'와 '나'의 이러한 불통不通을 어떻게 해석할 것인가. 상징주의의 주된 주장은 현상들의 참이고도 본질적인 실체를 밝혀내려는 것이다. 현재 '나'와 '너'는 본질적인 실체로서 대면하지 못하고 있다. 따라서 '나'와 '너'는 단절되어 있는 것이다. '나'는 '너'와의 만남을 갈망하며 노력할 뿐 아직 만날 수 있는 눈을 뜨지는 못하고 있다. 이처럼 내가 눈을 뜨지 못하는 것은 내가 실상이 아닌 가상적 존재이기 때문이다. "현상적인 것은 가상적이다"는 상징주의의 출발명제는 '나'에게 바로 적용된다. 가상성을 벗지 못한 '나'는 실상을 은폐시키고 현상으로 있는 '너'를 본질적으로 만날 수가 없다. 얼핏 보아 '나'는 열린 존재로 보이지만 실제로 '나'는 열린 존재가 아니다. 따라서 '나'는 '너'에게 전달되지 않는다. '너'가 '나'에게 응해오게 하기 위해서는 '나'는 견자가 되기 위한 험난한 노력을 해야 한다. 모든 현상은 우리가 견자로서 말걸어 와 본질적으로 만나기를 갈망하고 있다. 모든 현상은 자신의 실상을 안으로 은폐시키거나 초월적으로 등져버린 채 가상물로 거기에 있으면서 우리에게 인식되는 것이다. 그러나 모든 현상은 가상적인 것으로서 존재의 미로를 방황하고 잇으면서도 그러한 상태로 영원히 머물러 있는 것이 아니라 어떠한 경로로든 자신의 존립성과 진실성을 강력히 주장하면서 존재의 빛을 발하고 있다. 내가 인식주체로서 견자가 될 때 너와의 만남은 성취될 수 있다. 그러나 아직 가상인 '나'는 '너'에게 말걸어 소통할 수가 없다.

그러면 이러한 '나'의 가상성을 극복할 길은 없는가? "현상적인 것은 가상적이다"의 반명제는 "현상적인 것은 전적으로 가상적인 것이 아니라 실상적이기도 하다"이다. 상징주의는 이러한 반명제를 언표하면서 현상의 가상성을 극복하기 위해 현상의 실상성을 열렬히 사모하고 추구하게 된다. '너'가 '나'를 알게 될 때는 견자인 '나'의 인식이 '너'에게 무루하게 투여되어 조응할 때이다. 이러한 조응의 순간을 기대하면서 '나'는 지난한 눈뜨기 작업을 계속해야 한다. '산'과 '물'인 '너'가 '나'를 안다고 할 때는 인식주체인 '나'가 "산은 산이 아니요, 물은 물이 아니다"라는 명제에서, "산은 산이 아니지만 산이기도 하고, 물은 물이 아니지만 물이기도 하다"는 반명제를 거쳐, "산은 산이요, 물은 물이다"는 합명제에 도달할 때이다. '산'과 '물'은 상징물로 우리의 인식과 상상력이 자신의 존재를 뚫고 들어가 본질로서의 자신의 의미를 해독해 주고 밝혀주기를 항상 기대한다. 그래서 상징은 항상 인식주체를 향해 자신의 알몸을 드러내고 있고, 또 인식주체에 의해 자신의 알몸과 속알맹이가 드러나기를 바라며 기대에 부풀어 있다. 그러나 '나'는 '너'를 만나겠다는 갈망만 있을 뿐 의미를 은폐한 채 '나'를 기다리는 '너'를 보지 못한다. 따라서 인식주체인 '나'의 눈이 열려서 무루한 인식투여가 이루어지기까지는 '너'와 '나'의 만남은 이루어질 수가 없다. 결론적으로 말해 이 시의 '나'는 '너'와의 만남을 갈망할 뿐 만남을 성취할 수 있는 '눈'을 뜨지 못한 존재라고 할 수 있다.

너는 서서 있고나
고요하고 잔잔한 거기에

너는 서서 있고나
신이 주신 그대로의 모습으로

찌그러져 기울어진 나쁜 세상에서
인정스런 웃음을 띄우고

오랑캐 꽃!
너는 거기에 서서 있고나

–「오랑캐꽃」 전문 –

「오랑캐꽃」의 '너'는 「모른다고 한다」의 '너'처럼 '나'를 모른다고 하지 않고 '고요하고 잔잔'하게 '거기'에 서서 '인정스런 웃음을 띄우고' 있다. 그러한 '너'에게 일체감을 느끼고 '나'는 '너'에게 잠입하려고 한다. 그러나 「모른다고 한다」처럼 열정적이고 일방적인 목소리로 소통을 요구하지는 않는다. 흔적없이 부담없이 자연스럽게 소통하고 싶어한다. 선입견이 배제된 이러한 눈맞춤에 의해 '나'와 '너'의 만남은 한 발 더 가까워질 수 있다. '너'는 신이 주신 그대로의 모습으로 '거기'에 서서 만상을 향해 자신의 알몸이 밝혀지기를 기대하고 있다. 그리고 그러한 '너'의 알몸을 보기 위해서는 '나'도 때묻지 않은 본래의 알몸으로 만상을 향해 자신을 열어주어야 한다.

오랑캐꽃을 바라보며 말하고 있는 화자의 시선은 따뜻하고 조용하다. 이러한 따뜻한 시선으로 화자는 종합과 조화를 도모한다. 화자는 자신의 겉껍데기를 벗고 참이고 본질적인 속알맹이가 되어 서로가 서로를 환기시키고 호응하는 상응의 세계가 펼쳐지기를 기대하며 모든 개체 현상이 무루하게 종합되어서 조화롭고 아름다운 우주의 교향악을 울리기를 갈망한다. 인식주체인 화자와 우주삼라만상의 조응이 이루어지는 날 화자와 오랑캐꽃은 '거기'라는 거리를 극복하고 전일체全一體가 되어 우주교향악의 일원으로 동참할 수 있게 될 것이다. 그러나 이 시의 '나' 또한 조응의 세계를 본격적으로 열어보이지는 못하고 있다. 조응의 세계에 대한 겸허한 눈뜸 정도라고 할 수 있다. 앞으로 '나'는 조응의 세계를 체험하기 위해 여러 과정을 겪어야 할 것이다. 그 길은 멀고 험할 수밖에 없다.

2.「꽃」, 「꽃Ⅱ」, 「돌」의 해석

앞으로 살펴보게 될 「꽃」, 「꽃Ⅱ」, 「돌」에는 공통적으로 '이름'이라는 시어가 등장한다. 대상과 '나'의 '이름'이 알려져서 서로에게 불리어지기를 갈망한다. 이러한 '이름'이 의미하는 바가 무엇인가를 중심으로 세 편의 시를 상징주의적으로 해석해 보겠다.

> 내가 그의 이름을 불러주기 전에는
> 그는 다만
> 하나의 몸짓에 지나지 않았다.
>
> 내가 그의 이름을 불러주었을 때
> 그는 나에게로 와서

꽃이 되었다.

내가 그의 이름을 불러준 것처럼
나의 이 빛깔과 향기에 알맞는
누가 나의 이름을 불러다오.
그에게로 가서 나도
그의 꽃이 되고 싶다.

우리들은 모두
무엇이 되고 싶다.
너는 나에게 나는 너에게
잊혀지지 않는 하나의 눈짓이 되고 싶다.

–「꽃」 전문 –

'내가 그의 이름을 불러주기 전에는' 그는 단순한 현시체顯示體에 불과했다. 그러나 '내가 그의 이름을 불러주었을 때 그는 나에게로 와서' '꽃'이라는 의미체가 되었다. 이처럼 모든 현상은 현시체이자 의미체라는 이중구조로 되어 있다. 이러한 모든 현상들은 인식의 투망에 걸려들면 독립적이고도 자족적인 존재이기를 멈추고 의미와 가치를 부여받게 된다. 이것이 현상의 의존적 · 가치적 존재로서의 의미구조이다. 따라서 모든 현상은 의미체로서 서로 부르며 소통하기를 바란다. 곧 서로의 '이름'을 부르며 불리어지기를 바라는 것이다. 내가 '그'를 '꽃'이라고 불러 하나의 상징물을 의미체로 전환시킨 것처럼, 어느 누군가도 '나'의 본질에 합당한 '이름'을 불러 '나'도 '그'의 '꽃'이 되기를 바라는 것이다. '나'와 '그'를 서로의 '꽃'이게 하는 것은

'빛깔과 향기에 알맞는 이름'이다. 지시되고 한정적인 의미의 '이름'이 아니라 무한히 개방되고 소통되어 조응하는 '눈짓'[10]으로서의 '이름'인 것이다. 따라서 서로의 본질을 궤뚫은 견자로서 서로의 '이름'을 부르고 대답할 때 서로의 '꽃'이 되고 '눈짓'이 되어 조응이 이루어질 수 있다. 이처럼 모든 현상은 본질로서의 자신의 의미를 해독하고 밝혀주기를 기대하며 '거기'에 항상 서 있다. 그러나 이 시의 '나'는 현상의 본질을 해독하고 밝혀주는 견자의 경지에 이른 것은 아니다. 그러한 견자가 되기를 열망하며 노력하고 있을 뿐이다.

여기서 상징주의의 언어관을 살펴볼 필요가 있다. 우리들의 인식활동과 사유활동은 곧 언어활동이라고 할 수 있다. 그러나 언어는 인식과 사유의 절대적인 근거이기는 하나 참된 근거는 아니다. 상징주의가 지시하고 명령하는 언어에 대해 불신하는 이유가 여기에 있다. 그래서 상징주의는 대상을 가능한 한 진실인 것으로 밝혀내기 위해 상징적이고 암시적인 '시적 언어'를 내세워 차선책을 강구하게 된다. 언어를 떠나서는 문학이 존재할 수 없기 때문이다. 「꽃」의 '이름'은 지시되고 명명된 이름이 아니라 상징적이고 암시적인 '이름'으로 본질적 의미, '관념' 등으로 해석할 수 있을 것이고, 이러한 상징적이고 암시적인 '이름' 부르기에 의해 서로를 서로의 '꽃'이게 하고 '눈짓'의 조응을 일으킬 수 있다.

그러나 '이름' 부르기는 쉬운 일이 아니다. 현상의 내부 깊숙이 들어가 본질적 대면을 이루기까지는 불가능한 일이다. 상징물로서 완고하게 자신의 본질을 은폐하고, 그러면서도 자신의 본질이 밝혀져

---

10) 원래 '의미'였던 것을 뒤에 시인이 '눈짓'으로 고쳤다.

서 소통되기를 열망하는 현상들의 '이름' 부르기의 어려움을 「꽃Ⅱ」는 보여주고 있다.

> 바람도 없는데 꽃이 하나 나무에서 떨어진다. 그것을 주워 손바닥에 얹어 놓고 바라보면, 바르르 꽃잎이 훈김에 떤다. 화분도 난(飛)다. 「꽃이여!」라고 내가 부르면, 그것은 내 손바닥에서 어디론지 까마득히 떨어져 간다.
>
> 지금, 한 나무의 변두리에 뭐라는 이름도 없는 것이 와서 가만히 머문다.
>
> -「꽃Ⅱ」 전문 -

'나'는 '꽃'을 사랑하여 손바닥에 얹어 놓고 「꽃이여!」하고 불러 보지만, 응답이 없을 뿐만 아니라 아예 '나'에게서 까마득히 자취를 감추어 버린다. 내가 투시자로서 환히 열려 '꽃'에게 다가가지 않는 한 '꽃'은 사물성을 벗고 '나'에게 응답할 수가 없다. 이러한 자신의 한계를 냉철히 인식하지 못하고 '나'는 '꽃'과의 만남만을 열망하며 안타까워 하고 있다. 곧 '나'는 '꽃'의 본질에 잠입하여 본질적으로 '꽃'을 호명하지 못하고 현시체인 사물로서 꽃을 사랑하며 부르고 있는 것이다. 그러나 '나'는 이러한 불통의 책임이 자신에게 있음을 곧 인식한다. '나'와의 단절이 계속되고 있어도 '꽃'은 여전히 그 자리에 항상 있다. 상징물로서 '꽃'은 그 본질을 은폐하고서 끈질기게 유혹의 눈짓을 보내고 있다. 그러나 '나'는 이러한 '꽃'의 '이름'을 불러줄 수가 없다. 따라서 '꽃'은 '나'에게 '이름도 없는 것'이 된다. 언젠가 진정한 '이름'이 붙여지는 날 '꽃'과 '나'와의 소통이 이루어지고 존재의 송가가 울려 퍼지게 될 것이다.

이러한 '이름' 부르기의 어려움과 '이름'을 부르기 위한 집요한 노력을 다음 시는 극적으로 보여준다.

돌이여,
그 캄캄한 어둠 속에 나를 잉태한
나의 어머니,
태어나올 나의 눈망울
나의 머리카락은 모두
당신의 오랜 꿈의
비밀입니다.
아직은 나의 이름을
부르지 마십시오.
무겁게
겹도록 달이 차서
소리하며 당신이 일어설 그 때까지
당신의 가장 눈부신 어둠 속에
나의 이름은
감추어 두십시오.

그 한 번도 보지 못한 나를 위하여
어둠 속에 사라진 무수한 나 ……
돌이여,
꿈꾸는 돌이여,

—「돌」 전문 —

'나'는 이름이 없다. 아니 진정한 '이름'이 부여되기까지는 지시되고 명명된 이름을 거부하는 것이다. 단단하게 응결한 '돌'의 가장 깊은 어둠 속에서 태어날 '나'는 인식주체인 '나' 자신에 의해 '돌'의 내부가 샅샅이 규명되고 밝혀질 때까지 태어날 수도 없고 더구나 '이름'을 가질 수도 없다. 따라서 이 시의 '이름'도 본질적 의미, 또는 '관념'의 또 다른 표현일 수 있다. 결코 지시적이거나 한정적인 사물의 이름일 수가 없다. 한편 '돌'은 견자가 될 '나'를 잉태하고서 고립된 채로 고통을 감내하며 '꿈꾸는 돌'이 된다. 곧 '돌'은 본질을 은폐하고 현상으로 존재하는 '나'의 상징물이다. 또 단단한 '돌'의 깊은 어둠을 뚫고 태어날 '나'는 절대관념 또는 최고의 예술품등으로 해석할 수 있다.

「돌」의 '나'는 단단하게 응결된 '돌'의 내부에 흔적없이 잠입해 그 본질을 밝혀내는 견자인 시인이다. 상징주의에서 탁월한 시인이란 현상즉상징 속에 깊이 숨겨진 '관념'을 밝혀내고 또 밝혀진 '관념'을 개체대상의 형체 위에 무루하게 실어서 존재와 본질 간의 조화로운 통일을 시도하는 자이며 존재와 본질, 현상과 '관념' 사이에 암시적, 유추적으로 이어져 있는 복잡한 매듭을 풀고 길을 뚫어서 그 관계구조의 진실을 캐냄으로써 '관념'과 '미'를 탐색해 내는 고되고도 숭고한 시적・미적 작업에 헌신하는 자이다.

'돌'은 인식주체인 '나'에 의해 '꿈꾸는 돌'이 될 수 있고 만상과 조응하는 '돌'이 될 수도 있다. '나'에 의해 '돌'이 새로 태어나지만 뒤집어 보면 '돌'에 의해 내가 태어날 수도 있다. '돌'이라는 상징물에 내가 인식을 투여해 깊이 은폐되어 있는 '관념'을 밝혀내고 이러한 '관념'을 개체대상 위에 무루하게 실어서 존재와 본질간의 조화로운 통일체가 될 때 '나'는 오랫동안의 가상성에서 벗어나 실상이 됨으로써 새로 태어나는 것이다. 이러한 일을 가능하게 한 상징물이 곧 '돌'로 '나'를 잉태한 '어머니'인 것이다.

석공이며 시인이며 단단하게 닫혀져 있는 '돌' 자체인 '나'는 '돌'의 '캄캄한 어둠속'에 잠입해 '무겁게/ 겹도록 달이 차서/ 소리하며 당신이 일어설 그 때까지' 고통을 감내하며 노력을 계속한다. 그러나 이때의 '나'의 고통은 기대에 부풀어 있는 고통이다. 따라서 '나'는 '돌'에 갇혀 있어도 이 단단한 '돌'의 어둠을 뚫고 실상이 됨으로써 시공에 자유로운 존재가 된다는 확신이 있기 때문에 '당신의 가장 눈부신 어둠'으로 현재의 고통을 인식하며 '관념'이라는 '이름' 찾기를 계속한다.

살펴본 것처럼 「꽃」, 「꽃Ⅱ」, 「돌」의 '나'는 가상성을 벗고 실상이 됨으로써 견자인 시인이 되고, 견자의 투시에 의해 모든 현상과 서로 '이름'을 부름으로써 만상조응의 경지에 도달하려는 염원을 품고 있는 존재로, 본질적 의미로서의 '관념'이 잘 포착되지 않기 때문에 '나'의 '이름'찾기는 계속되는 것이다.

3. 「꽃의 소묘」, 「꽃을 위한 서시」의 해석

「꽃의 소묘」, 와 「꽃을 위한 서시」에는 '신부'란 시어가 공통으로 나오는데 그 의미가 무엇이며 꽃이 궁극적으로 상징하는 것이 무엇인가를 중심으로 이 시들을 해석해 보도록 하겠다.

1
꽃이여, 네가 입김으로

대낮에 불을 밝히면
환히 금빛으로 열리는 가장자리,
빛깔이며 향기며
화분이며……나비며 나비며
축제의 날은 그러나
먼 추억으로서만 온다.

나의 추억 위에는 꽃이여,
네가 머금은 이슬의 한 방울이
떨어진다.

2
사랑의 불 속에서도
나는 외롭고 슬펐다.

사랑도 없이
스스로를 불태우고도
죽지 않는 알몸으로 미소하는
꽃이여,
눈부신 순금의 천의 눈이여,
나는 싸늘하게 굳어서
돌이 되는데,

3
네 미소의 가장자리를
어떤 사랑스런 꿈도

침범할 수는 없다.

금술 은술을 늘이운
머리에 칠보화관을 쓰고
그 아가씨도
신부가 되어 울며 떠났다.

꽃이여, 너는
아가씨들의 간을
쪼아 먹는다.

4
너의 미소는 마침내
갈 수 없는 하늘에
별이 되어 박힌다.

멀고 먼 곳에서
너는 빛깔이 되고 향기가 된다.
나의 추억 위에는 꽃이여,

네가 머금은 이슬의 한 방울이
떨어진다.
너를 향하여 나는
외로움과 슬픔을
던진다.

–「꽃의 소묘」 전문 –

'나'의 불완전한 인식이 투여되기 전 '꽃'은 스스로 자족적인 존재가 되어 '대낮에 불을 밝히며 환히 금빛으로 열리는 가장자리'를 보여주고 있다. 곧 스스로 열려서 영역을 넓혀가고 빛깔, 향기, 화분을 뿜으며 나비등의 만상과 조응하고 있다. 그러나 '나'는 이러한 '꽃'의 '축제'에 하나가 되지 못한다. '나'의 '축제의 날'은 '먼 추억으로서만 온다.' '나'는 '사랑의 불 속에서도' 환희에 젖지 않고 '외롭고 슬펐다.' '나'는 스스로의 고뇌와 안타까움에 '싸늘하게/ 굳어서/ 돌이 되는데' '꽃'은 사랑에 고무받지 않고서도 맑고 명랑한 불길로 타오를 수 있고, 죽지 않고 알몸으로 미소할 수 있으며, '눈부신 순금의 천의 눈'으로 만상과 조응할 수도 있다. '꽃'은 순수 그 자체로 본래성 곧 자기동일성을 유지하고 있다. 이러한 순수의 세계에 미숙한 '나'의 갈망인 '꿈'은 수용되지 못하고 단절된다.

그러나 '아가씨'인 '나'는 이미 '꽃'의 '신부'가 되어버렸다. 곧 인식주체인 '나'는 '관념'으로서의 꽃과 소통하기를 갈망하며 그 주위를 벗어나지 못하는 영원한 '신부'가 되어버린 것이다. 그런데 이 '신부'는 신랑과 만나지 못하고 있고, 그 만남은 기약할 수가 없다. 이처럼 자기동일성을 유지하며 열려서 웃고 있는 '꽃'은 자기동일성을 상실하고 분열과 비통에 빠져있는 인간들('아가씨들')에게 '간을 쪼아먹히는' 고통을 준다. 끝내 '나'에게 진실이 되고 실체가 되어야 할 '꽃'은 '나'와 합일되지 못하고 먼 하늘의 '별'이 되어 반짝인다. 곧 먼 거리에서 빛깔과 향기만을 보낼 뿐 '나'에게 다가오지는 못한다. 따라서 '나'는 먼 하늘을 바라보며 외로움과 슬픔의 나날을 보낼 수밖에 없다.

이런 '나'에게 삶은 현실과 현재가 되지 못하고 '꿈'과 '추억', 곧 상념과 과거가 될 수밖에 없다. 그러나 이미 '관념'의 '신부'가 된 '나'는 '꽃'을 떠날 수가 없다. '나'의 비극적인 사랑은 계속될 수밖에 없다. '축제의 날'이 '먼 추억'으로 오는 것이 아니라 '지금-여기'에 현현할 때까지 '나'의 비극적인 사랑은 계속될 수밖에 없는 것이다.

'나'의 '관념'인 '꽃'은 가변적, 가멸적인 모든 현상의 불변적이고 항구적인 본질이 되는, 또 시간성 속에 갇혀 있는 존재를 영원성 속에서 확립시키는 모든 현상의 진실이 되는 근원이다. 이 시의 '꽃'은 '나' 에게 모든 현상의 진실이 되고 실체가 되는 근원인 '관념' 으로, 상징주의 시에 있어서는 '나'의 본질과 진실을 끊임없이 사모하고 자신의 존재가치를 정립케 하는 미학적 전형 또는 원형이며 '나'는 이러한 '꽃'의 '신부'인 것이다.

「꽃을 위한 서시」는 이러한 '관념'의 미학의 극치를 보여준다.

나는 시방 위험한 짐승이다.
나의 손이 닿으면 너는
미지의 까마득한 어둠이 된다.

존재의 흔들리는 가지 끝에서
너는 이름도 없이 피었다 진다.
눈시울에 젖어드는 이 무명無名의 어둠에
추억의 한 접시 불을 밝히고
나는 한밤내 운다.

나의 울음은 차츰 아닌 밤 돌개바람이 되어
탑을 흔들다가

돌에까지 스미면 금이 될 것이다.

……얼굴을 가리운 나의 신부여,

－「꽃을 위한 서시」 전문－

상징주의 철학의 위대성은 이원론을 극복하고자 한 데 있다. 현상과 실체, 물질과 정신, 존재와 본질, 실재와 관념, 현실과 이상 등 상호모순되고 이율배반적인 철학으로부터 첫걸음을 내딛는 상징주의는 '관념'이라는 형이상학적 실체를 하나의 전일체全一體로 발견한 다음 시적 창조를 통해 그 '관념'을 개체의 존재에게 접합시킴으로서 이원론적인 모순을 극복하고자 한 것이다. 즉 '관념'이 온전히 형이상학적 실체로만 머물러 있으면 철학적 개념에 불과하기 때문에 상징과 조응의 이론 및 미학이 근간을 이루는 시적 창조행위를 통해 그 '관념'을 현상에게 무루하게 실어줌으로써 현상과 실체 및 존재와 본질 간의 '유암하고 심원한 통일'[11]을 이룩할 수 있다고 믿은 것이다. 이같은 통일이 가능해진다면 인간존재의 숙명적 멍에인 이원론이 다행히 일원론으로 환원될 수도 있을 것이다.

「꽃을 위한 서시」는 이러한 상징주의 철학의 출발명제인 "모든 현상적인 것은 가상적이다"를 분명히 보여 주는 예이다. '나'는 실상으로서의 '꽃'인 '관념'에 도달하려는 갈망만 왕성한 거칠고 '위험한 짐승' 이다. 이러한 내가 정작 '꽃'의 본질에 다가가려고 하자 '꽃'은 '나'를 거부하고 '미지의 까마득한 어둠'이 되어 버린다. '나'는 아직 현상

11) 보들레르의 「만상조응」 참조

으로서의 '꽃'만 볼 뿐 그 안에 은폐되어 있는 실상으로서의 '꽃'은 볼 수 없는 것이다. 여태까지 내가 알고 있었던 '꽃'은 본질과는 무관한 지시적인 사물이었을 뿐이다. 곧 내가 보는 '꽃'은 가상적인 것이다.

그런데 '꽃'을 가상성에 머물게 하는 것은 '꽃' 자체가 아니라 견자가 되지 못한 인식주체인 '나' 자신이다. '꽃'은 자신의 깊은 곳에 본질을 은폐하고 항상 거기에 서 있다. 그러나 열리지 못한 '나'에게 이 '꽃'은 '이름도 없이 피었다' 지는 한낱 사물일 뿐이다. '나'는 '꽃'의 이름을 붙여주고 싶지만 그 본질에 다가가지 못했기 때문에 이름을 부여할 수가 없다. 그러나 본질로서의 '꽃'에 대한 사랑에 빠진 '나'는 그 사랑을 포기할 수가 없다. '나'는 '꽃'의 본질에 도달하려고 혼신의 노력을 하며 고통을 감내하고 있다. 아직 '꽃'에게 합당한 '이름'을 붙여줄 수도 없고 서로 부르며 대답하는 조응의 세계에 이르지도 못했지만, 그러한 세계를 갈망하며 '꽃'의 실상인 '관념'이 떠오르기를 기대하며 '나'는 '추억의 한접시 불을 밝히고', 즉 이미 아련히 감지한 '관념'에 대한 연모에 불타서, 밤새워 추구하며 안타까움에 울기를 계속한다. 이러한 '나'의 안타까운 노력이 계속되면 언젠가는 '나'의 갈망('울음')은 한 밤중의 회오리바람이 되어 단단하고 거대한 탑신을 뚫고 들어가 본질인 '관념'('金')에 도달할 것이다.

그러나 현재 '나'에게 '꽃'은 그 실상을 보이지 않고 '얼굴을 가리운 나의 신부'로만 있을 뿐이다. '얼굴을 가리운 나의 신부'는 본질을 은폐하고 사물로만 있는 '꽃'의 상징적 표현이다. 이 '꽃'이 얼굴을 드러내고 내 앞에 현현할 때 '꽃'은 사물성에서 벗어나 절대관념으로 '나'에게 다가올 것이다. 곧 '꽃'은 가상성에서 벗어나 "현상적인 것은 실상적이기도 하다"는 대긍정에 이르게 될 것이다. 이 시는 상징주의 철학과 미학이 어우러진 김춘수의 상징시 중 가장 성공적인 작품이라고 평가할 수 있다. '관념'의 미학이라는 말에 잘 어울리는 시라고 할 수 있다.

Ⅳ. 맺는 말

살펴본 대로 김춘수는 상징주의 철학의 핵심명제인 "모든 현상적인 것은 가상적이다."에서 출발하여 조응의 미학으로 나아가고자 했던 한국의 선구적인 초월상징주의 시인이다.

「모른다고 한다」, 「오랑캐 꽃」은 얼핏 보면 여리고 범상한 시 같지만 깨물어 보면 깊은 의미를 내포하고 있다. 「모른다고 한다」는 만상과 서로 열려서 소통하기를 갈망하면서도 그렇게 되지 못하는 인식주체인 '나'의 안타까움을 노래하고 있고, 「오랑케꽃」은 미물로 우리 주변에 널려 있는 오랑케꽃이 실상은 만상을 향해 자신을 열고 해독되기를 기다리는 존재라는 것을 일러 주고 있다.

「꽃」, 「꽃Ⅱ」, 「돌」은 인식주체인 '나'가 대상의 본질을 투시하여 그 '이름'을 부르려고 하는 시들이다. 그러나 그 일은 지난하기 때문에 '나'는 슬퍼하고 절망하기도 하면서 노력을 계속한다. 「꽃」은 '나'와 '너'가 서로의 '이름'을 부르며 조응하기를 바라고 있다. 「꽃Ⅱ」는 '꽃'과의 본질적인 대면의 어려움을 말하고 있고, 「돌」은 이러한 단절을 극복하기 위해 대상인 '돌' 속으로 들어가 스스로 돌이 되어 그 어둠을 깨고 절대관념으로서의 '이름'을 얻으려는 처절한 노력을 보여주고 있다.

「꽃의 소묘」와 「꽃을 위한 서시」는 이러한 노력의 계속으로, 노력의 미적 주체인 '신부'를 보여주고 있다. 「꽃의 소묘」의 '신부'가 '관념'으로서의 꽃과 소통하기를 갈망하는 인식주체인 '나'라면, 「꽃을 위한 서시」의 '신부'는 실상인 '관념'으로서의 '꽃'으로, '꽃'과 '나'는 본질적으로 만나기를 갈망하는 서로의 '신부'인 것이다. 곧 '꽃'은 그 실상을 은폐하고 거기에 서서 '나'에 의해 그 '이름'이 불리어지기를 갈망하는 '얼굴을 가리운 신부'이고, '나'는 그러한 '꽃'에 대한 사랑을 끊어버리지 못하고 영원히 그 주위를 맴도는 그의 '신부'인 것이다.

이처럼 절대관념을 추구했던 김춘수의 초월상징주의 시는 그 자체가 한국 현대시의 심화에 크게 기여한 것이었다. 그러나 그는 이후 '관념'과의 대결에서 벗어나 무의미시로 이행하게 된다. 그가 이처럼 시의 방향을 바꾼 것은 파행적인 한국의 역사 현실에서 추상적 '관념'에 계속 의지하기가 어려웠던 것이 아닌가 한다. 곧 '관념'과 역사 현실의 중압감이 그를 중후한 '관념'의 세계로부터 가볍고 자유로운 무의미의 세계로 옮겨가게 한 것이라고 생각해 본다.

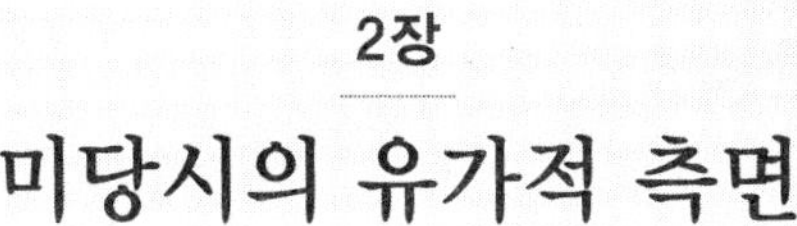

2장

미당시의 유가적 측면

미당시의 유가적 측면

Ⅰ. 머리말

미당未堂 서정주徐廷柱의 시에 대해서는 그 시적 비중에 걸맞게 폭넓은 연구가 이루어졌다. 그 내용을 대충 갈래지어 보면 시의 변모양상 고찰, 영향관계 추적, 형식주의 및 구조주의적 관점의 작품론, 심리주의적 작품 해석, 신화 내지 설화의 시적 수용 고찰, 배경사상 고찰 등이 될 것이다.

이 중 본고는 배경사상, 더 구체적으로는 미당시의 유가儒家적 측면에 관심을 두고 살펴보려고 한다. 미당은 일찌기 지知, 정情, 의意 제합齊合의 시를 주창하고[1] 유儒, 불佛, 선仙 삼교三敎의 종합적 시정신을 천명한 적이 있는데[2], 이로 미루어 보면 그의 시에는 유교, 불교, 선

1) 서정주 문학 전집 2권 p97~8, 일지사, 1972

교의 영향이 나타날 가능성이 매우 높다.

실제로 그의 시작품에는 불교의 영향이 도처에 나타나고 있고, 선교의 흔적도『신라초』,『질마재 신화』, 후기 시편들 중에 나타나 있다. 유교의 흔적 또한 자서전이나 적지 않은 신변잡기에 언급되어 있고 시작품에서도 유교적 체취가 짙은 작품들이 많다. 그럼에도 불구하고 그의 시는 생명주의적 접근이나 서구문학이론 일변도의 해석만이 무성할 뿐 동양사상 특히 유가적 접근은 극미極微한 편이다.

송하선이 미당시의 변모과정을 공자의 자기성장과정 술회에 따라 해명하고 있으나 본격적인 유교적 조명이라고는 보기 어렵고[3], 허세욱이 미당시의 유교적 휴머니즘을 간파하고 괄목할 만한 언급을 하고 있으나 체계적인 논문으로 발전시키지는 못하였다[4].

이런 점에 유의하여 필자는 미당시의 유가적 측면을 작품을 통해 구체적으로 살펴보려고 한다.

Ⅱ. 미당시의 유가적 전개

1. 순천順天의 사상

유교문화권에서 하늘(天)은 섭리이자 도道 그 자체로 존숭되었다.

---

2) 서정주 문학 전집 2권 p117~8, 일지사, 1972
3) 송하선,『미당 서정주시 연구』선일문화사, 1991
4) 허세욱,「도잠과 이백과 미당 사이」,『서정주 연구』, 동화출판공사, 1975, pp334~344

하늘은 높고 넓고 바르며 밝은 것으로 인식되었으며 인간이 영원히 의지하고 본받아야 할 절대적 존재로 인식되었다. 따라서 이러한 하늘의 이치에 따르고 순응하는 것은 인간의 마땅한 도리로 거스르거나 범접할 수 있는 일이 아니었다.

그렇다고 하늘을 무슨 유일신이나 절대관념으로 의미화한 것은 아니다. 하늘은 조화로운 우주의 중심체로서 무언으로 인간의 삶의 방향을 제시하는 윤리적 존재였던 것이다. 그러므로 하늘은 괴력난신과도 관계가 없고 사후세계에 발목잡혀 있지도 않으며 지극히 현세적이고 실용적인 존재였던 것이다.

이러한 하늘의 인식에서 유교는 인의예지를 체계화하고 혼란스런 현세의 삶에 질서를 부여할 수 있었던 것이다. 공자가 난세에 태어나 하늘에 의지해 자아와 천하를 질서화하려고 했던 점이 이를 입증한다. 그가 요순과 주공을 떠받들며 상고의 길을 간 것도 이들이 터득하고 순응했던 천도天道의 삶을 본받으려고 했기 때문이다. 이는 곧 공자의 사상이 순천의 사상이라는 것을 의미하는 것이기도 하다. 이러한 공자의 순천의 사상은 한국을 비롯한 동아시아의 유교문화권에 지대한 영향을 끼쳤고, 그 영향은 지금까지도 이어져 와 암암리에 작용하고 있다.

1915년에 태어나 서당에서 한학을 접한 미당이 젊은 날의 열기가 차츰 사그라들고 전통의 세계에 조금씩 눈을 돌리게 되면서 그의 체내에 깃든 유교의 맥을 시화할 수 있게 된 것은 결코 우연이 아니다. 그는 『화사집』이라는 강렬한 관능과 생명의 시집을 낸 바 있지만, 그의 향토적 유교의식은 곧 본색을 드러내 고향의 돌아가신 아버지의 흰 두루마기 자락을 떠올리게 하고, 유교의 규범을 삶의 지침으로 받아들이게 한다. 곧 고열되기만 했던 그의 젊음에 유교는 삶과 예술의 방향타가 될 수 있었던 것이다. 그의 나이 29인 1943년에 그는 「꽃」이라는 시를 쓴다.

가신이들의 헐덕이든 숨결로
곱게 곱게 씻기운 꽃이 피었다.

흐트러진 머리털 그냥 그대로,
그 몸ㅅ짓 그 음성 그냥그대로-
옛사람의 노래는 여기 있어라.

오—그 기름묻은 머릿박 낱낱이 더워
땀 흘리고 간 옛사람들의
노랫소리는 하늘우에 있어라.

쉬여 가자 벗이여 쉬여서 가자
여기 새로 핀 크낙한 꽃 그늘에
벗이여 우리도 쉬여서 가자

맛나는 샘물마닥 목을 추기며
이끼 낀 바윗돌에 택을 고이고
자칫하면 다시 못볼 하눌을 보자.

—「꽃」 전문—

「꽃」의 화자는 삶의 위기에서 '꽃'과 대면하게 된다. '꽃'은 '가신이들의 헐덕이든 숨결로/곱게 곱게 씻기'워서 피어난 것이고, 그 꽃 속에는 '옛 사람의 노래'가 '흐트러진 머리털', '그 몸ㅅ짓 그 음성'대로 들어 있다. 화자는 이러한 꽃의 그늘에서 벗들에게 쉬어 가자고 한다. 만나는 샘물마다 목을 추기며 '자칫하면 다시 못 볼 하늘을 보자'고도 한다. 하늘에 맞서 항의하고 저주하며 절규하는 대신 '하늘'을 섭리의 주재자로 보고 그 순순한 흐름에 따르려고 한다. 이러한 순천에 의해 오늘의 자신을 있게 한 선인들의 혈맥을 감지하게 되고 그들의 한서린 노랫소리도 마음으로 들을 수 있게 된다. '하늘'을 믿고 따르며 선하게 살았던 선인들의 삶의 여유와 체관을 배우며 아름다운 꽃을 완상하며 쉬어갈 줄도 알고, 살아있는 자들만이 볼 수 있는 넓고 푸른 하늘에 감격하며 행복해 하기도 한다. 이러한 화자에게 '옛 사람의 노래'는 '하늘 우에 있'게 된다. 이는 천인합일天人合一의 삶의 태도요 순천의 사상을 보여주는 것이라고 할 수 있다.

미당시의 이러한 순천의 사상이 『화사집』이라고 전무한 것은 아니다. 워낙 역천逆天의 언어가 강해서 그 기미가 가려져 있을 뿐이다. 「엽서」의 '짱짱한 니빨로 우서보니 하늘이 좋다'나 「단편斷片」의 '좋게 푸른 하눌 속에 내 피는 익는가. 능금같이 익는가'에는 하늘에 대한 긍정과 교감의 정신이 나타나 있다.

그러나 아무래도 『화사집』은 역천의 언어가 주조를 이룬다. 「자화상」의 '어떤 이는 내 눈에서 죄인을 읽고 가고/어떤 이는 내 입에서 천치를 읽고 가나/나는 아무것도 뉘우치지 않을란다.'나 「화사」의 "너의 할아버지가 이브를 꼬여내든 달변의 혓바닥이/소리잃은 채 낼름거리는 붉은 아가리로/푸른 하늘이다.……물어뜯어라. 원통히 무러 뜯어."나 「문둥이」의 "해와 하늘 빛이/문둥이는 서러워//보리밭에 달 뜨면/애기 하나 묵고//꽃처럼 붉은 우름을 밤새 우렀다.", 「도화桃花 桃花」의 '미친하눌에서는/미친 오피이리아의 노래소리 들리고'에서는 강한 역천의 메시지가 전해진다 . 당시의 식민지 상황이 화자에게 '하늘'과의 교신을 끊게 하고 항의와 통곡의 목소리를 내게 했을 것이다. 또 어떠한 가치관이나 절대자도 존재하지 않는 '숨은 신'의 상황이 계속되자 비극적 세계관이 당시를 지배했을 것이며, 이러한 시대 분위기는 화자에게 바로 반영되었을 것이다. 그에게 '하늘'은 매정하게 푸르른 '남'일 뿐이고 지배자의 들러리일 뿐이다. 따라서 그는 '푸른 하늘'을 '원통히 무러 뜯'으려고 하고, 저주받은 자신의 처지와 대조되는 '해와 하늘빛'에서 오히려 서러움을 느끼고 그 반발로 '애기하나 묵고', '꽃처럼 붉는 우름을 밤새' 울기도 한다. 「문둥이」의 '꽃'은 「꽃」의 '꽃'과는 대조되는 것이다. 우주자연의 섭리로 피어난 「꽃」의 '꽃'과는 달리 「문둥이」의 '꽃'은 '붉은 우름'을 우는 '꽃'이다. 당시 화자에게 하늘은 미쳤을 뿐이고 어떠한 위안이나 비젼을 제시하지 못하는 무능한 공간이었을 뿐이다.

그러나 미당의 이러한 역천의 언어는 앞서 살펴본 대로 「꽃」에 이르러 반전하게 되고 새로운 삶의 지평을 열게 된다. 이 시의 화자는 현실의 고통에 일정한 거리를 두게 됨으로써 중용적 세계관을 터득할 수 있게 되고, '가신 이들'을 발견하고, '옛 사람의 노래'를 전통주의자의 태도로 듣게 된다. 또 여기서 한 걸음 더 나아가 우주자연의 주재자인 하늘을 공경하고 하나가 됨으로써 천인합일의 연속적 세계관을 보여주기도 한다. 이러한 화자에게 현실의 겨울은 '괜찮은' 것이 된다.

괜, 찬, 타,……
괜, 찬, 타,……
괜, 찬, 타,……
괜, 찬, 타,……

수부룩이 내려오는 눈발속에서는
까투리 매추래기 새끼들도 깃들이어 오는 소리.……
괜찬타, ……괜찬타, ……괜찬타, ……괜찬타,……
폭으은히 내려오는 눈발속에서는
낯이 붉은 처녀아이들도 깃들이어 오는 소리. ……

울고
웃고
수구리고
새파라니 얼어서
운명들이 모두다 안끼어 드는 소리. ……

큰놈에겐 큰눈물 자죽, 작은놈에겐 작은 웃음 흔적,
큰이얘기 작은이얘기들이 오부록이 도란그리며 안끼어 오는 소리,……

괜찬타, ……
괜찬타, ……
괜찬타, ……
괜찬타, ……

끊임없이 내리는 눈발속에서는
산도 산도 청산도 안끼어 드는 소리. ……

―「내리는 눈발 속에서는」 전문―

'눈발'은 이제 고난의 상징물만은 아니다 오히려 모든 것을 포근히 감싸주는 섭리의 솜이불이 될 수 있다. 화자는 이제 이처럼 새롭고 너그럽게 '눈발'을 인식한다. 이 시의 화자는 중용적 세계관에 입각해 있다고 볼 수 있다. 『중용』에 의하면 '중야자 천하지대본야中也者 天下之大本也'라 하여 어느 편에도 치우치지 않고 항상 중심을 유지하는 것이 천하의 대본이라고 보고 있다. 이제 화자는 절망하거나 절규하지 않고 자연의 섭리에 따라 중심을 잡고 삶을 이끌어 가고 있다. 각각 네번씩 반복되는 '괜,찬,타,……'와 '괜찬타,……'가 의미하는 바는 크다. 한 자 한 자 음미하며 다지듯 하는 '괜,찬,타,……' 는 그 동안의 고난과 곡절이 어떠했던가를 시적으로 잘 보여주고 있다. 이 괜찮음에 도달하기 위해 화자는 피나는 고투의 역정을 걸어왔음을 암시해 주고 있다.'괜찬타,……'에서는 이러한 고난의 역정이 이제 많이 완화되어 일반화되어 있음을 네번에 걸쳐 공표하고 있다.'눈발'은 만물을 귀소하게 하고 포근히 감싸준다. 홍조띤 처녀아이들이나 울음 우는 아이들, 갖가지 사연들이나 거대한 청산, 힘겨운 운명마저도 화자의 '눈발'에 '안기어'든다. 험난한 세파도 이제 화자에게는 '괜찬'은 것이다. 화자의 측은지심은 강직한 의義보다 완곡한 인仁이나 덕德으로 모든 것을 감싸고 끌어 안는다. 흡사 모든 것을 감싸고 키워주며 보호해 주는 하늘처럼 화자는 이제 너그러운 눈과 가슴으로 세상을 바라보고 살아 가는 것이다. 이렇게 보면 '눈발'은 하늘의 전령사로 우리에게 내려오는 것이라고도 할 수 있다.

허세욱은 미당시의 순천에 대해 다음과 같이 언급하고 있다.

> 이래서 미당시의 사상연원은 대체로 유 · 불 · 도의 순서로 심화되었으되 어느 한 시대를 어느 사상의 단독작용으로 볼 수 없는 것이다. 그 중에도 가장 연면하게 스민 것은 「順天」의 입김이다. 육감의 향연도 해탈의 지혜도 생멸천류生滅遷流의 도도 모두 자연순응의 커다란 테두리를 벗어나지 못하면서 자연과 제동齊同을 시도하느라 미당은 지금 화갑된 청각을 관악산 쑥국새에 묻고 있는 것이다.[5)]

허세욱은 미당시의 사상연원이 유불도의 순서에 따라 심화되었으며 그 중에서도 순천의 입김이 가장 끈질기게 이어져 왔다고 보고 있다. 또 미당시의 궁극적 지향점이 자연순응의 커다란 테두리 안에 자연과 제동하려는 것이라고 하고 있다. 자연과 제동하는 것은 곧 순천을 의미한다. 하늘이나 자연과 하나되는 것이 미당시의 궁극적 지향점이라고 보고 있는 것이다.

미당은 순천의 사상에 따라 심신의 섭생을 하며 장수시인의 면모를 보이고 있다. 공자는 일찌기 "열다섯 살에 학문에 뜻을 두고, 서른살에 홀로 설 수 있었으며, 마흔 살에는 미혹되지 아니하고, 쉬흔에는 천명을 알게 되었으며, 예순에는 모든 것을 거슬리지 않고 듣게 되었으며, 일흔에는 마음내키는 대로 해도 법도에 어그러지지 않게 되었다"(吾十有五而志于學 三十而立 四十而不惑 五十而知天命

5) 허세욱, 「도잠과 이백과 미당 사이」, 『서정주 연구』, 동화출판공사, 1975, p339

六十而耳順 七十而從心所欲不踰矩[6])라고 자신의 정신적 성장과정을 피력한 바 있는데, 이는 미당의 삶의 변모양상에도 적용할 수 있다. 그의 사상의 첫 뿌리가 유교라는 허세욱의 지적은 수긍할 만한 것이다.

이처럼 천명에 순응하려는 미당의 시는 개인적 삶에 국한되지 않고 국가 사직의 문제로까지 확대되어 하늘의 광명을 비춰주려고 한다.

북악과 삼각이 형과 그 누이처럼 서 있는것을 보고 가다가
형의 어깨 뒤에 얼골을 들고있는 누이처럼 서 있는것을 보고 가다가
어느새인지 광화문앞에 다다렀다.

광화문은
차라리 한채의 소슬한 종교.
조선 사람은 흔이 그 머리로부터 왼몸에 사무쳐오는 빛을
마침내 보선코에서까지도 떠 바뜰어야할 마련이지만,
왼하늘에 넘쳐흐르는 푸른 광명을
광화문—저같이 으젓이 그 날개쭉지우에 싫고 있는 자도 드물라.

상하양층의 지붕위에
그득히 그득히 고이는 하늘.
윗층엣것은 드디어 치—ㄹ 치—ㄹ 넘쳐라도 흐르지만,
지붕과 지붕사이에는 신방같은 다락이 있어
아래층엣것은 그리로 왼통 넘나들마련이다.

---

6) 공자 , 『논어』, 위정편

옥같이 고으신이
그 다락에 하늘 모아
사시라 함이렸다.

고개 숙여 성엾을 더듬어 가면
시정市井의 노랫소리도 오히려 태고같고

문득 치켜든 머리위에선
파르르 쭉지치는 내 마음의 매아리,……
—「광화문」 전문—

한 나라의 사직을 상징하는 '광화문'은 그 양 어깨에 푸른 하늘을 이고 있다. 이것이 의미하는 바는 한 나라의 숭천崇天사상일 것이다. 우리 민족은 그 출발부터 밝음을 추구해 왔으며 그 밝음의 전형을 푸른 하늘빛에 두었다. 하늘은 광명의 본체요 도의 근원이다. 이러한 하늘을 떠받들고 본받으려는 것이 우리 민족의 정신 역사였다. 특히 유교의 순천사상은 개인을 넘어 국가이념에까지 확대되어 조선왕조를 지배했다. 하늘의 광명을 가장 잘 받아 전달하는 상징물로서의 '광화문'은 이 나라의 사직을 가장 잘 지키는 수문장이었다. '옥같이 고우신 이'가 왕이든 백성이든 광화문은 자신이 받아들인 광명의 방에 이들을 모셔 온전히 살게 하려고 한다. 이는 곧 개인뿐이 아니라 국가 사직까지도 하늘의 순리에 따라 영위되기를 바라는 화자의 의도가 드러난 것이라고 할 수 있다. 화자는 서울의 중심지인 광화문에서 태고의 노랫소리를 듣고 더 나아가 '파르르 쭉지치는 내 마음의 매아리'를 듣는데, 이는 미당의 전통주의와 상고주의를 보여주는 것이라고 할 수 있다.

미당의 순천사상이 우연이 아님은 그의 자술로도 알 수 있다.

> 버선 이야기가 났으니 말이지, 우리나라의 고유하다 할 수 있는 이 버선의 선적인 미라는 것은 그야말로 묘한 맛과 미를 지니고 있는 것일 것이다. 하얀 버선의 앞코가 살짝 하늘을 향해 올라가고 있는 것은, 마치 우리나라 건축의 구배句配를 연상하게 되는데, 이것은 하나의 숭천사상을 나타내는 것이다. 서양 것은 모두가 하늘에서 내리는 비라든지 기타 모든 것을 다 받아들이고 남는 것만을 흘려 보내겠다는, 즉 하늘에 배반하고 싫어하는 것은 찾아 볼 수 없는 순진한 숭천사상의 일변을 말하는 것이 아닌가 한다.[7)]

미당은 버선의 앞코가 살짝 하늘을 향해 올라간 것을 하늘에서 내리는 모든 것을 받아들이고 따르려는 순천사상의 또 다른 표현이라고 해석하고 있다. 그는 역천이 아닌 이런 순천의 사상에 의해 자아를 지탱하고 민족의 장래와 문화를 심화확대해 가려고 하는 지도 모른다.

하늘에 대한 그의 따름은 친일행위에 대한 그의 해명의 시에서도 드러난다.

> …전략…
> 그러나 이 무렵의 나를
> 〈친일파〉라고 부르는 데에는 이의가 있다.

---

7) 서정주, 「자연파와 그들의 시」, 서정주 문학전집 2권 p226, 일지사, 1972

〈친하다〉는 것은
사타구니와 사타구니가 서로 친하듯 하는
뭐 그런 것도 있어야만 할 것인데
내게는 그런 것은 전혀 없었으니 말씀이다.
〈부일파附日派〉란 말도 있긴 하지만
거기에도 난 해당되지 않는 걸로 안다.
일본에 바짝 다붙어 사는 걸로 이익을 노리자면
끈적끈적 잘 다붙는 무얼 가졌어야 했을 것인데
나는 내가 해준 일이 싼 월급을 받은 외에
그런 끈끈한 걸로 다붙어 보려고 한 일은
단 한 번도 없었기 때문이다.
나는 이 때 그저 다만,
좀 구식의 표현을 하자면—
〈이것은 하늘이 이 겨레에게 주는 팔자다 〉하는 것을
어떻게 해서라도 익히며 살아가려 했던 것이니
여기 적당한 말이려면
〈종천순일파從天順日派〉같은 것이 괜찮을 듯하다.
…중략…
나는 이조 사람들이 그들의 백자에다 하늘을 담아 배우듯이
하늘의 그 무한포용을 배우고 살려 했을 뿐이다.
지상이 풍겨 울리는 온갖 미추를
하늘이 〈괜찮다〉고 다 받아들이듯
그렇게 체념하고 살기로 작정하고
…후략…

—「종천순일파」 에서—

미당은 친, 부와 순을 구별해서 쓰고 있다. 친이나 부는 마음이나 몸을 주어 밀착되는 것을 의미하는데 그는 그런 상태는 아니었으니 친일파나 부일파는 될 수 없다고 하며 상황에 따라 어쩔 수 없이 그렇게 됐으니 굳이 붙이자면 종천순일파나 될 수 있을지 모르겠다는 것이다. 그러면서 역경을 살아가는 그의 독특한 처세관을 피력하는데, 피치 못할 상황에서는 맞부딪쳐 깨어지거나 죽음으로 맞서는 대신 어떻게든 살아남아서 뒷날을 도모하는 것이 더 현명하고 끈질기다는 것이다. 이러한 태도는 하늘이 너무 조급하거나 한쪽에 치우치지 않고 무한한 포용력으로 '온갖 미추를' 품어 안아 '〈괜찮다〉고 다 받아들이듯"그렇게 체념하고 살기로 작정'했다는 데서 확인할 수 있다. 아무튼 그에게 있어 하늘은 극단적이거나 치우침이 없는 높고 넓고 밝은 사표로서 난세를 사는 그의 길잡이가 되어 주었던 것이다.

이상 예시를 통해 살펴본 대로 미당시는 순천의 사상을 보여주고 있다. 그의 순천의 사상은 성리학이나 예학과 같은 것보다는 원시유학의 성격에 더 가까운 것으로 파악된다. 진심盡心과 지성을 다하고 중용적 태도로 하늘을 받들고 따르며 인과 덕으로 살아가는 것이 일신을 무리없이 보존하고 천명을 누리는 비결이라고 생각했던 것이다.

2. 제가齊家 철학

미당은 치국보다 제가에 관심이 더 깊었다. 그에게 있어서 가족에 대한 관심은 인간 삶의 성실성의 한 표시요 한 나라와 민족을 지탱하는 가장 확실하고 근원적인 방법으로 인식했던 듯하다. 그런 면에서 그는 투쟁론자라기보다 준비론자라고 할 수 있다. 광주학생의거의 한 주동자로 지목되어 취조받은 적도 있었지만 그는 이후 계속되는 민족의 수난을 체험하면서 이러한 굴레를 벗어나기 위해서는 긴 호흡을 갖고 자신과 가족을 잘 보존시켜 필요한 때에 역할할 수 있는 인재를 기르는 것이 현명하고 현실적인 방책이라고 생각했던 듯하다. 그의 이러한 처세관 형성에는 고향마을의 유교적 분위기와 아버지의 각별한 가족애와 교육열에 힘입은 바가 컸다.

이런 주변환경이 한때『화사집』의 강렬한 육성의 시인이었던 미당을 계속해서 그 길로 가지 못하게 한 요인이 되었던 듯하다. 농경사회 출신이었던 그에게 식민지 현실은 답답감과 무력감을 주어 강렬한 반항의 언어를 쏟아내게 하지만 그의 피의 더 깊은 곳에서는 아버지의 무명 두루마기 자락과 소쩍새 우는 고향마을이 있었다. 서서히 그는 서구적 육성의 언어에서 벗어나 동양적 향토의 언어로 돌아오게 된다. 이에 따라 그의 생활 태도도 조금씩 정리되고 귀소본능도 되살아나 가족에 대한 관심도 깊어진다.『화사집』에 수록된「수대동시」는 이러한 기미를 분명히 보여주는 예이다.

흰 무명옷 가라입고 난 마음
싸늘한 돌담에 기대어 서면
사뭇 숫스러워지는 생각, 고구려에 사는듯
아스럼 눈감었든 내넋의 시골
별 생겨나듯 도라오는 사투리.

등잔불 벌서 키어 지는데…
오랫동안 나는 잘못 사렀구나.

샤알 · 보오드레—르처럼 설ㅅ고 괴로운 서울여자를
아조 아조 인제는 잊어버려,

선왕산그늘 수대동 십사번지
장수강 뻘밭에 소금 구어먹든
증조하라버짓적 흙으로 지은집
오매는 남보단 조개를 잘줍고
아버지는 등짐 서룬말 졌느니

여긔는 바로 십년전 옛날
초록 저고리 입었뜬 금女, 꽃각시 비녀하야 웃든 삼월의
금녀,
나와 둘이 있든곳,

머잖어 봄은 다시 오리니
금녀동생을 나는 얻으리
눈섭이 검은 금녀 동생,
얻어선 새로 수대동 살리.

—「수대동시水帶洞詩」 전문—

이 시는 『화사집』의 대다수의 시편들과는 사뭇 이질적이다. 관능적이고 반항적이며 서구적인 목소리는 사라지고 '내 넋의 시골'로의 귀향심이 강하게 나타나 있다. 피와 열기는 사라지고 '흰 무명옷 가라입고'"싸늘한 돌담에 기대어 서'는 정리된 모습이 보인다. 그리고 한 걸음 더 나아가서 '별 생겨나듯 도라오는 사투리'를 맞이하게 된

다. 이러한 태도는 2연에서 더욱 구체화된다. 고향의 '등잔불'을 재발견한 화자는 자신의 도회적, 서구적 삶을 '잘 못 사렀'다고 고백하고 '샤알 · 보드레-르처럼 설ㅅ고 괴로운 서울여자'를 아주 잊어버리려고 한다. 한 때 그를 철저하게 지배했던 보들레르의 고뇌와 방황과 반항에서 벗어나 '장수강 뻘밭에 소금 구어먹든/증조하라버짓적 흙으로 지은 집'이 있는 수대동으로 귀향해 금녀 동생을 얻어 새로운 삶을 시작하려고 한다. 물이 띠두른 마을, 곧 수대동은 피와 열기가 사라진 시원한 생활의 터전으로 수덕水德을 배우며 살아가는 우리의 전통적인 마을이다. 이러한 마을로 화자는 이제 귀향하려고 한다. 곧 보들레르적인 방황을 그만 접고 가정으로의 복귀를 선언하는 것이다. 그의 귀향의식 내지 귀가의식은 그가 농경사회 태생이라는 점과 유교적 가부장의식과 무관한 것일 수 없다. 그는 한 때의 방황을 겪고 '흰 무명옷 가라입고 난 마음'으로 돌아올 수밖에 없었고, 사랑의 상처를 '서울 여자'보다는 '금녀 동생'에게서 위로 받을 수밖에 없었다.

이러한 그의 귀향의식과 가부장의식은 『화사집』의 대다수 시편들과는 이질적이라는 점은 이미 언급한 바 있다. 여기서 한 번 더 그가 그럴 수밖에 없었던 사정을 생각해 보자. "애비는 종이었다"라는 충격적이고 불경한 시적 진술로 문을 여는 『화사집』의 서시 「자화상」은 「수대동시」와는 대조적인 모습을 보인다.

> 애비는 종이었다. 밤이기퍼도 오지않었다.
> 파뿌리같이 늙은할머니와 대추꽃이 한주 서 있을뿐이었다.
> 어매는 달을두고 풋살구가 꼭하나만 먹고 싶다하였으나… 흙으로 바

람벽한 호롱불밑에
  손톱이 깜한 에미의아들.
  갑오년이라든가 바다에 나가서는 도라오지 않는다하는 외할아버지의
숯많은 머리털과
  그 크다란눈이 나는 닮었다한다.
  스물세햇동안 나를 키운건 팔할이 바람이다.
  세상은 가도가도 부끄럽기만하드라
  어떤이는 내눈에서 죄인을 읽고가고
  어떤이는 내입에서 천치를 읽고가나
  나는 아무것도 뉘우치진 않을란다.

  찰란히 티워오는 어느아침에도
  이마우에 언친 시의 이슬에는
  멫방울의 피가 언제나 서꺼있어
  볓이거나 그늘이거나 혓바닥 느러트린
  병든 숫개만양 헐덕어리며 나는 왔다.

—「자화상」 전문—

당시의 숨막힐 듯한 식민지 상황에서 자아의 숨통을 틔울 수 있는 유일한 길은 바람처럼 떠도는 것뿐이었으리라. 당시 우리의 '아버지'들은 일제의 '종'이었다. 이런 상황에서 화자는 마땅한 역할이 없었고, 어떻게 사는 것이 바르게 사는 것인지에 대한 확신도 없게 된다. 그는 마음의 갈피를 잡지 못하고 젊은 날을 정처없이 떠도는 일로 보낸다. 뚜렷한 삶의 목표도 없이 떠도는 화자를 누구는 죄인이라 하고 누구는 천치라고 하나 화자는 조금도 뉘우치려고 하지 않는

다. 그는 당시의 현실이 불합리한 것이며 이러한 현실에는 반항하는 것이 덜 부끄러운 삶이라고 확신했을 것이다. 허무주의적 방황이라고 할 수 있는 그의 방랑은 존재 그 자체를 투척한 처절한 사투이며 또 다른 삶으로 옮겨가고 싶은 무의식적 노력이라고 할 수 있다. 이러한 화자의 고투의 삶은 영롱한 이슬방울로 맺혀지기 어려웠고, 어쩌다 맺혀지는 시의 이슬방울에도 어김없이 원죄의 핏방울이 섞여 있어 '병든 숫개만냥' 헐떡거리며 살아왔다고 고백하고 있다. 화자의 충격적인 자기 고백과 고열된 목소리는 유교의 중용적 태도와는 거리가 먼 것이다. 일체를 부정하고 홀로 서려는 초인주의적 면모도 유교의 타인을 배려하는 삶의 태도와는 다른 것이다. 당시의 젊은 미당은 사유하며 멀리 내다보기에 앞서 눈앞을 가로막는 암담한 장벽에 육성으로 반항하며 절규했을 것이다. 곧 당시의 절망적 상황이 그로 하여금 향리에서 습득한 유가적 면모의 발현을 가로막고 반항적 방랑이나 초인주의적 생명주의로 발산하게 했을 것이다. 그러나 이러한 반항이나 초인주의가 한계에 부딪치자 그는 본래의 향리로 귀환해 유가적 덕목으로 삶의 지침을 삼는다. 앞서 살펴본 「수대동시」가 바로 그러한 기미를 보여준 시이다.

미당시의 유가적 면모가 결코 우연이 아님은 그가 유소년기의 향리의 정신 갈래를 회고한 글에 잘 나타나 있다.

> 심미파 힘으로 흥청거리고 잘 놀고 노래하고 춤추고, 유자儒者들의 덕으로 다스리고 지키고, 신선파의 덕으로 답답지 않은 소슬한 기운을 유지하면서, 아직도 일본이 가져온 신문화의 혜택에선 멀리 그전 그대로의 전통 속에 있었다.

> 그 때 나는 이런 세 갈래의 정신 속에서 내 열 살까지의 유년시절을 다져, 그 뒤의 소년시절의 기초를 닦지 않을 수 없었던 것이다.[8)]

유자들은 흥청거리는 심미파와 고답적인 신선파 사이에서 현실문제를 맡아 해결하고 조율하는 역할을 맡고 있었다. 이러한 향리의 세 유파는 훗날의 미당에게서 종합되어 유불선 삼교의 혼융적 삶을 살게 하는 데 절대적 영향을 끼친다. 그 가운데서도 특히 유교는 중기 이후의 미당의 삶을 집대성자의 그것으로 만들게 하는 데 결정적인 역할을 한다.

허세욱은 미당시의 종합적 성격을 다음과 같이 지적하고 있다.

> 그의 시속에 절규된 영원에의 추구나 담담한 체념, 직감적인 오성, 초월자적인 의지로 보아 노장과 불교에의 귀속된 흔적은 역연하다. 그러나 그에 못지 않게 행동적이며 윤리적인 유가의 본질적인 향수와 사명감이 잠복하고 있다.
>
> 오히려 미당시를 구축한 골격은 유교적 휴매니즘과 그에 따른 행동적 강령이 항상 작용했고 그 위를 자연무위나 허정표일虛靜飄逸의 노장사상과 색즉시공의 선과 연기관계를 믿는 불교의 힘이 융합되어 드디어 시공을 초월한 영원의 정토에서 시를 불태우고 시를 승화했었다.[9)]

허세욱은 3교 중에서도 유교가 주도적인 역할을 하고 있다고 주장한다. 그는 미당시가 노장과 불교에의 귀속 흔적이 역연함을 인정

---

8) 서정주, 「질마재」, 서정주 문학전집 3권 p31, 일지사, 1972
9) 허세욱, 「도잠과 이백과 미당 사이」, 『서정주 연구』 p335, 1975. 동화출판공사

하면서도 미당의 시에는 '행동적이며 윤리적인 유가의 본질적인 향수와 사명감이 잠복하고 있다'고 지적하고 있다. 그는 한 걸음 더 나아가서 '미당시를 구축한 골격은 유교적 휴머니즘과 그에 따른 행동적 강령'이라고 보고, '그의 생활은 끝내 유생적인 인간의 도덕과 사랑의 샘이 있는 해탈과 미해탈의 중간지대에 안주'할 것으로 보고 있다. 허세욱의 주장을 전면적으로 수용하기 어렵다 하더라도 미당시에 유가적 영향이 지대하다는 지적만은 옳다고 본다. 특히 미당시가 '영원을 지향하는 정신과 인생에 군림하는 엄숙성을 동시에 버리지 못'하고 종합한다는 것을 지적한 사실은 그의 폭넓은 안목이라고 생각된다.

이러한 미당시의 유가적 측면은 가족애와 포괄적 민족애로 구체화된다.

가난이야 한날 남루에 지내지않는다.
저 눈부신 햇빛속에 갈매빛의 등성이를 드러내고 서있는
여름 산같은
우리들의 타고난 살결 타고난 마음씨까지야 다 가릴수 있으랴

청산이 그 무릎아래 지란芝蘭을 기르듯
우리는 우리 새끼들을 기를수밖엔 없다
목숨이 가다 가다 농울쳐 휘여드는
오후의 때가 오거든
내외들이여 그대들도
더러는 앉고

더러는 차라리 그곁에 누어라

지어미는 지애비를 물끄럼히우러러보고
지애비는 지어미의 이마라도 짚어라

어느 가시덤풀 쑥굴헝에 뇌일지라도
우리는 늘 옥돌같이 호젓이 무쳤다고 생각할일이요
청태靑苔라도 자욱이 끼일일인것이다.

—「무등을 보며」 전문—

무척이나 포용적인 어조로 자신과 가족, 민족에게까지 폭넓은 이해와 사랑으로 품어줄 것을 당부하고 있다. 내외들이 서로 이해하고 연민을 느끼며 새끼들을 기르는 일, 이보다 더 소중한 일을 오랜 방황 끝에 가족을 발견한 미당에게는 없었을 것이다. 이러한 내외간의 사랑에 견주면 우리를 조금 불편하게 하는 가난이나 틈틈이 찾아오는 고난은 하찮은 것일 수밖에 없다. 이렇게 넉넉하고 따뜻한 금도에 의해 시인은 자신을 구제하고 이웃을 위무할 수 있게 되는 것이다. 미당은 만년에 이르러 특히 연민의 중요성을 강조하고 있다. 서로 가엾이 여기는 마음은 유교의 인仁과도 통하는 것으로 주변의 아픔이나 가난에 한 몸이 되려는 기본적인 마음이기 때문이다.

그가 유교를 제가철학으로 받아들인 것은 아버지 서광한徐光漢의 영향이 절대적이었다. 시골의 수재이면서도 가정 사정으로 자기 뜻을 펴지 못하고, 이러한 한을 자녀들에 대한 남다른 교육열로 풀어보려고 했던 부친의 영향은 미당에게 평생을 통해 지속된다.

그는 어쩌다 한번씩 질마재에 돌아오면 깜깜한 밤에 나를 들쳐업고 아랫마을 외갓집에 내려가곤 했다. 무서운 어둠 속에서 그 돈벌기로 작정했던 아버지의 등과 척주脊柱가 내 어린 가슴패기와 배때기에 닿던 일이 지금도 어젯일 같이 느끼어진다. 그가 그의 안방에 와서 주무실 때에는 또 곧잘 나를 그 가슴에 대 껴안아 주셨다.

밖에선 개구리들이 우는 여름 밤, 그의 겨드랑 냄새와 흙냄새에 젖어 흙 속의 무슨 정情의 싹과 같이 깃들여있던 일이 생각난다.[10]

내 아버지 서광한徐光漢을 내가 밤잠이 안와 생각하고 누웠을 때, 나는 지금도 7,8살 때처럼 그 서리내리는 밤의 그의 무명 두루마기자락 속으로 깃들이기가 예사다. 이런 모양이 결국은 가장 질긴 이 나라의 가장家長의 상징인 탓인가 한다. 대개 이런 이한테서는 아무 무늬도 없는 근조近朝 백자빛 냄새가 나고, 그 무명 두루마기에서도 역시 그런 냄새가 나고, 그의 머리 위에는 웬일인지 꾀꼬리나 그런 것이 아니라, 서리내리는 밤의 기러기 떼들이 날고 있다.[11]

미당의 부친에 대한 회고의 정은 각별하다. 남다른 교육열을 가지고 가문을 일으켜보려고 애썼던 부친은 서당 훈장, 측량기수, 지주댁 마름 등을 전전하면서도 틈만 나면 본가에 돌아와 어린 미당에게 도타운 부정을 쏟곤 한다. 미당이 『화사집』의 세계에 머물지 않고 전통적 유가의 세계로 돌아오는 이유를 이제 알 수 있을 것이다. 가정을 책임지고 이끌어가는 것이 얼마나 소중한 일인가를 아버지는 일

10) 서정주, 「질마재」, 서정주 문학전집 3권 p10, 일지사, 1972
11) 서정주, 「아버지 서광한과 나」, 서정주 문학전집 5권 p24, 일지사, 1972

찌기 몸으로 일깨워 주었다. 아버지의 등에 업혀 그 따스한 기운을 느끼면서 미당은 정서적 안정과 아버지라는 존재의 가치를 체득한다. 이러한 정서적 안정이 뒤에 그 자신을 구제하고 우리 문화의 가치를 드높일 한 종합적 시인의 출현을 가능하게 한 것이다. 지금도 미당은 부친의 '무명 두루마기 자락 속으로 깃들이기가 예사'라고 하고 있다. 미당에게 아버지는 영원히 아버지일 수밖에 없었다. 그 따뜻한 정과 든든한 보호는 세파에 시달리고 힘들 때마다 새롭게 환기되어 유소년의 그날처럼 미당을 감싸주곤 한다. 이런 아버지를 통해 미당은 가장의 책임이 무엇인가를 통감한다.'서리 내리는 밤의 기러기떼들'의 리더처럼 부친은 가정의 지도자가 되어 험난한 시대에 그 보호자로 역할했던 것이다. 미당이 부친에게서 '서리 내리는 밤의 기러기'를 연상하는 것은 당연한 일이다. 이러한 아버지를 그리워하며 그는 다음과 같은 시를 남긴다.

> 내고향 아버님 산소옆에서 캐어온 난초에는
> 내 장래를 반도 안심못하고 숨 거두신 아버님의
> 반도 채 다 못감긴 두 눈이 들어 있다.
> 내 이 난초 보며 으시시한 이 황혼을
> 반도 안심못하는 자식들 앞일 생각타가
> 또 반도 눈 안 감기어 멀룩 멀룩 눈감으면
> 내 자식들도 이 난초에서 그런 나를 볼 것인가.
>
> 아니, 내 못보았고, 또 못볼 것이지만
> 이 난초에는 그런 내 할어버지와 증조할아버지의 눈,

또 내아들과 손자 증손자들의 눈도
그렇게 들어있는 것이고, 들어 있을 것인가.

—「고향난초」 전문—

부친의 산소 옆에서 캐온 난초에서 아직도 자식의 장래를 안심 못해 눈 못감고 계시는 부친의 두 눈을 보게 된다. 미당 자신 또한 이 난초를 보며 부친처럼 자식들 걱정에 안심 못하고 살다가 이 세상을 떠나면 또 눈 못감게 될 것이고, 그러한 눈을 자식들이 보게 되지나 않을까 생각해 본다. 이를 더 연장해 보면 이 난초 잎에는 할아버지와 증조할아버지의 눈, 아들과 손자 증손자의 눈도 들어있으리라고 생각한다. 여기서 우리는 미당의 유교적 씨족의식을 보게 되고, 또 그런 의미에서 발전된 영생주의를 보게 된다. 자손들이 그 조상을 잊지 않고 그 뜻을 이어받으며 번창해 가는 일, 이것이 미당의 영생주의의 한 모습이라고 할 수 있다.

이처럼 혈연에 의한 영생을 생각하는 미당은 자손들에 대한 관심이 각별했다. 이와 연관된 미당 자신의 술회를 들어보자.

큰 아들 하나를 두고 17년 쉬었다가 1957년에 둘째이자 막내녀석을 낳아 올해 열 한 살인데, 이 아이가 우리집의 복이라고 우리 일가 친척들이 말하고 있다. 이 아이가 생기기 전엔 나는 술이 심한 데다가 내외싸움도 상당했던 편인데, 이 아이가 생겨서 자라는 동안에 나는 비교적 안정도 하고 아들들과 며느리를 돌보려 노력하는 푼수도 좀 들고, 마누라의 화도 덜 나게 되었다는 것이다.

아닌게 아니라 40이 넘은 어버이의 정이란 그 인생의 한 전기를 이루는 것인가 보다. 월급푼 받은 것 몽땅 마셔버리고 마는 버릇도 좀 고쳐지고, 그 덕으로 마누라의 화풀이도 줄게 되고, 아이들도 불안하지 않게 자랄 수 있게 되고, 그러면서 경기중학 입시 준비 바람 속에 휘몰리기도 하고, 그러다간 또 자연히 자손의 대가 우리 대보단 한결 나아져야 한다는 탈각脫覺도 하게 되고, 그런 인생을 나는 겨우 10년 가까이 되풀이하며 살아 오고 있다.

미국간 큰놈이 어서 영어로 아주 좋은 책을 써내기를 기다리는 것, 국민학교 5학년 짜리 막내가 금주 성적에도 전 백점을 맡기를 바라는 것—이런 희망으로 요즘은 많이 살고 있는 사람이 되었다.[12]

나이 마흔이 넘어 둔 막내자식에 대한 책임감이 자신의 어지러웠던 생활습관을 불식하게 하고 가장으로서의 책임의식도 살아나게 하여 잦았던 부부싸움도 그만 두게 되니 가정이 화평하여 자녀들은 안심하고 학업에 몰두하게 되어 좋은 효과를 거두니, 이 때가 미당의 삶에서 가장 기쁨이 충만한 때로서 제가의 한 모범을 보여주는 시기였던 것이다. 이후 미당은 시인이라는 심미가이자 유교에 바탕한 제가의 한 성실한 가장으로서 일생을 살아가게 된다. 애정을 듬뿍 주었던 선친과 늦게 둔 막내아들이 그의 삶을 유교의 성실한 봉행자로 탈바꿈시킨 것이다. 가정이 화평하고 자녀들이 각각 노력하여 성공하고 자신의 시업도 크게 진전하여 가문이 융성하게 되니 그는 조상에게 부끄럽지 않을 뿐만 아니라 뿌듯한 성취감도 맛보게 되었던 것이다. 이러한 성취감은 유가의 입신양명의 가치관과 무관하지 않다. 이러한 가정의 화목과 노력이 각각의 가문을 빛내고 한 나라를 이롭게 하는 것이라고 그는 믿고 있다.

12) 서정주, 「짝사랑의 역정」, 서정주 문학전집 4권 p24, 일지사, 1972

이러한 사정을 엿볼 수 있는 예로 다음과 같은 시가 있다.

여기에다가
내 막내 아이 윤이가 성심국제학교에서
외국인 아이들과 겨루어 우수하다는 성적이나 나오는 날은
그건 정말 신바람이었네.
내 72년 여의 생애에서
이때가 그래도 가장 좋았던 것만 같군.
1963년 봄에는
내 큰아들 승해가 결혼을 하여
이어서 튼튼한 큰 손자 거인이를 낳고
1965년 5월에는 그 승해가 미국으로 유학을 떠나고,
이듬해 가을엔 내 자부 강은자도 남편따라 공부를 가고,
나도 내 공부를 과거의 어느 때보다도 많이 하고
내 시표현도 정밀을 다하고 하여
이 60년대는 우리 가문의 잔잔한 한 흥륭기를 이루었나니,
지금 생각해 보자면
이 때의 나는 무의식적으로나마
공자풍의 가장 노릇에 길이 들려고 하고 있었던 것 같다.

—「춘천행 시절」에서 —

이제 미당은 수재인 막내아들의 학업성적에 지대한 관심을 갖고 그 성취에 신바람나 있다. 막내아들이 이 나라 제일의 경기중학에 합격하기를 고대하며 수발하기도 하고, 결혼하여 손주를 안겨준 큰아들 부부가 유학 떠나 국제적으로 큰 성취를 이루기를 기대하기도

하면서, 스스로도 안정과 행복 속에서 시업에 더 몰두하여 놀라운 성과를 거두게 되니, 60년대는 그의 말대로 '우리 가문의 잔잔한 한 흥륭기'를 이룬 셈이었다. 이 당시의 그를 스스로 '공자풍의 가장노릇에 길이 들려고 하고 있었던 것 같다'고 술회하고 있다. 그는 유교에 바탕한 제가의 중요성을 이때에 거듭 확인했던 듯하다.

이 후 그는 어떤 경우에도 가정의 환란을 가져오는 비정상적인 일탈은 삼가고 있다. 그는 민족의 한 사표로서, 역경을 헤쳐온 한 역사인으로서 가정을 지키고 이끌며 빛내는 것이 가장된 자의 마땅한 도리라고 확신하고 있는 것이다. 여기서 우리는 제가철학으로서의 유교가 그에게서 새삼 빛나고 있음을 확인하게 된다.

3. 정절貞節의 미학

『화사집』의 시편들은 대체로 격렬한 관능의 냄새를 풍기고 있다. 시집 표제가 되는 「화사」라는 시만 해도 저주받은 존재로 땅으로만 기어다니며 살아가는 뱀을 들어 억압된 생명의식을 도착적 관능으로 표출하고 있다. 당시 따뜻한 햇볕을 받으며 자신이 바라는 역할을 갖고 인간적인 삶을 살 수 없었던 식민지의 젊은 지식인들에게 그들은 스스로 땅바닥을 기어다니며 어둠을 반추하는 뱀과 같은 존재라는 자의식이 팽배했을 것이다. 이런 그들에게 그들이 살아 있다는 것을 확인할 수 있는 유일한 순간은 관능에 탐닉할 때뿐이었을 것이다. 살아 있다는 의식을 말살하려는 교활한 식민주의자들에게 『화사집』의 시편들은 반항적이고 관능적인 목소리로 자신들이 살아 있다는 것을 부르짖고 있다. 『화사집』의 시편들이 관능을 역겨워하고 경멸하면서도 탐닉하는 것은 관능을 생명 탄생의 유력한 자극제요 살아 있음의 또 다른 표현으로 보기 때문이다. 따라서 화자는 '화사'에게서 '징그러움'과 더불어 '아름다움'을 함께 느낀다. 또 죄책감과 더불어 생기를 느끼기도 한다. 화자는 '고양이 같이 고흔 입설'의 '스물난 색시' 순네에게 '배암'으로 '슴'이고 싶어한다. 화자는 사향 박하의 관능의 뒤안길을 헤매고 있고, '배암'은 화자에게 적이자 동류로 인식되고 있다. 화자는 관능의 늪에 점점 깊이 빠져 들어가는 것을 두려워하면서도 그 독한 향기에서 헤어나지 못하고 오히려 탐닉함으로써 생명의 주체가 되고 싶어한다.

이러한 관능적 태도는 「대낮」의 "핫슈 먹은 듯 취해 나자빠진 능구렝이 같은 등어릿 길로,/님은 다라나며 나를 부르고……//강한 향기로 흐르는 코피/두 손에 받으며 나는 쫓느니", 「맥하麥夏」의 "땅에 누어서 배암같은 계집은/땀흘려 땀흘려/어지러운 나-ㄹ 업드리었다.", 「입마춤」의 "땅에 긴 긴 입마춤은 오오 몸서리친/쑥니풀 지근지근 니빨이 히허여케/즘생스런 우슴은 달드라 우름가치 달드라." 등에도 적나라하게 나타나 있다.

『화사집』의 이러한 태도는 아무래도 동양적, 전통적인 시세계와는 판이한 것이다. 미당이 농경사회 출신이고 전통세계로 회귀할 가능성이 높음은 이미 지적한 바 있다. 그는 순천의 사상을 지니고 있고 제가철학으로서의 유교 수용의 싹을 이미 보이고 있었다. 이러한 그가 숨마저 쉬기 어려운 엄혹한 시대를 만나 관능과 부정의 시편들을 한 때 쏟아냈지만 시간이 지나고 호흡을 조절하게 됨으로써 다시 세상을 넓고 멀게 바라보는 자세를 취하게 된다. 『화사집』을 출간하기 훨씬 전인 1935년에 그는 이미 「귀촉도」를 쓰고 있는데 이 시의 세계는 전통적 여인의 정한의 미학을 담고 있다. 『화사집』이 발산의 미학이라면 「귀촉도」계열의 정절의 미학은 수렴의 미학이라고 할 수 있을 것이다.

눈물 아롱 아롱
피리 불고 가신님의 밟으신 길은
진달래 꽃비 오는 서역 삼만리.
흰옷깃 염여 염여 가옵신 님의
다시오진 못하는 파촉 삼만리.

신이나 삼어줄ㅅ걸 슲은 사연의
올올이 아로색인 육날 메투리.
은장도 푸른날로 이냥 베혀서
부즐없은 이머리털 엮어 드릴ㅅ걸.

초롱에 불빛, 지친 밤 하늘
구비 구비 은하ㅅ물 목이 젖은 새,
참아 아니 솟는가락 눈이 감겨서
제피에 취한새가 귀촉도 운다.
그대 하늘 끝 호을로 가신 님아

—「귀촉도」 전문—

이 시의 여인은 다시 오지 못하는 길을 떠난 님에게 변함없는 일편단심을 보이고 있다. 죽음이 갈라놓지 못하는 이러한 정절의 미학은 한국의 독특한 미학이다. 합리적인 머리로는 이해하기 어려운, 계산을 초월한 사랑의 미학인 것이다. 미당은『화사집』의 와중에서도 이러한 전래의 정절의 미학의 싹을 보여주고 있다. 님은 떠나고 사랑은 이제 남은 자의 몫이다. 여인은 조금도 흔들림이 없이 자신의 영원한 사랑을 머리카락으로 엮은 육날 메투리로 증언하며 님의 가시는 길에 '진달래 꽃비'를 뿌리고 밤새워 우는 귀촉도 울음으로 일편단심을 토로한다. 이러한 헌신적 사랑에 의해 '하늘 끝 호올로 가신 님'과 여인은 헤어지지 못하고 하나가 된다. 정절의 미학은 시집『귀촉도』이후 수시로 나타나고 있으며 미당 자신도 정절의 미학을 강조하고 있다.

> 그러나 이런 순진하고 신선한 젊은 매력이라는 것도 이걸 순간적으로 즐기고 말려는 성욕의 타락자들을 만나면 지저분한 잡것으로 길들여지고 말 염려도 없지 않은 것이니, 여기에서는 아무래도 '삶의 신성성' 그것을 아울러 이해해서 삶의 그 신선함이 타락해 병들지 않도록 남녀 서로서로 도와 지켜 나가야만 할 것이다. 물론 이 신성은 큰 종교들로부터 배우는 게 첩경이다. 그래 한 송이의 건전하게 아름다운 꽃 송이의 싱싱한 매력에서 신성함을 겸해서 느끼고 살 줄 알아야 한다.[13)]

미당은 현대인들의 성적 탐닉과 타락을 염려하고 있다. 성적 타락은 '삶의 신성성'을 훼손할 가능성이 높기 때문이다. 크고 아름다운 한 송이의 꽃을 피우기 위해서는 절제와 정절의 삶이 필요하다고 보고 있는 것이다. 이러한 삶을 이루기 위해서는 큰 종교에 의지하고 배우는 것이 첩경이라고도 말하고 있다.

---

13) 서정주,「내 인생공부와 문학표현의 공부」,『서정주 문학앨범』p172, 웅진출판사

미당의 시에는 유독 '누님'이 많이 나온다. 이성이면서도 범접할 수 없는 거리감으로 하여 '누님'은 우리의 어지러운 성욕을 조절해 주고 길을 안내해 주는 역할을 할 수 있는 존재이기 때문이다.

누님.
눈물 겨웁습니다.

이, 우물 물같이 고이는 푸름 속에
다수굿이 젖어있는 붉고 흰 목화꽃은,
누님,
누님이 피우셨지요?

퉁기면 울릴듯한 가을의 푸르름엔
바윗돌도 모다 바스라저 네리는데……

저, 마약과 같은 봄을 지내여서
저, 무지한 여름을 지내여서
질갱이 풀 지슴ㅅ길을 오르 네리며
허리 굽흐리고 피우셨지요?

—「목화」 전문—

이 시의 '누님'은 인종의 여인이다. 고난과 억울함을 안으로 삭이고 어느 맑은 날 곱게 피어나는 한국의 덕성스런 꽃이다. 이런 의미에서 '목화'는 곧 '누님' 자신이다. 화자는 이런 '누님'의 삶을 이해하고 동참함으로써 자신의 어지러운 성욕을 다스리고 이성을 보는 눈을 바로 할 수 있게 된다. 일면 잔잔해 보이는 '누님'의 내면에도 인간의 갈등이 소용돌이쳐서 '마약과 같은 봄'과 '무지한 여름'이 거듭되었고, 이런 역경을 말없이 이겨냄으로써 어느 날 '누님'은 '목화'라는 정절의 꽃으로 피어날 수 있었던 것이다. 널리 알려진「국화 옆에서」도 이런 맥락에서 읽혀져야 할 시임은 물론이다. 화자는 봄 · 여름의 풍우를 이겨내고 늦가을 서리 속에서 피어난 국화꽃을 보고 젊은 날의 격정과 정한을 이겨내고 어느날 거울 앞에 단정히 앉아 있는 중년의 '누님'을 떠올리게 된다. 화자는 이러한 '국화'와 '누님'에게서 정절의 미학을 발견하고 그러한 삶의 태도를 자신에게로 물대오고 있는 것이다. 미당에게 있어서 '누님'은 단순한 미적 대상이 아니라 그 자신이라고 할 수 있다. 정절은 사실 여성에게만 요구되는 인습이 아니라 사랑하고 사랑받는 모든 자가 마땅히 지녀야 할 덕목이라고 할 수 있다. 그는 점차 '장미'보다는 '목화'나 '국화'의 정절을 찬미하는 안정된 시인이 되어가고 있는 것이다.

미당의 이러한 정절의식은 '춘향의 말' 연작에서 절정을 이룬다. 춘향은 고대의 설화가 아니라 살아있는 우리 여인네의 정절의 미학으로서 작용하고 있는 것이다.

> 안녕히 계세요
> 도련님
> 지난 오월 단오ㅅ날, 처음 맞나든날
> 우리 둘이서 그늘밑에 서있든
> 그 무성하고 푸르든 나무같이
> 늘 안녕히 안녕히 계세요

저승이 어딘지는 똑똑히 모르지만
춘향의 사랑보단 오히려 더 먼
딴 나라는 아마 아닐것입니다.

천길 땅밑을 검은 물로 흐르거나
도솔천의 하늘을 구름으로 날드래도
그건 결국 도련님 곁 아니예요?

더구나 그 구름이 쏘내기되야 퍼부을때
춘향은 틀림없어 거기 있을거에요!

—「춘향유문」 전문—

이몽룡에게 한 번 마음을 준 성춘향의 사랑은 어떠한 위협으로도 굽힐 수 없고 죽음으로도 중단시킬 수 없다. 춘향은 자신의 사랑이 우주적 차원에서 돌고 돌아서 결국 님의 곁에 구름이나 소나기로 돌아올 것을 확신한다. 이러한 춘향의 변함없는 사랑은 어떻게 가능한 것인가? 결국 춘향은 이몽룡이라는 사랑의 대상을 지극히 사랑하다 그 대상을 뛰어넘어 사랑하는 자신을 더 사랑하는 것인지도 모른다. 사랑하는 자신의 사랑의 완성을 위해 고초를 겪고 죽음마저도 감내하려는 것이다. 미당이 이 시를 통해 말하고자 하는 바도 바로 이처럼 사랑을 아는 춘향의 일편단심을 통해 고차원적인 정절의 미학을 부각시키고 싶었을 것이다. 미당은 고차원적 감정인 정조情操에 대해 다음과 같이 말하고 있다.

축적하는 정서를 잘 종합하고 선택하면 정조情操가 되는 것이라고 생각한다. 감각과 정서가 그 시간상의 장단은 있을지언정 둘이 다 변하는 것인데, 정조는 변하지 않는 감정내용 곧 항정恒情을 일컫는다. 성춘향의 이도령에 대한 일편단심, 여말 정몽주의 한결같은 우국지정, 근조 시인 정송강의 불면하는 사군事君감정—이런 것들은 모두 다 정조에 속한다.[14]

정조란 높은 정신활동에 따라 일어나는 지적이고 가치지향적인 감정을 말하는데 이는 다시 지적 정조, 윤리적 정조, 미적 정조, 종교적 정조로 나뉘기도 한다.[15] 진리애, 조국애, 동경憧憬, 법열 등도 이러한 정조의 대표적 예들이다. 미당은 성춘향의 이도령에 대한 일편단심, 포은의 우국지정, 송강의 임금 섬기는 심정을 정조의 예로 들고 있다. 이와 같은 정조는 한결같은 마음 곧 항심恒心이 일구어내는 항정이라고 할 수 있는 것으로, 가치지향적 감정이라고 할 수 있다. 이와 같은 정조는 미당시에서 자주 나타나는데, 먼저 죽은 애인 양산이의 무덤에 뛰어들어 그와 하나가 되려는 숙영이의 치마 끝자락이 남아 나비로 화해 지금도 날고 있다는 사랑 이야기를 시화한 「숙영이의 나비」, 님에 대한 한결같은 사랑을 형이상학적 차원으로 승화시킨 「동천」, 「님은 주무시고」, 「내 그대를 사랑하는 마음은」 등과 사소한 오해로 첫날밤에 떠나버린 남편을 수십년 기다리다 그 남편과 다시 만나던 날 녹의홍상이 초록재, 다홍재로 삭아내렸다는 신부의 비극적 설화를 시화한 「신부」 등이 바로 그러한 예들이다.

미당이 이처럼 여성의 정절을 찬미하고 높이 평가하는 것은 친할

---

14) 서정주, 「시의 내용」, 서정주 문학전집 2권 p87~8, 일지사, 1972
15) 나병술, 『심리학』 pp225~233 참조, 교육연구사

머니와 외할머니, 어머니의 영향이 크다. 이 분들은 모두 한국의 어머니이자 아내로 훗날의 미당에게 긍정적 여성관을 심어주었을 뿐만 아니라 삶의 자세까지도 가르쳐주었다. 친할머니는 반가의 여인다운 기품을 지닌 분으로 남편의 임종을 맞이해 흐려지는 그의 목숨을 살리기 위해 손가락을 잘라 그 피를 넣어드린 분이었으며, 외할머니는 지극히 다정하고 단정한 분으로 미당의 정서 안정에 커다란 영향을 끼쳤던 분이었다. 어머니 또한 현숙한 유교 가풍의 여인으로 미당의 삶에 품격과 절제의 가치를 무언으로 일깨워주신 분이었다.

미당의 우리 어머니들에 대한 찬양을 한 번 들어보자.

> 우리 어머니들의 그 맵고도 쓰거운 열녀도의 고독—이것 아니었으면 우리는 어찌 되었을까? 우리 민족의 오늘이 있는 것은 반이상의 힘이 우리 어머니들한테서 온 것이다. 예쁜 비석에 나는 내 성의를 다해 그것을 예찬해 드려야겠다.[16)]

그는 한국의 역사가 이만큼이라도 유지된 것은 전적으로 한국 여성들, 특히 어머니들의 공로로 돌리고 있다. 그런 점에서 그는 여성 찬미주의자, 좁혀서는 어머니 찬미주의자라고 할 수 있다. 그의 열녀관도 단순한 정조를 뛰어넘어 한 가정과 자녀의 안정을 위한 크나큰 희생이라고 보고 있는 듯하다. 모성적인 이러한 한국여성들에 의하여 한국 역사는 그런대로 그 명맥을 유지했다고 보는 것이다. 이러한 어머니들의 한 전형으로 미당은 자신의 어머니를 들며 돌아가

---

16) 서정주, 「어머니찬」, 서정주 문학전집 4권 p131, 일지사, 1972

신 후 예쁜 비석에 그 미덕을 새겨 예찬하겠다고 한다.

또한 미당은 한없이 다사로왔던 외할머니를 회상하며 한 편의 암시적인 시로 그 분의 삶을 기리고 있다.

외할먼네 마당에 올라온 해일엔요.
예쉰살 나이에 스물한살 얼굴을 한
그러고 천살에도 이젠 안 죽기로 한
신랑이 돌아오는 풀밭길이 있어요.

생솔가지 울타리, 옥수수밭 사이를
올라오는 해일 속 신랑을 마중 나와
하늘 안 천길 깊이 묻었던델 파내서
새각시때 연지를 바르고, 할머니는

다시 또 파, 무더기 웃는 청사초롱에
불 밝혀선 노래하는 나무나무 잎잎에
주절히 주절히 매여달고, 할머니는

갑술년이라던가 바다에 나갔다가
해일에 넘쳐오는 할아버지의 혼신魂身 앞
열아홉살 첫사랑쩍 얼굴을 하시고

—「외할머니네 마당에 올라온 해일」 전문—

바다에게 일찍 남편을 잃고 수절하며 살아온 외할머니의 삶을 쏘네트 형식의 시로 찬미하고 있다. 「신부」와 비슷한 일편단심으로 이

청상의 외할머니는 홀로 살아가고 있다. 어느날 해일이 일어 바닷물이 외할머니네 마당에까지 들었는데 미당은 이를 바다에서 익사한 외할아버지가 외할머니를 만나러 온 것으로 받아들이는 것이다. 이런 설화적 이야기를 통해 미당은 열녀도를 찬양하고 정절의 미학을 개간해 가는 것이다.

미당에게 있어 평생의 내조자는 부인이었다. 전통적 부덕의 전형이라고 할 수 있는 부인은 일탈적인 남편에게서 때로는 면박을 받으면서도 묵묵히 참고 견디어 미당이 안정을 찾고 가정으로 돌아와 시업과 가업을 크게 일으키는데 결정적인 역할을 하였다. 이러한 부인의 인종과 내조에 감동하며 미당은 다음과 같은 시를 남기고 있다.

나 바람 나지 말라고
아내가 새벽마다 장독대에 떠 놓은
삼천 사발의 냉숫물.

내 남루와 피리 옆에서
삼천 사발의 냉수 냄새로
항시 숨쉬는 그 숨결 소리.

그녀 먼저 숨을 거둬 떠날 때에는
그 숨결 달래서 내 피리에 담고,

내 먼저 하늘로 올라가는 날이면
내 숨은 그녀 빈 사발에 담을까.

—「내 아내」 전문—

이제 미당은 부인의 미덕을 깊이 인식하고 있다. 가난과 수모 속에서 묵묵히 참고 견뎌 오늘의 가정의 토대를 마련한 부인에게서 미당은 정절의 미학의 한 예를 보고 있는 것이다. 이제는 떨어져서 살 수 없는 노년의 동반자로서 사후에라도 함께 하고 싶은 지극한 부부애를 미당은 토로하고 있다. 부인의 삼천 사발의 정화수의 위력을 미당은 충분히 알고 있고, 그녀의 헌신이 이룬 가문의 번영도 충분히 인정하고 있다.

이러한 부인의 사람됨을 그는 다음과 같이 정리하기도 한다.

> 그러니만큼 내가 내 아내한테서 여자를 느낀다 해도 그건 무슨 명모호치明眸皓齒라든지 섬섬옥수라든지 화용월태라든지 그런 종류의 매력들에서 느끼게 되는 것과는 아주 거리가 먼 것이다. 아들과 손자들을 내가 안 보는 틈에도 늘 항상 지켜 내려온 그네의 그 깊은 육친애의 강인한 눈, 코끼리 발같이 무디어만 가는 손, 일년에 스무 차례도 더 되는 그 적지 않은 우리집 제삿날들을 어디 써 놓지도 않고 고스란히 다 기억하여 내 대신 언제나 빼지 않고 차려가는 집요한 씨족영생氏族永生의 의지—그런 일들에 매력을 안 느낄 수 없을 때 주로 그네는 한 큰, 매력이 되는 것이다.[17)]

그는 아내에게서 이성적 매력보다 부덕의 향기를 깊게 느낀다. 곧 그녀만이 지닌 강한 육친애와 적지 않은 기제사에 쏟는 그녀의 남다른 정성에서 아내의 매력을 느끼는 것이다. 친할머니와 외할머니,

---

17) 서정주, 「씨족영생의 강인한 의지」, 서정주 문학전집 4권 p133, 일지사, 1972

어머니와 아내에게서 확인한 그의 정절의 미학은 이처럼 뿌리깊은 것으로 이것은 결국 그의 유가적 측면과 무관한 것일 수 없다.

만년에 그는 어린 날의 추억으로 몸가짐 단정했던 향리 처녀들을 떠올린다. 명절이나 달 밝은 밤이면 마을 처녀들이 모여 강강술래 놀이등을 하는데 짓궂은 마을 청소년들이 길목을 지키고 있다가 장난을 거는 일이 있었다. 이런 악동들을 피해 재치있게 달아나던 처녀들을 떠올리며 그는 다음과 같이 시로도 찬양하고 있다.

> 그때, 그들 처녀와 소녀들이 마당의 그 공동의 거울을 비우고 뿔뿔이 흩어져서 집으로 돌아갈 때에는, 우리들(물론 여기서도 나는 아직 그러질 못했으나) 또 그 나오는 데를 지키고 있다가, 각기 제 나름대로 하나씩 소녀들 의 뒤를 따라 도망가는 걸 쫓아 갔다. 그러나, 이런 날 밤 처녀와 소녀들의 발걸음은 사내애들보다 빨랐다. 소녀 사슴 뛰듯 내리 달리고 건너 뛰어, 항용 머리털 하나 손에 가까이 닿지 않았다.[18)]

활 등 굽은 험한 산 콧배기를
산골의 급류 맵씨있게 감돌아 나리듯
난세를 사는 처녀들 복이 있나니.

추석 달 밝은 밤도 더없이 슬기로워서
어느 골목 건달의 손에도 그 머리의 댕기
잡히지 않고
재치있게 피할줄 아는 처녀들은 복이 있나니.

---

18) 서정주, 「질마재」, 서정주 문학 전집 3권 p55, 일지사, 1972

밖에 나서서는 남녘의 대수풀 사운거리듯.
방에 들어선 난초만양 점잖게 앉는
치운 겨울의 처녀 더 복이 있나니.

—「복받을 처녀」 전문—

자기 몸을 정히 지켜 건달의 손에 털끝 하나 닿지 않게 하는 것은 아름다운 일이다. 이는 단순한 육체적 접촉에 그치는 것이 아니라 정신적 훼절에 해당되는 것이기 때문이다. 특히 난세를 사는 처녀들은 자기의 몸을 깨끗이 지켜 소중한 이에게 사랑의 선물로 바쳐야 할 것이기 때문이다. 이 시대가 사랑의 과잉 속의 사랑의 황폐화라는 세기말적 현상을 띄는 것을 미당은 잘 알고 있고, 그러므로 더욱 이러한 정숙한 처녀들을 칭송하고 싶었던 것이다. 추운 겨울을 이겨내고 향기로운 꽃을 피우는 난초처럼 한 가정의 아내이자 어머니가 되어 그 가정의 따뜻한 난로가 되고 보이지 않는 버팀목이 되는 것은 이러한 처녀들이기 때문이다. 그는 의도적으로 이 시를 써서 현대여성들에게 경각심을 주고 정절의 미학을 환기 시키려고 했던 듯하다.

Ⅲ. 맺는 말

살펴본 대로 미당시는 유가적 측면을 확실히 보여주고 있다. 구체적으로는 우주 · 자연의 주재자인 하늘의 섭리에 따르려는 순천의 사상, 한 집안의 가장으로서 몸가짐을 바로 하고 가족의 안위와 장래에 대해 걱정하고 성의를 다하는 제가철학, 사랑하는 이에게 한 마음으로 다가가 헌신하는 정절의 미학의 모습으로 전개된다.

그의 순천의 사상은 하늘을 조화로운 우주의 중심체이자 광명과 도의 근원으로 보고, 이 하늘에 의지해 자아와 세계를 질서화하려 하고 있다. 이러한 천인합일의 연속적 세계관에 의해 그는 낙관적 인생관을 얻을 수 있게 된다. 그의 제가철학적 면모는 가족에 대한 지극한 관심으로 나타나며 이러한 관심이 민족국가에 대한 관심으로까지 확대된다. 그는 역경에서 긴 호흡을 갖고 준비하는 것이 더욱 현명하며 강하다는 준비론자의 면모를 보여준다. 이러한 의식이 가부장의식으로 나타나고 입신양명의식, 혈연적 영생주의로 발전하기도 한다. 제가철학으로서의 유교는 그에게 진심盡心과 지성至誠의 덕목을 일깨워 주었고, 공자풍의 집대성자, 장수시인의 면모를 보여주기도 한다. 정절의 미학은 '서울여자'에서 '금녀동생' 으로 돌아오면서 확실해진다. 이러한 변화가 '누님'의 발견으로 이어지고 열녀 찬양, 부부간의 이해와 연민 중시, 발산보다 수렴의 성격을 띤 인종 · 정한 · 정절의 미학으로 결정된다.

미당시의 유가적 측면은 철학적이라기보다 생활중심의 원시유학적 성격을 띠고 있다. 생활철학으로서도 강직한 의義보다는 포용적인 인仁이나 덕德에 가까워 보인다. 그는 중용적 세계관에 의지함으로써 가족의 발견에 이르게 되고, 이런 관점에서 민족국가의 미래도 내다보고 있다.

그가 불교의 지혜에 깊이 의존하면서도 현실살이에 있어서는 유교의 반듯한 기율에 크게 도움 받고 있음도 쉽게 확인할 수 있었다. 곧 유교는 그에게 혼란스런 현세의 삶에 질서를 부여하고 삶과 예술의 지침으로 크게 작용했던 것이다. 여기서 우리는 유교라는 현실적 이념이 미당이라는 천재적 시인을 만나 시화되는 희귀한 예를 볼 수 있었으며 그의 정신의 숲의 넓이가 얼마나 광활한지도 다시 한번 확인할 수 있었다. 이 점 문학사적 의의가 크다고 할 것이다.

3장

탄층의 수인
—이상론

탄층의 수인 – 이상론

Ⅰ. 머리말

연구자는 이 연구에서 이상李箱의 시와 수필, 서간 등을 그의 의식의 독백이나 심정의 직접적 토로로 보고 철저하게 그의 텍스트에 의존해서만 그의 시인적 특질을 살펴보고자 한다.

Ⅱ. 이상의 '탄층'

'탄층炭層'의 문맥적 의미를 더듬어 보면 먼저 수분과 공기, 희망이 결여된 어두운 공간을 떠올릴 수 있다. 깊디 깊은 곳, 어둠이 지배하는 새까만 공간이 이상의 의식공간이라고 할 수 있다. 이는 곧 자아를 유폐시키는 의식의 감옥이라고도 할 수 있다. 그의 의식공간을 이처럼 '탄층'으로 만든 주요 요인으로는 그의 정신기질인 권태와 책임지기 버거운 가정과 공동체적 비극인 암흑시대를 들 수 있다.

1. 권태라는 '탄층'

시인 보들레르는 그의 기념비적 시집 『악의 꽃』의 서시인 「독자에게」에서 "이 세상에 가장 무서운 괴물이 있으니 그건 권태"라고 선언한다. 누구보다 권태의 심연을 깊게 들여다 본 그의 이러한 발언은 권태에 대한 해독성을 우리에게 잘 전달해주고 있다. 시대와 동시대인들로부터 철저히 고립하여 권태의 바다를 헤쳐간 보들레르의 삶과 시는 이상의 삶과 시에도 그대로 적용된다.

이상은 그의 수필 「권태」에서 권태에 함몰되어 가는 자아를 다음과 같이 토로하고 있다.

> …전략…
>
> 나는 해양 같은 권태 속을 헤엄치고 있다. 지느러미는 미적지근한 속에 있다.
>
> …중략…
>
> 그렇다면 아무것도 생각하지 말기로 하자. 그저 한량없이 넓은 초록색 벌판 지평선, 아무리 변화해 보았댔자 결국 치열한 곡예의 역을 벗어나지 않는 구름, 이런 것을 건너다 본다.
>
> 지구 표면적의 백분의 구십구가 이 공포의 초록색이리라. 그렇다면 지구야말로 너무나 단조무미한 채색이다. 도회에는 초록이 드물다. 나는 처음 여기 표착하였을 때 이 신선한 초록빛에 놀랐고 사랑하였다. 그러나 닷새가 못 되어서 이 일망무제의 초록색은 조물주의 몰취미와 신경의

조잡성으로 말미암은 무미건조한 지구의 여백인 것을 발견하고 다시금 놀라지 않을 수 없었다.

…중략…

낮닭 우는 소리가 무던히 한가롭다. 어제도 울던 낮닭이 오늘도 또 울었다는 외에 아무 흥미도 없다. 들어도 그만 안 들어도 그만이다. 다만 우연히 귀에 들려왔으니까 그저 들었달 뿐이다.

닭은 그래도 새벽, 낮으로 울기나 한다. 그러나 이 동리의 개들은 짖지를 않는다.

…중략…

이 빈촌에는 도적이 없다. 인정있는 도적이면 여기 너무나 빈한한 새악시들을 위하여 훔친 바 비녀나 반지를 가만히 놓고 가지 않으면 안 되리라. 도적에게는 이 마을은 도적의 도심(盜心)을 도적맞기 쉬운 위험한 지대이리라.

…중략…

소는 식욕의 즐거움조차를 냉대할 수 있는 지상 최대의 수태자獸怠者. 얼마나 권태에 지질렸길래 이미 위에 들어가 식물을 다시 게워 그 시금털털한 반소화물半消化物의 미각을 역설적으로 향락하는 체해 보임이리요?

소의 체구가 크면 클수록 그의 권태도 크고 슬프다. 나는 소 앞에 누워 내 세균같이 사소한 고독을 겸손하면서 나도 사색의 반추는 가능할는지 불가능할는지 몰래 좀 생각해 본다.

…중략…

오 분 후에 그들은 비키면서 하나씩 둘씩 일어난다. 제각각 대변을 한 무데미씩 누어놓았다. 아 — 이것도 역시 그들의 유희였다. 속수무책의 그들 최후의 창작 유희였다.

…중략…

불나비가 달려들어 불을 끈다. 불나비는 죽었든지 화상을 입었으리라. 그러나 불나비라는 놈은 사는 방법을 아는 놈이다. 불을 보면 뛰어들 줄을 알고—평상에 불을 초조히 찾아다닐 줄도 아는 정열의 생물이니 말이다.

그러나 여기 어디 불을 찾으려는 정열이 있으며 뛰어들 불이 있느냐. 없다. 나에게는 아무것도 없고 아무것도 없는 내 눈에는 아무것도 보이지 않는다.

—「권태」에서—

이상은 권태의 바다에서 헤엄치고 있다. 얼마나 오랫동안 권태의 바다에서 살았던지 겨드랑이에서 지느러미가 돋아날 정도이다. 그에게는 초록빛 벌판이 희망의 공간이 아니라 만날 그 빛깔인 권태의 공간이다. 그에게는 두둥실 떠가는 흰 구름도, 활기차게 우는 낮닭 울음소리도 권태롭게 들린다. 동네 개는 낯선 사람에게 짖지도 않는다. 한여름의 개는 모든 것이 귀찮다. 개뿐이 아니라 이 가난한 시골은 마을 전체가 활기를 잃고 있다. 이 마을에 든 도둑은 그의 도심마저 잃어버릴 지경이다. 그는 시금털털한 여물을 되새김질하는 소에게서 동류감을 느낀다. 소의 크고 슬픈 눈을 보면서 고독을 반추하는 자화상을 보는 것이다. 더욱 충격적인 것은 권태에 지친 아이들이 똥누기 놀이를 하는 것이다. 현실에 대한 반항이자 최후의 놀이로서의 똥누기는 강렬한 풍자성을 띄고 있다. 당시 조선의 무기력한 식민지 현실을 이상은 희화적으로 풍자하고 있는 것이다. 그는 당시 현실에서 어떤 활로나 방향도 발견하지 못하고 있다. 마지막으로 그는 불에 뛰어들어 소사하는 불나비에게서 정열을 배우고자 한다. 그러나 둘러보니 정작 뛰어들 불이 어디에도 없는 것이다. 결국 끝없는 권태만이 그를 에워싸고 있다.

이상의 권태는 시에서 더욱 심각하게 나타난다.

> 싸움하는사람은즉싸움하지아니하던사람이고또싸움하는사람은싸움하지아니하는사람이었기도하니까싸움하는사람이싸움하는구경을하고싶거든싸움하지아니하던사람이싸움하는것을구경하든지싸움하지아니하는사람이싸움하는구경을하던지싸움하지아니하던사람이나싸움하지아니하는사람이싸움하지아니하는것을구경하든지하였으면그만이다.
>
> —「오감도烏瞰圖」 시 제3호 전문—

일반적으로 싸움하는 사람은 이기려는 투지가 있다. 그런데 이 시의 화자는 어떤 투지도 보이지를 않는다. '싸움하는사람'은 '싸움하지아니하던사람'이나 '싸움하지아니하는사람'이 되어버리고, '싸움하는사람'은 자기가 직접 싸우는 대신 '싸움하는구경을하'는 사람이 되어버린다. 어떠한 의욕도 없고 무기력과 권태만이 화자를 지배하고 있다. 싸움의 의미와 목적을 상실하고 있는 것이다. 그를 지배하고 있는 것은 엄연히 어두운 현실인데 그는 이에 대해 어떠한 저항도 할 수 없는 것이다. 현실을 긍정할 수도 없고 그렇다고 타파할 수도 없는 딜렘마 사이에서 그의 무기력은 깊어가고 권태의 늪도 깊어져 위기를 맞게 된다.

> 내가결석한나의꿈. 내위조가등장하지않는내거울. 무능이라도좋은나

의고독의갈망자다. 나는드디어거울속의나에게자살을권유하기로결심하였다. 나는그에게시야도없는들창을가리켰다. 그들창은자살만을위한들창이다. 그러나내가자살하지아니하면그가자살할수없음을그는내게가르친다. 거울속의나는불사조에가깝다.

—「오감도」 중 시제15호에서—

화자인 '나'는 살아 있어도 산 존재가 아니다. 이것을 '내가결석한나의꿈'이라고 진술한다. '나'는 꿈속의 삶을 살고 있고, 그 꿈에서마저 '나'는 '결석'하고 있다. 곧 '나'는 없는 것이다. 그렇다고 내가 취생몽사의 삶을 사는 것은 아니다. '나'는 '내위조가등장하지않는내거울'을 지니고 거울놀이를 하면서 끊임없이 자기성찰을 한다. 그러나 불행하게도 '나'의 결론은 삶보다는 죽음이다. 유일한 출구인 '들창'은 자살로 가는 문이다. '나'는 거울 속의 '나'에게 자살을 권고하지만 실행에 옮기지는 못한다. 이렇게 죽지 못하는 자신을 '불사조에가깝다'고 조소하면서 하루 하루를 살아가고 있다. 이처럼 의욕을 잃어버린 '나'의 삶이 바람직한 것일 리 없다. 이러한 '나'를 지배하는 것 또한 거대한 권태의 늪이다. 보들레르가 이 세상에서 가장 무서운 악마라고 한 권태의 늪에 빠져 이상은 헤어나지 못하고 있는 것이다.

캄캄한공기를마시면폐에해롭다. 폐벽에그을음이앉는다. 밤새도록나는몸살을앓는다. 밤은참많기도하더라. 실어내가기도하고실어들여오기도하다가잊어버리고새벽이다. 폐에도아침이켜진다. 밤사이에무엇이없어졌나살펴본다. 습관이도로와있다. 다만사치한책이여러장찢겼다. 초조한아침햇살이자세히적힌다. 영원히그코없는밤은오지않을듯이.

—「아침」 전문—

'나'는 아침을 맞이하지만 의욕을 회복하지는 못한다. 책장 위에 밝은 아침 햇살이 내리쪼이지만 지난밤의 어둠에서 자유로운 것은 아니다. 지난밤의 어둠과 고통이 생각나 신선한 아침공기마저도 상쾌하지 못하다. 지난밤에 '나'는 '캄캄한공기를마시'고 '폐벽에그을음이앉'은 채로 밤새도록 몸살을 앓는다. 이런 밤은 하루 이틀로 끝나지 않고 일상이 되어버린다. 긴긴 밤에 '나'는 절망과 죽음을 반추하다가 새벽과 아침을 맞이하지만 이것은 문제가 근본적으로 해결된 것이 아니라 '습관이도로와있'을 뿐이다. 곧 '나'의 새벽과 아침은 권태의 또 다른 출발점이 되는 것이다. 아침은 잠깐동안 '영원히그코없는밤은오지않을듯이' 활기를 띠지만 '나'는 그 정체를 분명히 알고 있다. 아침은 해결의 서장이 아니고 낮 또한 권태가 해소된 시간이 아니라는 것을. 이러한 '나'에게 아침과 낮은 여전히 밤이고 권태일 뿐이다.

살펴본 대로 이상은 권태라는 '탄층'에 갇혀 살며 시를 쓴 시인임을 알 수 있다.

2. 가정이라는 '탄층'

두루 아는 대로 이상의 가정은 정상적인 것이 아니었다. 부모는 천연두 자국으로 인한 얼금뱅이었으며, 어린 나이에 아들이 없는 백부 댁에 양자로 들어가 과도한 기대를 받으며 자라났다. 생가의 부모에게 갖는 연민과 콤플렉스, 양가의 부모에게 갖는 과도한 의무감은 내성적인 그를 억눌리게 했고, 이러한 억눌림에 대한 반발이 엄격한 백부 사후 그의 분방한 일탈행위로 폭발했다고 할 수 있다. 이후 금홍이라는 여인과의 비정상적인 생활이나 수 차례에 걸친 다방이나 까페의 경영 실패 역시 정상인의 태도는 아니었다. 그러나 이상이 파렴치할 정도로 가정에 무관심한 것은 아니었다.

① 우리 어머니도 우리 아버지도 다 얽으셨습니다. 그 분들은 다 마음이 착하십니다. 우리 아버지는 손톱이 일곱밖에 없습니다. 궁내부 활판소에 다니실 적에 손가락 셋을 두 번에 잘리우셨습니다. 우리 어머니는 생일도 이름도 모르십니다. 맨 처음부터 친정이 없는 까닭입니다. … 중략…. 나는 그분들께 돈을 갖다 드린 일도 없고 엿을 사다 드린 일도 없고 또 한 번도 절을 해 본 일도 없습 니다. …중략…. 젖 떨어져서 나갔다가 23년 만에 돌아와 보았더니 여전히 가난하게들 사십디다. …중략…. 그렇건만 나는 돈을 벌 줄 모릅니다. 어떻게 하면 돈을 버나요, 못 법니다. 못 법니다.

—「슬픈 이야기」255, 6 쪽—

② 나는 물론 이래서는 안된다고 생각한다. 작은 어머니 얼굴을 어대봐도 미워할 구석이 어데 있느 냐. …중략… 물론 이래서는 못쓴다. 이것은 분명히 내 병이다. 오래 오래 사람을 싫어하는 내 버릇이 살피고 살펴서 급기야에 이 모양이 되고 만 것에 틀림없다. 그렇다고 내 육친까지를 미워하기 시작하다가는 나는 참 이 세상에 의지할 곳이 도무지 없어지는 것이 아니냐. 참 안됐다.

—「공포의 기록」의 불행한 계승에서—

③ 나는24세나도어머니가나를낳으셨듯이무엇인가를낳아야겠다고생

각하는것이었다.

—「육친의 장」 일부—

④ 신당리 버티고개 밑 오동나무골 빈민굴에는 송장이 다 되신 할머님과 자유로 기동도 못하시는 아버지와 50평생을 고생으로 늙어 쭈그러진 어머니가 계시다.

네 전보를 보시고 이분들이 우시었다. 너는 날이면 날마다 그 먼 길을 문안으로 내게 왔다. 와서 그 날의 양식거리를 타갔다. 이제 누가 다니겠니.

— 여동생 옥희에게 한 편지에서—

①~④를 통해 알 수 있는 것은 이상의 가족에 대한 애정과 인륜의식이다. 일탈의 생활을 하면서도 그는 가정에서 완전히 자유로운 것은 아니었다. 분방한 자유가 한쪽에서 부르지만 가족에 대한 의무감 역시 그를 얽어매고 있는 것이다. 부모님은 두 분이 다 얼굴이 얽으셨지만 마음이 착하다. 어머니는 생일도 이름도 친정도 모르는 결손인이고, 아버지는 궁내부 활판소에 다니다 손가락 셋을 잃은 장애인이다. 이런 부모에게 그는 용돈을 드린 일도, 맛있는 음식을 사다 드린 일도, 특히 한 번도 절을 해 본 일이 없다. 그는 부모에 대해 연민과 함께 깊은 수치감을 품고 있다. 그가 이렇게 된 것은 젖 떨어지자마자 백부 댁에 양자로 들어가 친부모와 23년 간 떨어져 지냈기 때문이기도 하다. 부모님은 여전히 가난하게 살고 있고, 이 분들을 편안하게 모시기 위해서는 돈이 필요한데 그에게는 돈 벌 능력이 도저히 없다. 하지만 애정마저 없는 것은 아니다. 인륜을 저버린 것도 아

니다. 23년 간 키워주고 교육시켜주신 고맙고 착한 작은 어머니(사실은 큰어머니)와 경제문제로 다투고 나서 자신의 인간성이 파탄에 이를까 두려워하며 깊이 뉘우치고 반성하고 있다. 24세가 된 그는 자신도 무언가 생산적인 존재가 되고 싶어한다. 무식하고 겸손적인 어머니도 그를 낳고 사랑을 베풀어주었는데 배우고 똑똑하다는 그는 가족에게 어떤 도움도 주지 못한다. 경영하던 다방과 까페는 다 실패하여 결국 그는 송장이 다 된 할머니와 기동이 불편한 아버지와 늙어가는 어머니를 모시고 신당동 빈민굴로 옮겨가게 된다. 그래도 이때까지 이분들의 양식거리를 이상이 조달했는데 그 먼 길을 심부름하던 여동생 옥희마저 집을 떠나는 슬픔을 편지로 토로하고 있다. 이러한 그의 인간적인 모습은 그가 가정을 버린 비정한 인간이 아니라는 것을 여실히 보여준다.

① 나는 내 아내를 버렸다. 아내는 '저를 용서하실 수는 없었습니까' 한다. 그러나 나는 한 번도 〈용서〉라는 것을 생각해 본 일은 없다. 왜? 〈간음한 계집은 버리라〉는 철칙에 의혹을 가지는 내가 아니다. 간음한 계집이면 나는 언제든지 곧 버린다. 다만 내가 한참 망설여가며 생각한 것은 아내의 한 짓이 간음인가 아닌가 그것을 판정하는 것이었다. 불행히도 늘 결론은 늘 간음이 다〉였다. 나는 곧 아내를 버렸다.

—19세기식 250쪽—

② 솜옷을 입고 아내가 나갔거늘 이제 철은 홋것을 입어야 하니 넉 달 지간이나 되나보다.

나를 배반한 계집이다. 3년 동안 끔찍이도 사랑하였던 끝장이다. 따귀도 한 대 갈겨주고 싶다. 호령도 좀 하여 주고 싶다. 그러나 여기는 몰려

드는 사람이 하나도 내 얼굴을 모르는 사람이 없는 다방이다. 장히 모양도 사나우리라. …중략… 하나같이 내 눈에 비치는 여인이라는 것이 그저 끝없이 경조부박한 음란한 요물에 지나지 않는 것이 없다.

—「공포의 기록」의 불행한 계승에서—

③ 저에게 주신 형의 충고의 가지가지가 저의 골수에 맺혀 고마웠습니다. 돌아와서 인간으로서, 아니, 사람으로서의 옳은 도리를 가지고 선처하라 하신 말씀은 참 등에서 땀이 날 만치 제 가슴을 찔렀습니다.

저는 지금 사람 노릇을 못하고 있습니다. 계집은 가두에다 방매하고 부모로 하여금 기갈케 하고 있으니 어찌 족히 사람이라 일컬으리까.

— H형에게 쓴 편지—

①~③에서 확인할 수 있는 것은 이상이 인격파탄자가 아니라 생활인으로서의 상식성을 확실히 보여주고 있다는 점이다. 그는 대부분의 남자들과 같이 간음한 아내를 절대 용서하지 않고 단호하게 버리는 건전한(?) 상식성을 보여주고 있다. 이러한 상식성은 ②에서도 확인된다. 끔찍이도 사랑했던 아내가 그를 배반하고 가출했다가 돌아오자 따귀를 갈겨주고 싶지만 지인들이 많은 다방에서 그러한 행동을 하는 것은 자신의 체면을 크게 무너뜨릴까 하여 자제하게 된다. 그러면서도 그는 아내를 결코 용서하지 않고 '경조부박한 음란한 요물'로 취급한다. 이상의 상식성은 ③에서 가장 확실히 나타난다. 친구의 따가우면서도 간곡한 충고를 고맙게 받아들이면서 자신을 반성하고 있다. 계집을 거리에다 방매하고 부모를 굶주리게 했다고 고백하면서 자신을 통매하고 있다. 그러나 결론적으로 그는 실천적인 생활인으로 돌아가지는 못한다. 이러한 고민이 그의 시에서 자주 나

타난다.

> 나의아버지가나의곁에서조을적에나는나의아버지가되고또나는나의아버지의아버지가되고그런데도나의 아버지는나의아버지대로나의아버지인데어쩌자고나는자꾸나의아버지의아버지의아버지의……아버지가되니나는왜나의아버지를껑충뛰어넘어야하는지나는왜드디어나와나의아버지와나의아버지의아버지와나의아버지의아버지의아버지노릇을한꺼번에하면서살아야하는것이냐
>
> —「오감도」 시제2호—

'나'는 '나'이지만 '나'만이 아니다. '나'는 무수한 조상들 곧 가문과 연결되어 있고, 과도한 책임을 떠안고 있다. 이러한 책임이 '나'는 괴롭다. 그렇다고 철저히 거부하는 것은 아니다. 수긍도 거부도 하지 못하는 어정쩡한 자세로 독백만을 거듭한다. 내가 이렇게 무력감에 싸인 것은 어떤 역할도 부여하지 못하는 시대상황과도 연결되어 있다. '나'는 정당한 역할을 갖지 못한 식민지민이고, 이러한 시대에 왕성하게 활동하는 것은 또 다른 부조리를 인정하는 것이기 때문이다. 이 시대에 자아를 보존하는 길은 비활동, 곧 어떠한 역할도 맡지 않는 것이다. 그리하여 부당한 시대가 요구하는 규범을 거부하고 일탈함으로써 동질화를 거부하는 저항의 태도를 보여주는 것이다. 그러나 이러한 일탈과 저항의 삶이 가정에 얼마나 부담을 주었을 것인가는 자명하다. 유산도 물려받지 못한 '나'는 가족의 곤궁을 지켜보면서 자책의 념을 벗어버릴 수가 없다. 이처럼 '나'는 가정이라는 '탄층'에서 자유로울 수가 없다.

크리스트에혹사酷似한한남루한사나이가있으니이는그의종생과운명까지도내게떠맡기려는사나운마음씨다. 내시시각각에늘어서서한시대가눌변인트집으로나를위협한다. 은애恩愛. 나의착실한경영이새파랗게질린다. 나는이육중한크리스트의별신別身을암살하지않고는내문벌과내음모를약탈당할까참걱정이다. 그러나내신선한도망이그끈적끈적한청각을벗어버릴수가없다.

—「육친」 전문—

'나'는 가족의 일생과 운명을 책임져야 한다. 이런 면에서 '나' 또한 조선조의 가부장의식에서 예외가 아니다. 힘들게 가족을 부양하는 대신 가장의 지위를 누림으로써 남성의 정체성을 유지할 수가 있다. 그러나 '나'는 가족 부양이 너무 힘들다. 가족은 시시각각 '나'에게 늘어붙어 위협한다. 기질적으로 '나'는 비현실적일 뿐 아니라 어떠한 경제적인 능력도 갖지 못하고 있다. 더구나 '나'는 엄혹한 시대를 만나 자신을 짐지기도 벅차다. 그런 '나'에게 가족은 악착스레 달라붙어 요구하고 괴롭힌다. 가족은 '나'를 은애했다. 마땅히 '나'는 그들을 부양해야 한다. 그러나 '나'는 무능하다. 어떤 요구도 들어주지 못하는 무능한 '나'는 새파랗게 질린다. '나'는 그들에게서 도망치려 하지만 그들의 애절한 목소리는 '나'를 계속 따라다닌다. '나'는 가족의 부양에 적극적이지도 유능하지도 않지만 그렇다고 포기하거나 가출하지는 않는다. 관계의 끈은 놓지 못하고 무기력한 독백만을 계속하는 것이다.

살펴본 대로 이상은 가정이라는 '탄층'에 갇혀 해결 없는 고민만을 계속한다.

3. 시대라는 '탄층'

이상이 태어나서 활동하다 죽은 1910년에서 1937년에 걸친 시대는 궁핍하고 자유가 없으며 역할이 없는 시대였다. 식민지민이라는 태생적 족쇄는 풀릴 가망이 없이 더욱 더 조여오기만 했다. 이상은 이러한 질곡의 현실에 분명히 맞서 투쟁하지는 않았으나 그러한 현실에 영합하지는 않았다. 이러한 갈등이 그의 시에서 우회적으로 나타난다.

> 久遠謫居의地의一枝……중략……지평을향하여시금시落魄하는만월·淸澗의氣가운데만신창이의만월劓刑당하여渾淪하는·謫居의地를관류하는一封家信……중략……枠散顚倒하는星座와星座의千裂된 死胡洞을跑逃하는거대한風雪·降霾·血紅임리한……중략……亡骸·나는塔配하는毒蛇와같이지평에植樹되어다시는기동할수없었더라·天亮이올때까지.
>
> —「오감도」 중 시제7호—

'나'는 풀릴 길 없는 유배의 삶을 살고 있다. '나'는 식민지라는 창살 없는 감옥에 갇혀 살고 있는 것이다. '나'의 삶은 살아도 사는 것이 아니다. 곧 망해의 삶을 살아간다. '나'는 코를 베이는 형(비형劓刑)을 당하는 수모를 겪으며 절룩거리고 넘어지고 엎어지며 낙백의 삶을 살고 있다. 바람은 죽은 뒷골목의 거리(사호동死胡洞)를 할퀴며 지나가고, 흙비가 내리고, 피로 범벅이 돼 있다. 이 거리에 산 것은 없으며 어떠한 희망도 보이지 않는다. '나'는 마침내 한 자리에 심어져 옮겨갈 수 없는 나무와 같이 탑 속에 유폐되어 기동할 수가 없다. '나'의 구제는 자력으로는 불가능하며, 하늘의 도움으로나 가능하다. 이처럼 내가 사는 시대는 암담하고 출구가 없다. 내가 사는 시대는 '나'를 가두는 '탄층'으로 또 하나의 감옥인 것이다.

때묻은빨래조각이한뭉텅이공중으로날아떨어진다. 그것은흰비둘기의떼다. 이손바닥만한한조각하늘저편에전쟁이끝나고평화가왔다는선전이다. 한무더기비둘기의떼가깃에묻은때를씻는다. 이손바닥만한하늘이편에방망이로흰비둘기의떼를때려죽이는불결한전쟁이시작된다.공기에숯검정이가지저분하게묻으면흰비둘기의떼는또한번이손바닥만한하늘저편으로날아간다.

—「오감도」 중 시제12호—

'나'의 시대는 전쟁의 시대이다. 국가이기주의에서 출발해 부국강병을 목표로 하는 제국주의는 약소국의 희생을 전제로 한다. 전쟁주의자는 평화를 위해서 전쟁을 한다고 강변한다. 그러나 그들이 약소국에게 평등과 평화를 가져다 주고 함께 번영을 이룬 역사적 예는 아직껏 발견할 수 없다. 이런 시대에 평화를 상징하는 비둘기의 깃이 순백의 빛깔을 유지할 수가 없다. '숯검정이가지저분하게묻'어 있다. 아예 비둘기를 '때려죽이는불결한전쟁'이 도처에서 벌어진다. 이러한 시대가 싫어 비둘기떼는 딴 곳으로 날아간다. '나'는 이러한 시대를 긍정할 수가 없고 갈등하지 않을 수 없다. 그러나 제국주의의 힘은 강하다. '나'는 개인의 무력을 되씹으며 밀실로 퇴행한다. 이러한 시대는 '나'의 '탄층'이자 감옥이다.

> 고성앞풀밭이있고풀밭위에나는내모자를벗어놓았다. 성위에서나는내기억에꽤무거운돌을매어달아서는내힘과거리껏팔매질쳤다. 포물선을역행하는역사의슬픈울음소리. 문득성밑내모자곁에한사람의걸인이장승과같이서있는것을내려다보았다. 걸인은성밑에서오히려내위에있다.혹은종합된역사의망령인가.
>
> —「오감도」 중 시제14호에서—

'나'는 역사의식에서 자유로울 수가 없다. '나'는 유구한 역사 '고성'의 후손이고 그 역사에서 내 가문은 상당한 지위 '모자'를 누리기도 했다. 그러나 현재 식민지민으로 굴욕의 삶을 사는 '나'는 이러한 과거의 기억이 부담스럽기만 하다. 나는 그 기억에서 벗어나고 싶어 한다. 기억에 '무거운돌을달아' '내힘과거리껏팔매질'을 해 보지만 그 기억은 되돌아와 '나'를 맞혀 슬프게 한다. 곧 '포물선을역행하는역사의슬픈울음소리'를 듣는 것이다. 한편 돌과 함께 날아간 내 모자의 곁에는 한 '걸인'이 당당히 서서 '나'에게 역할을 요구한다. 입신양명을 고대하는 조상일 수도, 국권회복을 요구하는 식민지 조선일 수도 있는 이 '걸인'은 성 밑에 있으면서 오히려 내 위에 군림한다. 곧 '나'는 '종합된역사의망령'을 보는 것이다. 여기서 '종합된역사의망령'으로 표현한 것에 유의해야 한다. '나'는 제국주의를 인정해 받아들이지도 않지만 그렇다고 무거운 짐을 후손에게 짐지운 조상이나 선행 역사도 곱게 보지 않는다. 아무튼 '나'는 암담한 식민지 현실에서 자신의 무능과 역할 사이에서 고민하는 시대의식을 보여주고 있다.

나와그알지못할험상궂은사람과나란히앉아뒤를보고있으면氣象은다몰수되어없고선조가느끼던時事의증거가최후의鐵의성질로두사람의교제를금하고있고가졌던농담의마지막순서를내어버리는이정돈한암흑가운데의분발은참비밀이다그러나오직그알지못할험상궂은사람은나의이런노력의기색을어떻게 살펴알았는지그때문에그사람이아무것도모른다하여도나는또그때문에억지로근심하여야하고지상맨끝정리인데도깨끗이마음놓기참어렵다.

——「정식正式」의 Ⅱ——

'나'는 '험상궂은사람'에게 감시당하고 있다. '험상궂은사람'이란 무엇일까. '나'를 불편하고 갈등스럽게 하는 어떤 힘일까. 아무튼 '나'는 그와 완전히 결별하지는 못하고 그와 '나란히앉아뒤를보'는 기묘한 동거 양상을 연출한다. 이러한 동거 때문인지 '나'의 '기상은다몰수되어없'고 무기력한 삶을 살아간다. 그러나 선조 대대로의 거부감 때문인지 두 사람의 마음의 교제는 금지되어 있다. 사실 두 사람은 서로를 경계하고 감시하고 있는 관계이다. 이러한 '나'의 내밀한 경계심을 '정돈한암흑가운데의분발은참비밀'이라고 표현하고 있다. 이러한 '나'의 경계심을 그가 알았던지 몰랐던지 '나'는 그의 감시가 신경쓰여 '근심하여야하고' '깨끗이마음놓기참어렵다'고 토로한다. 일제강점기에 강포한 지배자에게 정면으로 맞서 싸우기는 어려웠을 것이다. 이상 또한 총독부 건축기사로 일하면서 말못할 갈등을 느꼈을 것이다. 이러한 시대에 대한 고민이 이 시의 주제가 되었다고 생각된다.

이상 살펴본 대로 이상의 시에는 시대라는 '탄층'에 갇혀 고민하는 모습을 보여주고 있다.

Ⅲ. '수인' 이상

권태와 가정과 시대라는 '탄층'을 벗어나지 못한 이상은 '수인囚人'일 수밖에 없다. '수인'으로서의 이상은 자폐아, 중간인, 반항아의 모습을 보이는데, 이 각각에 대해 살펴보겠다.

1. 자폐아 이상

건전한 일상인의 관점에서 볼 때 이상의 삶은 현실과 철저히 동떨어져 사는 자폐아의 삶이라고 할 수 있다. 그의 일거수일투족은 비정상인의 행위였으며, 그의 말과 글은 상식 파괴의 전시장이었다. 이러한 자폐성이 선천적인 것이었든, 환경적인 것이었든 간에 1930년대의 그의 삶은 동시대와 동시대인에게서 떨어져 사는 비정상적인 자폐아의 암호문적인 독백이라고 할 수 있다.

> 벌판 한복판에 꽃나무 하나가 있소. 근처에는 꽃나무가 하나도 없소. 꽃나무는 제가 생각하는 꽃나무를 열심히 생각하는 것처럼 열심히 꽃을 피워 가지고 섰소. 꽃나무는 제가 생각하는 꽃나무에게 갈 수 없소. 나는 막 달아났소. 한 꽃나무를 위하여 그러는 것처럼 나는 참 그런 이상스러운 흉내를 내었소.
>
> —「꽃나무」 전문 p.71—

'나'는 벌판 한복판에 홀로 서 있는 '꽃나무'이다. '나'는 이상적인 꽃을 피우려고 전심전력을 다한다. 그러나 피워낸 꽃은 본질로서의 꽃은 아니다. 곧 '나'와 '나'의 만남은 이루어지지 않는 것이다. 그러므로 '나'는 '제가 생각하는 꽃나무에게 갈 수 없'다. '나'는 이웃에게서 고립되어 있고 '나'자신과도 단절되어 있다. 자아찾기로도 볼 수 있을 듯하지만 "나는 막 달아났소"에서 보는 것처럼 분열의 양상도 보이고 있다. 집요하게 탐구하지 않고 도피의 모습을 보이는 것이다. 결론적으로 이 시의 '나'는 아직 심각한 자폐는 아니지만 자폐의 초기 현상은 보이고 있다고 생각된다.

> 나는거울속에있는실내로몰래들어간다. 나를거울에서해방하려고. 그러나거울속의나는침울한얼굴로동시에꼭들어온다. 거울속의나는내게미안한뜻을전한다. 내가그때문에영어囹圄되어있듯이그도나때문에영어되어떨고있다.
>
> —「오감도」 중 시제15호의 3—

이 시의 '나'는 좀 더 심각한 자폐현상을 보이고 있다. 처음에 '나'는 거울놀이에서 '나를거울에서해방하려'는 의욕을 보인다. 그러나 '나'는 거울 속의 '나'를 해방시키지 못하고 오히려 거울 속에 갇혀버린다. '나'는 거울 속의 '나'와 현실세계의 '나'의 분열상태를 극복하여 외부세계와 소통하는 건강한 삶을 살고 싶었다. 그러나 '나'의 노력은 분열을 극복하지 못하고, 그런 자신이 부끄러워 '나'는 내게 '미안한뜻을전한다'. 결국 '나'는 갇혀('영어') '나'와 '나'만의 대화를 계속하는 자폐성을 보이는 것이다.

거울속에는소리가없소
저렇게까지조용한세상은참없을것이오

◇

거울속에도내게귀가있소
내말을못알아듣는딱한귀가두개나있소

◇

거울속의나는왼손잡이오
내 악수를받을줄모르는— 악수를모르는왼손잡이오
—「거울」에서—

이 시에서 '나'의 자폐현상은 더욱 깊어간다. 철저히 거울 속의 삶을 사는 것이다. 거울 속에는 일체의 소리가 없다. 자폐의 심각성이 섬뜩하게 집혀 오는 부분이다. 거울 속의 '나'는 어떤 말도 알아듣지 못한다. 그리고 현실세계와는 철저히 단절되어 불통의 삶을 살아간다. 더욱 심각한 것은 자아분열이 깊어간다는 것이다. '나'와 '나'의 악수, 곧 소통은 불가능하게 되어버렸다. 거울 속의 삶만을 삶으로써 현실세계와 단절된 '나'는 실제와는 다른 '왼손잡이'가 되어버린다.

너는누구냐그러나문밖에와서문을뚜드리며문을열라고외치니나를찾는일심一心이아니고또내가너를도무지모른다고한들나는차마그대로내어버려둘수는없어서문을열어주려하나문은안으로만고리가걸린것이아니라밖으로도너는모르게잠겨있으니안에서만열어주면무엇을하느냐너는누구기에구태여닫힌문앞에탄생 하였느냐

—「정식正式」 중 Ⅳ—

이런 자폐현상은 이 시에서도 더욱 깊어져 반복된다. '나'는 '나'와 단절되어 있어서 문 밖에 와서 문을 두드려도 열어줄 수가 없다. 결국 '나'와 '나'는 하나여서 문을 열어 주려 하나, 문은 안팎으로 고리가 걸려 있어서 밖에서 열고 들어가거나 안에서 밀고 나올 수가 없다. '나'와 '나'의 단절은 워낙 깊어서 극복할 수가 없다고 '나'는 생각하는 듯하다. 자아 단절에 대한 '나'의 이러한 체념적 태도는 '나'의 자폐를 더욱 심각하게 할 뿐이다.

꽃이보이지않는다. 꽃이향기롭다. 향기가만개한다. 나는거기묘혈을판다. 묘혈도보이지않는다. 보이지 않는묘혈속에나는들어앉는다.

—「절벽」에서—

끝내 '나'는 자폐의 묘혈 속에 들어앉는다. 꽃이 없는데도 꽃냄새를 맡고, 보이지도 않는 묘혈을 판다. '나'는 비현실의 꽃향기를 맡고 공상의 묘혈을 판다. '나'는 묘혈에서 만개한 꽃향기를 맡고 영면하려 한다. 다시는 암담한 현실세계로 돌아오려 하지 않는 것이다. 이처럼 '나'의 자폐증은 심각성을 보이고 있다.

살펴본 대로 우리는 이상의 여러 시편에서 심각한 자폐현상을 확

인할 수 있었다.

2. 중간인 이상

시인 이상을 이해하기 위해 중간인의 개념을 적용해 보고자 한다. 실존주의적이라 할 수 있는 이 중간인의 개념은 이상적인 곳에 도달하고자 하는 열망을 지니고 있으면서도 철저하게 idea적인 존재도 될 수 없고, 그렇다고 철저하게 현실적인 존재도 될 수 없는 중간적인 존재라고 할 수 있다. 이러한 중간인적인 성격은 이상과 현실 사이에서 갈등하는 고등사유동물인 인간 자체가 태생적으로 지니고 있고, 특히 일제 강점기에서 가혹한 억압을 받은 지적인 조선인에게서 심하게 나타났으며, 그 중에서도 자의식적인 기질이 강한 이상에게서 그 비극성은 극대화되어 나타났다고 할 수 있다.

> 생활. 내가 이미 오래 전부터 생활을 갖지 못한 것을 나는 잘 안다. 단편적으로 나를 찾아오는 〈생활 비슷한 것〉도 오직 고통〉이란 요괴뿐이다. 아무리 찾아도 이것을 알아줄 사람은 한 사람도 없다.
>
> 무슨 방법으로든지 생활력을 회복하려 꿈꾸는 때도 없지는 않다. 그것 때문에 나는 입때 자살을 안하고 대기의 자세를 취하고 있는 것이다—이렇게 나는 말하고 싶다만.
>
> 제2차의 객혈이 있은 후 나는 어슴푸레하게나마 내 수명에 대한 개념을 파악하였다고 스스로 믿고 있다.
>
> 그러나 그 이튿날 나는 작은어머니와 말다툼을 하고 맥박 125의 팔을 안은 채, 나의 물욕을 부끄럽다 하였다. 나는 목을 놓고 울었다. 어린애같이 울었다.

남 보기에 퍽이나 추악했을 것이다. 그러다 나는 내가 왜 우는가를 깨닫고 곧 울음을 그쳤다.

—「공포의 기록」의 서장에서—

'나'에게 생활은 고통을 주는 요괴일 뿐이다. 가능하면 생활전선에서 벗어나고 싶어한다. 그러나 가족부양이라는 현실을 완전히 무시할 수는 없기에 무기력하고 무능하지만 생활력을 회복해 보려는 노력을 보이기도 한다. 그러나 그 노력은 결실을 보지 못하고 궁핍은 계속된다. 여기서 이상은 이상과 현실 사이의 중간인이 될 수밖에 없다. '나'는 가족에 대한 의무감 때문에 아직껏 자살을 결행하지 못하고 있다. 일탈적 자유인으로 꿈꾸는 에고이스트적인 삶을 유보하는 중간인적인 태도를 취하는 것이다. 또 물욕 때문에 '작은어머니'와 심한 말다툼을 하고 부끄러움에 목놓아 운다. 철저하게 무계산적인 일탈적 자유인이라고 하기엔 자신이 너무 계산적이고 추악하다고 생각되었기 때문이다. 이처럼 '나'는 생활전선에서 벗어나고 싶어 하지만 마저 벗어나지 못하는 중간인적인 모습을 보여주고 있다.

문을암만잡아당겨도안열리는것은안에생활이모자라는까닭이다.

밤이사나운꾸지람으로나를졸른다. 나는우리집내문패앞에서여간성가신게아니다. 나는밤속에들어서서제 웅처럼자꾸감減해간다. 식구야봉한창호어디라도한구석터놓아다고내가수입收入되어들어가야하지않나. 지붕에서리가내리고뾰족한데는침처럼월광이묻었다. 우리집이앓나보다. 그리고누가힘에겨운도장을찍나보다. 수명壽命을헐어서전당잡히나보다. 나는그냥문고리에쇠사슬늘어지듯매달렸다. 문을열려고안열리는문을열려고.

—「가정」전문—

'나'는 나름대로 가족부양에 성의를 다하려고 한다. 그러나 타고난 기질과 고질화된 습관은 '나'를 일순간에 유능한 생활인으로 변모시키지는 못한다. 이런 자신을 '생활이모자라'다고 자책하기도 하고 준엄한 현실(밤)의 '사나운꾸지람'을 공손히 받아들이기도 하지만, 활로가 열리는 것은 아니다. 이러지도 저러지도 못하는 중간인인 '나'는 가장이라는 내 역할(내문패)이 "여간성기신게아니다". '나'는 의무감에 시달려 "제웅처럼자꾸감해간다". '나'는 식구들과 어떤 의사소통도 못하고 있다. '나'는 식구들이 자신을 이해하고 받아들여주기를 호소하고 있다. 저당잡혀 '도장을찍는' '우리집'을 구해보려고 "나는그냥문고리에쇠사슬늘어지듯매달렸다. 문을열려고안열리는문을열려고". 이처럼 무능하고 비현실적인 '나'는 가족을 부양하려고 노력을 다하는 중간인적인 모습을 보여주고 있다.

> 분총墳塚에계신백골까지가내게혈청의원가상환을강청强請하고있다. 천하에달이밝아서나는오들오들떨면서도처에서들킨다. 당신의인감이이미실효된지오랜줄은꿈에도생각하지않으시나요—하고나는의젓이대꾸해야겠는데나는이렇게싫은결산의함수를내몸에지닌내도장처럼쉽사리끌러버릴수가참없다.
>
> —「문벌」 전문—

일탈적 자유인이 되기를 꿈꾸는 '나'에게 먼 조상이나 가문의 요구는 집요하다. 무능한 '나'는 밝은 달 아래 어디로 숨지도 못하고 도처에서 그들에게 들킨다. 그들은 '나'에게 준 생명의 원가를 상환하라고 강청한다. '나'는 그들의 요구가 버겁고 성가시지만 정면으로 거부하지 못하고 어정쩡한 태도를 보인다. 이미 가문의 영광은 효력을 잃은 지 오래고, '나'에게만 그런 요구를 한다는 것은 지나친 일이 아니냐고 대꾸하고 싶은데, 실제로 '나'는 그리 하지 못하고 그들에게 진 빚을 평생 안고 살아갈 수밖에 없다고 체념한다. '나'는 그렇게 싫은 가문의 인감 도장을 끌러버릴 수가 없다. 이러한 태도 또한 중간인적인 태도이다.

살펴본 대로 일탈적 자유인이라고만 생각되던 이상에게서도 중간인적인 면을 확실히 발견할 수 있었다.

3. 반항아 이상

강압적 체제에 안주할 수 없었던 이상은 지배자가 요구하는 얌전하고 생산적인 신민이 될 수 없었다. 그러한 그는 지배자의 눈에 불령선인일 수밖에 없었고 그럴수록 그는 자유를 갈망할 수밖에 없었다. 그가 의식했던 안했던 그는 자유로운 공기와 삶을 원했고, 그러한 삶이 허용되지 않았을 때 그의 언행은 일탈이고 반항일 수밖에 없었다. 그는 산소결핍을 몸으로 울어낸 시대의 반항아라고 볼 수 있는 것이다.

> 그들은 이런 모든 것에 지쳐 버렸다. 그들은 흥취를 느낄 만한 출구가 없다. 그들은 무의식적으로 어째야 좋을지 어쩔 줄을 모른다. 그들, 상처에 어지러이 쥐어 뜯긴 풀잎 조각들이 함부로 흩어져 있다.
>
> 오호라, 이 아해들에게 가지고 놀 것을 주라.

…중략…

그렇다. 유희 않는 아해란 있을 수 없다. 유희를 주장한다. 유희를 요구한다.

…중략…

아해가 놀지 않는다는 현상은 병이 아니면 사망일 것이다. 아해는 쉴새없이 유희한다.

—「이 아해들에게 장난감을 주라」에서—

장난감이 없이 권태롭게 지내는 아이들을 보며 이상은 분노를 느낀다. 주권을 상실하고 무기력에 빠진 조선과 그런 조선의 현재를 불러온 어른들에게 이상은 강한 반항의 태도를 보여주는 것이다. "놀지 않는 아이는 죽은 아이이다. 그들이 싱싱하게 살아나도록 장난감을 주라." 고 이상은 소리 높여 외친다. 누구보다도 권태의 해악을 깊이 경험한 이상은 아이들만이라도 자유롭고 활기차게 자라기를 열망한다. 이런 아이들에게서만 조선의 미래를 기대할 수 있다고 생각했는지도 모른다. 아무튼 장난감이 일반화되지 않았던 이 시대에 "이 아해들에게 장난감을 주라"는 호소는 강한 반항의 목소리로 들리기에 충분하다.

별안간 파상波狀 철판이 넘어졌다. 완고한 음향에는 여운도 없다.

그 밑에서 늙은 의원議員과 늙은 교수가 번차례로 강연한다.

——「파첩破帖」의 일부——

총칼이 지배하는 세상은 철판이 넘어지는 음향으로 가득 차고, 이러한 세상은 어떠한 여운도 없다. 이러한 세상을 유지하고 합리화시키는 데 늙은 의원과 늙은 교수와 같은 소위 조선의 명사들이 동원된다. 소극적이든 적극적이든 이들은 내선일체, 황국신민화를 주창하고, 학도병 지원과 정신대 참가를 권유한다. 이런 왜곡된 현실에 화자는 냉소를 보내고 반항의 메시지를 전한다.

> 눈에띄지않는폭군이잠입하였다는소문이있다. 아기들이번번이애총이되고되고한다. 어디로피해야저어른구두와어른구두가맞부딛는꼴을안볼수있으랴. 한창급한시각이면가가호호들이한데어우러져서멀리포성과시반屍班이제법은은하다.
>
> ──「가외가전街外街傳」의 일부──

눈에 띄지 않게 폭군이 잠입하고 아기들이 번번이 애총이 되는 시대는 거짓과 폭력이 자행되는 시대이다. 폭군이 잠입했다는 것은 무지몽매하여 주권을 잃고 노예가 되었다고 해석할 수 있다. 아기들이 번번이 애총이 된다는 것은 이 땅에 희망의 싹이 망실되어간다는 의미라고 해석할 수 있다. 어른들은 구두를 신고 서로 싸우기만 한다. 이런 꼴이 보기 싫어 어디로 피해 보려 하지만 피할 곳도 없다. 가가호호를 한 데 묶어 병영을 만드는 군국주의──멀리 포성이 울리고 시체의 반점이 눈앞에 어른거린다. 이러한 진술은 분명히 질곡의 시대에 대한 반항의 목소리이다.

> 하고싶은말을개짖듯뱉어놓던세월은숨었다. 의과대학허전한마당에우뚝서서나는필사로금제를앓는다. 논문에출석한억울한촉루髑髏에는천고

에씨명氏名이없는법이다.

—「금제禁制」의 일부—

하고 싶은 말을 마음껏 뱉어내던 시절도 흘러가 버렸다. 입도 귀도 없는 암흑시대인 것이다. 금지하고 통제하는 것만이 전부인 시대에 '나'는 해골이고 성명이 없다. 조상이 내려준 성씨마저 바꾸고 부끄럽게 살고 있다. 이러한 '나'의 발언은 창씨개명이라는 전대미문의 문화적 폭거에 대한 명확한 반항이다.

인민이 퍽 죽은 모양인데 거의 망해亡骸를 남기지 않았다. 처참한 포화가 은근히 습기를 부른다. 그런 다음에는 세상 것이 발아치 않는다. 그러고 야음이 야음에 계속된다.

—「파첩」의 일부—

대포가 연일 불을 뿜고, 무수한 사람이 죽어가고, 그러나 시체마저 찾을 수 없는 시대, 이런 시대에는 어떤 싹도 돋아나지 않는다. 밤만이 끝없이 계속된다. 이런 시대를 화자는 명징하게 고발하고 있는 것이다. 일반적으로 자의식의 늪에서 역사와는 무관한 독백만을 되뇐 것으로 알려진 이상의 시에서 이처럼 분명한 반항과 고발의 목소리를 듣는 것은 의외라고 할 수 있다.

Ⅳ. 맺는 말

살펴본 대로 이상은 비극적 현실상황에서도 결코 도피하지 않은 자유인이었다. 그의 시의 비극성이 이를 증명한다. 그에게는 출구가 없었다. 곧 '탄층의 수인'인 것이다. 그의 '탄층'은 권태, 가정, 시대이고, '수인'의 모습으로는 자폐아, 중간인, 반항아를 들 수 있다.

일면 자폐아이자 문화적 반항아로 보이는 모더니스트 이상도 그 속을 들여다보면 자상한 가장이고 시대를 고민하는 조선인이었다. 유난히 권태를 많이 느끼면서도 가정과 시대에 반응하는 그의 중간인적인 기질에서 그의 비극은 이미 예고되었다고 할 수 있다.

그도 바람직한 가족의 일원이 되고 싶었고, 사회공동체의 건강한 일원이 되고 싶었다. 그도 겨드랑이에 날개를 달고 햇빛 쨍쨍 쪼이는 정오에 사이렌 소리에 고무되어 활기차게 날아오르고 싶었다. 그러나 그러한 소망을 현실화하기에는 그의 '탄층'은 너무나 깊고 수형기간도 너무 길었다.

이상의 비극성은 그만의 문제가 아니라 공동체의 문제라는데 심각성이 있다. 그는 비극적 현실을 있는 그대로 살며 증언한 불운한 '까마귀'이다. 이상문학의 가치가 바로 여기에 있다. 비극의 실체를 정시하고 물러서지 않는 비극성과 정직성이 그의 문학의 특출한 미덕인 것이다.

4장

신념의 시화
-이육사 시의 경우

신념의 시화—이육사 시의 경우

Ⅰ. 문제의 제기

본고는 시인 이육사가 신념을 시화하는 과정을 주요작품을 들어 살펴본 후, 그 성취도를 평가하고 성취의 요인을 알아보려고 한다.

이육사는 지절을 생명으로 삼은 명문유가의 후예로 자신이 속한 계층의 무력함과 물밀 듯이 밀려오는 외래의 충격을 무방비로 감내한 젊은 지식인이었다. 이런 그가 어떻게 실추된 자존심을 회복하고 자아와 시대의 인식을 거쳐 신념을 시화하는 가를 확인하는 것은 논리나 기법, 비인간화의 수렁에 빠진 한국 현대시에 한 출구가 될 수 있으며, 우리 시문학의 정체성 회복을 위해서도 그 의의가 크다고 할 것이다.

또 현대시에서 점차 경원되어가는 시정신의 옹호에도 한 도움이 되리라고 생각한다. 인간이 무명계를 헤매는 유한자인 이상 시간과 공간으로부터 자유로울 수는 없다. 이런 인간을 방향 잡게 하는 것이 '정신'이다. 정신활동의 궁극적 목표는 전의식全意識의 내부적 개명開明과 그것의 외부와의 연관에 있다고 하겠다. 철저한 인식에 바탕한 시정신은 시와 시인과 시대를 하나 되게 하는 힘이며 명시의 원동력이 된다고 할 수 있다. 시정신의 활성화에 의해 현대시는 논리나 기법에 의한 메마름을 극복하고 분석이 아닌 융합의 가능성을 보여줄 수도 있을 것이다.

이런 일들을 위한 선행 작업으로 한국의 전래의 시정신에 대한 일고가 있어야 할 것이고 생애 및 문학적 환경에 대한 관심도 곁들여야 할 것이다. 그러나 가장 중요한 작업은 그의 시작품에 대한 면밀한 검토일 것이다.

Ⅱ. 전래의 시정신

상대시가의 주된 내용적 특성은 서정성과 주술성이라고 할 수 있다. 「공무도하가」「황조가」에 나타난 서정성은 인간들 사이의 수평적 교류를 보여주고, 「해가사」「구지가」에 나타난 주술성은 인간과 이물異物들 사이의 수직적 교류를 보여 준다. 상대시가는 이처럼 소박한 가운데 상상력이 종횡으로 발휘되어 우리 시문학의 영역을 출발점부터 무한히 확대시켜 준다.

이러한 서정성과 주술성은 신라가요에도 그대로 전승된다. 그러나 주술성은 불교 유입 이후 일반화되는 구도성과 혼서混棲하거나 대체되는 경향을 보이고 있다. 서정성이 강한 가요로는 「헌화가」, 「모죽지랑가」, 「찬기파랑가」 등을 들 수 있다. 「헌화가」에 나타나는 견우노인과 수로부인의 연령과 계층을 초월한 사랑은 벼랑 위의 빨간 철쭉꽃과 동해의 춤추는 푸른 물결을 배경으로 선연하게 타오르고 있다. 「모죽지랑가」와 「찬기파랑가」에는 고결한 인격체에 바치는 흠모의 정이 생사와 시공을 초월하여 간곡하게 토로되고 있다. 주술성이 강한 작품으로는 「혜성가」, 「원가」, 「처용가」 등을 들 수 있다. 유한하고 무력한 인간이 주력관념에 의해 사악을 물리치고 본래의 생활을 되찾는다. 주력관념에 의한 절대자나 이물과의 교류는 인간정신을 무한히 개방시켜 상상력을 확대시키고 카오스와 코스모스의 와중에 있는 인간의 진솔한 생존양상을 보여 준다. 서정성과 주술성이 뒤섞인 가요로는 「서동요」를 들 수 있다. 중구삭금衆口鑠金의 주력에 의해 그는 소원을 성취한다. 주술성과 불교적 신앙이 섞인 작품으로는 「도솔가」, 「도천수관음가」 등을 들 수 있는데 「도솔가」에는 변괴를 불력으로 퇴치하려는 토착신앙이, 「도천수관음가」에는 불력에 의해 눈 먼 아이의 득안得眼을 바라는 원시적 기복신앙이 깔려 있다. 서정적 불교가요로는 「풍요」, 「제망매가」, 「원왕생가」 등을 들 수 있는데 「풍요」에는 사바세계에서 노역하는 중생들의 미타신앙이, 「제망매가」에는 죽은 누이를 애도하는 출가자의 설움이 구도의 염원으로 승화되어 있고, 「원왕생가」에는 인간적 갈등과 구도의지가 나타나 있다. 구도성이 강한 작품으로는 「우적가」, 「안민가」를 들 수 있다. 「우적가」는 극한 상황에서의 태연한 신앙심과 그로 인한 도적의 교화가, 「안민가」에는 군군신신민민君君臣臣民民에 의한 불국토건설의 염원이 나타나 있다. 그러나 이와 같은 구도성은 서정성을 배제하고 종교적 관념성만을 띨 때 문학과는 거리가 멀어지게 된다. 균여의 「보현십원가」는 종교적 찬송으로 그 예가 된다고 할 수 있다. 신라가요는 연령과 계층을 초월하여 그 본성을 진솔하게 드러내어 생을 고양시키고 이것을 창의적인 예술로 승화시킴으로써 그 문자적 해독의 난관에도 불구하고 우리 시문학의 찬란한 금맥이 된다고 할 것이다. 후백제의 가요라는 「정읍사」에는 변방 여인의 보름달 같은 원융한 심성이 높은 기다림으로 승화되어 있다.

신라가요의 이와 같은 서정성과 구도성은 고려시가에 와서는 그 양상이 달라진다. 서정성은 지속되어 강화되지만 그 성격이 신라가요와는 다르고 구도성은 약화되어 거의 드러나지 않는다. 그 원인으로는 전기를 제외한 고려 전반의 잦은 내우외환을 들 수 있다. 이 같은 내우외환으로 고려시가는 원융한 정신력을 잃고 애상과 체념, 자조와 향락에 빠지게 되고, 식자층은 그 문화적 충족을 중국의 한시에서 구하여 토착적 창의력을 거의 상실하게 된다. 따라서 고려시가에는 유한자나 절대자와의 수직적 교류나 고매한 인격들끼리의 수평적 교류는 거의 보이지 않는다. 애상이나 체념, 자학이 드러나는 작품으로는 「동동」, 「가시리」, 「서경별곡」, 「청산별곡」 등을 들 수 있다. 「동동」에는 서정적 인생의 삶의 애환과 자조가 달거리체로 엮어져 있고, 「가시리」에는 끊어질 듯 이어지는 이별의 정한이 완벽하게 표현되어 전통시의 좋은 보석이 되고 있다. 「서경별곡」에는 떠나는 임에 대한 격렬한 사랑과 원망이, 「청산별곡」에는 뜻 부칠 곳 없는 인생의 애상과 자학, 체념이 영롱한 시어로 울리고 있다. 향락적인 시가로는 「쌍화점」, 「이상곡」, 「만전춘별사」 등을 들 수 있는데, 이들은 가치관 상실기의 리얼한 에로티시즘을 노골적으로 표현하고 있다. 연군의 정이 드러난 작품으로는 「정과정」을 들 수 있는데 이는 뒤의 충신연주지사, 유배시가의 선구적인 것으로 그 주된 정조는 애상과 하소연이다. 위에서 살펴 본 바와 같이 고려시가는 거의 대부분이 서정성을 띤 것으로 시대 상황 때문에 애상 자학 체념의 성격을 띤다. 또 유학이 점차 현실생활의 좌표가 되면서 절대자와의 교류가 막혀 정신활동 영역의 위축을 가져 온다. 무신집권 이후에 나타난 경기체가는 현학적인 나열로 그들의 호사가 취미만 나타냈을 뿐 진정한 생활감정이나 지식인으로서의 역할에 대한 각성은 나타나지 않고 있다.

근세조선에 오자 고려시가의 서정성은 사대부의 강호한정으로 나타나고, 신라가요의 불교적 구도성은 유교적 교훈성으로 변모한다. 그리고 현실 개조의 염원으로 비판성(소외층의 경우는 풍자성)이 나타난다. 먼저 군왕과 그 치적에 대한 송축시가 많이 제작되는데 악장과 경기체가가 그 대표적인 형식이다. 그러나 이러한 송축에는 민의 정서나 사상이 없고 목적성이 두드러진다. 고려 중기에 발생했다고 추정되는 시조는 여말선초에 회고가 성격으로 몇 수가 전해진다. 신왕조에의 참여를 거부한 이들은 왕조와 인생의 무상을 느끼며 절의의 길을 간다. 이러한 시조는 근세조선이 점차 체제를 정비하고 안정된 문화권을 형성하자 강호한정가로 나타난다. 그들은 오랜 동안의 정치적 긴장을 자연과의 교감으로 해소하려 했을 것이다. 이러한 강호한정가는 정치적 충격에 의해 은둔의 성격을 띠게 되면서도 근조 전반에 걸쳐 시가의 주된 경향을 이룬다. 근조의 정신사에서 가장 큰 충격을 준 사건은 세조의 왕위찬탈이다. 세종이 가까스로 형성해 놓은 가치관은 붕괴되고 지조 있는 선비들은 아웃사이더의 길을 간다. 이러한 그들의 비분강개가 절의가를 낳고 왜곡된 체제를 비판한다. 그들의 주된 목표는 가치관을 바로 세우는 것이었으니 오늘날의 참여문학과도 그 맥락이 닿는다고 할 수 있다. 한편 성리학의 발달은 도덕적 실천을 강조하게 되어 민중정서를 억제하는 결과를 가져왔다. 임진왜란 이후 서서히 발양發揚되기 시작한 평민의식은 리얼하고 희화적인 엇시조, 사설시조를 낳는다. 그러나 폐쇄된 체제는 계층 간의 단절을 가져와 평시조와 엇, 사설시조의 변증법적 지양止揚을 가로막았다. 한편 가사는 전기에 서정성, 후기에 서사성이 강했으나 대중성을 크게 획득하진 못했다. 또 우리가 유의해 보아야 할 것이 민중의 애환이 잘 나타난 민요이다. 이 민요에는 관념이 제거되고 실생활에서 직사광선을 받아 건강하고 진실한 사연이 꾸밈없이 표현되어 있다. 민간신앙요에는 사대부계층에 의해 단절된 절대자와의 교류가 재현되고, 정애요情愛謠에는 상대上代의 그리움이나 기다림이 나타나 있다. 민요의 이와 같은 본성으로의 접근은 도덕에 의해 억압된 인간의 꿈과 욕망을 표현해 준 것이다. 또 만가輓歌는 노동요이면서 진혼가로 중생을 천도한 것으로 볼 수 있으며, 헤아릴 수 없이 많은 '타령'은 생활주변에서 다양하게 그 소재를 택하여 삶의 스트레스를 풀어주고 내일에의 의욕을 북돋아 준다. 한국시가의 전망은 사대부의 교훈이나 도덕, 선택된 자의 풍류에서가 아니고 진실하고 아름답게 사는 이들의 가슴에서 그 개화가 기대될 것이다.

이상의 장황한 진술에서 전래의 시정신이 될 만한 것을 택해 본다면 인간 본연의 그리움과 기다림, 사대부의 풍류와 같은 서정성, 무명계의 인간이 어둠과 난관을 극복하고자 하는 구도성, 그가 속한 사회의 왜곡을 바로 잡고자하는 비판성을 들 수 있다. 갑오개혁 이후 쇄도한 서구문화의 영향으로 전래의 시정신은 큰 타격을 받는 듯 했으나 서정성은 곧 그리움과 기다림으로 소생되어 만해 소월 영랑 육사 미당 목월 지훈 등에 이어지고, 불교사상을 중심으로 한 구도성은 만해 미당 등으로 이어지고, 왜곡된 현실에 불응하는 역사(비판)성은 만해 육사 윤동주 조지훈 등으로 이어져서 우리 시정신의 근간이 되고 있다.

Ⅲ. 이육사의 시정신

이육사의 시적 진실은 방황과 결행決行이 반복하여 교차하는 데에 있다. 선비가 극한 상황을 만나 전개하는 자아와 역사의 인식과정이 그의 시정신의 전개과정이다. 망국민의 자의식, 절망에서 오는 탐미적 퇴행, 실천을 동반한 아픈 현실인식, 유장하고 의연한 기다림과 예언성이 서로 얼크러져 돌고 돌면서 그 시대를 불 밝히는 것이 그의 시세계이다. 그에게 다가오는 시대의 파랑은 너무도 사나운 것이어서 한 단계를 정리하고 다음 단계로 이행할 수 있는 성질의 것이 아니었다. 방황하되 방황으로만 끝나지 않고 희망을 갖되 거기에 안주하지 않고 늘 긴장된 시선으로 상황과 만나 비틀거리면서도 그 시대의 폭력을 증언하고 어둠의 끝이 온다는 것을 확신을 갖고 예언한 것이 그의 시정신이다. 그는 문학적 기교의 습득에 많은 시간을 들였다고는 생각지 않는다. 그에게 전승된 이 나라의 선비정신이 암담한 시대와 만나 의연한 언어로 형상화된 것이 그의 시이다. 그러면 그의 방황과 결행의 변증법적 발전을 그의 시편을 통해 살펴보자.

1. 망국민의 자의식

① 목숨이란 마치 깨어진 배쪼각
여기저기 흩어져 마을이 구죽죽한 어촌보담 어설프고
삶의 티끌만 오래 묵은 포범布帆처름 달아매였다

남들은 기뻤다는 젊은 날이었건만
밤마다 내 꿈은 서해를 밀항하는 〈짱크〉와 같애
소금에 절고 호수에 부프러 올랐다.

—「노정기」 1, 2연

② 구겨진 하늘은 무근 얘기책을 편 듯
돌담 울이 고성가티 둘러싼 산기슬
박쥐 나래 밑에 황혼이 무쳐오면
초가 집집마다 호롱불이 켜지고
고향을 그리는 묵화 한폭 좀이쳐

—「초가」 1연

③ 넌 제왕에 깃드린 교룡蛟龍
화석되는 마음에 잇기가 끼여

—「남한산성」 1연

④ 내어달리고, 저운 마음이런만은
바람에 씻은듯 다시 명상하는 눈동자

때로 백조를 불러 휘날려 보기도 하건만
그만 기슴을 안고 돌아누어 흑흑 느끼는 밤

—「호수」 1, 2연

⑤ 광명을 배반한 아득한 동굴에서
다 썩은 들보라 문허진 성채 위 너 헐로 도라단이는
가엽은 빡쥐여 ! 어둠에 왕자여!
쥐는 너를 버리고 부자집 곳간으로 도망했고
대붕도 북해로 날려간 지 임이 오래거늘
검은 세기에 상장喪章이 갈갈이 찢어질 긴 동안
비닭이 같은 사랑을 한번도 속삭여보지도 못한
가엽슨 빡쥐여! 고독한 유령이여!

앵두와 함께 종알대여 보지도 못하고
딱짜구리처럼 고목을 쪼아 울니도 못하거니
만호보다 노란 눈깔은 유전을 원망한들 무엇하랴
서러운 주문일사 못 외일 고민의 이빨을 갈며
종족과 횃(塒)를 잃어도 갈 곳조차 없는
가엽슨 빡쥐여 ! 영원한 〈보해미안〉의 넉시여!

—「편복蝙蝠」 1, 2연

망국민이 아니었던들 그는 높은 긍지를 지니고 안정된 고향에서 밝은 햇살을 받으며 살았을 것이다. 그러나 인간의 존엄성과 역할이 박탈된 그의 고향은 진정한 고향이 될 수 없었고, 영광된 그의 가문은 오히려 부담스런 짐이 되었다. 그에게 고향은 '좀이 친 묵화 한폭'

이고, 조국은 화석이 되는 교룡이다. 그래서 그는 고향을 탈출한다. 낯설고 불안한 바다를 밀항하여 '깨여진 배쪼각' 같은 목숨을 이어간다. 이런 속에서도 '때로 백조를 불러 휘날려보기도 하건만' 끝내는 '그만 기슭을 안고' 흐느껴버린다. 그에게는 상실된 고향을 회복할 힘도 확신도 없이 '검은 세기에 상장'을 단 박쥐가 된다. 쥐처럼 약게 처신도 못하고 대붕처럼 일거에 탈출도 못하면서 '광명을 배반한 동굴'에서 '서러운 주문'을 외며 '종족과 횃(塒)를 일허도 갈 곳조차 없는/ 가엽슨 박쥐', '영원한 보헤미안'이 된다.

2. 탐미적 퇴행

자의식이 지적인 퇴행이라면 관능적 탐미는 정서적 퇴행이라고 할 수 있다. 식민지 청년의 우울한 가슴에 여인은 한동안의 도피처가 될 수 있다. 화사하고 요염한 이국여인의 육체에서 향수와 동병상련을 느낀다.

⑥ 너는 고 알몸동아리 향기를
봄바다 바람 실은 돛대처럼 오라

무지개 같이 황홀한 삶의 광영光榮
죄와 겯드려도 삶즉한 누리
-「아편」 4, 5연

⑦ 어느 사막의 나라 유폐된 후궁의 넋이기에

몸도 마음도 아롱져 근심스러워라

칠색七色바다를 건너서 와도 그냥 눈동자에
고향의 황혼을 간진해 서럽지 안뇨

사람에 품에 깃들면 등을 굽히는 짓새
산맥을 느낄사록, 끝없이 게을너라

—「반묘班猫」 1~3연

⑧ 향수鄕愁에 철나면 눈썹이 기난이요
바다랑 바람이랑 그 사이 태어났고
나라마다 어진 풍속 자랐겠죠.

짓푸른 깁장帳을 나서면 그 몸매
하이얀 깃옷은 휘들러 눈부시고
정녕 왈쓰라도 추실란가 봐요.

해ㅅ같이 펼쳐진 부채는 감춰도
도톰한 손결 교소驕笑를 가루어서
공주의 홀보다 깨끗이 떨리요.

—「아미蛾眉」 1~3연

⑨ 너는 무삼 일로 사막의 공주같아 연지찍은 붉은 입술을 내 근심에
표백된 돛대에 거느뇨 오 안타가운 신월新月
때론 너를 불러 꿈마다 눈덮인 내 섬속 투명한 영락玲珞으로 세운 집안

에 머리 푼 알몸을 황금 항쇄項鎖로 매여두고

:

:

지금 놀이 나려 선창船窓이 고향의 하늘보다 둥글거늘 검은 망토를 두르기는 지나간 세기의 상장喪章같에 슬프지 않은가

차라리 그 고은 손에 흰 수건을 날리렴 허무의 분수령에 앞날의 기빨을 걸고 너와 나와는 또 흐르자 부끄럽게 흐르자

－「해후邂逅」 5, 6, 9, 10연

⑥~⑨에는 이국취미가 나타난다. ⑥에서 그는 아편의 힘에 의해 현실의 벽을 헐고 싱싱한 관능과 기다림, 무지개를 획득한다. 그러나 이런 것은 악마의 미끼로 파멸을 전제로 하고 있다. 그러나 그는 이것을 두려워하지 않고 "죄와 겉드려도 삶즉한 누리"를 선택한다. ⑦에는 남방동물인 반묘에게서 향수와 동병상련을 느낀다. 이국의 추위에 움츠린 반묘나 이역에서 실의에 차 있는 시인은 같은 처지이다. 그들은 고향을 회복할 힘이 없어 '산맥을 느낄수록 끝없이 게'으르다. ⑧에서 이국여인의 요염한 육체에서 쾌락과 동병상련을 느낀다. ⑨에도 관능과 허무, 향수가 나타나 있다. 그러나 여기에서는 "허무의 분수령에 앞날의 기빨을 걸고 너와 나와는 또 흐르자 부끄럽게 흐르자"고 하여 권태에서 행동으로 이행할 조짐을 보이고 있다.

3. 현실인식

그러나 이와 같은 탐미는 누대의 선비혈통인 그에게 종착점이 될 수 없었다. 그는 자아와 동족의 현실에 눈감을 수 없다는 각성에 이른다. 그래서 그는 자신과 현실에 대한 준열한 인식을 시작한다. 종래의 이 나라의 선비들이 명분이나 비분강개에 머무른 데 비해 그는 절망적 현실을 인식하고 이의 개선을 위해 구체적인 실천의 길을 간다. 사대부계층의 무력을 절감하고 뼈저린 체험을 통해 민民을 이해하고 그도 민으로 탄생한다. 이러한 민은 자유로운 삶을 요구하고 이를 저지하는 힘에 저항한다.

⑩ 매운 계절의 채쭉에 갈겨
마츰내 북방으로 휩쓸려 오다

하늘도 그만 지쳐 끝난 고원
서리빨 칼난진 그 우에 서다

어데다 무릎을 꿇어야 하나
한발 재겨디딜 곳조차 없다

이러매 눈감아 생각해 볼 박에
겨울은 강철로 된 무지갠가 보다

―「절정」 전문

⑪ 푸른 하늘에 닿을 듯이
세월에 불타고 우뚝 남아 서서
차라리 봄도 꽃피진 말아라

낡은 거미집 휘두르고
끝없는 꿈길에 혼자 설내이는
마음은 아예 뉘우침 아니라

검은 그림자 쓸쓸하면
마침내 호수 속 깊이 거꾸러져
참아 바람도 흔들진 못해라

–「교목」 전문

⑫ 분명 라이플총을 튕겨서 올나
그냥 화화火華처름 사라서 곱고

오랜 나날 연초烟硝에 끄스른
얼골을 가리션 슬픈 공작선孔雀扇

거츠른 해협마다 흘긴 눈초리
항상 요충지대를 노려가다

–「광인의 태양」 전문

타의에 의해 “매운 계절의 채쭉에 갈겨/마츰내 북방으로 휩쓸려” 온 이 시인은 하늘마저 그를 위무해 주지 않는 ‘서리빨 칼날진’ ‘고원'에서 '한 발 재겨디딜 곳' 조차 허여받지 못하고 이 시대의 '겨울'을 '강철로 된 무지개'로 인식한다. 여기서 유의해야 할 점은 그가 삼라만상의 주재자인 '하늘'을 거부하고 암담한 이 시대를 강철무지개로 인식한다는 것이다. '하늘'을 거부할 때 그에게 남는 것은 벌거숭이 몸뚱이와 패배자라는 낙인뿐이다. 그는 이러한 모욕을 온전히 받아들인다. 이렇게 함으로써 그와 동족의 실상이 보이게 된다. 또 자유와 질곡의 차이를 철저히 인식하게 되고 자유획득의 결의를 다지게 된다. 이러한 '민'으로서의 자각은 겨울을 바로 보게 하고, '겨울' 뒤에는 '봄'이 있다는 것을 확신하게 한다. 역설적이게도 이 '겨울'은 우리 민족의 무력을 일깨우는 채찍일 수 있으며 '봄'이 가깝다는 것을 일깨워 주는 예언일 수도 있다. 이럴 때 그가 거부했던 '하늘'이 되돌아오고 한천寒天에 부르르 떨던 강철무지개는 고향 앞 언덕의 선연한 무지개로 변모될 수도 있을 것이다. 따라서 그가 상실했던 고향은 되돌아오고 훼손된 삶은 본래성을 회복한다. 그러나 이러한 것은 그의 기대일 뿐이고 현실은 일순간도 그에게 긴장을 풀지 못하게 한다. ⑪에서 그는 '세월에 불타고 우뚝 남아선' 교목의 불굴의 의지를 노래한다. 꽃피는 봄과 나약한 뉘우침을 거부하고 '마침내 호수 속 깊이 거꾸러'지더라도 바람마저 이 교목을 흔들지 못하게 하려는 의지는 소생에 대한 확신이 있기에 가능하다. 그리고 이러한 신념을 노래하는 것이 암담한 시대의 시인의 사명이다. ⑫에는 '항상 요충지대를 노려 가'는 그의 긴장된 삶이 드러나 있다. 이러한 긴장된 삶은 실제로 그에게 활로가 되기도 한다.

4. 기다림

그러나 위에서 살펴 본 바와 같은 현실에 대한 아픈 인식과 저항도 너무나 가혹한 상황 앞에서는 구체적인 성과를 거두지 못한다. 그는 넓고 먼 호흡을 가지고 기다려야 할 것을 터득한다. 그의 이 같은 기다림은 순간순간의 긴장된 투쟁이 밑받침되어 있기 때문에 현실적인 설득력을 갖는다. 또 이 같은 기다림은 필연적으로 '열린 삶'이 도래할 것을 확신하는 데서 가능하다.

⑬ 산실을 새여나는 분만의 큰 괴로움 !
한밤에 차자 올 귀여운 손님을 마지하자.
소리! 고이한 소리! 지축이 메지게 달려와
고요한 섬밤을 지새게 하난고녀.

거인의 탄생을 축복하는 노래의 합주!
하날에 사모치는 거룩한 깃븜의 소리!
해조는 가을을 불너 내 가슴을 어르만지며
잠드는 넋을 부르다. 오 해조 ! 해조의 소리!
—「해조사海潮詞」 8, 9연

⑭ 내 고장 칠월은
청포도가 익어가는 시절

이 마을 전설이 주절이주절이 열리고
먼데 하늘이 꿈꾸며 알알이 들어와 박혀

하늘 밑 푸른바다가 가슴을 열고
흰 돛단 배가 곱게 밀려서 오면

내가 바라는 손님은 고달픈 몸으로
청포靑袍를 입고 찾아온다고 했으니

내 그를 맞아 이 포도를 따 먹으면
두 손을 함뿍 적셔도 좋으련

아이야 우리 식탁엔 은쟁반에
하이얀 모시수건을 마련해 두렴

―「청포도」 전문

⑮ 까마득한 날에
하늘이 처음 열리고
어데 닭 우는 소리 들렸으랴

모든 산맥들이
바다를 연모해 휘달릴 때도
참아 이곳을 범하던 못하였으리라

끊임없는 광음을
부즈런한 계절이 피어선 지고
큰 강물이 비로소 길을 열었다

지금 눈 나리고
매화향기 홀로 아득하니
내 여기 가난한 노래의 씨를 뿌려라

다시 천고의 뒤에
백마타고 오는 초인이 있어
이 광야에서 목놓아 부르게 하리라

－「광야」 전문

⑯ 동방은 하늘도 다 끝나고
비 한방울 나리쟎는 그 때에도
오히려 꽃은 빨갛게 피지 않는가
내 목숨을 꾸며 쉬임 없는 날이여

북쪽 쓴드라에도 찬 새벽은
눈속 깊이 꽃맹아리가 옴자거려
제비떼 까맣게 날라오길 기다리나니
마침내 저바리지 못할 약속이여

한 바다 복판 용솟음치는 곳
바람결 따라 타오르는 꽃성城에는
나비처럼 취하는 회상의 무리들아
오늘 내 여기서 너를 불러 보노라

－「꽃」 전문

⑬에서 그는 망국민의 자의식이나 탐미적 퇴행에서 벗어나 '한밤에 차자올 귀여운 손님'을 맞이하려 분만의 고통을 기쁘게 감내한다. 그리고 '해조의 소리'를 '거인의 탄생을 축복하는 노래의 합주'로 듣는다. 섬을 압도하는 해조음에서 현 상황을 타개할 힘을 발견하고 기다릴 수 있는 여유를 갖는다. ⑭에서 그는 모처럼 시적인 귀환을 하여 귀한 벗을 맞이한다. 그의 고향은 회복되고 향인鄕人들은 본래의 삶을 되찾는다. 이 마을의 사연을 듬뿍 담은 청포도가 주저리주저리 열리고 하늘은 꿈꾸듯 아련히 둘러 있다. 먼 데의 우인이 흰 돛배를 타고 오고 시인은 정갈한 식탁에서 벗을 맞이한다. 이 시에서 그의 이국취미는 사라지고 향토성을 되찾는다. 각박한 겨울에서 '바다가 가슴을 열고' '하늘이 꿈꾸'는 풍성한 여름으로 변모한다. 이것은 그의 간절한 기다림이 만들어낸 환시라고 할 수 있다. 그의 이러한 환시는 고단한 몸과 피폐한 정신에 활기를 주어 새로운 행동으로 나아가게 한다.

⑮에서의 신화와 현실, 현재와 미래, 겨울과 매화향기의 어우러짐은 유구한 기다림을 바탕으로 높은 예언에 도달해 육사 시의 정점을 보여 준다. 그의 인식에 의하면 유구한 인간역사에서 질곡의 시기는 순간이다. 이런 순간의 질곡에 질식되지 않고 숭엄한 신화적 공간이며 엄연한 역사적 터전인 '광야'를 중심에 확보하고 살 때 그 질곡은 제거되게 마련이다. 오히려 이와 같은 질곡은 초인의 탄생을 촉진하는 결과가 될 수 있다. 육사의 이와 같은 기다림은 단순한 기다림이 아니라 '씨를 뿌리고' 가꾸는 기다림이다. 그래서 그의 과거, 현재, 미래는 일직선상에 놓이고 여유 속에서도 긴장이 있어 늘 출발하려는 의지로 가득 차 있다. 육사의 기다림과 신념이 가장 강렬하게 토

로된 것이 ⑯이다. 그의 이러한 신념과 기다림은 극지에서 피는 꽃을 보고 고조된다. 이런 꽃이 있는 한 그는 현실상황에서 절망하고 포기하지 않는다. 그는 이런 시대를 오히려 '내 목숨을 꾸며 쉬임없는 날'로 인식하고 '마침내 저바리지 못할 약속'이 이루어지기를 기다린다. 그리고 이러한 약속이 이루어지는 날 이 극지는 '꽃성'이 되고 취한 나비들이 자욱히 몰려올 것이다.

Ⅳ. 맺는 말

본고에서 필자는 전래시가의 정신적 특성을 서정성, 구도성, 역사(비판)성으로 대별해 보았다. 서정성은 사대부 중심의 풍류와 서민 중심의 그리움, 기다림 등으로 전개된다. 구도성은 불교 전래 이후에 명확해진 것으로 신라가요에서는 흔히 주술성과 결부되어 나타난다. 역사성은 사대부 중심의 선비정신과 소외층의 풍자성으로 이별二別된다고 할 수 있다.

이육사는 명문유가의 후예로 태어나 망국민의 자의식과 탐미적 퇴행을 겪는다. 그러나 이육사는 준열한 현실인식을 거쳐 신념의 시화에 성공한다. 그 요인으로는 이육사가 자아와 시대의 인식에 성공하여 일생의 신념을 유지했기 때문이다. 이육사 시의 매력은 방황과 결행이 교차하여 반복하는 데 있다. 이런 방황과 결행이 변증법적으로 지양된 것이 그의 신념이다. 이런 신념에 의해 그는 훼손된 자존심을 회복하고 그 시화에 성공한다. 그는 전래의 시정신 중 서정성과 역사성에 그 맥이 닿아 있는데 사대부적 풍류에 머무르지 않고 민중의 정서인 그리움과 기다림을 수용하고, 종래의 선비정신을 새로운 시각으로 이해하여 접맥시킨 것은 논리나 기법, 비인간화의 늪에 빠진 한국 현대시에 한 출구가 되며 정체성 확립에도 큰 힘이 될 것이다.

그의 대륙체험은 긴 호흡을 갖게 하고 그 긴 호흡은 광복에 대한 기다림으로 연결된다. 그의 기다림은 '겨울' 뒤에는 '봄'이 있다는 것을 확신하는 데서 가능하고 그의 예언도 이런 선상에서 이해된다. 그가 시인일 수 있는 것은 '겨울' 속에서 '봄'을 투시할 수 있는 신념 때문이다. 현실인식에 바탕한 그의 투철한 신념은 오늘날에도 우리들의 정신적 유산으로 존중받아야 할 것이며 한국 현대시의 또 다른 원동력으로 평가받아야 할 것이다. 그의 신념의 시화의 성공적 예로 「절정」, 「교목」, 「꽃」, 「광야」 등을 들 수 있다.

5장

정한의 세 양상
—소월, 영랑, 만해 시의 경우

정한의 세 양상
─소월, 영랑, 만해 시의 경우

Ⅰ. 한국시의 정한

한민족을 가리켜 한恨민족이라고 부르는 이들도 있다. 그만큼 한민족과 한은 뗄 수 없는 관계라는 말이 될 것이다. 이는 한국사의 우여 곡절을 상기할 때 충분히 수긍될 수 있는 말이다. 그러면 이러한 한은 곧 무엇인가? 자전에는 '원지극회야감야'怨之極悔也憾也[1]라고 하여 원망이 극에 달한 것, 뉘우침, 유감 등으로 풀이하고 있지만, 이것만으로는 한민족의 내밀한 심정을 다 표현할 수는 없다. 연구자들의 견해를 들어보자.

① 한이란 말은 극동의 세 나라, 즉 한국과 중국 그리고 일본이 다 같

---

1) 대한한사전大漢韓辭典, 장삼식 편, 성문사

이 쓰고 있는 것은 사실이다. 그러나 그 쓰임새의 다양성이나 뜻의 함축성, 그리고 생활이며 문화와 맺고 있는 관련 등에 있어 나머지 두 나라의 한은 한국의 그것을 따를 수 없다. 그리고 몇 권의 인류학 보고서가 아프리카 등지에서 죽은 사람들의 원한 감정을 기록해 주고는 있으나 그 역시 앞에서 들어 보인 나라들의 경우와 마찬가지로 여러 국면에 걸쳐 한국의 사례에 비길 수가 없다.[2)]

② 우리 한국인의 심정적 저변 구조에는 아무래도 한이 바탕을 깔고 있다. 이는 이제 새삼스러운 이야기가 아니다. 이 한이란 상당히 복합적인 감정이지만 결국 원한과 한숨의 감정이 처절하게 결빙된 심리적인 〈맺힘〉의 상태라 할 수 있다. 이슬이 맺히듯 또는 피가 맺히듯 오랜 시간을 두고 감정의 내상內傷에 의한 지속적인 고통의 정서체험은 마침내 원한으로 맺혀진다.[3)]

김열규는 다난한 역사적 삶을 살아온 한국인의 한은 그 다양성이나 함축성 등에 있어서 중국이나, 일본, 기타 세계 어느 나라의 그것과도 비견할 수 없는 특성을 지니고 있다고 말하고 있다. 이재선도 한국인의 심정의 밑바닥에는 한이 깔려 있다고 하고 이러한 한은 "원한과 한숨의 감정이 처절하게 결빙된 심리적인 〈맺힘〉의 상태". "오랜 시간을 두고 감정의 내상에 의한 지속적인 고통의 정서체험"이 맺혀진 것으로 보고 있다. 두 사람이 다 한국인과 한은 서로 뗄 수 없는 관계라는 논지를 펴고 있는 것이다. 한에 대한 견해를 더 들

---

2) 김열규, 『한맥원류恨脈怨流』, 주우主友 간, 1981, p. 28
3) 이재선, 「풀이의 양면성」, 《소설문학》 94호, 1987. 9. p.29

어보자.

③ 필자는 그것을 분열된 감정이요, 모순된 감정이라고 말한 적이 있는데 그것은 한이 단일한, 혹은 통일된 감정이 아니라 복합된 감정임을 뜻하기 위해서였다. 한은 한 방향으로 지향하는 일방적 정서의 움직임이라기보다 서로 반대의 방향으로 나아가고자하는 정서들의 움직임이다. 따라서 충돌의 감정이요, 풀 길 없는 옭아매임의 감정이라 할 수 있다.[4)]

④ 한은 특별히 타인으로부터 피해를 입지 않아도 솟아나는 심정이다. 자기 자신의 소원이 있었기 때문에 또는 자기 자신의 능력이 있었기 때문에 어떤 좌절감이 비로소 한으로 되는 것이다. 그것은 충족되지 못한 소망이며, 실현시키지 못한 꿈이다. (중략)

역설적으로 말하면 한이 많은 사람은 그만큼 소망과 꿈이 많았다는 것을 입증하는 것이 된다. 원망은 뜨겁다. 이 한은 복수에 의하여 지워져서 풀린다. 그러나 한은 차갑지만 성취되기 전에 풀리지 않는다. 원한은 분노이나 한은 슬픔이다. 따라서 원한은 불꽃같이 활활 타지만, 한은 눈처럼 쌓인 다.[5)]

오세영은 한을 분열된 감정, 모순된 감정, 복합된 감정이라고 하고, 한 방향으로 나아가는 정서의 움직임이라기보다 서로 반대의 방향으로 나아가고자 하는 정서들의 움직임으로 충돌의 감정, 옭아매인 감정이라고 보고 있다. 또 그는 한을 좌절과 미련, 원망과 자책이

---

4) 오세영, 「소월 김정식 연구」, 『한국낭만주의 시 연구』, 일지사, 1980. p.315
5) 이어령, 「한恨과 원怨」, 『한국인의 마음』, 학생사, 1985. p.51

라는 상호 모순된 속성을 포함한 내포적 시의 감정이라고 보고, 좌절이 부정적이며 파괴적인 감정인데 비해서 미련은 긍정적, 건설적 감정으로 보고 있다.[6] 이어령은 한을 소원이나 능력이 있었지만 이것들이 좌절되는 데서 생기는 감정이라고 보고 '충족되지 못한 소망', '실현시키지 못한 꿈'이라고 긍정적으로 보고 있다. 또 그는 한이 많은 사람은 소망과 꿈이 많은 사람이라고 보고, 원한과 한을 구별하여 원한은 불꽃같이 타는 분노이지만 한은 눈처럼 조용하고도 차갑게 쌓이는 것이라고 비유하고 있다.

이 외에 한에 대한 견해를 밝힌 논자들은 많다. 이들 논자들 (①~④도 포함)의 견해를 정리해 보면 크게 두 가지 관점으로 나눌 수 있을 것이다.

첫째는 한을 자책, 회한, 원망, 저주의 동의어로 보고 퇴영적, 소극적, 파괴적인 것으로 보는 부정적 관점으로, 포기할 수 없는 구경究竟의 염원이 이루어질 가망이 없는 데서 생기는 어찌할 수 없는 정서상태[7], 일체의 이질성에 대한 동질화의 노력에 실패한 심리적인 상태[8], 정신병리학적 관점에서 프로이트의 비애와 비슷한 것으로 현실에 불만이면서도 무의식권 내에서는 소원성취의 미련이 남아있는 정서 상태[9] 등의 정의가 이 견해에 속한다.

둘째는 한을 화해와 용서로 이어지는 긍정적인 감정, 부정적 시점에서 표출된 원망, 절망, 좌절 등의 상태를 극복하여 문학적 예술적

---

6) 오세영,『한국 낭만주의시 연구』, p.344
7) 하희주,「전통의식과 한의 정서」,《현대문학》72호, pp.65 74
8) 황패강,「한은 한국적 비극정신」,《현대문학》72호, pp.65 74
9) 김종은,「한의 정신분석」,《문학사상》20호, 1974. 5, pp.200 216

으로 승화시킨 감정으로 보는 관점이다. 초극하려는 의지에 의해 아픔이나 괴로움이 아닌 감미로운 슬픔으로 형상화된 것[10], 마음 속에 억압된 어떤 정서로 그것이 예술로 승화되었을 때 한국 고유의 멋으로 나타나는 것[11], 가장 어두운 정서상태를 발판으로 하고 있으면서도 끊임없이 밝고 건강한 방향을 지향하는 속성도 아울러 갖고 있는 것[12] 등으로 보는 견해가 여기에 속한다. 한이 퇴영적, 공격적 성격으로부터 출발하되 끊임없이 질적 변화를 계속하여 우호성, 진취성을 띄는 것은 한이 그 내재적 속성으로 가치생성의 기능을 간직하고 있기 때문이라고 보는 관점이다.

이러한 한은 다시 대상에 대해 적대적인 원한과, 본질적으로 영원히 메꿀 수 없는 그리움의 감정[13]인 정한情恨으로 대별할 수 있다. 원한은 저주, 증오와 같은 공격적 감정이고 정한은 상사한相思恨, 별한別恨, 망국한과 같은 연모와 회고의 감정이다. 이 중 미진한 정이 오랜 기간의 축적을 거쳐 형성되었다고 보는 정한은 한국문학, 특히 시문학의 보편적 정서로 인식되어 왔다. 이러한 정한은 우리의 다난한 역사 전개와 궤를 같이 하면서 갑오개혁, 일제강점기, 광복 이후 오늘날에 이르기까지 이어져 와 한국시의 기본 정서로 작용하고 있다. 멀리는 「제망매가」「원왕생가」등과 같은 신라가요, 「가시리」「청산별곡」「서경별곡」 등과 같은 고려가요, 황진이등의 한 많은 여성의 시조, 허난설헌의 한시, 각 지방에 산재해 전해 오는 민요, 일일

10) 김우창, 「한국시와 형이상」,『궁핍한 시대의 시인』, 민음사, 1978
11) 이규동, 「한을 희석 표백하려는 정신역동」,《동서문학》50호, 민음사.
12) 천이두, 「한의 미학적 윤리적 위상」《한국문학》134호, 1984. 12. pp.280 281
13) 김동리, 「청산과의 거리」,『문학과 인간』, 백민문화사, 1948

이 거명하기 어려울 정도로 많은 근 현대의 시인들의 작품을 그 예로 들 수 있다. 정한은 자책, 체념과 같은 소극적 경향으로 나타나기도 하지만, 이를 타개하려는 적극적 의지에 따라 양상을 달리할 수도 있다. 이것을 소월, 영랑, 만해의 시를 통해 살펴보려고 한다.

Ⅱ. 소월, 영랑, 만해 시의 정한

1. 소월 시의 정한 - '부르다가 내가 죽을 이름'

소월素月 김정식金廷湜은 1902년 9월 7일(음력) 외가인 평안북도 구성군에서 태어났다. 그의 원 고향은 공주김씨 문중이 대를 이어 살아온 평안북도 정주군 곽산면 남단리로 여기서 조부의 손길로 성장했다. 그는 마을에서 제일 큰 집의 장손으로 한동안 귀여움을 받으며 자라났다. 그러나 소월이 세 살 되던 해 정월에 아버지 성도性燾가 경의선 철도 부설을 하던 일본인 목도꾼들로부터 폭행을 당하여 실성, 폐인이 된 후부터 일생을 통하여 자신의 성격이나 내면에 지울 수 없는 그늘을 짓게 된다. 소년기에 이르러 할아버지가 운영하던 광산마저 실패하게 되자 중학 진학이 한두 해 지연되고, 이런 일로 다시 한번 깊은 좌절을 겪게 된다. (이후 그는 오산학교와 배재학당을 거쳐 동경상과대학에 진학하였으나 중퇴한 것으로 되어 있다. 말하자면 그는 2차에 걸친 국내외 유학을 한 셈이 된다. 그럼에도 그는 도시화나 현실적응에는 실패했다고 할 수 있다. 결국 자살에 이르는 그의 삶이 그 증거가 될 것이다.) 이런 소월의 유소년기에 숙모인 계희영桂熙永의 영향은 지대한 것이었다. '작은 엄마'인 계희영은 소월이 네 살 때 시집 와서 당시의 유교적인 관습에 따라 시집살이를 하고 있었다. 그녀의 남편은 서울로 유학을 가 있었고, 귀향했을 때도 시아버지와 사랑방에서 자고 안방에는 거의 들어오는 일이 없었다. 따라서 그녀의 생활은 낮에는 밭일하고 저녁에는 어린 소월에게 이야기를 들려주는 것이 일과였다. 소월은 총명해서 이야기를 열심히 듣고 이해했을 뿐만 아니라 그 이야기들을 곧잘 외었다고 한다. 이때 계희영이 들려준 이야기로는 「춘향전」「흥부전」「메나리타령 이야기」「접동새 이야기」「소대성전」「심청전」「장화홍련전」「임진왜란」「거북전」「견우직녀」「두껍전」 등이었고, 곁들여서 자신의 자전적 이야기를 재미있게 꾸며서 들려주었다고도 한다.[14] 자연스레 소월은 이 땅에서 소외받고 천대받은 민중의 애한哀恨이 담긴 설화나 민요를 숙모 계희영을 통해 이어받게 된 것이다. 그의 시에서 압도적인 우위를 보이는 여성적 화자는 이와 연관이 깊다고 봐야 할 것이다. 또 한가지 지적할 것은 그가 서북지방 출신이라는 점이다. 두루 아는 대로 서북지방은 고려, 조선조를 통하여 소외지역에 속하였다. 이 지방의 이러한 소외의식은 국난기를 만나서는 개화의식, 민족의식으로 표출되기도 한다. 남이장군의 기개를 읊은 「물마름」, 건강한 회생의지가 드러난 「바라건대는 우리에게 우리의 보습 대일 땅이 있었더라면」, 우국지사의 모습을 형상화한 「전망」, 조만식 선생을 찬양한 「제이 엠 에스」, 3 · 1운동 후 독립운동을 하는 남편을 찾아 봉천행 열차에 오르는 여인을 그린 소설 「함박눈」 등은 식민지 현실

---

14) 계희영, 「약산 진달래는 우련 붉어라」, 『김소월의 생애』, 문학세계사, 1982

에 대한 인식과 항일의식이 뚜렷이 나타난 작품이다.15)

살펴본 대로 소월은 일제강점기에 소외지역인 서북지방에서 태어나 일찍부터 일본인의 폭행에 의한 아버지의 실성과 조부의 광산 실패를 겪었고, 유교적인 인습 속에서 시집살이를 하는 숙모 계희영이 풍부하게 들려준 민담, 설화, 민요 등이 그의 선천적 기질과 맞물려 깊은 정한을 형성하였으리라고 생각된다.

실제 소월의 작품을 들어 그의 시의 정한을 살펴보기로 하자.

① 한때는 많은날을 당신생각에
밤까지 새운일도 없지않지만
아직도 때마다는 당신생각에
축업은 베갯가의 꿈은있지만

낯모를 딴세상의 네길거리에
애달피 날저무는 갓스물이요
캄캄한 어두운밤 들에헤매도
당신은 잊어버린 설움이외다

당신을 생각하면 지금이라도
비오는 모래밭에 오는눈물의
축업은 베갯가의 꿈은있지만
당신은 잊어버린 설움이외다

－「님에게」 전문－

15) 이영섭, 「김소월 시 연구」, 연대 대학원 박사논문, 1988. pp.35 36

화자는 오매불망 님만을 생각하고 있다. 많은 날을 님 생각으로 밤까지 새워 보았지만 님은 여전히 '잊어버린 설움'일 뿐이다. 갓 스물인 유정한 화자는 이역의 네거리에서 깜깜한 밤길을 헤매며 님을 찾지만 여전히 님은 '잊어버린 설움'일 뿐이다. '잊어버린 설움'이란 무엇일까? 완전 7 · 5조의 유려한 음수율에 실려 있는 이 시의 정조情調는 비통하다기보다는 오히려 감미롭다. 7 · 5조라는 해조諧調에 의해 화자의 슬픔은 많이 이완되어 보편적 슬픔으로 변모되고 있다. 이 시의 화자는 님을 그리워하며 애상에 잠겨있을 뿐, 님과 다시 만나겠다는 어떠한 결의나 타개의지를 보이지 않고 있다. '잊어버린 설움'은 감미로운 슬픔일 뿐, 화자의 삶의 본질적 변화를 불러오는 인식에는 이르지 못하고 있다. 이런 점에서 이 시의 설움은 시적 자아의 강렬한 슬픔이라기보다 전래 서민의 보편적 설움의 대변이라고 할 수 있다. 소월 시가 민중의 사랑을 받는 것은 이처럼 일반 민중의 정서에 바탕하고 있기 때문이라고 보아야 할 것이다. 적극적 의지보다는 다분히 운명론적인 그의 애상적, 체념적 삶의 태도는 거대한 힘 앞에 불가항력일 수밖에 없었던 민중의 삶의 태도를 대변한 것이라고 볼 수 있다. 이렇게 본다면 그의 시의 님은 상상의 님이고 설움 또한 상상의 산물이라고 할 수 있다. 현실에 뿌리박지 못한 그의 님과 꿈은 따라서 절실하지 못하고 그 한계를 드러낼 수밖에 없다. 그는 현실의 고통과 괴로움을 벗어나기 위해 님과 꿈을 설정해 놓고 안정과 위안을 얻고자 하지만 이별과 슬픔은 넘을 수 없는 것이기에 그의 한은 깊어갈 수밖에 없다. 이 시의 한은 따라서 감미로운 설움의 수준을 넘어서지 못하고 있다. 이러한 그의 체념적, 운명론적 인생관은 다음 시에서 아주 분명해진다.

② 못잊어 생각이 나겠지요.
그런대로 한세상 지내시구려
사노라면 잊힐날 있으리다.

못잊어 생각이 나겠지요.
그런대로 세월만 가라시구려.
못잊어도 더러는 잊히오리다.

그러나 또한긋 이렇지요.
「그리워 살뜰히 못잊는데,
어쩌면 생각이 떠지나요」
–「못잊어」 전문

이 시는 추측, 양보, 방임의 어휘들로 이루어져 있다. '나겠지요' '그런대로' '한세상' '사노라면' '있으리다' '가라시구려' '더러는' '잊히오리다' 등이 그런 어휘들이다. 화자는 개인적인 서정적 주체로서 작용하지 않고 주변의 일반적인 정황을 대변해 노래하고 있다. 잊으려고 거듭 애써 보지만 결국 잊지 못하고 가슴 깊숙이 아련하게 정한이라는 결정체가 생겨난다. 이 정한은 자기 주장이나 의욕 속에서 형성되지 않고 인내와 슬픔 속에서 결정結晶된다. 곧 인내와 슬픔의 미학이 정한으로 결정되었다고 할 수 있다. 견디기 어려운 슬픔을 먼 세월을 상정想定해 중화시켜 님과 나의 사랑을 완성시키는 이별의 미학, 상실의 미학으로 진행시키고 있다. 이러한 이별의 미학, 상실의 미학에서는 현재가 작용할 틈이 없다. 이에 대해 오세영은 다음과 같이 말하고 있다.

> ③ 소월 시의 주된 특징의 하나는 그의 내면 공간에 현재시제가 추방되어 있다는 점이다. 그의 어떤 시를 읽어도 쉽게 공감되는 터이지만 소월의 의식에 있어 시간은 항상 과거, 아니면 미래를 지향한다. 그는 결코 현재를 현재로 살지 못한 사람이었다. (중략)
>
> 한이란 현재가 추방된 사람의 과거지향적 감정이며 님과 함께 살지 못하는 현실적 삶은 무의미한 것이기 때문이다. 따라서 무의미한 현실, 즉 님이 부재한 현실은 시인에게 있어서 현실이 아니다. 그것은 한낱 공백일 따름이다.[16)]

오세영은 소월에게 있어 시간은 과거 아니면 미래이고, 소월은 현재를 현재대로 살지 못한 사람이라고 규정한다. 나아가서 그는 한이란 현재가 추방된 사람의 과거지향적 감정이라고 한다. 이처럼 현실에 발딛지 못한 소월에게 정한은 극복될 가능성을 잃게 되는 것이다. 현재라는 발판을 잃고 과거나 미래, 상상에 의지하여 님을 그리워하고 기다릴 때 결국 인종의 미학으로 나아갈 수밖에 없고, 그 결과는 정한으로 굳어질 수밖에 없다.

> ④ 나보기가 역겨워
> 가실 때에는
> 말없이 고이 보내드리우리다
>
> 영변에 약산
> 진달래꽃

---

16) 오세영, 『한국 낭만주의시 연구』, p.307

아름따다 가실길에 뿌리우리다

가시는 걸음걸음
놓인 그꽃을
사뿐히 즈려밟고 가시옵소서

나보기가 역겨워
가실 때에는
죽어도 아니눈물 흘리우리다

—「진달래꽃」 전문

이 시의 화자도 가정적 사랑과 이별을 하고 있다. 따라서 이 시의 이별의 미학도 현재가 거세된 가정적 인종의 미학이다. 님에게 화자는 헌신적 사랑을 다한다. 변심해 가는 님을 말없이 고이 보내드리고, 가시는 길에 진달래꽃을 한 아름 따다 뿌려드리고, 솟구치는 눈물마저 가시는 님의 마음을 편하게 해 드리기 위하여 죽기를 각오하고 참는다. 이러한 화자의 인종의 마학은 우리 전래의 여인들의 덕목에 맥을 띠고 있음은 물론이다. 그러나 이러한 인종의 미학으로는 현재의 삶을 타개할 수는 없다. 님과 화자는 여전히 이별하고 있고, 화자의 슬픔은 해소되지 않는다. 이러한 화자에게 더욱 깊게 응결되는 것은 정한뿐이다. 이러한 인종의 미학은 때로는 처절한 울부짖음으로 나타나기도 한다.

⑤ 산산이 부서진 이름이여!
허공중에 헤어진 이름이여!

불러도 주인없는 이름이여!
부르다가 내가죽을 이름이여!

심중에 남아있는 말한마디는
끝끝내 마저하지 못하였구나.
사랑하던 그 사람이어!
사랑하던 그 사람이어!

붉은해는 서산마루에 걸리었다.
사슴이의 무리도 슬피운다.
떨어져 나가앉은 산 위에서
나는 그대의 이름을 부르노라.

설움에 겹도록 부르노라.
설움에 겹도록 부르노라.
부르는 소리는 비껴까지만
하늘과 땅사이가 너무 넓구나.

선채로 이자리에 돌이 되어도
부르다가 내가죽을 이름이어!
사랑하던 그 사람이어!
사랑하던 그 사람이어!

—「초혼」 전문

적어도 이 시에서만은 화자가 현재를 노래하고 있다. 투철한 현실인식은 아닐지라도 현재의 심정을 절박한 호흡으로 노래하고 있다. 그토록 일편단심으로 그리워하고 기다리던 님은 이제 '산산이 부서진 이름'이 되었고, 무한천공에 만날 기약조차 없이 '헤어진 이름'이 되었고, 불러도 대답해 줄 수 없는 이름이 되었다. '심중에 남아 있는 말 한마디는 /끝끝내 마저하지 못'한 채로 광막한 천지에 홀로 앉아 서럽게 서럽게 돌아오지 않을 님의 이름을 부른다. 님을 기다리다 선 채로 그냥 돌이 되어도 님은 화자의 영원한 사랑일 뿐이다. 곧 님은 화자에게 '부르다가 내가 죽을 이름'인 것이다. 이런 화자에게 정한이 쌓이지 않을 리 없다. 앞으로 나아가지도 못하고 뒤로 물러서지도 못하면서 비극적 사랑은 계속되고 있는 것이다. 그러나 이러한 현재적 서정성이 곧 현실인식으로 연결될 수는 없다. 그가 개인적 서정에서 벗어나 현실세계로 눈을 돌렸을 때 현실은 여전히 그에게 낯설고 친해지기 어려운 영역일 뿐이다. 그는 심심산골로 들어갈 수밖에 없다.

⑥ 산새도 오리나무
위에서 운다
산새는 왜우노, 시메산골
영넘어 갈라고 그래서 울지.

눈은 나리네, 와서 덮이네.
오늘도 하룻길
칠팔십리
돌아서서 육십리는 가기도 했소.

불귀不歸, 불귀, 다시 불귀
삼수갑산에 다시 불귀
사나이 속이라 잊으련만,
오십년 정분을 못잊겠네

산에는 오는눈, 들에는 녹는눈
산새도 오리나무
위에서 운다.
삼수갑산 가는길은 고개의 길

—「산」 전문

화자는 고개를 넘고 넘어 삼수갑산에 간다. 산새마저 넘기 어려운 높은 준령을 넘어 화자는 정신적 안식처를 찾아간다. 그러나 화자는 세간에 대한 미련을 마저 버린 것이 아니다. 하룻길 칠 팔십리 중 육십리는 되돌아가기도 한다. 그는 아직 세간에 대한 미련이 강하게 남아 있는 것이다. 가슴 속에 뿌리 박혀 있는 정분은 화자를 홀가분하게 삼수갑산에 은둔하지도 못하게 한다. 그러나 그는 지지부진한 대로 삼수갑산에 가기는 한다. 이런 화자에게 정한은 여전히 그 뿌리를 내리고 있어 해소의 가능성을 보이지 않고 있다.

2. 영랑 시의 정한 – '찬란한 슬픔'

영랑永郎 김윤식金允植은 1903년 1월 15일(양력) 전남 강진군 강진읍 남성리 탑동에서 오백 석 지주의 5남 3녀의 장남으로 태어났다.

보통학교에 들어가기 전까지는 엄격한 부친에게서 한문을 배웠고, 만 6세가 되던 1909년 강진공립보통학교에 입학해 1915년 3월에 졸업했다. 그러나 완고한 부친의 반대로 상급학교 진학을 못하고 있다가 모친의 배려로 이듬해인 1916년에 상경하여 기독교 청년회관에서 영어를 공부하게 된다. 이 때 그는 이미 2년 연상인 김해 김씨 김은하金銀河와 결혼을 했다. 1917년 휘문의숙에 입학하여 문학에 관심을 갖게 된다. 그런데 영랑이 15세 되던 휘문의숙 시절 결혼한 지 일년밖에 안되는 아내가 세상을 떠나 마음에 깊은 상처를 입게 된다. 혼인신고도 채 못한 아내의 죽음은 감수성이 예민한 소년에게 엄청난 충격일 수밖에 없었을 것이다. 아내와 부음에 서울에서 강진으로 정신없이 달려온 그는 이때부터 비애의식이 싹트기 시작하여 그의 시에 근원적 영향을 끼치게 된다. 다음 시들은 이러한 그의 아픔을 반영한 것들이다.

① 쓸쓸한 뫼앞에 후젓히 앉으면
마음은 갈앉은 양금줄 같이
무덤의 잔디에 얼굴을 부비면
넋이는 향맑은 구슬손 같이
산골로 가노라 산골로 가노라
무덤이 그리워 산골로 가노라

–「쓸쓸한 뫼앞에」 전문 –

② 그색시 서럽다 그얼굴 그동자가
가을하늘 가에도는 바람슷긴 구름조각

헬슥하고 서느라워 어데로 떠갔으랴
그색시 서랍다 옛날의 옛날의
—「그색시 서럽다」 전문 —

③ 좁은 길가에 무덤이 하나
이슬에 젖이우며 밤을 새인다
나는 사라져 저별이 되오리
뫼아래 누워서 희미한 별을
—「좁은 길가에 무덤」 전문 —

④ 님두시고 가는길의 애끈한 마음이여
한숨쉬면 꺼질듯한 조매로운 꿈길이여
이밤은 캄캄한 어느뉘 시골인가
이슬같이 고인눈물을 손끝으로 깨치나니
—「님두시고 가는길」 전문 —

먼저 간 아내에 대한 영랑의 애절한 정이 편편마다 잘 나타나 있다. 아내의 무덤을 떠나지 못하는 이러한 비애는 세월이 흘러갈수록 정한으로 굳어간다. 「두견」은 이러한 정한이 심화된 경우다.

⑤ 울어 피를 뱉고 뱉은 피는 도로삼켜
평생을 원한과 슬픔에 지친 작은새
너는 너른세상에 서름을피로 색이려오고
네눈물은 수천세월을 끊임없이 흐려놓았다
여기는 먼남쪽땅 너쫓겨숨음직한 외딴곳

달빛 너무도 황홀하여 호젓한 이새벽을
송기한 네울음 천길바다밑 고기를놀래고
하늘가 어린별들 버르르 떨리겠고나
-「두견」 1연 -

"울어 피를뱉고 뱉은피는 도로삼켜/평생을 원한과 슬픔에 지친 작은새"는 상처와 실연의 아픔을 내색하지 못하고 안으로 삭이다가 정한의 화신이 된 영랑 자신이라고도 볼 수 있을 것이다.

그러나 영랑은 속단하는 것처럼 여리고 애상적인 시인만은 아니다. 그에게는 행동적인 면도 있었다. 휘문의숙을 3학년 때 중퇴한 영랑은 기미독립운동에 적극적으로 참여하였다. 구두 속에 독립선언문을 감추고 강진으로 내려가 학생운동을 모의하다가 일경에 체포되어 대구형무소에 1년 간 미결감 생활을 하기도 한다. 옥고를 치르면서도 그는 독립선언문을 줄줄 외었고, 출감 후에도 독립운동의 뜻을 굳히고 상해로 가려고도 했다.[17] 이것은 영랑의 지사적 기질을 보여주는 면이다. 휘문의숙 동급반인 이승만 화백은 영랑이 감상적인 성격에 민족의식이 강하여 공부보다는 나라와 독립을 위한 이야기를 더 많이 했다고 한다.[18] 이처럼 그가 수감생활을 하고, 무정부주의자 박열朴烈과 사귄 것 등은 그의 성격이 내향적 성격만이 아니라 외향적 성격도 겸비했다고 볼 수 있다. 「제야」는 그의 민족 현실에 대한 관심이 은근하게 드러난 작품이라고 할 수 있다.

---

17) 김학동, 『모란이 피기까지는』, 김영랑 문학전집 평전, 문학세계사, 1980. p.258
18) 『모란이 피기까지는』, p.91

⑥ 제운밤 촟불이 찌르르 녹아버린다
못견디게 무거운 어느별이 떨어지는가

어둑한 골목골목에 수심은떴다 가란졌다
제운밤 이한밤이 모질기도 하온가

희부얀 종이등불 수집은 걸음걸이
생물정히 떠붓는 안쓰러운 마음결

한해라 기리운정을 몯고쌓아 흰그릇에
그대는 이밤이라 맑으라 비사이다

—「제야除夜」 전문 —

겉으로는 헌신적이고도 청순한 전통적 여인이 제야에 일심으로 축원하는 모습을 그리고 있지만, 그 이면에는 민족현실에 대한 어두운 인식이 내포되었다고 볼 수 있다. 시대의 어둠은 가까스로 켜놓은 촛불마저 질식시켜 버린다. 밤하늘의 별들은 높이 떠서 즐겁게 반짝거리는 역할을 잃어버리고 못견디게 무거워져서 어디로 떨어져 버리고 만다. 이 나라 방방곡곡을 감싼 수심은 떴다 갈앉았다 하면서 골목을 벗어날 줄을 모른다. 시인에게 지난 일년이란 지극히 힘든 시간이었고, 한 해의 마지막 밤인 제야는 특히 모질게 인식된다. 이는 당시 일제 치하의 우리 현실을 절실하게 그려냈다고 볼 수 있다. 그러나 이런 암담한 현실 속에서도 인종적이고 헌신적인 우리 여인네는 한해가 다가는 이 밤이 맑으라고 정화수를 떠놓고 일심으로 간절히 축원하고 있다. 당시 우리 민족이 발휘할 수 있는 정신력은 이와 같은 여성적 인내심이었는지도 모른다. 영랑의 이러한 시적 태도는 그러나 오래 지속되지 못하고, 투철한 현실인식에 도달하지도 못한다. 그의 본령은 아무래도 서정적 자기토로였던 듯하다.

1923년 여름방학으로 귀국했던 영랑은 관동대지진으로 도일하지 못하고 학업을 중단한 채 강진에 머무르게 된다. 이 무렵 그는 서울에 자주 오르내리면서 사회주의적 분위기에 젖기도 하고, 젊은 문사인 최승일과 교유하면서 그의 여동생인 승희承姬와도 사귀게 된다. 당시 영랑은 20세를 갓 넘었고, 최승희는 숙명여고 4학년에 재학 중이었다. 한국 무용의 개척자이며 후에 월북하게 되는 미모의 무용가 최승희와 영랑은 열애에 빠져 결혼 단계에까지 이르렀으나 양가의 완강한 반대로 결국 좌절하게 된다. 영랑은 이 실연으로 자살까지 기도할 정도였다. (이후 1926년 영랑은 김해 김씨 귀련貴蓮과 재혼하여 7남3녀를 두게 된다.) 이처럼 그의 젊은 날은 거듭되는 상처와 실연으로 깊은 주름이 파이고 이런 주름은 심저心底에 정한으로 자리잡게 된다. 얼핏 보아 열정과 밝음뿐인 것으로 보이는 그의 시에도 이러한 정한이 깊이 자리잡고 있는 것을 알게 된다.

⑦ 내가슴 속에 가늘한 내음
애끈히 떠도는 내음
저녁해 고요히 지는제
먼산 허리에 슬리는 보랏빛

오! 그 수심띈 보랏빛
내가 잃은 마음의 그림자
한이틀 정렬에 뚝뚝 떨어진 모란의

깃든 향취가 이가슴 놓고갔을 줄이야

얼결에 여윈 몸 흐르는 마음
헛되히 찾으려 허덕이는 날
뻘위에 철—석 갯물이 놓이듯
얼컥 이—는 홋곳한 내음

아! 홋곳한 내음 내키다마는
서언한 가슴에 그늘이 도오나니
수심뜨고 애끈하고 고요하기
산허리에 슬리는 저녁 보랏빛
—「가늘한 내음」 전문 —

⑧ 눈물속 빛나는 보람과 웃음속 어둔슬픔은
오직 가을하늘에 떠도는 구름
다만 호젓하고 줄대없는 마음만 예나이제나
외론밤 바람슷긴 찬별을 보았습니다
—「눈물속 빛나는보람」 전문 —

⑨ 모란이 피기까지는
나는 아즉 나의 봄을 기둘리고 있을테요
모란이 뚝뚝 떨어져 버린 날
나는 비로소 봄을 여흰 서름에 잠길테요
오월 어느 날 그 하로 무덥던 날
떨어져 누운 꽃잎마저 시들어 버리고는
천지에 모란은 자취도 없어지고

뻗쳐 오르던 내 보람 서운ㅎ게 무너졌느니
모란이 지고 말면 그 뿐, 내 한 해는 다 가고 말아
삼백 예순 날 한냥 섭섭해 우옵내다
모란이 피기까지는
나는 아즉 기둘리고 있을테요. 찬란의 슬픔의 봄을

—「모란이 피기까지는」 전문 —

'내 가슴'에는 '애끈히 떠도는' 내음이 있고, '내가잃은 마음의 그림자'인 '수심띈 보랏빛'이 있다. 이처럼 '나'를 애끊게 하고 수심에 차게 하는 것은 짧은 정열을 불태우고 뚝뚝 져버린 모란에 대한 미련 때문이다. '얼결에 여읜봄'(모란)을 찾으려고 애써보지만 현실은 이를 불가능하게 한다. 이런 '나'에게는 다 쏟아내지 못한 정열의 여파로 '훗굿한 내음'만 밀려오고, '훗굿한 내음'은 이내 '가슴에 그늘'이 되다가 마침내는 '수심뜨고 애끈하고 고요'한 산허리의 저녁 보랏빛이 된다. 「가늘한 내음」의 정서는 사랑했던 아내의 죽음과 최승희와의 실연 등이 가져다 준 비애의식이라고 생각된다. 이런 점에서 이 시의 정서는 정한이라고 볼 수 있다. 「눈물속 빛나는 보람」과 「모란이 피기까지는」도 같은 맥락에서 이해될 수 있다. 화자는 '가을하늘에 떠도는구름'으로 '눈물속 빛나는 보람과 웃음속 어둔슬픔을' 지니고 살아간다. 그는 '예나이제나' '호젓하고 줄대없는 마음'으로 '외론밤 바람슷긴 찬별'을 바라보고 있다. 그의 보람은 환희 속에서 얻어지는 것이 아니라 눈물 속에서 생성되는 것이고, 웃음 속에도 '어둔슬픔'이 내재되어 있다. 그는 풍윤한 여름구름이 아니라 쓸쓸히 떠도는 가을구름인 것이다. 그는 누구에게 줄 데 없는 호젓한 마음으로

온밤 내내 바람에 씻기는 찬 별을 바라보고 있다. 이 또한 간 사람을 잊지 못하고 그리워하는 정한이다.

「모란이 피기까지는」은 흔히 유미주의적 경향의 대표작이라고 평가된다. 물론 영랑의 그러한 시작 태도가 반영되어 있는 것은 사실이겠지만 이 시는 이러한 이론적 테두리에 갇히기 이전에 숨가쁜 육성이 지배하고 있다는 점을 유념해야 할 것이다. 3행부터 10행까지에 이르는 이 시의 해일과 같이 부풀어 오르는 정념은 어떤 이론에 지배되기에는 너무도 절절하고 숨가쁜 것이다. 직접적 체험이 토로되는 과정에서 그의 유미적 문학관이 자연스럽게 가미될 수는 있었겠지만, 이 시 자체가 어떤 주의에 의해 제작되었다고는 보기 어렵다. '모란이 뚝뚝 떨어져 버린, 날' '봄을 여읜 서름에 잠기고', '떨어져 누운 꽃잎마저' 시들어 버리자 '뻗쳐오르던 보람'마저 무너져내려 일년 내내 울며 지낸다는 것은 그의 거듭된 상처와 실연이 빚어놓은 정한의 반영이라고 볼 수 있다. 그러나 그는 다시 봄이 오면 모란이 핀다는 것을 믿고 기다리는 자세를 회복한다. 이런 그에게 오는 봄은 '찬란한 슬픔의 봄'이다. 희비가 교차되어 이루는 이러한 정한은 영랑 시의 큰 특징이다. 그러면 이러한 특성은 어떤 데에 기인하는 것인가? 첫째는 유복한 환경에서 자라나 삶의 마지막 궁지로 내몰리지 않아도 좋을 여건과 이로 인한 정신적 여유를 들 수 있을 것이다. 다음으로는 강진이라는 온난하고 풍광명미한 땅의 풍토가 그의 의식 형성에 끼친 영향을 들 수 있다.

⑩ 강진은 해양성 기후라서 사철 온난하고 비가 유달리 많은 것이 특징이다. 봄날에는 강진만 앞바다의 크고 작은 섬들이 마치 물오리 떼처

럼 은빛으로 남실거리며, 좀처럼 영하로 온도가 내려가는 법이 없어 난대식물들이 무성히 자라고 대숲과 동백이 우거진 곳이다. [19]

⑪ 여기서도 무엇을 표현하고 있느냐 하면, 남쪽에 가면, 동백꽃이 많은데, 동백나무에 햇빛이 비쳐 빛나는 마음, 정열, 분방 등을 단란히 오붓이 느끼어 표현하고 있는 것이다. 다시 말해, 우리가 이미 앞에서 본 바와 같이 여기서도 건전한 감상, 우리가 소월의 시에서 보는 것 같은 애절한 , 대단히 견디기 어려운 정서보다도 건전한 정서를 보이고 있다. 이것은 역경에 처해 있던 민족에게는 극히 드문 일인 것이다.[20]

이와 같은 천혜의 풍광 속에서 영랑 시는 슬픔 속에서도 촉기가 있고, 절망에까지는 이르지 않는 여유와 기다림이 있다. 따라서 그의 정한 또한 폐쇄적이고 절망적인 것이 아니라 윤기 있고 출구가 있는 '찬란한 슬픔'인 것이다.

다음 시편들은 그의 정서의 윤기를 잘 보여주는 것들이다.

⑫ 어덕에 바로누워
아슬한 푸른하늘 뜻없이 바래다가
나는 잊었습네 눈물도는 노래를
그하늘 아슬하여 너무도 아슬하여

이몸이 서러운줄 어덕이야 아시련만
마음의 가는웃음 한때라도 없드라냐

---

19) 신석정, 『현구玄鳩시집』, 문예사, 1977, 비매품, p.12
20) 서정주, 「김영랑의 그의 시」『서정주 문학전집』 2권, 일지사, 1972. pp. 205 206

아슬한 하늘아래 귀여운맘 질거운맘
내눈은 감기엿대 감기엿대
–「어덕에 바로누워」 전문 –

⑬ 떠날러가는 마음의 포렴한 길을
꿈이런가 눈감고 헤아리려니
가슴에 선뜻 빛깔이 돌아
생각을 끊으며 눈물 고이며
–「마음의 포렴한 길」 전문 –

⑭ 내마음의 어딘 듯 한편에 끝없는 강물이 흐르네
돋쳐오르는 아침 날빛이 빤질한 은결을 도도네
가슴엔 듯 눈엔 듯 또 핏줄엔 듯
마음이 도른도른 숨어있는 곳
내마음의 어딘 듯 한편에 끝없는 강물이 흐르네
–「끝없는 강물」 전문 –

살펴본 대로 영랑의 시의 정한은 희비가 교차되면서 얼크러지는 특이한 정한이다. 그의 정한의 이러한 특이성은 마음 속에 끝없이 강물이 흐르기 때문이다. 이러한 강물이 있기 때문에 '눈물도는 노래'를 잊을 수도 있고, '마음의 가는 웃음'을 다시 찾을 수도 있고, 또한 '가슴에 선뜻 색깔이 돌' 수도 있게 되는 것이다. 이런 특성이 영랑의 정한을 특이하게 만드는 것이다. 그러나 정한의 특이성이 곧 정한의 근본적 해소책이 될 수는 없다. 그에게는 정한의 뿌리를 찾아가 이를 밝히고 달래기에는 정신력이 아무래도 부족했던 것 같다.

3. 만해 시의 정한 – '리별은 미의 창조'

만해萬海 한용운韓龍雲은 1879년 8월 29일 충청남도 홍성군 결성면 용호리에서 부 응준應俊과 모 방方씨 사이에서 차남으로 태어났다. 6세(이하 세는 나이)에 향리의 서당에 들어가 「계몽편」「소학」「통감」 등을 배우고, 이어서 「대학」을 독자적으로 비판을 가하면서 읽고 9세 때에는 원곡元曲 『서상기』를 독파하고 『서경』 기삼백주朞三百註를 통달하여 신동으로 불렸다고 한다. 14세 때에는 천안 전씨全氏 정숙貞淑과 향리에서 결혼한다. (그러나 이 결혼은 26세 때에 만해의 두 번째 출가로 유명무실하게 된다. 그녀와의 사이에 6 · 25때 월북한 보국保國이라는 아들이 태어난다.) 18세까지 향리의 서당에서 한학에 전념하는 한편 숙사塾師가 되어 동몽童蒙들을 가르친다. 18세 때에는 의병에 참가하였으나 실패하고 이듬해에 고향을 떠났다고 하나 확실하지 않다. (또 온 가족이 동학운동에 참가하여 부친과 형이 패사하는 등 폐가지경에 이르렀다고 전해지나 만해사상 연구소는 이를 부인하고 있다.) 21세에 집을 떠나 설악산 백담사 등지를 전전한다. 이 무렵에 세계여행을 계획하고 하산하여 블라디보스톡으로 갔으나 박해를 받고 돌아와 정처없이 떠돌게 된다. 26세 때에 다시 고향에 돌아왔으나 곧 다시 집을 떠나 백담사에서 불목하니 노릇을 하다가 이듬해 연곡蓮谷스님을 만나 승려가 된다. 28세 때에 시베리아, 만주 등지를 방랑하고, 30세 때에는 일본 각지를 순유하며 신문물을 시찰하게 된다. 이 해 12월 경성京城에 명진明進측량강습소를 개설하여 개인 소유 및 사찰 소유 토지를 수호하려 한다. 33세(1911년) 때에 망국의 울분을 참지 못해 다시 만주로 망명하게 된다. 이때에 그는 이 일대 독립군들에게 독립사상을 북돋아 주고, 박은식, 이시영 등을 만나 독립운동의 방향을 논의한다. 1919년인 41세 때에 윌슨의 민족자결주의에 고무되어 최린, 현상윤 등과 조선 독립을 숙의한다. 같은 해 민족대표 33인을 대표하여 독립선언 연설을 하고, 투옥되더라도 변호사, 사식, 보석을 거부할 것을 결의하게 한다. 44세 되던 해 3월 3년의 옥고를 치르고 출옥한다. 1925년(47세) 8월 29일 백담사에서 『님의沈默』을 탈고하고, 이듬해 5월에 회동서관에서 발행한다. 49세 때에 신간회를 공동발기하여 중앙집행위원 겸 경성지회장에 뽑힌다. 1929년에는 광주학생운동을 조병옥, 김병로, 송진우 등과 전국적으로 확대시키고 민중대회를 연다. 53세 때에 김법린, 최범술 등이 조직한 청년법려法侶 비밀결사인 만당卍黨의 영수로 추대된다. 54세 때에는 일제의 사주를 받은 식산은행이 조선 명사를 훼절시키기 위해 만해에게 성북동 일대의 국유지를 넘겨주겠다고 제안했으나 이를 단호히 거절한다. 58세에 유숙원兪淑媛과 재혼하여 이듬해 딸 영숙英淑을 보게 된다. 같은 해에 방응모 등의 성금으로 성북동에 심우장尋牛莊을 짓게 되는데 총독부 건물이 보기 싫다 하여 북향집을 짓게 했다고 한다. 62세 때에 창씨개명 반대운동을 벌이고 66세 때에는 조선인 학병의 출정을 반대한다. 65세 때부터 중풍에 영양실조까지 겹쳐 운신하기 어려울 정도가 되었지만 끝내 온돌을 거부하였다고 한다. 66세가 되던 1944년 6월 29일 심우장에서 입적하여 화장 후 망우리 공동묘지에 안장된다.

만해는 생애의 대부분을 승려의 신분으로 살았다. 그러나 그는 승려이기 이전에 한학을 전수한 골수 선비였고, 망국한을 품은 식민지의 열혈 지사이자 혁신적 지식인이었다. 또한 나라 잃은 아픔을 시로 노래한 시인이었다. 이러한 만해의 시에 정한이 담기지 않을 리 없다. 그러나 그의 정한은 세간인의 그것과는 다른 면모를 보이고 있다. 이를 시편들을 통해 살펴보기로 하자.

님은갓슴니다 아아사랑하는나의님은 갓슴니다
푸른산빗을깨치고 단풍나무숩을향하야난 적은길을 거러서
참어썰치고 갓슴니다
황금의쏫가티 굿고빗나든 옛맹서는 차듸찬띄끌이되야서
한숨의미풍에 나러갓슴니다
날카로은 첫「키쓰」의추억은 나의운명의지침을 돌너
노코 뒤ㅅ거름처서 사러젓슴니다
나는 향긔로은 님의말소리에 귀먹고 쏫다은 님의얼골에
눈머럿슴니다
사랑도 사람의일이라 맛날때에 미리 써날것을 염녀하고
경계하지아니한 것은아니지만 리별은 뜻밧긔일이되고 놀난
가슴은 새로은슯음에 터짐니다
그러나 리별을 쓸데업는 눈물의원천을만들고 마는것은
스스로사랑을깨치는것인줄 아는까닭에 것잡을수업는 슯음
의힘을 옴겨서 새희망의 정수박이에 드러부엇슴니다
우리는 맛날때에 써날것을염녀하는것과가티 써날때에 다
시맛날것을 밋슴니다
아아 님은갓지마는 나는 님을보내지 아니하얏슴니다
제곡조를못이기는 사랑의노래는 님의침묵을 휩싸고돔니다

–「님의 침묵」 전문–

88편으로 구성된『님의 침묵』의 첫 자리를 장식하는 이 시는 모두부터 처절한 별한別恨을 노래하고 있다. "님은 갓슴니다. 아아 사랑하는 나의님은 갓슴니다"는 그 님이 연인이든 조국이든 절대자든 님을 여읜 설움은 통렬한 별한으로 드러나고 있다. 이미 님과의 첫 키쓰로 님만을 생각하며 살도록 운명지워진 '나'(이하 나)는 '향긔로은 님의말소리에 귀먹고 쏫다은 님의얼골에 눈' 멀어 살고 있다. 그런 나에게 님과의 이별이 현실로 다가온 것이다. 님과 굳게 맺은 언약도 이제 쓸모없는 것이 되었다. 님은 나를 돌아보면서 떨어지지 않는 발걸음을 떼 놓으며 멀리 사라져 간다. 그러나 이 시는 이러한 비통함 속에서도 체념이나 자포자기에 빠지지 않고 이별을 만남으로 극복하려는 의지가 나타나 있다. 곧 해한解恨의 가능성을 보여주고 있는 것이다. 나는 님이 이 세상 누구보다도 소중하고 그러한 님과의 사랑이 최귀最貴한 것임을 알기 때문에 님과의 이별을 값싼 눈물로 끝내려고 하지 않는다. 나는 님에 대한 사랑의 윤리로 '것잡을수업는 슯음의힘을 옴겨서 새희망의 정수박이에 드러' 붓는다. 이런 나에게 '님은갓지마는 나는 님을보내지 아니'한 것이 되는 것이다. 또 연모의 정에 사무친 나의 사랑의 노래는 침묵하는 님의 주위를 계속 맴돌게 된다. 이처럼 이 시는 별한을 해한으로 이끌려는 비극적 지향성을 보이고 있다. 이러한 나의 노력은 다음 시에서 이지적인 목소리로 나타난다.

리별은 미의창조입니다

리별의미는 아츰의 바탕(質)업는 황금과 밤의 올(糸)업는 검은비단과 죽엄업는 영원의생명과 시들지안는 하늘의푸른쏫에도 업슴니다

님이어 리별이아니면 나는 눈물에서죽엇다가 우숨에서 다시사러날수가 업슴니다 오오 리별이어

미는 리별의창조임니다

－「리별은미의창조」 전문 －

이제 나는 이별을 절망적이거나 부정적인 것으로 받아들이지 않는다. 더 큰 사랑과 만남을 위한 한 과정으로 받아들인다. 이제 나는 이별을 긍정적으로 활용하여 눈물에서 더 크고 본질적인 웃음을 찾아내려 한다. 이처럼 애상과 소극성에서 벗어난 나는 다가오는 이별만을 대응하는 것이 아니라 창조와 생성, 만남을 위해 이별을 스스로 요청하게 되는 것이다. 여기에서 '미는 리별의 창조'라는 명제가 성립된다. 이별에 대한 이러한 인식은 확실히 한국시사에서 혁명적인 것이다. 『님의 침묵』의 위대성은 이 한 부분에서도 확실히 증명된다. 이처럼 확고한 인식과 명제 하에서 이별을 만남으로 극복하려는 나는 그러나 현실의 강고한 벽을 쉽게 깨뜨리지는 못한다. 무한히 그리워하고 노력하고 염원할 뿐이다. 이런 나에게 정한이 쌓이지 않을 수 없다. 다음 시는 님에 대한 골수의 사랑과 그러한 이별이 오래 지속되는 것에 대한 정한이 잘 나타나 있다.

당신이아니더면 포시럽고 맥그럽든 얼골이 웨 주름살이접혀요
당신이그립지만 안터면 언제까지라도 나는 늙지아니할테여요
맨츰에 당신에게안기든 그때대로 잇슬테여요

그러나 늙고 병들고 죽기까지라도 당신때문이라면 나는 실치안하여요

나에게 생명을주던지 죽엄을주던지 당신의뜻대로만 하서요
나는 곳당신이여요

－「당신이아니더면」 전문－

오매불망 님만을 생각하며 사는 나는 님과의 만남이 이루어지지 않자 정한이 맺히지 않을 수가 없다. 님 생각에 나는 주름살이 접히고 늙어가지만 님에 대한 사랑이 없으면 나의 삶은 아무런 의미가 없기 때문에 설령 죽는 일이 있더라도 싫어할 수가 없게 되는 것이다. 님이 나에게 생명을 주든지 죽음을 주든지 나는 괘념치 않는다. 나의 사랑은 이별을 초월한 것이다. 이것은 나와 님이 하나이기 때문이다. 님이 없으면 내가 없고, 내가 없으면 님이 없다. 이런 나와 님의 관계는 죽음도 함께이고, 삶도 함께이고, 이별도 함께이고, 만남도 함께일 수밖에 없다. 따라서 현재의 님과 나의 이별은 만남으로 성취되어야 한다. 이런 만남에 의해서만 나의 별한(정한)은 해한으로 이어질 수 있다. 이러한 해한의 논리는 다음 시에서 본격적으로 피력된다.

가을하늘이 놉다기로/ 정하늘을 싸를소냐/ 봄바다가 깁다기로/
한바다만 못하리라

놉고놉흔 정하늘이/시른것은 아니지만/손이 나저서/오르지 못하고/
깁고깁흔 한바다가/병될것은 업지마는/다리가 썰너서/건느지 못한다/

손이 자래서 오를수만 잇스면/ 정情하늘은 놉흘수록 아름답고/ 다리가 기러서 건늘수만 잇스면

한바다는 깁흘수록 묘하니라
만일 정하늘이 무너지고 한바다가 마른다면
차라리 정천에 써러지고 한해에 싸지리라
아아 정하늘이 놉흔줄만 아럿더니/님의이마보다는 낫다/
아아 한바다가 깁흔줄만 아럿더니/님의무릅보다는 엿다

손이야 낫든지 다리야 써르든지
정하늘에 오르고 한바다를 건느랴면
님에게만 안기리라

-「정천한해情天恨海」 전문 -

이 시에 와서 만해의 정한에 대한 인식은 또렷이 정리된다. 정한은 소극적, 소모적, 애상적인 것이 아니라 적극적, 생산적, 포용적인 것이 된다. 만해의 이러한 정한 인식은 한국인의 자기비하심을 극복할 수 있는 좋은 계기가 된다. 정한을 체념으로 연결시키는 것은 소모적일 수밖에 없다. 이러한 정한론은 운명론에 빠질 수밖에 없고 타성적 삶을 반복할 수밖에 없게 한다. 이 시에서 정하늘은 가을하늘보다도 높고, 한바다는 봄바다보다도 깊다. 정과 한을 모두 긍정적으로 본 것이다. 님 그리는 정과, 이 정이 고이고 고여 생긴 한은 님에 대한 사랑의 결정이다. 이러한 정한을 부정하는 것은 님에 대한 사랑을 부정하는 것이다. 이런 모순은 나에게는 있을 수가 없는 일이다. 따라서 님에 대해 진정한 사랑을 하는 나는 님 그리다 생긴 정한을 새롭게 인식할 수밖에 없다. 나는 손이 낮아서 정하늘에 오르지 못하고 다리가 짧아서 한바다를 건너지 못한다고 하면서 스스로를 탓한다. 능력만 된다면 '정하늘은 놉흘수록 아름답고' '한바다는 깁흘수록 묘'한 것이다. 이러한 '정하늘이 무너지고 한바다가 마른다면' 나는 차라리 정한에 떨어지고 빠지려고 한다. 그러나 다시 생각해 보면 이러한 정한은 (비록 그것이 님에 대한 사랑의 결정일지라도) 님과 나의 이별로 하여 생긴 것이다. 궁극적으로 이러한 정한은 극복되어야 하는 것이다. 이러한 정한을 극복하는 길은 부족한 내가 님에게 귀의하여 더 깊은 사랑을 하는 길밖에 없다. 이런 인식에 이른 나에게 정하늘은 님의 이마보다는 낮고, 한바다도 님의 무릎보다는 옅은 것으로 재인식된다. 곧 더 높은 님의 지혜와 자비에 의해서만 높고도 깊은 정한은 극복될 수 있는 것으로 인식되는 것이다. 이 시는 별한(정한)을 극복하는 길이 님에 대한 적극적이고도 지속적인 사랑에 있다는 것을 갈파하고 있다. 이런 나에게 눈물은 소비적인 것이 아니다.

내가본사람가온대는 눈물을진주라고하는사람처럼 미친사람은 업습니다
그사람은 피를 홍보석이라고하는사람보다도 더미친사람임니다
그것은 연애에실패하고 흑암의기로에서 헤매는 늙은처녀가아니면 신경이 기형적으로된 시인의 말임니다
만일 눈물이진주라면 나는 님이신물로주신반지를 내노코는 세상의진주라는진주는 다씌끌속에 무더버리것습니다

나는 눈물로장식한옥패를 보지못하얏습니다
나는 평화의잔치에 눈물의술을 마시는것을 보지못하얏습니다
내가본사람가온대는 눈물을진주라고하는사람처럼 어리석은사람은 업습니다

아니여요 님의주신눈물은 진주눈물이여요

나는 나의그림자가 나의몸을 써날때까지 님을위하야 진주눈물을 흘니것습니다

아아 나는 날마다 날마다 눈물의선경에서 한숨의 옥적玉笛을 듯습니다

나의눈물은 백천줄기라도 방울 이 창조임니다

눈물의구슬이어 한숨의봄바람이어 사랑의성전을장엄하는

무등등無等等 의보물이어

아아 언제나 공간과시간을 눈물로채워서 사랑의세계를 완성할ㅅ가요

-「눈물」 전문 -

나는 눈물을 단순히 미화하는 자를 미친 사람, 감상적인 노처녀, 신경이 기형적으로 된 시인 등이라고 단정하고 무시하려고 한다. 그러나 내가 사랑에 빠져 생각해 보니 님 그리며 흘리는 나의 눈물은 그 어느 것보다도 귀하고 진실한 것이다. 눈물은 나를 슬프게 하지만 다시 나를 님과 연결시키고 나아가서 기대와 희망을 가지게 하는 것이다. 곧 님 그리어 흘리는 나의 눈물(정한)은 나의 삶의 근원적 힘이 되는 것이다. 따라서 님과 나의 만남을 위해서는 눈물이 유일한 방도일 수밖에 없다. 나는 가상인 내가 실상에 이를 때까지, 곧 거짓나(나)가 참나(님)에 이를 때까지 사랑과 염원, 귀의의 눈물을 흘리려고 한다. 이러한 눈물은 방울 방울이 창조의 원동력이 되기 때문이다. 곧 나의 별한은 눈물로 표출되어 창조적 기능을 수행하는 것이다. 이러한 나의 눈물(정한)은 '사랑의성전을장엄하는 무등등의 보물'이 된다. 나는 나아가서 이러한 눈물로 시간과 공간을 초월한 사랑의 세계를 완성하려고 한다. 이처럼 나의 정한은 자기구제만

이 아닌 세계구제의 원동력으로 확대되는 것이다.[21] 이러한 대염원을 가진 나에게 님과의 만남은 아직도 실현되지 않는다. 나는 현실의 거대하고도 절망적인 벽 앞에서 끝없는 인내심으로 님에 대한 사랑을 계속한다.

당신이가실째에 나는 다른시골에 병드러누어서 리별의키쓰도 못하얏습니다
그째는 가을바람이 츰으로나서 단풍이 한가지에 두서너닙이 붉엇습니다

나는 영원의시간에서 당신가신째를 끈어내것습니다 그러면 시간은 두도막이 남니다
시간의한끗은 당신이가지고 한끗은 내가가젓다가 당신의 손과 나의손과 마조잡을째에 가만히 이어노컷습니다
그러면 붓대를잡고 남의불행한일만을 쓰랴고 기다리는사람들도 당신의가신째는 쓰지못할것입니다
나는 영원의시간에서 당신가신째를 끈어내것습니다

－「당신가신때」 전문－

21) 만해의 정신용량에 대해 서정주는 "신시대의 시인들과 중들과 또 그 밖의 모든 동포 중, 민족의 애인의 자격을 가진 이들도 있었으나, 인도자의 자격까지를 겸해 가진 이는 드물었고, 또 인도자의 자격을 가진 이는 있었으나, 애인의 자격을 겸해 가진 이는 드물었다. 그러나 만해선사만은 이 두 자격을 허실없이 완전히 다 가졌던 그런 사람이다. 이 점 이분 이상 더 있지 않다. 사실은 신시대에서뿐이 아니라 과거 십세기의 이 민족사를 두고 생각해 봐도 그럴 것 같다. 그것은 굉장히 어려운 일이다." (「한용운과 그의 시」『서정주 문학전집』 2권, p. 199)

나는 님과의 이별을 기정사실로 알고 체념할 수는 없다. 나는 님과 이별한 시점을 또렷이 기억하고, 그 시점을 잘라내어 님과 내가 반반씩 나눠 가지려고 한다. (이러한 사랑의 반쪽들은 님과 내가 다시 만날 때 이어져 원상회복될 것이다.) 이것은 님과 내가 세월이 흐를수록 이별을 어쩔 수 없는 숙명으로 알고 만남의 의지를 상실하게 될 것을 두려워한 것이다 이렇게 님과 내가 사랑의 시간의 반쪽씩을 갖고, 서로 잊지 않고 만남을 위해 노력한다면 이 만남을 훼방하려는 교활한 자들의 계책도 분쇄될 것이다. 또한 님과 내가 서로 남이 되었다는 논리도 성립될 수 없는 것이다. 왜냐하면 님과 나는 서로 사랑하여 마음으로 굳게 연대하고 있기 때문이다. 나의 정한은 이처럼 역경 속에서 비극적 지향성을 계속해 보이고 있다. 다음 시는 이런 비극적 지향성이 더욱 감동적으로 전개되고 있다.

> 몰난결에쉬어지는 한숨은 봄바람이되야서 야윈얼골을비치는 거울에 이슬꼿을핌니다
> 나의주위에는 화기和氣라고는 한숨의봄바람밧게는 아모것도업슴니다
> 하염업시흐르는 눈물은 수정이되야서 깨끗한슯음의 성경聖境을 비침니다
> 나는 눈물의수정이아니면 이세상에 보물이라고는 하나도업슴니다
>
> 한숨의봄바람과 눈물의수정은 써난님을긔루어하는 정情의추수秋收임니다
> 저리고쓰린 슯음은 힘이되고 열이되야서 어린양羊과가튼 적은목숨을 사러움지기게함니다

님이주시는 한숨과눈물은 아름다은 생의예술임니다.

－「생의예술」 전문 －

나는 나도 모르는 사이에 한숨을 쉬고 눈물을 흘리기도 한다. 님과의 이별이 너무 길고 만남도 기약할 수 없기 때문이다. 그러나 나는 님을 사랑할 수밖에 없다. 이것은 님은 나이기 때문이다. 이런 나에게 다시 눈물은 '깨끗한 슯음의 성경'을 비추는 수정이 된다. 곧 눈물에 의해서 나는 맑아지고 넓어져서 다시 살아가고 사랑할 힘을 얻게 된다. 따라서 눈물은 나의 유일한 보물이 되는 것이다. 한숨과 눈물, 곧 정한은 일심으로 님을 사랑하는 나의 정이 거둔 수확물이다. 이처럼 나는 죽정이가 아닌 알맹이를 한숨과 눈물 속에서 거두고 있다. 곧 나의 정한은 애상과 소모가 아니라 변화와 생성이 되는 것이다. 이는 한숨과 눈물 속에 있는 나가 절망과 탄식에 빠지지 않고 소생과 희망으로 나아가는 것을 보아 알 수 있다. 곧 '저리고쓰린 슯음은 힘이되고 열이되야서 어린양과가튼 적은목숨을 사러움지기게'한다는 데서 이를 알 수 있다. 이러한 한숨과 눈물, 곧 정한을 나는 아름다운 생의 예술로 인식하고 비극적 지향성을 계속 보이는 것이다.

Ⅲ. 대비적 고찰 및 맺는 말

이제 세 시인의 정한을 대비적 관점에서 고찰해 보기로 하겠다.

소월은 일제 치하에 소외지역인 서북지역에서 태어나 일인의 폭행으로 아버지가 실성하고 조부의 광산마저 실패하는 불운을 겪게 된다. 이러한 환경에서 그는 숙모 계희영으로부터 전래의 민담, 설화, 민요 등을 전수받게 된다. 이러한 여건이 그의 선천적 기질과 어우러져 정한으로 표출되었다고 볼 수 있다. 그의 정한은 개인적 차원을 넘어 민중적, 국민적인 것이라고 할 수 있다. 그는 전래의 서민의 애한哀恨을 애상적, 체념적, 수동적으로 노래했다고 볼 수 있다. 이런 점에서 그는 정한의 정리자라는 시사적 위치를 차지할 수 있을 것이다. 그는 정한의 극복이나 해한의 의지를 별로 보여주지는 않는다. 이런 점에서 그의 정한은 숙명론의 성격을 벗어나지는 못할 것 같다. 그에게 사랑은 이별이 전제가 된 것이고, 님은 '부르다가 내가 죽을 이름'이고, 이 결과로 맺어진 정한은 해소의 가능성을 별로 보이지 않고 있다.

영랑은 풍광명미하고 물산이 풍부한 전남 강진에서 오백석 지주의 맏아들로 태어나 유복한 유소년기를 지냈으나 곧 15세 때에 사랑했던 아내를 잃게 되고, 이어 20세를 갓 넘어 무용가 최승희와의 사랑의 실패로 깊은 좌절을 겪게 된다. 이런 내상內傷이 그의 시의 밑바닥에 깊게 도사리고 있어서 정한으로 나타났다고 볼 수 있다. 죽은 아내에 대한 깊은 연민과 이루지 못한 사랑에 대한 미련이 일견 밝은 목소리의 이면에서 끊임없이 작용하고 있다. 곧 '찬란한 슬픔'으로 드러난 것이다. 이런 면에서 그의 정한은 민중적이라기보다 개인적, 심미적인 성격에 가깝다고 할 수 있다. 그의 정한은 고여서 어두워가는 것이 아니라 흐르면서 반짝이는 면을 지닌 정한이다. 이러한 요인으로는 그의 선천적 기질과 환경, 특히 남도적인 풍광 등이 크게 작용했다고 볼 수 있다. 얼핏 보아 그의 정한은 해소의 가능성을 보이고 있는 것 같지만 근본적인 해한에는 이르지 못하고 있다. 이것은 그의 정신력이 정한의 뿌리를 찾아가 밝히고 달래기에는 역부족이었기 때문이라고 생각된다.

만해는 구한말인 1879년 지절의 고장인 충남 홍성에서 태어나 국운의 쇠망을 직접 목도하면서 한학을 연수하게 된다. 지사적 기질이 강한 그는 결국 향리에 은거하지 못하고 뛰쳐나와 왕성한 활동을 하려하나 이마저 좌절되자 산사에 들어가 승려가 된다. 그러나 그는 일생을 산사에 머물러 있을 기질이 아니었다. 그는 불교에 깊이 경도하고 탐닉했지만, 소승적 안주에 머물지 않고 대승심으로 역사 현실에 뛰어들게 된다. 그는 만주와 시베리아를 둘러보고 신문명을 알기 위해 일본 각지를 들러보기도 한다. 이러한 그의 관심은 조국광복과 중생제도라고 할 수 있다. 그러나 조국광복은 현실적으로 난망한 일이고, 중생제도 또한 지난한 일이다. 이런 여건에서 태어난 『님의 침묵』의 정한은 처절한 비극성을 지닐 수밖에 없다. 그러나 만해는 뚜렷한 현실인식에 의해 이별을 먼저 이별로 받아들이고, 이를 극복해 만남으로 열매 맺으려 한다. 곧 이별을 미의 창조의 계기로 삼으려 하는 것이다. 소월에게서 보는 소극적, 체념적인 것과는 달리 적극적, 창조적으로 정한을 인식하려는 것이다. 그에게 있어서 정한은 정한이지만 정한이 아니기도 하다. 곧 전래의 정한을 이어받으면서 파괴하는 것이다. 이는 창조적 파괴, 또는 창조적 계승이라고 할 수 있다. 이런 만해에게는 눈물마저 창조를 위한 것, 시간과 공간을 초월한 사랑의 세계를 완성할 원동력으로 인식되는 것이다. 이러한 만해의 『님의 침묵』은 절망적 상황에서도 비극적 지향성을 보여준다. 곧 『님의 침묵』의 정한은 어두운 정서상태를 바탕으로 하고 있으면서도 끊임없이 밝고 건강한 면을 지향하는 정한이라고 할 수 있다. 이러한 성실성에 의해 『님의 침묵』의 화자는 비극적 세계관이나 로만적 아이러니에서 벗어나 진정한 역사 현실의 주체가 될 수 있는 것이다.

정한은 그 인식 주체에 따라 그 가치가 달리 평가될 수 있다. 불변의 사랑이나 염원의 수행에서 생기는 정한을 부정적으로 볼 이유가 없다. 이러한 사랑이나 염원을 무시하고 폄하하는 것이 현대성이라면 그러한 현대성은 곧 인간성을 말살하는 것이 될 것이다. 사랑과 염원에 의한 정한이야말로 인간의 고귀성을 지켜낼 수 있는 마지막 보루일지도 모른다. 이런 정한이 편의주의, 물신주의 풍조에 밀려 사장된다는 것은 곧 인간정신의 고귀성을 스스로 포기한 것이라고 볼 수 있다. 이러한 정한의 비극적이고도 창조적인 전개를 우리는 만해의 시에서 보았다. 이러한 정한의 전개는 한국문학 뿐만 아니라 세계문학에도 귀한 예라고 할 수 있다.

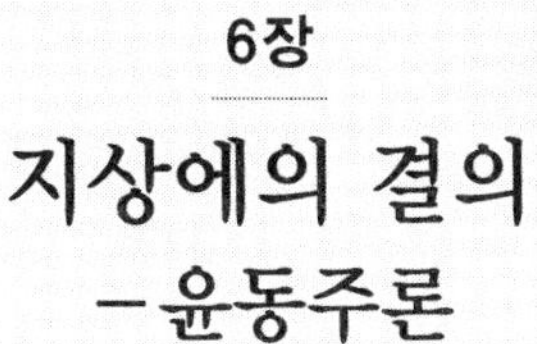

6장

지상에의 결의
-윤동주론

지상에의 결의－윤동주론

Ⅰ. 문제의 제기

시인 Rilke는 만년의 편지에서 다음과 같이 결의하고 있다.

“......모든 성질은 이미 논의할 수 없는 신에게서 제거되어, 창조에, 사랑과 죽음에 다시 돌아갑니다. ......심연마저 거처로 할 수 있었던 자에게 비로소 앞서 보내졌었던 하늘이 되돌아오고, 교회가 부당하게도 피안으로 밀어 제낀, 모든 깊고 간절히 지상적인 것이 되돌아 옵니다. 모든 천사가 찬송하면서 지상에로 결의하는 것입니다”.[1)]

1) R.M Rilke : 전집 중 『뮈조트의 편지』185 ~ 186페이지(Die Eigenschaften Werden Gott, dem nicht mehr Sagbaren, abgenommen, fallen zurück an die Schöpfung, an die liebe und Tod … Erst zu dem, dem auch der Abgrudein Wohnort war, kehren die vorausgeschickten Himmel, um und alles tief und innig Hiesige, das die Kirche ans Jenuseits veruntreut hat,

또 다른 편지에서

> "......이 덧없고 으스러지기 쉬운 대지를 깊이 고뇌하면서 또 정열을 기울여 우리 안에 새겨넣는 것입니다. 대지의 본질이 우리 안에서 눈에 보이지 않게 다시금 되살아날 터전이 마련될 때까지 말입니다."[2]

라고 지상의 삶을 천명하고 있다. '심연마저 거처로 할 수 있었던 자'는 결국 '덧없고 으스러지기 쉬운 대지'만이 확실한 생존공간임을 인식하고 신에게서 벗어나 지상地上에로 결의決意한다. 그리고 이런 대지를 '고뇌하면서 또 정열을 기울여' 생활터전화하려고 한다. 이러한 지상과 인간에의 결의는 윤동주의 시에도 확실히 나타난다. 김흥규는 "삶의 어둠과 아픔에서 달아나지 않고 그것을 응시하는 것, 자기 구제의 길은 초월적 세계에서가 아니라 〈지금-여기〉의 시공時空에서만이 가치 있다는 깨달음에 윤동주는 도달"[3]했다고 하여 이 시인이 지상에서 실존적 결단에 의해 독자적인 삶을 살려고 했음을 명백히 했다. 또 이상비는 "시인은 신에 앞서는 긍지가 필요한 것이었다. 민족의 불행이 신의 의지가 아닌 바에야 민족의 광복도 신의 의지일 수 없었던 것"[4]이라며 이 시인의 삶이 인본주의에 입각한 독자적 결단임을 분명히 한다.

---

kommt zurück ; all Engel entschliessen sich, zur Erde)

2) R.M. Rilke : 전게서 p.335

3) 김흥규, 「윤동주론」, 《창작과 비평》 통권 33호, 1974. p.69

4) 이상비 , 「윤동주론」, -시대와 시의 자세 - 『현대시인론』, 형설출판사, pp.399-400

Ⅱ. 윤동주 시의 회의

윤동주 시가 지상에의 결의에 이르는 데는 먼저 회의라는 장애물과 만나게 된다. 회의라고 하면 우리는 먼저 그 부적負的 기능을 생각하기 쉽다. 그도 그럴 것이 회의란 인간을 답보시키거나, 후퇴, 심지어는 파멸시키는 예를 우리 주위에서 종종 보아왔기 때문이다. 그러나 인간의 정신문화는 그 대부분이 회의를 통해 영역이 확대되고 심화되었다는 것을 생각하면 그 정적正的 기능을 무시할 수 없다. 노력하는 인간에게 회의는, 부적 기능이 정적 기능으로 전환되어, 그를 발전시켜 나갔다고 할 수 있다. 윤동주 시의 회의 또한 부적 기능이 정적 기능으로 전환되어 그의 삶을 고양시켰다고 할 수 있다. 그의 시의 회의의 양상은 자아에 대한 회의, 시대에 대한 회의, 신앙에 대한 회의의 양상을 보여준다.

먼저 자아에 대한 회의를 살펴보자.

인간은 영과 육을 지닌 사유동물이다. 영적 동경憧憬과 육적 충동은 상충하여 인간을 회의에 빠뜨린다. 또 이상과 현실의 갈등을 해소시키지 못하는 무력한 자아에 대해 회의를 갖는다.

① 괴롬의 거리
회색빛 밤거리를
걷고 있는 이 마음
선풍이 일고 있네
외로우면서도
한 갈피 두 갈피

피어나는 마음의 그림자.
푸른 공상이
높아졌다 낮아졌다

– 1935. 1. 18 「거리에서」 2연

② 탑은 무너졌다.
붉은 마음의 탑이

손톱으로 새긴
대리석탑이
하로 저녁 폭풍에 여지없이도

오오 황폐의 쑥밭,
눈물과 목메임이여!

꿈은 깨어졌다.
탑은 무너졌다.

– 1936. 7. 27 「꿈은 깨어지고」 4~끝연

그의 공상은 무엇일까? '괴롬의 거리', '회색의 밤거리'에서 '선풍'에 휘말려 있는 것으로 보아 청순한 동경은 아닐 것이다. 오히려 그는 내밀한 향락을 꿈꾸는 지도 모른다. 지키려는 '붉은 마음의 탑'은 무엇인가? 사춘기 소년의 맑은 꿈이거나 염원일 것이다. 그렇지만 이러한 꿈이나 염원은 무너져버리고 무력한 자아에 대한 회의만 쌓인다. 그러나 이러한 경향은 오래 가지 못한다. 관능이나 고뇌의 직서적 표출은 윤동주 시의 본령이 아니었다. 섬세하고 사색적인 데다 부끄러움을 잘 타는 이 시인에게 내면으로의 침잠은 자연스러운 것이었다.

③ 그리고 한 사나이가 있읍니다.
어쩐지 그 사나이가 미워져 돌아갑니다.

돌아가다 생각하니 그 사나이가 가엾어집니다.
도로 가 들여다보니 사나이는 그대로 있습니다.

다시 그 사나이가 미워져 돌아갑니다.
돌아가다 생각하니 그 사나이가 그리워집니다.

– 1939. 9. 「자화상」 3~5연

④ 잃어버렸읍니다.
무얼 어디다 잃었는지 몰라
두 손이 주머니를 더듬어
길게 나아갑니다.

–'41. 9. 30 「길」 1연

⑤ 잎새에 이는 바람에도
나는 괴로워했다.

–'41. 11. 20 「서시」에서

곱고 진실하게 살려고 하는 인간에게 교차해서 나타나는 애증의 심리는 당연한 것이다. 윤동주에게 이 애증은 자기연민으로 이어진다. 이 경우 자기연민은 근본적으로 불완전한 자아에 대한 포옹심리이자 개선의지이다. 포옹심리가 깔린 회의는 자아를 파멸로부터 막아주고, 본래의 자아를 찾으려는 의지로 전환된다. "자아의 활동을 구속하고 제한하는 외부세력의 압력이 크면 클수록 시인은 내면세계의 강화를 기하고 있다."[5] 잎새에 이는 바람결 하나에도 괴로워하고 회의하면서도, 그는 밝아지고 확실해진다.

그러나 그의 회의는 극한에 처해 자학으로 흐르기도 한다.

⑥ 바람이 부는데
내 괴로움에는 이유가 없다.
내 괴로움에는 이유가 없을까.
단 한 여자를 사랑한 일도 없다.
시대를 슬퍼한 일도 없다.

-'41. 6. 2.「바람이 불어」 2~4연

⑦ 내가 오래 기르든 여윈 독수리야!
와서 뜯어 먹어라, 시름없이

너는 살지고
나는 야위어야지, 그러나

-'41. 11. 29.「간」 3~4연

---

5) 김시태,「밤의 인식과 자기성찰 -윤동주론 -」,『현대시와 전통』, 성문각, p.286

⑧ 나는 무얼 바라
　나는 다만, 홀로 침전하는 것일까
　　　　　　　　　　—'42. 6. 3.「쉽게 씌어진 시」에서

정말 이 시인은 한 여자를 사랑한 일도 민족 모두의 암흑시대를 슬퍼한 일도 없었을까. 남성적이고 적극적으로 살지 못한 자신에 대한 부끄러움이 자학으로 흐른 것이다. "윤동주 시의 부끄러움은 바로 이러한 행동 없는 부끄러움이다. 그것은 단지 마음 약한 인테리가 보여주는 의식의 갈등이며 내적 독백에 지니지 않는다."[6] 이러한 '부끄러움'은 반성을 넘어 자학에 이르른다. 양심의 독수리에게 생간을 쪼이면서 그 고통으로 갈등을 벗어나려 한다. 그러나 이러한 자학은 그를 구제하지 못하고 심연으로 침전시킬 뿐이다. "동주는 깊은 애정과 폭넓은 이해로 인간을 긍정하면서도, 자기는 회의와 일종의 혐오로 자신을 부정하는 괴벽한 휴머니스트"[7]라고 지인인 장덕순은 회상하여, 그가 회의와 자학이 심한 휴머니스트임을 알려준다. 김시태도 "그의 시는 자기분석이요, 자기고백이요, 자기검토"[8]라고 하고 "모든 실패의 원인은 외부적인 상황에 두지 않고 자신의 내부적인 문제로 돌리고 있다"[9]고 하여 그가 자기반성적 시인임을 말하고 있다.

다음으로 시대에 대한 회의를 살펴보자.

---

6) 오세영,「윤동주의 시는 저항시인가」《문학사상》통권43호(1976.4), p.226
7) 장덕순,「인간 윤동주」,『하늘과 바람과 별과 시』(시집)」p.295
8) 김시태, 전게서, p.295
9) 김시태, 전게서, p.293

윤동주가 산 시대는 암흑시대였다. 이런 시대에 인간의 실존은 본질에 앞선다. 전체라는 미명하에 개아個我가 말살될 때 섬세하고 내면적인 이 시인에게 회의가 없을 수 없었다. 역할의 자각이나 저항에 앞서 이 시인에게는 그 시대의 공기가 너무나 이질적인 것이었다. '행동적이라기보다 내면적이었던'[10]윤동주는 "양심의 수난자로서 우리로 하여금 그가 살았던 시대의 암흑상을 실감하게 하고 또 오늘날까지 뻗쳐있는 어둠의 그림자를 느끼게 한다."[11]

① 새 날을 찾던 나는
잠을 자고 돌보니
그때는 내일이 아니라
오늘이더라
무리여! 동무여!
내일은 없나니

–'43. 12. 24「내일이 없다」에서

② 오늘도 구멍 뚫린 구두를 끌고
훌렁훌렁 뒷거리길로
고기새끼 같은 나는 헤매나니,
나래와 노래가 없음인가
가슴이 답답하구나

–'36. 3「종달새」에서

---

10) 김우창,「손들어 표할 하늘도 없는 곳에서」《문학사상》통권 43호, p. 206
11) 김우창, 전게서, p.207

③ 소리 없는 북
답답하면 주먹으로
뚜다려 보오.
—'36.3.25 「가슴 1」에서

④ 불 꺼진 화독을
안고 도는 겨울 밤은 깊었다.

재(灰)만 남은 가슴이
문풍지 소리에 떤다.
—'36.7.24 「가슴 2」에서

⑤호젓한 세기의 달을 따라
알 듯 모를 듯한 데로 거닐고저!

아닌 밤중에 튀기듯이
잠자리를 뛰쳐
끝없는 광야를 홀로 거니는
사람의 심사는 외로우려니

아 — 이 젊은이는
피라밋처럼 슬프구나.
—'37.8.18 「비애」에서

10대 중반에 이르러 이 시인은 벌써 내일이 없는 오늘의 연속만을 본다. 그 '오늘'은 무의미한 의무와 강요만 있을 뿐이다. 개아가 없으니 개인의 삶이 없다. 늘 떠오르는 태양은 박해자의 편이어서 한낮에 그늘 한번 드리우지 않는다. 지배자의 대낮에 피지배자인 그는 '구명 뚫린 구두를 끌고' 겁많은 '고기새끼'처럼 '훌렁훌렁 뒷거리 길로' 다닌다. 창공으로 치솟을 '나래'도 없고, 살아있으면서 기쁨의 '노래' 한번 불러 볼 수 없으니 '소리 없는 북'처럼 '가슴이 답답하'다. 시인의 가슴은 가혹한 시대의 '겨울밤'에 '재만 남은' '불꺼진 화독'이 되어 문풍지 소리에도 부르르 떤다. 이런 상태에서 벗어나려고 한밤중에 뛰쳐 일어나 광야를 홀로 거닐어 보지만 심사만 괴롭고, 고대왕조의 '피라밋'처럼 슬프기만 하다. 부당한 시대의 압력에 맞설 수 없지만 순응할 수도 없다. "윤동주에게 괴로웠던 것은 당대의 사회가 넓은 의미에서 자기완성의 추구를 허용하지 아니한다는 점"[12)]이었다. 이런 시대에 대한 그의 회의는 '공간적 부재의식'[13)]으로 깊어갈 수밖에 없었다.

> ⑥ 이제 창을 열어 공기를 바꾸어 들여야 할텐데 밖을 가만히 내다보아야 방안과 같이 어두어 꼭 세상 같은데 비를 맞고 오든 길이 그대로 비속에 젖어 있사옵니다.
>
> －'41. 6 「돌아와 보는 밤」 2연

> ⑦ 어제 닭이 홰를 치면서 맵짠 울음을 뽑아 밤을 쫓고 어둠을 즛내몰아 동켠으로 휘－ㄴ히 새벽이란 새로운 손님을 불러온다 하자. 하나

12) 김우창, 전게서, p.215
13) 이유식, 「아우트사이더적 인간상」《현대문학》 통권 106호. 1963. 10

경망스럽게 그리 반가워할 것은 없다. 보아라 가령 새벽이 왔다 하더래도 이 마을은 그대로 암담하고 하여서 너나 나나 이 가랑지길에서 주저주저 아니치 못할 존재들이 아니냐.

– 연대미상 「별똥 떨어진 데」에서

⑧ 파란 녹이 낀 구리거울 속에
내 얼골이 남어 있는 것은
어느 왕조의 유물이기에
이다지 욕될가.

– '42.1.24 「참회록」 1연

방안 공기가 답답해 바깥 공기로 바꾸고 싶은데 그 공기라고 전혀 다를 바 없다. 방안의 어둠을 바깥의 광명으로 채우고 싶은데 바깥에는 계속 비만 내린다. 이 시대는 자연의 공기도, 햇빛도 없다. 시대의 어둠은 어디까지 뻗어 있는지 그 끝을 알 수가 없다. 내면으로의 회피도 한계에 이르렀다. 새벽닭이 울어 어둠이 물러갔다고 반가워할 것도 없다. 마을은 여전히 암담하고, 온전한 삶이 허락되지 않는 피지배민은 밝음이 오히려 두렵다. "내면도 침묵과 정지 속에 위축해 버리고 외면도 완전히 움직일 수 없는 공간, 또는 공간의 존재로서 응고해 버리는"[14] 최악의 상태에서 "인식된 세계는 '존재-어둠' '삶-불안' '행동-방황'"[15]일 뿐이다. 낮은 지배자의 시간이다. 온당한 시공이 회복되기까지는 섣불리 낮을 긍정해서는 안된다. 회의와

14) 김우창, 전게서, p.213
15) 김흥규, 전게사, p.665

부정에 의해 낮의 구조적 어둠이 물러가고 억눌린 자가 삶의 주역이 될 때 본래의 낮은 회복되는 것이다. 이런 상황에서 시인은 자성自省의 '밤길'을 간다. 역사의 거울에 자신을 비쳐보고 그 책임을 자신에게 묻는다. 거울은 녹이 끼어 아무것도 분명히 보여주지 않는다. 열심히 닦아본다. 가까스로 밤길을 가는 자신의 뒷모습을 본다. 하늘에는 '빛잃은 별'(운석)이 공허히 떨어진다.

마지막으로 신앙에 대한 회의를 살펴보자.

'윤동주는 기독교 분위기에서 자랐다. 그러나 그가 보여준 시세계는 완전히 반기독교적'[16]이라고 오세영은 단정한다. 반기독교적은 아니더라도 그가 신앙에 대해 회의를 가졌거나 재해석을 시도한 것은 사실이라고 할 수 있다. 홍기삼은 "구원과 내세의 본질에 대한 회의로 이어지고 기독교적인 낙천적 복음주의를 차단시킨다"[17]고 하여 그의 신앙에 대한 회의를 지적하고 있다. 또 문익환도 '시도 억지로 익히지 않았듯이 신앙도 성급히 따서 익히려고 하지 않았던 것'[18]이라고 회고하여 그가 신앙에 대해 신중하고 이성적이었음을 알려준다.

① 슬퍼하는 자는 복이 있나니
…중략…
저희가 영원히 슬플 것이오.
－ 연대미상 「팔복」에서

16) 오세영, 「윤동주의 문학사적 위치」《현대문학》, 1975. 4
17) 홍기삼, 「윤동주론」『상황문학론』, 동화예술선서, p.224
18) 문익환, 「동주형의 추억」『하늘과 바람과 별과 詩』, 정음사, p.257

② 한번도 손들어 보지 못한 나를
손들어 표할 하늘도 없는 나를

어디에 내 한 몸 둘 하늘이 있어
나를 부르는 것이오.

– '41.2.7 「무서운 시간」 3, 4연

③ 사랑은 뱀과 함께
독은 어린 꽃과 함께

– '41. 「태초의 아침」 끝연

④ 빨리
봄이 오면
죄를 짓고
눈이
밝어

이브가 해산하는 수고를 다하면
무화과 잎사귀로 부끄런 데를 가리고
나는 이마에 땀을 흘려야겠다.

– '41.5.31 「또 태초의 아침」 3, 끝연

⑤ 쫓아오든 햇빛인데
지금 교회당 꼭대기
십자가에 걸리었습니다.

첨탑이 저렇게도 높은데
어떻게 올라갈 수 있을까요.

종소리도 들려오지 않는데
휘바람이나 불며 서성거리다가

괴로웠던 사나이,
행복한 예수 그리스도에게
처럼
십자가가 허락된다면

목아지를 드리우고
꽃처럼 피어나는 피를
어두워가는 하늘 밑에
조용히 흘리겠습니다.

— '41.5.31「십자가」전문

성경에 의하면 슬퍼하는 자에게는 복이 있다. 그들은 하나님의 위로를 받을 수 있기 때문이다. 그러나 이 시인은 '영원히 슬픈'자에게 복이 있다고 한다. 그것도 여덟 번이나 반복하여 '영원히 슬픈'자에게만 복이 있다는 것이다. 무엇이 그로 하여금 이토록 강렬한 역설을 낳게 했을까. "극한 상황에서는 인간만 신에게로 가는 것이 아니라 신도 인간에게 와야 한다"고 그는 생각했는지도 모른다. 그런데 신은 현현顯現하지 않고 착한 이웃들의 고통에 무관심하다. 여기서 그는 '숨은 신'에 반발하여 인본주의에 바탕한 애린愛隣으로 기울었다고 볼 수 있다. 신과 미래가 없고 고통스런 오늘만이 있는 인간들에게 '영원한 슬픔'은 그들을 하나 되게 하고 위로 받게 한다. 신과 천국보다 인간과 지상을 선택한다. 신앙에 대한 그의 회의는 절박한 순간에서도 굽힐 줄을 모른다. 신의 호출에 명확히 맞서면서 '한번도 손들어 보지 못한 나', '손들어 표할 하늘도 없는 나'임을 확인시키고, '내 한몸 둘 하늘'이 있을 수 없으니 '나'를 부르지 말라는 것이다. 신자로 신의 부름에 불응하고 지상의 역할에만 몰두하는 것은 불경한 일이다. 그러나 그에게는 그 길만이 확실했던 것이다. 그의 회의는 창조주의 섭리에까지 이어진다. 신에게는 지선至善과 지악至惡만이 있을 뿐, 선악의 혼서混棲는 있을 수 없다. 인간이 자의로 판단하고 해결하는 것도 용납할 수 없다. 그의 권위 안에서 안주하면서 복종하기를 바란다. 그런데 이 시인이 파악한 바로는 인간은 지선하지도 지악하지도 않다. 지순한 사랑에도 뱀의 흉측함이 끼고, 청초한 꽃에도 독이 감추어져 있다. 이러한 모순이 창조주의 뜻이라면 창조주는 불완전한 인간을 옹호하고 구제해야 한다. 그러나 신은 인간을 죄인시하고 방치한다. 그러니 인간은 자신의 지혜로 독자적인 삶을 살 수밖에 없다고 시인은 생각했는지도 모른다. ③은 창조주의 섭리에 대한 전적인 반역이다. 신의 보호물로 인간은 행복할 수 있는가? 더구나 극한상황에서 신의 역사役事를 확신할 수 없을 때 인간의 지혜와 독자적인 삶이 거부돼야 하는가? ④에서 '봄'은 본능과 회생의 이미지를 갖고 있다. 그런 '봄'에 '죄'를 짓는다. '죄'란 무엇인가? 불완전한 인간의 본능적 욕구일 것이다. '죄를 짓고 눈이 밝어'진다는 것은 무슨 뜻인가? 인간 본연의 본능을 통해 자아에 눈뜨겠다는 뜻일 것이다. 신의 보호를 벗어난 인간에게는 온갖 죄악과 고통이 있지만 여자는 해산의 고통을 감수하고 남자는 일생의 노역을 감내한다. 신에게서 벗어나 시인은 삶의 생기를 얻는다. 신이 없으니 어쩔 수 없이 그 자리에 자기가 서는 것이다. ⑤에서는 예수와 자신이 동일시된다. 타고난 순백의 선의지善意志 때문에 누구보다도 괴로워했던 인간 예수에게 공감을 느낀다. 또한 고난 속에서도 확신에 찬 삶을 산 인간 예수를 행복했다고 평가한다. 그리고 소신을 위해서라면 자기도 예수처럼 십자가를 짊어지겠다고 결의한다. 신에게 의존해 온당한 삶을 회복하려 했지만 신은 교회당 꼭대기의 십자가에까지만 올 뿐 지상에까지 내려오지 않는다. 시인은 인간의 한계 때문에 신의 영역인 첨탑에까지 올라갈 수 없다. 시인과 신은 단절된다. 시인은 신의 영광을 위해 십자가를 지는 것이 아니라 자신의 독자적 삶을 위해 십자가를 지려는 것이다. 시인의 이같은 생각은, 자신의 무력함을 깊이 받아들이고 외길 믿음에 의하여 속죄 받으려는 정통기독교의 신앙관과는 출발점부터 다른 것이다. 그의 실존은 신을 부정하는 실존이라기보다 신과 무관한 실존이라고 봐야 할 것이다. 그에게 신은 미지의 존재로 부정도 긍정도 아닌 대상이다.

Ⅲ. '그리움'과 '어둠'의 인식

이러한 회의의 극복은 일반적으로 흐르기 쉬운 부적 회의를 정적 회의로 전환시켜 줄 때 가능하다. 윤동주에게 있어서 회의 전환의 동인動因은 '부드러운 가슴'과 '명석한 두뇌'라고 생각한다. '부드러운 가슴'과 '명석한 두뇌'를 동인으로 하여 그의 회의는 '그리움'과 '어둠의 인식'으로 전환된다. '그리움'과 '어둠의 인식'을 동적으로 하여 '지상에의 결의'가 나온다. '지상에의 결의'에 와서 그의 회의는 극복된다.

먼저 그리움에 대해 살펴보자.

시인에게 있어 그리움은 자아를 이웃, 신, 만상, 시대 등과 연관Bezug 시켜주는 것으로, 그리움이 없다면 인간의 삶은 윤기를 잃고 더 나은 삶을 포기한 채 권태로운 일상생활만을 반복할 것이다. 또 그들을 고귀하게 하는 자유와 미, 진리에 대한 추구도 없었을 것이고, 결국 인류의 미래는 그 문을 닫게 되었을 것이다. 심연에 빠진 인간에게 그리움은 단절을 극복시켜 주고, 〈지금-여기〉의 시공時空으로 바꿔 주어 그를 질곡에서 벗어나게 한다.

① 다시 손바닥을 들여다 본다. 손금에는 맑은 강물이 흐르고, 맑은 강물이 흐르고, 강물 속에는 사랑처럼 슬픈 얼골 아름다운 순이의 얼골이 어린다. 소년은 황홀히 눈을 감어 본다. 그래도 맑은 강물은 흘러 사랑처럼 슬픈 얼골 아름다운 순이의 얼골은 어린다.

–'39.「소년」 후반부

② 다시 그 사나이가 미워져 돌아갑니다.
돌아가다 생각하니 그 사나이가 그리워집니다.

–'39. 9.「자화상」 5연

③ 어디로 가야 하느냐 동이 어디냐 서가 어디냐 남이 어디냐 아차! 저 별이 번쩍 흐른다. 별똥 떨어진 데가 내가 갈 곳인가 보다. 하면 별똥아!

꼭 떨어져야 할 곳에 떨어져야 한다.

– 연대미상.「별똥 떨어진 데」 4연

④ 별 하나에 추억과
별 하나에 사랑과
별 하나에 쓸쓸함과
별 하나에 동경과
별 하나에 시와
별 하나에 어머니, 어머니

–'41.11.5「별 헤는 밤」 4연

⑤ 봄은 다 가고 — 동경 교외 어느 조용한 하숙방에서, 옛거리에 남은 나를 희망과 사랑처럼 그리워한다.

–'41.11.5「사랑스런 추억」 5연

이성에 대한 그리움은 인간의 가장 본연의 감정이다. 그 감정이 퇴폐적 관능에 빠지지 않고 동병상련에 바탕한 이해로 이어질 때 그것은 더욱 빛나고 소중한 것이 될 것이다. 아름답고 슬픈 여인 순이는 시인의 그리움에 의해 갈수록 맑아지고 구원久遠해진다. 그 그리움이 자신을 회의에 빠뜨린 육체의 살고랑(손금)에 맑은 강물을 흐르게 하고, 순이의 얼굴을 어리게 한다.

'사랑처럼 슬픈 얼골'이라고 한 시인의 심리는 어떤 것일까? 시인 자신의 슬픔의 전이라고 봐야 할 것이다. 이는 사랑은 슬퍼야 아름답다고 생각하는 우리 민족의 애상의 미학의 반영이라고도 할 수 있다. 그는 순이를 포함한 우리 민족에게서 생래적生來的 애상미를 발견하는 것이다. 이때 슬픔은 궁핍한 시대에 사는 인간들의 상호연민으로, 그리움의 구체화라고 할 수 있다. 이 슬픔은 맑은 강물의 포용력으로 시인과 순이를 감싸고 휴식시킨다. 이 휴식에 의해 인간의 눈은 맑아지고 의욕을 되찾아, 오래 참고 기다릴 수 있게 된다.

시인의 회의는 '부드러운 가슴'에 의해 인간이 인간을 가엾이 여기는 '그리움'으로 전환된다. 시인의 어릴 때 친구인 문익환은 "그를 회상하는 것만으로 언제나 나의 넋이 맑아지는 것을 경험"[19]한다고 하며 '아무도 미워할 수 없'[20]고 '아주 고요하고 내면적'[21]인 사람이어서 '그에게 와서 모든 대립은 해소되었'[22]다고 회상하여 그가 '부드러운 가슴'의 소유자였음을 증언해 준다.

자아에 대한 반복적인 애증도 결국 이상적 자아에 대한 그리움이다. 자아에 대해 그리움을 느낄 수 있는 것은 자신이 그와 대상을 아끼고 아름답게 하려는 '부드러운 가슴'의 소유자임을 확인할 수 있는 데서 가능하다. 많은 회의와 좌절 끝에 시인은 자신을 변화 가능한 존재로 보고 그리워하게 한다. 자아에 대한 이러한 그리움은 적도敵都의 하숙방에서 추억에나 잠겨있는 무력한 자신까지도 '희망과 사랑처럼' 그리워하게 한다. 회의의 대상이었던 자아가 그리워질 때 그의 삶은 방향을 갖고 '별똥 떨어진 데'에 새로운 터전을 닦으려 한다. 별은 허공에 떠있는 공허한 꿈이거나 차가운 고체가 아니라, 희망의 씨앗으로 땅에 내려와 묻히기도 한다. 이러한 별은 시인의 심정공간

19) 문익환, 전게서, pp.250 254
20) 문익환, 전게서, pp.250 254
21) 문익환, 상게서, pp.250 254
22) 문익환, 상게서, pp.250 254

心情空間에 추억과 동경, 사랑과 쓸쓸함, 시와 어머니가 된다.

Martin Heidegger는 "심정공간이라는 이 보이지 않는 더없이 깊은 내면세계에서 비로소 인간은 사랑을 차지함직한 것들, 이를테면, '조상들'이라든가 '사자死者들'이라든가, '어린 시절'이라든가, '후세사람들'에게 쏠리게 마련이다."[23]고 하여, 심정공간이 확보된 자는 이 공간에서 '사랑을 차지함직한 것들'과 연관을 맺는다고 한다. 그는 "찾아드는 미래가 순수하면 순수할수록 미래는 현재에서 제대로 살게 될 뿐만 아니라 미래에까지 오래도록 목숨을 누리게 된다. 다가올 것이 예언 가운데 깊숙이 간수되어 있으면 있을수록 다가오는 미래는 그만큼 순수한 것"[24]이다고 피력하여 '미래가 찾아드는 현재'의 의의를 강조한다.

윤동주의 '별'은 '미래가 찾아드는 현재'의 상징체라고 할 수 있다. 심정공간에서 그의 회의는 그리움의 결정체인 별로 승화되어 어두운 밤을 밝힌다. 임헌영은 "그의 시 속에는 감상성은 있어도 궁긍적으로 허무주의가 아닌, 생에 대한 애정과 긍정적 자세가 스며 있다."[25] 고 말하고, "동주의 저항이 우리에게 준 교훈은 저항의 정서화와 니힐리즘의 극복"[26]이라고 평가한다. 곧 그의 심정공간은 그리움에 의해 유지되었다고 할 수 있다. 그리움의 결정체인 '별'은 개체의 그리움만이 아닌 이 민족의 그리움으로 확산되면서 멀리 보고 기다릴 힘을 회복시켜 준다.

---

23) M. 하이데거 ,「시인의 사명이란 무엇인가」,『하이데거의 시론과 시문』, 전광직역, 탐구신서 210, P.107

24) M. 하이데거 , 전게서, P.134.

25) 임헌영,「순수한 고뇌의 절규」,《문학사상》43호, P.203

26) 임헌영, 상게서, p.205

이상비는 "시가 할 일은 오히려 실전이 아니라 어두워가는 민족의 하늘에 별을 창조해주는 것이다. 그리고 불멸의 생명을 지킴으로 하여 그 어느 내일까지에 힘차게 기다리게 하는 것"[27]이라고 하여 윤동주의 별이 암흑시대의 우리 민족을 좌절로부터 건져내 꿋꿋이 기다리게 한 점을 높이 평가하고 있다. 홍기삼은 그의 시인으로서의 생애를 "우리 민족에게 신과 미래의 언어를 전달해 주기 위하여 이 슬프고 처절한 땅에 잠시 머물다 간 미지의 전령사"[28]라고 요약한다.

이런 관점에서 볼 때 "동주의 시는 파국과 좌절의 기록이며 '오티즘(자폐)속에서의 퇴행의식을 표현했다"[29]는 주장은 수긍하기 어렵다.

다음으로 어둠의 인식에 대해 살펴보자

시인 Hölderlin은 '위험이 있는 곳에/ 구원 또한 자라는 법'[30](Wo aber die Gefahr ist, wächst / Das Rettende auch)이라고 노래한다. 하이데거도 "우리가 이 안전한 존재라는 것을 얻자면 모험이 따른다는 느낌을 뿌리칠 길은 없다."[31] "모험을 겪은 존재는 그 어느 것이고 위험 속에 빠져 있다."[32]고 하여 참된 존재에 이르려면 모험을 겪어야 한다고 설파한다. Karl Jaspers도, 인간은 비극적인 지知 das tragische Wissen를 가지고 되면 한계상황 Grenzsisttuation에 임해서 불안하게 되고, 이 불안에 쫓겨 전진하게 된다고 하였다. 또 인간은 근

27) 이상비, 전게서, p.398
28) 홍기삼, 전게서, p.215
29) 김열규, 윤동주론, 《국어국문학》 27호.
30) Hölderlin, 전집 4권, .p.190
31) M. Heidegger : 전게서, p.92
32) M. Heidegger : 전게서, p.120

원적 존재인 포괄자 das Umgreifende에 접근하지 못하고 좌절한다고 보고, 그러나 좌절 Seitern에 임해서 그 좌절을 초월하여 포괄자가 뚜렷이 나타난다고 하였다.

윤동주는 그에게 부하된 자아와 시대의 어둠을 인식하는 데 누구보다 성실하고 모험적인 시인이었다. 그는 단독자로서 양심의 소리에 충실히 응답하면서, 대지와 현실적 삶에 긍정적 자세를 보였고, 스스로의 선택과 결단에 의해 주어진 운명에 책임을 지려 했다. 그의 이러한 실존적 성실성이 '어둠'의 인식으로 나타난다. '어둠'의 인식에 의해 그는 독자적 삶을 확보한다. 김흥규는 그의 어둠을 '그 하나는 청년기의 불안정성과 고독감 및 정신적 방황에 기인한 〈개인적 어둠〉이요, 다른 하나는 조국을 잃음으로써 역사적 사회적 삶의 자리를 박탈당한 〈민족적 어둠〉'[33]으로 양별한다. 김시태는 그의 '어둠'의 성격을 '윤동주의 시는 한마디로 해서 어둠의 인식이며, 어둠을 통한 시인의 자기성찰'[34]이라고 한다.

① 태양을 사모하는 아이들아
별을 사모하는 아이들아

밤이 어두었는데
눈감고 가거라

가진 바 씨앗을

33) 김흥규, 전게서, p.674
34) 김시태, 전게서, p.303

뿌리면서 가거라.

발뿌리에 돌이 채이거든
감었든 눈을 와짝 떠라.

– '41.5.31 「눈감고 간다」 전문

② 지조 높은 개는
밤을 새워 어둠을 짖는다.
어둠을 짖는 개는
나를 쫓는 것일 게다.

– '41.9 「또 다른 고향」 4, 5연

③ 나는 이 어둠에서 배태되고 이 어둠에서 생장하여서 아직도 이 어둠 속에 그대로 생존하나 보다.

– 연대미상 「별똥 떨어진 데」에서

④ 이윽고 턴넬이 입을 벌리고 기다리는데 거리 한가운데 지하철도도 아닌 턴넬이 있다는 것이 얼마나 슬픈 일이냐. 이 턴넬이란 인류역사의 암흑시대요 인생행로의 고민상이다. 공연히 바퀴소리만 요란하다. 구역날 악질의 연기가 스며든다. 하나 미구에 우리에겐 광명의 천지가 있다.

– 연대미상 「종시」에서

⑤ 밤이면 밤마다 나의 거울을
손바닥으로 발바닥으로 닦아보자.

그러면 어느 운석 밑으로 홀로 걸어가는
슬픈 사람의 뒷모양이
거울 속에 나타나온다.

-'42.1.24「참회록」4, 5연

⑥ 등불을 밝혀 어둠을 조금 내몰고,
시대처럼 올 아침을 기다리는 최후의 나,

나는 나에게 적은 손을 내밀어
눈물과 위안으로 잡는 최초의 악수,

-'42.6.3「쉽게 씌어진 시」9, 10연

태양과 별을 연모하는 아이들에게 어두운 밤에 눈감고 가라고 한다. 밤의 공포에 눌려 아이들이 중도에 포기할 것을 염려한 것이라고 생각된다. 어둠을 가혹한 상황으로만 보지 않고 희망의 씨앗이 싹틀 수 있는 미래공간으로 본 것은 탁월한 인식이다. 이같은 인식이 어둠을 짓는 개로부터 양심의 질책을 받게 하고, 그보다 못한 자신의 의지를 반성하게 한다. 쫓기면서 오히려 시인은 해방감을 느꼈을 것이다. 동시대인의 대부분은 어둠을 인식하거나 타파하지 못하고 막연히 거기서 벗어나고 싶었을 뿐이다. 그러나 그들에게 안주나 문제의 해결이 있을 수 없었다. 고여서 썩어가는 물일 뿐 어둠속에서 흘러가는 물이 되지 못했다. 윤동주의 '물'은 간헐현상을 보이면서 어둠의 끝까지 흘러간다.

밤길을 가면서 그는 의식의 거울을 온몸으로 닦는다. 그러면 거울에는 '운석 밑으로 홀로 걸어가는' 자신의 뒷모습이 나타난다. 운석은 빛을 잃고 떨어지는 내면의 별이라고 생각해 본다. 어둠이 별빛을 삼켰을 때 시인은 인식의 칼날로 어둠에 맞선다. 두뇌와 신념으로 독안개를 헤치려는 것이다. '슬픈 사람의 뒷모양'은 암울한 상황에 처한 심정적 인간의 실루엣이다. '뒷모습'은 정대正對하지 못하는 존재, 그러면서도 운명적으로 밤길을 가는 존재임을 보여준다. 그에게 '밤길'이 가능한 것은 어둠에서 배태되고, 생장하고, 지금도 생존하고 있기 때문이다. 그의 일생은 어둠 속이었으니 어둠은 그의 고향으로 생리화된 것이라고 할 수 있다. 이런 환경이 그에게 오래 참고 꺾이지 않는 힘을 길러 주었다고 생각된다. 현명하게도 이 시인은 시계視界 제로의 상황에서도 부적 회의에만 사로잡히지 않는다. 먼 길을 갈 때 기차가 몇 개의 '턴넬'을 거치는 것처럼 한 민족의 역사에도 몇 번의 암흑시대가 있다. 이런 시대는 '악질의 연기'로 시대인을 괴롭히지만 머지않아 끝나고 만다.

여기서 우리는 이 시인이 쉽사리 낙관에 도달하려 한다고 생각해서는 안된다. 그는 현재 '턴넬' 속에 있으면서 거시적 안목으로 인류역사의 미래를 투시할 뿐이다. 이같은 투시는 회의의 정적正的 기능을 회복시켜 어둠의 뿌리를 인식하게 한다. 어둠의 뿌리를 본 자에게 현재는 미래와 통하게 된다. 아직 어둠은 물러날 줄을 모른다. 있는 등불을 다 밝혀도 조금 밖에 물러나지 않는다. 그러나 그리움으로 충전되고 인식의 칼로 무장된 이 시인에게 시대의 아침은 필연적으로 오게 마련이다. 이러한 아침을 동시대인들은 예견하지 못한다. 그래서 그는 '아침을 기다리는 최후의 나'가 된다. '나'밖에 없으니

'누구'와 손을 잡아 볼 수도 없다. 결국 '나'와 '나' 사이에, 곧 '현실의 나'와 '이상의 나' 사이에 '눈물과 위안으로 잡는 최초의 악수'가 이루어진다.

내면의 어둠인 회의는 신념에 찬 두뇌의 인식에 의해 밤을 헤칠 쟁기로 전환된다. 김흥규는 윤동주 시의 가치를 "〈시대의 고뇌와 개인적 번민이 통일된 육체〉로 느끼고 표현했다는 점에서 온다."[35]고 보고 "개인적 체험을 역사적 국면의 경험으로 확장함으로써 한 시대의 삶과 의식을 노래하였고, 동시에 특정한 사회 문화적 상황 속에서의 체험을 인간의 항구적 문제들에 연결함으로써 보편적인 공감에 도달했다."[36]고 평가했다.

이처럼 윤동주의 시는 그리움과 투철한 인식으로 회의를 극복하고 지상에의 결의를 보여준다. 다음 시들이 그 예이다.

① 나는 아마도 진실한 세기의 계절을 따라
하늘만 보는 울타리 안을 뛰쳐,
역사같은 포지션을 지켜야 봅니다.
– '37.7.1「한란계」끝연

② 이브가 해산하는 수고를 다하면
무화과 잎사귀로 부끄런 데를 가리고
나는 이마에 땀을 흘려야겠다.
– '41.5.31「또 태초의 아침」4연

35) 김흥규, 전게서, p.675
36) 김흥규, 전게서, p.675

③ 괴로웠던 사나이,
행복한 예수 그리스도에게
처럼
십자가가 허락된다면

목아지를 드리우고
꽃처럼 피어나는 피를
어두어가는 하늘 밑에
조용히 흘리겠읍니다.

– '41.5.31 「십자가」 4, 5연

④ 가자 가자
쫓기우는 사람처럼 가자
백골 몰래
아름다운 또 다른 고향에 가자

– '41.5.31 「또 다른 고향」 끝연

⑤ 그러나 겨울이 지나고 나의 별에도 봄이 오면
무덤우에 파란 잔디가 피어나듯이
내 이름자 묻힌 언덕 우에도
자랑처럼 풀이 무성할 게외다.

– '41.11.5 「별 헤는 밤」 끝연

⑥ 별을 노래하는 마음으로
모든 죽어가는 것을 사랑해야지

그리고 나한테 주어진 길을
걸어가야겠다..

— '41.11.20 「서시」에서

⑦ 프로메테우스 불쌍한 프로메테우스
불도적한 죄로 목에 멧돌을 달고
끝없이 침전하는 프로메테우스.

— '41.11.29 「간」 끝연

이십 세 미만에 그는 벌써 지상의 역사에 동참하여 구체적인 포지션을 지키려 한다. 울타리 안에서 하늘만 바라보는 의타적 삶이 아니라 '진실한 세기의 계절을 따라' 고통스럽지만 분명한 삶을 살려고 한다. '고통'과 '분명'은 모두 지상에 있다. 따라서 그는 신에의 의존에서 벗어나 인간과 지상을 택한다. 또한 아담과 이브의 노역과 산고를 택한다. 왜냐하면 이것들을 떠나서 그의 구체적 삶은 있을 수 없기 때문이다. 낙원에서의 백치이기보다 어둠 속의 주체이기를 그는 바란다. 어둠 속에서 그는 노력의 기쁨과 산고의 가치를 안다.

이런 인간은 죽음 또한 신에게 위임할 수 없다. 삶이 그만의 소중한 것이듯 죽음 또한 그가 결단할 마지막 과업이다. 그는 예수의 삶과 죽음을 신앙 이전의 인간적 결단으로 보고 그를 따르려는 것이다. 이상비는 "종교가 신을 신앙하여 십자가를 메듯이 시인은 인간을 신앙하므로 말미암아 적의 쇠사슬을 찼"[37]다고 하여 그의 시에 인간신앙이 나타난다고 보았다.

37) 이상비, 전게서, p.395

지상과 인간을 택한 시인은 암흑 속에서 쫓기면서도 '아름다운 또 다른 고향'을 찾으려는 의지에 차 있다. 수직의 천상이 아니라 수평의 지상에서 구체적인 삶과 역할을 발견한다. 그의 삶엔 그리움의 별이 떠서 그를 맑고 용기 있게 한다. 그는 '별을 노래하는 마음으로 모든 죽어가는 것을 사랑'하고 '주어진 길을 걸어갈' 수 있다. '별'은 지상인의 희망과 사랑의 상징이다. 그 '별'은 지상의 모든 유한한 것을 사랑하게 하고, 어두운 밤에도 희망을 잃지 않게 한다.

지상의 삶에 대한 그의 결의는 인간을 위해 불을 훔쳐온 죄로 제우스신에게 영벌을 받는 프로메테우스를 옹호하는 데에서 확연히 드러난다. 독수리에게 생간을 쪼이면서도 신념을 굽히지 않고 끝없이 침전하는 프로메테우스는 지상의 삶을 결의하는 시인의 또 다른 자화상이다. 김우창은 "윤동주는 이 세상에서 행동과 고통이 병행하는 것임을 강조하고 그것을 실존적 결단을 통해서 받아들여야 한다는 것을 이야기할 뿐, 초월적 위안을 말하지 않는다."[38]고 하여 그의 삶이 실존적 결단에 따른 것임을 지적하고 있다. 또 그는 윤동주의 실존의 자각을 "회의와 절망 가운데서도 부인할 수 없는 삶의 밑바탕으로서의 자기를 확인하는 행위일 수도 있고, 또는 보다 동적으로 삶의 가능성을 개체적인 생애 속에 구체화하고자 하는 자기완성에 대한 적극적인 관심일 수도 있다."[39]고 본다.

그러나 그의 지상의 삶은 사후에 성취된다. 작품 속에 이미 그러한 암시가 들어 있고, 실제 그의 생애가 그러했던 것이다. 식민지라

38) 김우창, 전게서, p.214
39) 김우창, 전게서, p.208

는 생존공간은 그의 삶을 온전하게 할 수가 없었다. 이름마저 바뀐 부끄러운 삶이지만, 그러나 본심마저 버린 것은 아니다. 그래서 본래의 이름은, 무한한 그리움으로 날려보내고, 거기에 응답해 무수한 별빛이 흘러내린 언덕에 묻어두고, '새봄'이 오기를 기다린다. '새봄'이 오면 별들은 '나'의 삶을 증언해 줄 것이고, 그때 본래의 이름은 연초록 풀잎으로 자랑스럽게 소생할 것이다. 그에게 이같은 예언이 가능한 것은, '겨울'은 가고 필연적으로 '나의별'(지구)에 '봄'이 온다는 확신과, 생전에 그가 이웃과 만상에 방출한 그리움이 사후에까지 연관된다는 믿음이 있기 때문이다. 시인은 이웃과 만상에 깃들어 있으니, 이웃과 만상이 온전한 삶을 누릴 때, 그의 삶은 성취된다. 이 시인에게 지구(지상)는 우주의 중심, 생존공간화한 별로, 인간의 삶을 펼칠 유일한 공간이다.

그러나 그의 지상에의 결의는 천상과의 대립을 가져오진 않는다. 그의 '별'은 여전히 하늘에 떠 있고 가슴은 부드러이 그 빛과 교응交應한다. 세속에 얽매여 근시안적 소시민이 되지도 않고, 창조적 자아를 꿈꿔 신과 대립하지도 않는다. 따라서 그는 인간의 오만으로 창조주를 지향하다가 결국 땅바닥에 떨어져버리는 로만적 아이러니 romantic irony를 저지르지도 않는다. 다만 그는 인간사와 무관한 '숨은 신' hidden god에게서 벗어나 인간과 지상을 포옹함으로써 비극적 세계관 tragic world vision을 극복하려는 것이다.

릴케가 코스모폴리탄으로 세계내면공간 Weltnnenraum에서 「두이노의 비가」와 「오르포이스에의 소네트」라는 존재의 송가를 읊은 대신, 윤동주는 어둠 속에서 「십자가」와 「참회록」을 남긴 것이 다를 뿐, 회의의 절망 속에서도 실존적 결단으로 이를 극복하고 지상적인 삶을 결의한다는 점에서는 이 둘은 일치한다. 윤동주 시의 회의는 '그리움'과 '어둠의 인식'을 동인으로 하여 '지상에의 결의'로 극복된다.

Ⅳ. 맺는 말

위에서 살펴본 대로 윤동주 시의 회의는 자아에 대한 회의, 시대에 대한 회의, 신앙에 대한 회의의 양상을 보여준다. 자아에 대한 회의는 영육의 갈등과 자아의 무력성에 기인하고, 시대에 대한 회의는 개아나 내일이 없는 당대에 대한 부적응에서 유발한다. 신앙에 대한 회의는 '어둠'에 강림하여 역사하지 않으면서 인간의 본능과 독자적인 삶을 불허하는 '숨은 신'hidden god에 대한 불신에서 비롯되었다고 보아진다.

회의는 부負적 기능과 정正적 기능을 지니고 있는데 부적 회의를 정적 회의로 전환시켜 줄 때 그 극복이 가능하다. 회의 전환의 동인으로 '부드러운 가슴'과 '명석한 두뇌'를 들 수 있다. '부드러운 가슴'을 동인으로 하여 회의가 전환된 것이 '그리움'으로, 암흑시대를 산 그에게 끊임없이 윤활유 역할을 한 것이었다. 자아와 만상에 대한 그리움이건, '열린 삶'에 대한 그리움이건, 그의 그리움은 자아를 밝히고 이해하고 구원하게 하는 것이다. 이러한 그의 그리움은 별로 표상되어 밤하늘에 떠서, 동시대인의 희망이자 길잡이가 된다. '명석한 두뇌'를 동인으로 하여 회의가 전환된 것이 '어둠의 인식'으로 실존적 결단에 힘입은 바 컸다. '어둠'을 절망으로만 보지 않고 희망의 씨앗을 뿌릴 미래의 공간으로 본 것은 탁월한 인식이다. 그의 시의 회의는 '그리움'과 '어둠의 인식'을 동인으로 하여 '지상에의 결의'로 극복된다. 인간의 모순은 인간 자신에 의해 극복되어야 한다고 보고, 신과 천상보다 인간과 지상에 귀의하여 독자적 삶과 역할을 발견한다. 이러한 그의 결의는 인간을 위해 불을 전해준 죄로 제우스에게 영벌을 받는 프로메테우스를 옹호하고 동행하려는 데에서 구체적으로 드러난다.

'그리움'과 '어둠의 인식'이 매개체가 될 때 시인의 '가슴'과 '머리'는 극한상황에서도 만날 수 있다. '그리움'과 '어둠의 인식'은 상호보완의 관계로 어려운 시대를 사는 시인의 삶을 간절하고도 확실하게 할 수 있다. 궁핍한 시대에 시인이란, 모험을 더하는 존재를 뜻한다. 이런 시대에 '그리움'과 '어둠의 인식'은 시인의 필수조건이라고 할 수 있다. 신부재의 시대에 그의 사명은 막중하다 아니할 수 없다. 그는 절망을 온전한 전체 안으로 바꿔놓아 온전치 못한 가운데서 온전함을 노래 불러야한다. 이러한 시인의 노래가 있을 때 비호를 받지 못하고 있는 우리 존재는 '열린 세계'로 윤회하게 된다.[40]

'어둠' 속에서 시인의 회의가, '부드러운 가슴'과 '명석한 두뇌'를 동인으로 하여 '그리움'과 '어둠의 인식'으로 전환되고, 다시 '그리움'과 '어둠의 인식'을 동인으로 하여 '지상에의 결의'로 극복되는 것을 우리는 윤동주의 시에서 보았다. 이것은 확실히 한국시에서 드문 일로 높이 평가되어야 할 것이다. 그러나 그의 결의는 '어둠' 속의 결의였으며, 태양이 내리쬐는 현장에서의 결행은 아니었다. 또 아직은 무

40) M. Heidegger, 전게서, 참조

한한 시공을 향해 우렁차게 울리는 존재의 송가[41]가 될 수도 없었다. 이것은 어쩔 수 없는 그의 한계이자 우리 역사의 한계였다.

---

41) R. M. Rilke, 'Gesang ist Dasein'「Die Sonnete an Orpheus」1부 셋째편 참조

7장

김현승 시의 '가을' 연구

김현승 시의 '가을' 연구

Ⅰ. 머리말

다형茶兄 김현승의 시집을 처음 접한 것은 1966년 가을 어느 날 광주 충장로에 있는 삼복서점에서였다. 당시 감상적인 문학소년으로 동향인 그의 청결한 시 몇 편에 호감을 갖고 있던 나는 이 때 산 시집 『옹호자의 노래』를 틈나는 대로 읽으며 혼란스런 젊음을 달랬다. 그러나 나의 소심함과 게으름 탓으로 그와 생전에 상면할 기회를 갖지 못한 채 1975년 그는 이 세상을 영영 떠나고 말았다.

이제 다형이 타계한 지도 벌써 40년이 된다. 그 동안 한국 시단의 드물게 보는 형이상학파 시인으로 이채를 띠었던 그의 시도 여러 각도에서 연구되고 평가되었다. 그 연구 및 평가방향은 크게 신에 회의하고 고뇌하며 독립된 인간으로 우뚝 서려는 휴머니즘 시인으로 보는 경우와, 결국은 인간의 한계를 자각하고 신에게 귀의하는 기독교 시인으로 보려는 두 경우로 나눌 수 있을 것이다. 어떤 경우이든 그의 시가 관념과 고독의 성문을 집요하게 두드리며 존재의 근원에 다가가려는 노력을 보인 시인이라는 점에서는 일치하는 듯하다.

본고에서는 관점을 좀 미시적으로 해서 그의 시의 중요한 시간적 배경이 되는 '가을'이 어떻게 수용되고 전개되었으며, 이 '가을'이 그의 일생의 시적 테마인 고독의 추구에 어떻게 배경으로 작용하였는가를 살펴보려고 한다. 이 과정에서 시와 가을의 관계도 언급될 것이다. 다형은 유달리 가을을 사랑하여 20여 편의 가을시편을 남겨 가을의 시인이라고 불리었던 점을 생각하면, 이러한 연구가 그의 시의 특성 구명에 한 도움이 될 수 있으리라고 생각되기 때문이다.

Ⅱ. 시와 가을

시와 가을은 동서고금을 통하여 친밀한 관계를 유지하고 있다. 시가 인간의 정서표현의 대표적 문학 양식이라면 가을은 이러한 인간의 시심을 불러일으키기에 적합한 계절이라고 할 수 있다. 사계절의 순환을 통해 우리는 생로병사의 생명의 한 주기를 생각하게 되고, 어떻게 하면 자신의 삶이 아름답고 가치로울 것인가를 모색하게 된다.

봄의 시가 생명의 환희에 차서 그러한 공간을 찬양하는 공간의식의 시라면 가을의 시는 지난 봄과 여름을 되돌아보고 다가올 겨울을 대비하는 시간의식의 시라고 할 수 있다. 갓 태어나 즐거운 현재와 미래만이 있는 어린이는 현재의 환경에 순응하기만 하면 될 뿐 달리

이상적인 세계를 찾아 나서거나 희구할 필요가 없다. 그러나 시간의 흐름과 함께 성장하게 된 성인은 죽음이라는 심연에 숙명적으로 직면하지 않을 수 없고, 그가 생존하는 세계와의 대립이나 자아분열 등을 겪기도 한다. 여기서 비가문학이 나오고 심각한 실존문제가 제기되기도 한다. 예술이면서 사상의 성격이 짙은 시가 조락의 계절인 가을과 깊은 관련을 맺는 이유를 우리는 여기서 찾을 수 있을 것이다.

한 번 의식분열을 일으킨 인간은 의식적이건 무의식적이건 간에 본래의 자아나 '고향'을 그리워하게 된다. 썩 잡히지 않는 본래의 자아나 정신의 고향을 추구하는 대표적인 존재가 시인이고, 그러한 귀향심을 가장 절절히 일으켜주는 계절이 가을이다. 따라서 시인으로 가을과 무관한 시인은 거의 없다고 해도 과언은 아닐 것이다. 인간의 삶은 그 자체가 비극성을 내포하고 있고 그 비극성을 초월하려는 의지와 염원 또한 지니고 있다. 가을은 이러한 초월에의 의지와 염원을 북돋아주는 계절이다.

시인은 누구보다도 개성을 중시하는 만큼 그만의 독특한 삶을 살고 싶어 한다. 그러나 인간 사회는 집단적이고 규범적이어서 개인의 개성을 이해하지 못한다. 시인은 이러한 사회의 몰이해에 반발하여 독자적 삶을 주장한다. 이런 과정에서 시인은 그 사회에서 고립되어 예외자가 되기 쉽고, 드물게는 주변에 이해되어 연관의 삶을 살기도 한다. 어떠한 경우든 시인은 고독의 성에 머무를 수밖에 없고, 고독의 성에서 자신의 존재를 탐구하고 드러내 보인다. 시인은 한 해의 수확을 있는 그대로 정직하게 알려주고, 다가올 겨울의 징후를 누구보다 빨리 감지해준다. 가을은 시인에게 진정한 존재로 이르게 하는 오솔길을 보여주는 계절이자 고향에 대한 향수를 북돋아주는 계절이라고 할 수 있다.

가을과 깊은 관련을 맺고 있는 시인은 동서고금을 통하여 수없이 많다. 그 중 대표적인 시인 몇을 들어 살펴보자.

이백과 두보라면 성당盛唐을 대표하는 시인들이다. 단지 당나라를 대표하는 시인들만이 아니라 역대 중국, 나아가서 전 세계를 대표하는 시인들 중의 하나에 포함될 수 있을 것이다. 그들의 삶은 당 현종 치하의 난만한 문화를 만끽한 후 곧 내우외환의 나락에 빠지는 영욕의 극단을 체험한다. 현종이라는 걸출한 군주는 안으로 정치적 안정을 이루고 밖으로 국위를 떨치며 문화 · 예술에도 치중하여 중국 역사상 개원開元의 치治라는 한 극성기를 이루었으나 점차 사치와 향락에 빠지고 정치에 무관심하여 권신이 발호하고 변방의 절도사들이 난을 일으켜 혼란에 빠져들게 된다. 이런 때를 만나 우후죽순으로 솟아났던 당대의 뛰어난 시인들은 넓은 중국 대륙을 떠돌며 실의와 무상의 심정을 시로 읊었다. 그러한 떠돌이 시인들의 대표가 이백과 두보이다.

이백은 활달한 기상으로 매임없이 살다 간 시인으로 알려져 있다. 그러나 득의와 영달의 이면에는 실의와 좌절의 나날도 많았다. 그는 이에서 오는 외로움과 무상감을 빼어난 시로 쏟았다. 「추포가秋浦歌」 17수는 이백의 가을시편의 압권이다. "추포는 늘 가을 같은 곳/그 쓸쓸함이 사람을 시름겹게 하네(秋浦長似秋 蕭條使人愁)", "시름 많은 추포의 나그네/애써 추포의 꽃을 보았네(愁多秋浦客 强看秋浦花)", "삼천 발이나 되는 흰 머리카락/시름으로 저리 길어졌는가(白髮三千丈 緣愁使箇長)" 등은 그 중에서도 뛰어난 구절들이다. 천하의 호방한 로만시인도 자신의 유한성을 벗어날 수는 없고 밀려오는 시름도 달랠 길 없다. 오히려 내색하지 못하는 남성적 외로움은 더 깊었다고 할 수 있다. 이미 그의 의식 한가운데에는 '가을 포구'가 깊이 자리잡고 있어서 한 곳에 머물지 못하고 늘 떠나게 된다. '가을 포구'는 실존의 출발점이자 기항지라고 할 수 있다. 인간은 근본적으로 단독자이며 '고향'을 찾는 존재이다. 생존환경이 개인의 삶을 갈등하게 하고 방황하게 할 때 특히 시인은 떠돌고 고뇌하며 또 다른 정신의 고향을 찾게 된다. 이백의 방랑은 곧 이러한 고향 찾기의 또 다른 표현이라고 할 수 있다. 이런 '가을 포구'의 시인에게 꽃은 이미 행복했던 때의 봄꽃일 수가 없다. 꽃은 행복했던 때를 떠올려 주기는 하지만 자신을 그 때로 돌아가게 하지는 못한다. 계절과 상관없이 그에게는 이미 존재의 가을이 자리잡고 있어서 봄꽃도 가을꽃으로 환원되고 만다. 따라서 시인은 추포의 꽃을 '애써 볼' 뿐이다. 꿈과 희망보다 조락과 죽음을 이 꽃에서 보는 것이다. 이렇게 고향을 잃고 헤매는 시인에게 어느 날 비친 흰 머리카락 몇 가닥은 '삼 천 발'의 충격으로 다가온다. 끊임없이 밀려오는 시름으로 이렇게 머리카락이 셌다고 느끼는 것이다. 이렇게 보면 이백은 무책임한 낙천주의자, 즉흥적 시인이 아니라 고뇌하고 방황하며 길을 찾는 시인이라고 할 수 있고, 이런 그의 면모가 가장 잘 발휘되게 한 시의 계절이 가을이라고 할 수 있다.

두보는 이백보다 10여 살 연하의 시인으로 이백과는 여러 모로 대조적인 시인이라고 알려져 있다. 그러나 가을을 느끼는 기본 정서는 거의 일치하고 있다. 동시대를 살면서 같이 고뇌하고 떠돌며 그들은 시대의 '가을'을 느꼈을 것이다. 그들의 '가을'은 계절의 가을이라기보다 심정의 '가을'이라고 할 수 있다. 문화의 극성기에서 나락의 구렁터기에 빠진 그들은 '꽃지는 시절'을 만나야 했고 이어 조락의 비애를 맛보아야 했다. 언제 떨어질 지 모르는 낙엽과 같은 그들은 방랑 속에서 가까스로 자아를 지탱하면서 시작을 계속해 나간다. 두보의 대표시 「등고登高」의 "만리 타향에서 가을을 슬퍼하면서 늘 나그네 신세가 되니/한 평생 병든 몸으로 홀로 누대에 오르노라(萬里悲秋常作客 百年多病獨登臺)"는 개인의 삶이 시대고와 맞물려 비장미를 극대화한 명구이다. 만리 바깥으로 떠도는 것은 자의가 아니다. 시대 탓으로, 시대가 그로 하여금 병든 몸으로 떠돌게 하고 시름겹게 한다. 그러나 시인은 향수와 질병을 범인처럼 소모하지 않고 시창작의 에너지로 삼아 명시를 써 나간다. 그에게 있어서 진정한 고향이란 인륜이 살아 숨쉬는 향리와 가정일 수 있다. 그러나 현재 그와 가족은 여기 저기 떠돌며 생계를 이어가는 부초와 같은 신세일 뿐이다. 시국도 안정되지 않고 육신의 병도 차도를 보이지 않는다. 그럴수록 '가을'은 비수와 같이 그의 가슴에 파고들어 회한을 더할 뿐이다. 그에게 있어서 가을은 한미한 자신의 처지를 떠올리고 시로 응결되게 하는 촉진제의 기능을 하고 있다. 그의 삶의 대부분은 '가을'이었으며, '가을' 속에서 살다 떠났다고 할 수 있다. 그에게 있어서는 봄도 봄이 아니었으며, 봄 속에서도 '가을'을 보고 있다. 그가 '가을'의 시인이라고 불릴 이유가 여기에 있다. 그는 늘 고향에 가고 싶어했다. 그러나 현실여건은 그의 귀향을 가로막았다. "떨기국화 두 번 피니 다른 날부터 울었노라/배 한 척 매어둠은 고향 가고 싶은 마음(叢菊兩開他日淚 孤舟一繫故園心)"은 사향시思鄕詩의 명구이다. 가을이 되어 국화가 피니 고향에서 보았던 국화꽃이 생각난다. 오래 전부터

만리이역을 떠돌던 시인은 해마다 객지에서 국화꽃을 보며 눈물을 흘린다. 걸식에 가까운 생활을 하면서도 배 한 척을 지니고 있는 것은 언제든지 때만 되면 고향에 돌아가고 싶은 마음 때문이다. 이처럼 두보는 가을의 귀향심을 절절히 노래하고 있다.

서양의 경우, 릴케의 가을시편을 간과할 수 없다. 릴케는 한국에서도 윤동주, 김현승, 김춘수를 위시해서 상당수의 시인들에게 영향을 끼친 시인이다. 릴케는 보헤미안 기질의 시인으로 체코슬로바키아에서 태어나 독일, 프랑스, 러시아 등지를 떠돌면서 신로만주의, 상징주의, 실존주의 성향의 시를 쓴 시인이다. 그에게 있어서 가을은 존재의 여행을 떠나는 계절이고, 풍요와 동시에 빈곤의 계절이며, 단절이자 연관의 계절이며, 불안이자 귀의의 계절이다. 그의 가을은 봄과 여름을 반추, 반성하고 다가 올 겨울을 예비하는 데 있다. 부풀어오르기만 하던 만상은 가을에 이르러 성장을 멈추고 자신을 되돌아본다. 자신이 유한한 존재이며 뿌리 없는 존재, 고향 없는 존재임을 새삼 인식하게 하는 계절이다. 이러한 뿌리 없는 인간존재를 '겨울'은 무언으로 위협한다. 릴케의 시적 삶은 이러한 위협에 굴복하거나 도피하지 않고 그 속으로 들어가 당당하게 맞서 고독과 불안의 실체를 탐구하고 그들과 본질적 연관을 맺으려는 데 있다. 이러한 과정에서 그의 의식영역은 확대되고 고독은 성스러운 것이 된다. 그의 이러한 정신적 노력의 시간적 배경이 곧 가을이다. 『형상시집』에 실린 그의 시 「가을날」과 「가을」 등에는 가을이 주는 감미로운 고독과 단독자로서의 실존적 불안이 함께 나타나고 있어 훗날의 대시인 릴케의 시적 발단을 충분히 예고해 주고 있다. 「가을날」에서 시인은 태양신의 작열하는 에너지로 끝없이 부풀어올랐던 지난 여름을 위대했다고 찬양하고, 그러한 여름에 당당하게 뛰어들어 후회없이 살지 못했던 자신의 현재를 반성하고 있다. 그래서 지금이라도 마지막 열매를 익힐 수 있도록 이틀만 더 남국의 햇볕을 달라고 하고, 생명의 씨앗을 내포하고 있는 과일에 감미를 더해 달라고도 기원한다. 그러나 이제 가을은 성장의 상향곡선을 끝내고 '집 없는 자'가 여기저기 방황하는 계절이 된다. 일반 동물의 세계에서는 있을 수 없는 이러한 존재의 근원에 대한 갈망과 탐구는 확실히 인간들만의 특징이다. 자신이 뿌리 없는 존재임을 통절히 인식하고 그 뿌리를 찾기 위한 집요한 탐색을 한다. 「가을」에는 인간의 실존적 비극성이 한층 더 섬뜩하게 표현주의적으로 그려져 있다. 인간의 대지에 가을이 와 끝없이 잎이 지고 있다. 그런데 이 잎들은 '거부하는 몸짓'으로 지고 있다. 순순하게 섭리의 부름에 따라 근본으로 돌아가는 것이 아니라 불안과 공포 속에서 낯선 세계로 빨려 들어가고 있는 것이다. 이렇게 주변의 조락을 단절로 본 시인에게 인간 존재는 뿌리 없고 불안한 존재일 뿐이다. 가까스로 발을 딛고 있는 지표에서 몸뚱이가 튕겨져 나가고, 튕겨져 나간 몸뚱이에서 다시 사지가 떨어져 나간다. 둘러보니 삼라만상이 모두 바탕에서 떨어져 나가고 있는 것이다. 이러한 비극적 세계인식은 20세기 초 유럽 실존주의의 심각한 위기의식과 궤를 같이 하고 있다. 그러나 이러한 위기의식 가운데서도 아직 이 모든 하락을 무한히 부드럽게 받아주는 '손'이 있다. 훗날에 철저한 실존주의 시인 릴케는 가을의 감미로움이라는 허상마저 제거해 버리고 존재의 심연과 섬뜩하게 대면함으로써 실존의 '겨울'을 우리에게 보여주는데, 가을은 이렇게 실존의 겨울로 가는 길목의 역할도 하고 있다.

한국은 사계절이 뚜렷한 데다 우여곡절의 역사의 영향인지 가을은 유달리 한국인에게 감흥을 불러 일으켰다. 그래서인지 한국의 시인들은 가을시편을 많이 남기고 있다. 윤동주의 시를 들어 한국시의 가을을 살펴보도록 하겠다.

윤동주의 의식의 뿌리 역시 가을에 닿아 있다. 그는 일제라는 엄혹한 시대에 일생을 살았으며, 타고 난 기질이 고요하고 내면적이어서, 그러한 자아를 달래고 위로하기에 가을은 체질적으로 잘 맞는 계절이었다. 부끄러움을 많이 타고 자기 반성과 참회가 생활습관이 된 그의 청교도적 품성 역시 가을을 그의 삶과 시의 시간적 배경으로 택한 중요 요인이 되었을 것이다. 「소년」에서 가을은 조락의 계절이자 '단풍잎 떨어져 나온 자리마다 봄을 마련해 놓'는 연관의 계절이다. 그에게는 아직 살아갈 희망과 그리움, 기다림이 있다. 그러기에 '손바닥에는 맑은 강물이 흐르고', '강물 속에는 사랑처럼 슬픈 얼골-아름다운 순이의 얼골이 어리'게 된다. 가을은 그의 의식을 한층 순수하고 투명하게 하여 주변의 착하고 아름다운 것들과 하나가 되게 한다. 「자화상」에서 가을은 좀 더 내면화되어 있다. '우물' 속에는 '하늘'이 있고, '파아란 바람'이 불고, '가을'이 있고, '추억처럼 사나이가 있'다. 물론 '사나이'는 윤동주의 시적 자아라고 할 수 있다. 여기서 '사나이'는 '추억처럼 있'고, 그 시간적 배경은 가을이다. 이러한 '추억'의 '사나이'에게 시인은 애증을 동시에 느낀다. '가을'은 여전히 맑은 우물물처럼 고여 '사나이'를 지배한다. 크게 보아서 윤동주의 시의 '가을'은 섬뜩한 존재론적 의미를 지니기보다는 감미로운 그리움과 희망의 메시지가 내재해 있는 것이라고 할 수 있다. 이러한 그리움과 희망이 평상시가 아니라 암흑기에 따뜻하고 여유있게 전달되고 있다는 데에 그 의미를 찾아야 할 것이다.「서시」,「하늘과 바람과 별과 시」도 이러한 성격에서 벗어나는 시가 아니다.

살펴본 대로 '가을'은 동서고금을 통하여 시의 시간적 배경으로 크게 작용하고 있는 것을 확인할 수 있다.

Ⅲ. 김현승 시의 '가을'

김현승의 가을시편은「가을이 오는 시간」,「가을의 입상」,「가을의 기도」,「가을의 시」,「가을의 포도鋪道」,「가을은 눈의 계절」,「가을의 향기」,「가을의 소묘」,「가을 넥타이」,「가을비」,「무등차」,「견고한 고독」,「산포도」,「가을이 오는 달」,「가을 저녁」,「가을의 비명碑銘」,「가을이 아직 오지 않았지만」,「다형」,「가을」,「향수」,「가을에 월남에서 온 편지」,「가을 치마」,「영혼의 고요한 밤」,「나무」,「만추의 시」,「견고한 고독」등이다.

김현승은 스스로도 '일생에 나만큼 가을에 대한 시를 많이 쓴 시인도 우리 나라에서는 아마 별로 없을 것'[1]이라고 말하고 있다. 김현승에게 있어서 가을은 사라지는 것과의 관계에서 일어나는 심리적인 갈등과 추이를 모두 나타낼 수 있는 이미지가 되는 것이다.[2] 김현승은 역사적 사건에 대해 반응하기 보다 계절의 변화에 반응할 때가 많다. 그는 '봄에는 육체가, 가을에는 영혼이 성장한다고 생각'하고

---

1) 김현승,「초가을」,『김현승 전집 2 산문』, 시인사, 1985, p.414
2) 곽광수,「김현승론」,『한국문학 총서 15-작가 · 작품론, 1.시』, 문학과 비평사, 1990, p.265

'시는 인생의 꽃이라기보다 인생의 열매'라고 보고 있다. 그는 시는 '유쾌한 기분이나 쓰라린 감상이나 아름다운 호소에서 꽃피기보다는 깊은 회한과 반성과 고통 속에서 또는 높은 이념과 갈망과 추구에서 열매 맺어지는 것이어야 한다'고 하며 '꽃보다는 더 많은 폭풍우의 시련과 경험을 거쳐 열매 맺는 것이 진정한 시'라고 하며 '가을은 열매맺는 시간'이라고 한다.[3)]

이러한 '가을'과 시에 대한 인식에서 그는 많은 가을시편을 남기고 있다. 그는 사계절이 뚜렷한 한반도에서 태어나 여유와 아취를 지닌 광주에서 성장했고 목사인 부친으로부터 청교도적인 가정 교육을 받았으며 50대 이후에는 신앙에 대한 회의로 휴머니즘으로 기울어 고독을 깊게 탐구하기도 했다. 이런 점을 감안하여 본고에서는 그의 시의 가을을 전통적 가을, 존재론적 가을, 종교적 가을로 나누어 살펴보려고 한다.

1. 전통적 '가을'

김현승의 가을에의 몰입은 그의 성장 환경에서 찾을 수 있다. 그는 남도 광주의 길고 아름다운 가을을 회상하며 다음과 같이 그리워하고 있다.

> 나는 젊어서부터 이 초가을이 되면 고향을 떠나 멀리 북쪽으로 가서 학업을 닦아야 했었다. 가을이 길기로 말하면 남쪽인 나의 고향의 가을

---

3) 김현승, 「가을에 생각나는 시들」, 전집 2권, P.435 참조

이 훨씬 더 길었고, 나는 기질적으로 이 긴 가을과 그 가을의 긴 그림자를 사랑하고 즐겨야 하였지만, 나는 아쉽게도 나의 고향의 긴 가을을 놓아 두고 옛 고구려의 추운 성벽들이 높이 솟아 있는 북쪽 땅으로 발길을 옮겨야 했다.

…중략…

나 자신 남도의 이 긴 가을을 배경으로 삼고 일생 동안 시를 쓰고 있다.[4)]

길고 온난한 광주의 가을은 김현승에게 시적 온상이었다. 광주는 그에게 포근한 정신의 어머니였다. 그런데 그는 멀리 북녘의 평양에 유학했으므로 넉넉한 고향의 가을을 만끽하지 못하고 여름 방학의 종료와 함께 평양의 기숙사로 돌아와야 했다. 그럴수록 그의 의식의 밑바탕에는 고향의 풍요한 가을이 간절히 떠올랐을 것이다. 고향의 가을은 어둡고 고통스러운 현실 속에서도 돌아가 쉴 수 있는 정신적 휴식처였다. 그는 이러한 고향의 가을을 배경으로 30편에 가까운 가을시를 쓰고 있다.

여유와 아취를 풍기는 그의 가을시편을 살펴보자.

남쪽에선
과수원의 임금林檎이 익는 냄새,
서쪽에선 노을이 타는 내음……

산 위엔 마른풀의 향기,

---

4) 김현승, 「초가을」, 전집 2권, p.413

들가엔 장미들이 시드는 향기……

당신에겐 떠나는 향기,
내게는 눈물과 같은 술의 향기

모든 육체는 가고 말아도,
풍성한 향기의 이름으로 남는
상하고 아름다운 것들이여,
높고 깊은 하늘과 같은 것들이여……

—「가을의 향기」 전문 —

시인은 고향의 능금 익는 냄새에 흠뻑 취해 있다. 또한 우리 전래의 이별의 향기와 애상의 미학을 보이고 있다. "슬퍼서 아름답다"는 애상의 미학은 독실한 기독교 가정에서 태어나 서구적 지식으로 무장한 김현승에게도 어김없이 이어져 오고 있다. '상하고 아름다운 것들'은 시인에게 '높고 깊은 하늘과 같은 것들'로 인식된다. 그에게 착하고 순수한 것들은 패배하고 소멸할지라도 '높고 깊은 하늘과 같은 것들'로 가치평가되는 것이다. 다음 시에서도 가을을 바라보는 그의 따뜻한 시선이 나타나 있다.

긴 돌담 밑에
땅거미 지는 아스팔트 위에
그림자로 그리는 무거운 가을 저녁.
짙은 크레파스의 가을 저녁.

기적은 서울의 가장자리에서
멀리 기러기같이 울고.
겹친 공휴일을 반기며
먼 곳 고향들을 찾아가는
오랜 풍속의 가을 저녁.
사는 것은 곧 즐거움인 가을 저녁.

눈들은 보름달을 보듯 맑아 가고
말들은 꽃잎보다 무거운 열매를 다는,
호올로 포키트에 손을 넣고 걸어가도
외로움조차 속내의처럼 따뜻해 오는
가을 저녁.

술에 절반
무등차에 절반
취하여 달을 안고,
돌아가는 가을 저녁----- 흔들리는 버스 안에서.
그러나 가을은 여름보다 무겁다!
시간의 잎새들이 떨어지는
내 어깨의 제목 위에선…….

-「가을 저녁」 전문 -

'술에 절반/무등차에 절반/취하여 달을 안고,/돌아가는 가을 저녁'은 우리의 전통적 가을 저녁이다. 그는 가을 저녁을 불안과 분열의 시간이 아니라 '먼 곳 고향들을 찾아가는/오랜 풍속의 가을 저녁'이라고 하여 돌아갈 집과 오랜 풍속에 포근히 의지하는 태도를 보이고 있다. 따라서 그에게 가을 저녁은 여름보다 무겁기는 하지만 '외로움조차 속내의처럼 따뜻해 오는' 시간이다. 이런 태도는 예컨대 보들레르의 '머지 않아 우리는 차가운 어둠 속에 잠기리니/잘 가거라 우리들 너무나도 짧았던 여름날의 햇볕이여'나 '나는 관에 못질하는 소리를 듣는다.'[5]의 비탄과 공포의 태도는 아니다. 가을은 상쾌하고 돌아갈 집이 있고 그리워 할 대상이 있다. 김현승은 이러한 긍정적 가을관으로 '오랜 풍속의 가을 저녁'을 맞고, 달에 취하여 귀가한다. 이러한 그의 시의 가을은 전통적 가을이다.

가을시편 중 전통적 제재를 시화한 것으로는 「가을 치마」가 있다.

서둘러 봄을 나서던
한국의 여인들도
가을에 닿으면 애틋한 마음을 깨닫나 부다.

그래서 휘장 저고리는
봄날의 꽃소식처럼 짧게 입고
그래서 열두폭 치마는 굽이굽이
긴긴 가을밤처럼 늘이어 두루나 부다.

한국의 맑은 눈들이여
그 마음을 지키는 눈들이여!
이 가을엔 미니로 더럽힌

5) 보들레르, 「가을의 노래」, 『악의 꽃』, 정음사 판 세계 문학 전집

차가운 무릎을 덮고
저 파란 하늘빛으로 긴긴 가을치마를 늘이어지이다.
그 끝자락엔 그리고 귀뚜라미 맑은 울음으로
가을의 보석이라도 달아지이다.

–「가을 치마」 전문 –

가을을 맞는 한국 여인의 여심을 정감적으로 포착하고 있다. 본래 덕성스럽고 인종적이었던 한국 여성들은 서구사조의 영향 때문인지 봄에 너무 가볍게 환호하고 경박하게도 짧은 치마를 입는다. 시인은 이러한 현대 여성들에게 본래의 '애틋한 마음'과 '긴 긴 가을 치마'를 입으라고 한다. 그리고 그 치마 자락엔 맑은 귀뚜라미 울음소리를 가을의 보석처럼 달아보라고 한다. 이러한 그의 가을 취향 역시 전통적인 것이다. 그의 의식의 밑뿌리에는 가을은 청아한 계절, 정숙한 계절이라는 전통적 의식이 깊이 자리잡고 있다.

다소 옛스러운 이러한 전통적 가을 의식은 다음 시에서는 현대적인 멋까지 거느린다.

별은
이순耳順하고,

이삭들
바람이 익는다.

아침 저녁
살갗에 묻는

요즈막의 향깃한 차거움……
사십은 아직도 온혈동물인데

오늘은
먼 하늘빛
넥타이 매어 볼까.

—「가을 넥타이」 전문 —

'볕은/이순하고'는 탁월한 표현이다. 모자라거나 지나침이 없이 적당한 온기로 내려 쪼이는 가을 햇볕을 거슬림 없이 귀에 순순히 들리는 상태로 표현한 것이라든지, 나이 예순의 달관의 경지로 파악한 것은 뛰어난 수준이다. 사상의 감각화에 성공한 예라고 볼 수 있다. 이런 여유에 의해 40대의 시인은 먼 하늘빛 넥타이를 매어보는 멋을 부린다. 이런 여유는 우리 선인들의 전통성과 연결지어 생각해 볼 수 있다.

이러한 가을의 전통성이 좀 더 한국적으로 드러난 것이 다음 시이다.

가을은
술보다
차 끓이기 좋은 시절……

갈까마귀 울음에
산들 여위어 가고

쓴바귀 마른 잎에
바람이 지나는,
남쪽 십일월의 긴 긴 밤을,

차 끓이며
끓이며
외로움도 향기인 양 마음에 젖는다.

－「무등차」 전문 －

시인은 선인들이 즐겨 마시던 전통차 향기에 젖어 있다. 가을은 전통차의 은근한 맛을 음미하기에 알맞은 계절이다. 차 향기의 아취에 의해 외로움도 향기로 전환된다. 가을은 열정(술)보다 운치(차)를 자아내는 계절이다. 무등차를 마시며 고인의 아취와 여유를 보이는 이 시의 가을은 멀지 않은 과거에 우리 민족이 생활화했던 전통적 가을이다. 여기에는 종교적 염원이나 실존적 불안 등은 보이지 않는다. 삶의 여유와 아취만이 무미한 차 맛과 같이 문면에 배어 흐를 뿐이다. 산들 여위어 가는 남쪽 십일월의 긴 긴 밤을 시인은 고향집의 아랫목에 놓인 듯 포근하게 감싸여서 보내고 있다. 자연과 친화하고 섭리에 순응하면서 시인은 향기롭기까지 한 외로움을 늦은 가을밤에 만끽하고 있는 것이다. 이러한 이 시의 '가을'은 분명히 전통적인 것이다.

가을을 따뜻이 수용하는 시인의 태도가 의지와 격조까지 거느리고 있는 시가 다음 시이다.

빈 들의
맑은 머리와
단식의
깨끗한 속으로

가을이 외롭지 않게
차를 마신다.

마른 잎과 같은
형에게서
우러나는

아무도 모를
높은 향기를
두고 두고
나만이 호올로 마신다.

―「다형」 전문 ―

시인에게 격조 높은 차는 형이 된다. 자신의 아호의 내력을 피력한 이 시는 그의 시적 메시지를 내포하고 있다고 봐야 할 것이다. 시인은 '맑은 머리'와 '깨끗한 속'으로 차를 마신다. 이렇게 보면 그의 차 마시기는 다도茶道라고 할 수 있다. 차를 마시며 차를 본받고 차가 되어간다. 이렇게 차와 하나가 되기에 가장 좋은 계절이 가을이다. 가을은 아름답고 풍요한 계절이지만 그 이면을 들여다 보면 폐부를 찌르는 고독의 계절이다. 이러한 계절에 시인은 '가을이 외롭지 않게/차를 마신다'고 한다. 아니, 차 속에다 가을을 깊이 타 마셔버림으로써 가을의 고독을 극복하려는 것이다. 고아한 운치를 지닌 우리 전통차는 시인에게 단순한 식물이 아니라 '아무도 모를 높은 향기'의 '형'이 된다. 이렇게 차를 '형'으로 모시며 외로움을 향기로 전환시키는 이 시의 가을은 전통적인 것이다.

이상에서 살펴본 것처럼 서구적 모더니즘의 영향도 입었던 형이상학파 시인 김현승 시의 가을에도 전통적 성격이 농후함을 우리는 확인할 수 있었다.

2. 존재론적 '가을'

김현승은 기독교 집안에서 태어나 목사인 부친의 지도로 엄격한 가정교육을 받았으나 획일적이거나 비합리적이지는 않았다. 그는 신앙 가운데서도 늘 외로움을 느꼈고 외로움 속에서 오히려 안정과 위안을 얻기도 하였다. 그러한 그에게 가을은 성찰과 반성의 시간이었으며 외로움은 신과 자신에게로 가는 통로라고 생각하였다. 가을은 그에게 자성의 계기를 마련해 주고 기독교에 대한 회의를 유발시킨 배경적 요인이 되었다고도 볼 수 있다.[6] 이로 보면 그의 신앙에는 일찌기 회의와 자의식의 싹이 내포되어 있었다고 볼 수 있다. 모범적 신앙인의 모습을 보였던 『옹호자의 노래』의 가을시편들에서도 이러한 존재자의 외로움이 물씬 풍겨나오고 있다.

---

6) 이인복, 「김현승의 회의주의」, 『한국 문학과 기독교 사상』, 우신사, 1987, p.169

우리의 마음들은 벌써 황幌마차가 되어 버린다.
우리의 마음들은 벌써 구름처럼
지평선 가에 몰려 선다.
에메랄드빛 하늘이 멀어지는 가을이 오면……

해변에선
별장들의 덧문을 닫고,
사람마다 사람마다
찬란턴 마음의 샨데리야를 졸이고,
저녁에 우는 쓰르라미가 되는
지금은 폐회와 귀로의 시간……

우리의 마음들은 벌써 낙엽이 진다.
우리의 마음들은 남긴 것 없음을
이제는 서러워한다.
지금은 먼 길을 예비할 때 -----
집 없는 사람들은 돌아와 집을 세우는,
지금은 릴케의 시와 자신에
입맞추는 시간……

-「가을이 오는 시간」 전문 -

가을은 자신의 존재를 생각하게 하는 계절이다. 이러한 계절이 오는 기척을 시인들은 누구보다 빨리 감지한다. 그리고 가을을 맞는 시인의 마음 또한 누구보다 예민하게 반응한다. 가을은 '찬란턴 마음의 샨데리야를 졸이고' '저녁에 우는 쓰르라미가 되는' 계절이자 '폐회와 귀로의 시간'이다. 마음은 이제 한 여름 내내 타오르던 태양이 아니다. 태양은 갈수록 열량을 잃고 차가와진다. 더 이상 만물을 키우지 않고 인간들을 폐회와 귀로로 이끈다. 마음에는 벌써 낙엽이 지고, 남긴 것 없음을 서러워하고, 먼 길을 예비하며, 집 없는 이들은 돌아와 집을 세우는 계절이다. 이러한 가을은 존재론적 가을이며, 심각하진 않더라도 불안과 단절의 기미를 띠고 있는 것만은 사실이다. 특히 이 시의 화자는 가을을 '자신에 입 맞추는 시간'이라고 하고 있는데, 자신에게 입맞춘다는 것은 단독자인 자신에게로 들어가 해답을 찾는다는 뜻이 될 것이다. 따라서 단절을 연관으로 이끌려는 내적 모색이 따를 것이 예견된다. 그러나 이러한 모색이 확실한 대답으로 돌아오지 않는 경우가 대부분이었다는 것을 감안하면 이 시의 화자는 앞으로 수많은 밤을 잠 못 이루며 존재 탐구에 몰두하게 될 것이다.

> 봄은 입술로 말하더니
> 가을은 눈으로 말을 한다.
>
> 말들은 꽃잎처럼 피고 지더니
> 눈물은 내 가슴에
> 보석과 같이 오래 남는다.
> 밤 이슬에 나아와
> 시월의 이마 위에 손을 얹어 보았는가.
> 대리석과 같이 찰 것이다.
> 그러나 네 영혼의 피를 내어

그 돌에 하나의 물음을
새기는 이만이,

굳은 열매와 같이
종자 속에 길이 남을 것이다!

－「가을의 비명」 전문－

시인은 가을에 존재의 비명을 쓰고 싶어한다. 봄꽃이 미처 보지 못한 존재의 뿌리를 이 시인은 가을의 투명한 눈으로 보려고 한다. 꽃잎처럼 재잘대며 피어나는 봄의 말 대신 가슴으로 깊이 침잠하는 눈물의 보석을 맺으려고 한다. 이 시인에게 이미 시월은 감미로운 애상의 계절은 아니고 '대리석과 같이 찬' 실존의 계절이다. 이 찬 대리석의 계절에 시인은 '영혼의 피를 내어' '하나의 물음을 새기'려 한다. 본격적으로 존재의 실상에 다가가려는 것이다. 그 과정은 아프고 방황이 따르겠지만 그러한 아픔과 방황을 거치지 않고는 존재의 실상은 우리에게 드러나지 않을 것이며, 진정한 연관도 이루어지지 않을 것이다. 따라서 시인은 연관의 실체인 '종자'를 얻기 위해 가을의 차가운 대리석에 근원적 의문을 새기려고 하는 것이다. 이와 같은 태도는 여태까지 의지했던 신에게서 독립하는 길이고, 익숙했던 관습으로부터도 벗어나는 길이다. 이러한 그의 시의 존재론적인 성격은 가을이라는 시간 인식에 크게 영향 입었다고 생각된다.

존재론적인 가을을 보여주는 대표적인 시로「견고한 고독」을 들 수 있다.

껍질을 더 벗길 수도 없이
단단하게 마른
흰 얼굴.

그늘에 빛지지 않고
어느 햇볕에도 기대지 않는
단 하나의 손발.

모든 신들의 거대한 정의 앞엔
이 가느다란 창끝으로 거슬리고,
생각하던 사람들 굶주려 돌아오면
이 마른 떡을 하룻밤
네 살과 같이 떼어 주며,

결정結晶된 빛의 눈물,
그 이슬과 사랑에도 녹슬지 않는
견고한 칼날------발 딛지 않는
피와 살.

뜨거운 햇빛 오랜 시간의 회유에도
더 휘지 않는
마를 대로 마른 목관악기의 가을
그 높은 언덕에 떨어지는,
굳은 열매

쌉쓸한 자양
에 스며드는
에 스며드는
네 생명의
마지막 남은 맛!

―「견고한 고독」 전문 ―

「견고한 고독」은 뒤의 「절대 고독」과 더불어 시인 자신의 자화상이라고 할 수 있다. 단단한 은유들로 구성되는 이 시는 한 시인의 삶의 전모와 거기에 담긴 비장미를 맛보기에 충분하다. 가을이나 고독은 이제 값싼 눈물이나 치장의 대상은 아니다. '껍질을 더 벗길 수도 없이/단단하게 마른/흰 얼굴'로서의 실체이다. 이 '견고한 고독'은 시인의 유일한 사고의 도구로서 '그늘에 빛치지 않고/어느 햇볕에도 기대지 않는' 냉철한 이성의 또 다른 이름이다. 이 냉철한 이성은 '모든 신들의 거대한 정의'에 맞서 '가느다란 창 끝으로 거슬리'기도 하고, 반대로 생각하기에 지쳐 잠시 돌아오는 이들에게 하룻밤의 잠자리와 '마른 떡'을 제공하기도 한다. 시인의 '견고한 고독'은 '결정된 빛의 눈물', '이슬과 사랑에도 녹슬지 않는 견고한 칼날', '발 딛지 않는 피와 살'의 은유로 표현된다. '견고한 고독'은 하나의 보석이다. 감상의 수분에 물러지지 않고 안으로 안으로 다져진 눈물과 빛의 결정체이다. 따라서 이러한 보석인 '견고한 고독'은 현상의 이슬과 지상의 유동적인 사랑에 녹슬지 않는 '견고한 칼날'이 된다. '견고한 고독'은 '결정된 빛의 눈물'이고 '견고한 칼날'이며 냉철한 이성이 된다. 냉철한 이성인 '견고한 고독'은 '뜨거운 햇빛'이나 '오랜 시간의 회유에도 휘지 않는' '마를대로 마른 목관악기의 가을'이 되고, 그 가을의 단단한 열매에 스며드는 '생명의 마지막 남은 맛'이 된다. 따라서 본질로서의 고독은 소모적이거나 단절적인 것이 아니고 생산적이며 연관적인 것이 된다. 또 고독의 계절인 가을 또한 칙칙한 감상이 아니라 이성에 의해 군살을 빼고 '마를대로 마른 목관악기의 가을'이 된다. 이 가을은 생명의 열매를 거두었고, 그 열매에는 고독의 '쌉쓸한 자양'이 들어 있어 '생명의 마지막 남은 맛'을 전한다. 이처럼 김현승 시의 가을은 전래의 감상적 시각이나 종교적인 윤색이 가해지지 않고 본질로서의 단절과 초극으로서의 연관을 집요하게 추구하는 특수한 성격을 보여주고 있다. 김현승의 의지적 자아는 '가을'이라는 시간의 고통을 감내하면서 견고하게 자신의 내부로 응결함으로써 마침내 고독을 극복하고 또 다른 생명의 영역을 개척한다. 따라서 그의 극단적인 고독 추구는 허무나 단절이 아니라 또 다른 희망이며 근원적 연관이다. 그는 고독을 끝까지 추구함으로써 영원의 세계에 진입하려고 하는 것이다.

김현승 시의 가을의 존재론적인 성격에 대해서는 시인 자신이 언급을 하고 있다. 그는 50대에 이르러 부모에게서 이어받아 꾸준히 믿어온 기독교 신앙에 대해 회의하게 된다. 그가 이렇게 회의를 일으키게 된 이유로는 첫째 하나님은 유일신이 아닌 듯하고, 다음으로 기독교의 일원론은 악마의 영원한 세력권인 지옥을 인정함으로써 이원론에 빠지는 모순을 저지르고 있는데 그 결과 기독교에서는 행복의 영광은 신에게 돌리고 불행의 책임은 악마에게 돌리고 있는 점을 수긍하기 어렵고, 세번째로 그가 거의 일생을 통해 접해 온 교인들의 생활과 마음가짐이 일반사회인의 그것과 별로 다른 점이 없더라는 것이다. 이러한 이유로 그는 신과 기독교에서 점점 멀어져 인간에 대한 이해와 동정으로 기울어지게 된다. 그 결과 그는 신을 잃은 고독에 빠졌다. 그 고독은 키에르케고르 류의 구원에 이르려는 고독이 아니라, 구원을 포기하는 고독이며, 순수한 고독 그 자체이며, 이것이 세상에서 가장 진정한 고독이라고 한다.[7] 시 「절대고독」에서는 신의 무한성이나 영원성이 실재하지 않음을 비로소 깨달았다고 고백하고 있고, 그 무한이나 영원은 결국 나 자신의 생명에서 끝나버림을 노래하고 있다. 그런데 이러한 '절대고독'이 허무에 빠질 위험을 그는 인간의 양심을 들어 극복하고 있다. 그는 윤리적 현실적으로 신을 부정하면서도 자신 안에서 활동하고 명령하는 양심을 부정할 수는 없다는 것이다.[8]

이처럼 고독을 생활화한 그는 고독과 가을의 관계에 대해서 다음과 같이 언급하고 있다.

> 나는 누구보다도 고독을 사랑한다. 거절할 수 없는 – 떼어 버릴 수 없는 고독이 나를 따라다니며 떠나지 않는 것이라면 나는 차라리 그를 사랑하며 그와 함께 나의 길을 걸을 수밖에 없다. 가을은 그 어느 때보다도 인간의 고독을 깨닫게 하는 계절이다. 가을이 오면 나는 깊은 밤에 호올로 커피를 끓이며 그 어느 때보다도 나의 고독을 뼈저리게 느낀다.[9]

위의 글을 보면 고독은 시인의 기질이요 가을은 그의 이러한 기질

7) 김현승, 「나의 문학 백서」, 전집 2권, pp.274~7 참조
8) 김현승, 「나의 문학 백서」, 전집 2권, p.278 참조
9) 김현승, 「커피를 끓이면서」, 전집 2권, p.366

을 촉발시키고 심화 · 성장시키는 계절이라고 할 수 있다. 고독의 투철한 인식에 의해 보여지는 그의 시의 '가을'은 감상에 빠지지 않고 존재론적 깊이와 연관이라는 긍정적 의미를 지닌 것이 된다. 가을은 그의 시에서 존재의 고향으로 가는 시간의 길목이자 다리라고 할 수 있다.

3. 종교적 '가을'

부친이 목사인 기독교 가정에서 5남매 중의 둘째 아들로 태어난 김현승은 기독교의 모범적인 청년이었고, 문학을 하면서도 술 담배는 입에 대지도 않았다. 그는 만년에 병으로 쓰러졌다가 회복된 뒤 신에게 불경했던 자신을 참회하며 문명도 확보하고 친구도 많아지면서 사이비 기독교인으로 무너져 버렸다고 하며, 순결했던 소년기를 그리워하기도 한다.

> 내가 만일 나의 일생을 그때 그 소년 시절에 끝낼 수 있었다면 나는 아무 다른 걱정 없이 천국에 그대로 들어갔을 것이다. 그만큼 나와 나의 형제들은 부모님의 신앙적인 교훈대로 살려고 노력하고 힘썼다고 지금에 와서도 생각이 된다. 그러나 중학과 전문학교를 나오고, 전문학교 재학 때 문단에 발을 디디면서부터 나의 인생관은 점점 지상으로 기울어지면서 신 중심에서 인간 중심으로 변화를 일으키고 있었다.
>
> 문학을 한다는 것이 반드시 인간을 중심으로 해야 하는 것도 아니고, 또 문학이라고 하면 인간 중심의 헬레니즘 문학도 있고, 신 중심의 헤브라이즘 문학도 있어 왔는데, 나는 기독교인이면서도 지나치게 헬레니즘

> 문학에만 열중하고 있었다. 나는 '문학'하면 인간성의 무한한 신장과 추구에만 열중하는 헬레니즘만이 전부인 줄 알았지, 인간성의 제한과 극복을 주장하는 헤브라이즘의 문학이 헬레니즘과의 대치 상태에서 엄연히 존재한다는 사실은 전혀 생각지도 않았던 것이다.[10)]

소년기까지 김현승은 철저히 부모님으로부터 신앙교육을 받았고 순결한 생활을 실천했다. 그러나 학교교육을 받으면서부터 그의 인생관은 조금씩 신 중심에서 인간 중심으로 기울기 시작했다. 그는 문학은 인간 중심이어야 한다고 생각했고, 따라서 헤브라이즘 문학보다 헬레니즘 문학에 몰두했다. 신앙적 의미의 그의 종교시는 병으로 쓰러진 이후에 본격화 되지만 『옹호자의 노래』(1963년)에 수록된 다수의 시편들도 뚜렷이 종교 성향을 보이고 있다. 그는 병으로 쓰러지기 전에도 가을에 많은 기도의 시를 쓴 것을 회상하고 있다.

> 지금은 내 연약한 건강이 쓰러지기 전과는 형편없이 서글프게 달라졌지만, 그 전까지만 하여도 나는 가장 많은 나의 시를 가을에 썼다.
>
> …… 중 략 ……
>
> 외로움이 있는 곳엔 가을마다 기도가 있었고 그 기도에 리듬을 붙이면 시가 되었다.
>
> 지금은 이 기도와 시가 탄생되는 계절의 첫 시간이다. 그러나 이 모든 아름다운 것들을 힘껏 내 가슴에 껴안을 수 있도록 나의 건강도 이 가을에는 좋아지려는가. 가을이 오는 이 기쁨과 슬픔을 – 이 두려움과 기대

---

10) 김현승, 「종교와 문학」, 전집 2권, pp.303~4

를 나는 또 버릇처럼 안아 본다.[11)]

시인은 "외로움이 있는 곳엔 가을마다 기도가 있었고 기도에 리듬을 붙이면 시가 되었다."고 말하고 있다. 기도는 인간이 자아를 버림으로써 신과 접할 수 있는 유력한 한 방법이다. 『옹호자의 노래』의 가을 시편들은 이러한 종교적 신앙심에서 우러나온 것이고, 이 시편들의 '가을'의 성격은 종교성을 띠지 않을 수 없다. 시인은 신과의 동일성을 성취하기 위해 사랑을 호소한다. 사랑은 자아와 세계가 둘이면서 하나가 되는 것을 가능하게 하는 동일성의 가장 보편적인 양상이기 때문이다.[12)]

『옹호자의 노래』의 종교적 성향의 가을시편을 몇 편 살펴보도록 하겠다.

> 가을에는
> 기도하게 하소서……
> 낙엽들이 지는 때를 기다려 내게 주신
> 겸허한 모국어로 나를 채우소서.
>
> 가을에는
> 사랑하게 하소서……
>
> 오직 한 사람을 택하게 하소서.

---

11) 김현승, 「초가을」, 전집 2권, p.415
12) 김준오, 『시론』, 문장사, 1982, p.24

가장 아름다운 열매를 위하여 이 비옥한
시간을 가꾸게 하소서.

가을에는
호올로 있게 하소서……
나의 영혼,
굽이치는 바다와
백합의 골짜기를 지나,
마른 나무가지 위에 다다른 까마귀같이.

―「가을의 기도」 전문 ―

가을에는 봄, 여름 동안 자력으로 솟구치기만 하던 자아가 한계를 느끼고 신과 만나는 계절이다. 뿌리를 생각하며 돌아갈 집을 그리워하는 계절이다. 가장 소중한 사람이 누구인가를 생각하며 자아의 정체성을 모색하는 계절이다. 김현승 시에 있어 '가을'은 은총과 단절의 양면성을 지닌 계절로 비가의 발단이자 송가의 씨앗이 될 수 있는 계절이다. 이런 계절에 시인은 근본적으로 단독자가 될 수밖에 없으며, 그러나 이 단독자는 영원히 고립되는 것이 아니라 신과 만나 귀의함으로써 비탄과 파멸의식에서 벗어나 영생을 생각할 수도 있게 된다. 「가을의 기도」의 화자는 자신의 내면이 겸허한 모국어로 충만하기를 기도한다. '겸허한 모국어'는 곧 자신의 기도문이라고 할 수 있다. 또 단독자인 자아가 주위와 연관을 맺기 위해서는 사랑을 실천하려고 한다. 가장 소중한 '한 사람' 곧 유일신을 택해 전심으로 사랑하고 지상의 '가장 아름다운 열매'를 맺기 위해 가을이라는 '비옥한 시간'을 가꾸게 해 달라고 기도한다. 그러나 기도와 겸허와 사랑도 홀로 있음에서 발생한다. 화자의 홀로 있음은 자아의 눈뜸이요 신과의 연관이요 소중한 이와의 사랑이기 때문이다. 그런 의미에서 이 시의 화자의 외로움은 또 다른 연관이라고 할 수 있다. 이러한 홀로 있음의 연관성은 그에게 신이 내재해 있기에 가능한 것이다. 가을은 이러한 신과 만나기에 적합한 계절이다.

자아의 유한성과 신에 대한 겸허한 귀의심은 다음 시에서도 나타난다.

넓이와 높이보다
내게 깊이를 주소서,
나의 눈물에 해당하는……

산비탈과
먼 집들에 불을 피우시고
가까운 곳에서 나를 배회하게 하소서.

나의 공허를 위하여
오늘은 저 황금빛 열매들마저 그 자리를
떠나게 하소서.
당신께서 내게 약속하신 시간이 이르렀습니다.

지금은 기적汽笛들을 해가 지는 먼 곳으로 따라 보내소서.
지금은 비둘기 대신 저 공중으로 산까마귀들을
바람에 날리소서.
많은 진리들 가운데 위대한 공허를 선택하여

나로 하여금 그 뜻을 알게 하소서.

이제 많은 사람들이 새 술을 빚어
깊은 지하실에 묻을 시간이 오면,
나는 저녁 종소리와 같이 호올로 물러가
나는 내가 사랑하는 마른 풀의 향기를 마실 것입니다.

–「가을의 시」 전문 –

가을은 '넓이와 높이'의 득의의 계절은 아니다. 무성하던 잎들이 성장을 멈추고 다소곳이 물들어 근원으로 돌아가는 계절이다. 가을은 뿌리로 돌아가는 '깊이'의 계절인 것이다. 이러한 가을은 웃음과 환호보다 '눈물'과 성찰의 계절이다. '산비탈과 먼 집'들에서는 이제 따뜻한 불이 지펴져야 할 때이다. 그런데 화자는 신의 '가까운 곳에서 ' '배회하게' 해 달라고 한다. '나'는 신에 대한 절대신앙에 안주하려 하지 않고 사색과 회의로 신과 만나려고 한다. '나'는 '공허'를 회피하지 않으므로 아름답고 감미로운 '황금빛 열매들마저 그 자리를 떠나게'해 달라고 한다. 지금 한 때의 삶이 눈물겨울 정도로 아름다운 것일지라도 지상의 삶은 영원하거나 완전한 것은 아니다. 지상의 삶은 고통스럽고 모순에 찬 것이다. 이런 '나'에게 신은 '약속하신 시간'으로 구원의 손길을 편다. 꽃과 녹음의 봄, 여름보다 잎 지는 가을이 오히려 영생으로 가는 길임을 일깨워 주는 시간이다. 따라서 '나'는 '기차들을 해가 지는 먼 곳으로 떠나보내'는 이별의 의식을 기꺼이 받아들이고 사랑스러운 비둘기 대신 깊은 사색의 '산까마귀들'을 긍정적으로 수용한다. '나'는 겨울이 가까운 늦가을철에 신이 일러주는 생명의 진리와 만나게 되어 인간에게 베풀어주는 깊은 사랑의 의미를 맛보게 된다. 따라서 '나'는 조락과 폐칩의 가을과 겨울에 실의하지 않고 '새 술을 빚어 깊은 지하실에 묻'고 '사랑하는 마른 풀의 향기를 마'시겠다고 한다. 이러한 '나'의 가을 수용 태도는 공허 속에서 오히려 신을 만나 충만해지고 더 높은 생명의 세계로 나아가려는 종교적 태도에 합치되는 것이다.

위에서 살펴본 「가을의 기도」와 「가을의 시」 등 『옹호자의 노래』에 실린 가을시편들은 심미성과 종교성을 띠고 정제된 언어로 진술되고 있어 높은 문학성을 보여주고 있다. 이 시들은 아직 심각한 종교적 갈등이나 존재론적 회의는 일어나지 않고 있다. 그러나 점차 김현승은 『견고한 고독』이나 『절대 고독』을 거치면서 존재론적 회의에 깊이 빠진다. 이런 과정에서 그는 고혈압으로 쓰러지게 되고 이후 급속히 신앙으로 기울어지게 된다.

> 내가 병후에 첫째로 해야 했고 한 일은 나의 문학관의 개조와 혁신이었다. 나는 20대에 문단에 나와 지금까지 반생 이상을 시를 썼다. 그러나 나는 목사의 아들인 시인이면서도 한번도 우리 사회에서 발행하는 신문이나 잡지에 신앙 중심의 시를 발표한 일이 없다.
>
> …중략…
>
> 그러므로 나는 병후에 받은 몇몇 신문사의 원고 청탁에는 의식적으로 기독교 신앙을 주제로 한 작품을 써 보냈고 앞으로도 새해를 맞이하여 더욱 그렇게 할 결심이다.[13)]

13) 김현승, 「하나님께 감사를 보내며」, 전집 2권, p.395

> 시는 내 생활의 전부는 아니다. …… 중 략 …… 나는 이 날 이후 시를 버릴지언정 나의 구원인 나의 신앙을 다시금 떠날 수는 없다. 이 신념이 변치 않기를 나는 오늘도 나의 신인 하느님께 간곡히 빌고 있다. 엎드려 간곡히……[14)]

병으로 쓰러지기 전까지 김현승은 종교적이기보다 문학적이었다. 종교를 버리거나 적대하지는 못하면서도 철저하지도 못하였고, 회의적이거나 인간중심주의적 태도를 자주 보였다. 그것이 회의를 통한 신과의 근원적 접촉이라는 긍적적 의미로 해석될 수도 있겠으나, 그 자신은 병으로 쓰러진 후 자신이 너무 지상적 향락에 맛을 들였고 신이 정한 계율을 위반했다고 참회하고 있으며, 이후로는 자신의 문학관을 개조하고 혁신할 뜻을 천명하고 있다. 나아가서 그는 시는 자신의 생활의 일부이지 전부는 아니라고 하며 앞으로는 시를 버릴지언정 구원자인 신을 떠날 수는 없다고 단언한다. 이처럼 그는 큰 병을 앓은 후 종교에 열렬히 귀의하고 있다.

다음 시는 이 시인의 그러한 심정을 잘 드러내주고 있다.

> 하느님이 지으신 자연 가운데
> 우리 사람에게 가장 가까운 것은
> 나무이다.
>
> 그 모양이 우리를 꼭 닮았다.
> 참나무는 튼튼한 어른들과 같고

---

14) 김현승, 「나의 생애와 나의 확신」, 전집 2권, pp.289~290

앵두나무의 키와 그 빨간 뺨은
소년들과 같다.

우리가 저물녘에 들에 나아가 종소리를
들으며 긴 그림자를 늘이면
나무들도 우리 옆에 서서 그 긴 그림자를
늘인다.

우리가 때때로 멀고 팍팍한 길을
걸어가면
나무들도 그 먼 길을 말없이 따라오지만,
우리와 같이 위으로 위으로
머리를 두르는 것은
나무들도 언제부터인가 푸른 하늘을 사랑하기 때문일까?

가을이 되어 내가 팔을 벌려
나의 지난 날을 기도로 뉘우치면,
나무들도 저들의 빈 손과 팔을 벌려
치운 바람만 찬 서리를 받는다, 받는다.

–「나무」 전문 –

이 시는 『옹호자의 노래』의 가을시편들에 비해 직서적이다. 메타퍼도 정교하지 못하고 시어도 정제되어 있지 못한 느낌이다. 그만큼 문학과의 거리가 멀어지고 종교와의 거리가 가까워졌다고 할 수 있다. 하나님이 지으신 모든 자연물 중 특히 나무는 '우리 사람에게 가장 가까운 것'이라고 하면서 나무의 일생을 인간의 그것과 조목 조목 대비시켜 진술하고 있다. 참나무에게서는 성인의 굳건한 의지를 읽고 조그마한 앵두나무와 그 열매의 빨간 볼에서는 귀여운 소년의 모습을 본다. 저물녘의 길게 늘인 그림자, 멀고 고단한 일생, 그러면서도 꿈을 버리지 않고 푸른 하늘로 솟구치려는 광명에의 의지 등이 서로 닮았다는 것이다. 이러한 일치점은 이들이 함께 신의 피조물이라는 데에서 찾고 있다. 시인은 이제 지상적, 인간주의적 관점에서 시를 쓰는 것이 아니라 천상적 계시에 의해서 시를 쓰려고 한다.

이처럼 김현승은 한 때 회의에 빠지기도 했지만 큰 병 이후 신앙으로 돌아오고 있으며 이러한 영향은 그의 시의 '가을'에 종교적 성격을 부여하고 있다.

Ⅳ. 맺는 말

김현승은 1913년 일제 치하의 한국에서 태어나 목사인 부친으로부터 청교도적 가정교육을 받으며 자랐고, 이 후 냉철한 지식인으로 일생을 살았다. 이러한 그는 유난히 가을을 좋아하여 30편 가까운 가을시편을 남겼는데, 그의 시의 '가을'은 한국인으로서의 전통적 가을, 지식인으로서의 존재론적 가을, 신앙인으로서의 종교적 가을의 성격을 띠고 그에게 수용, 전개되었다.

그의 시의 '가을'은 일생의 시적 테마인 고독의 시간적 배경이 된 존재론적 가을에서 그 특성을 찾을 수 있겠는데 , 그 만큼 고독과 가을을 깊이 인식하여 끝까지 추구한 시인도 없을 정도로 독자성을 획득하고 있다. 그의 시의 '가을'은 전래의 눈물을 극복하고 있으며, 존재의 불안을 느끼면서도 염세에 흐르지는 않았고, 회의 속에서도 청결한 귀의심을 보이고 있다. 그의 '가을'은 견자見者가 보는 있는 그대로의 가을이며, 쇠락과 더불어 결실과 새 생명의 시간이기도 하다. 모든 존재는 근본적으로 단독자이지만 이러한 단독자는 연관을 향해 팔을 벌리고 있으며 자신의 고향을 찾아가는 존재로서, 여기에 바로 존재자의 자유가 있으며 양심이라는 귀한 정신이 작용하고 있음을 이 시인은 우리에게 깨우쳐 주었다.

그가 비록 병으로 쓰러져 신앙으로 급속히 선회하는 바람에 신앙과 그 회의 간의 긴박감 있는 길항관계를 좀 더 깊게 보여주지 못한 아쉬움이 있지만, 『견고한 고독』과 『절대 고독』의 비장한 고독 추구가 가을이라는 시간 속에서 전개되는 것을 우리는 감동적으로 지켜볼 수 있었다.

8장

조지훈의 초기시
—시의식의 고찰

조지훈의 초기시 - 시의식의 고찰

Ⅰ. 머리말

시인 조지훈 하면 우리는 먼저 그의 시의 전아한 풍격과 고고한 선비정신을 떠올리게 된다. 이런 점들이 그의 시의 특장特長이 되고 문학사적 가치가 있는 일임에 틀림없지만, 그러나 전 시작품을 대상으로 할 때 이런 점들은 그의 시의 일부분에 불과하다는 점을 곧 알게 된다. 그의 시는 생각보다 다양한 시의식을 보여주고 있다. 특히 초기시는 방황의 연속이라고 할 정도로 다기多岐한 정신적 편력과 새로운 기법을 보여주고 있다. 여기서 초기란 광복 이전까지를 말하며, 습작기, 추천시기, 월정사 강원시기, 방랑시기, 낙향시기가 이에 포함된다. 이 시기는 자연이나 회고, 탐미나 방랑으로도 자아를 달랠 수 없을 때로, 식민지의 젊은 지식인이었던 그의 내적 고뇌가 적나라하게 표현되어 있다. 다기성과 방황으로 특징지어지는 조지훈의 이런 초기의 시의식을 살펴보고, 이런 시의식이 후기시에 어떤 영향을 끼치는가를 알아보려고 한다.

Ⅱ. 초기시의 시의식

1. 세기말적 탐미의식

지훈은 1920년 긍지 높은 선비 가문인 한양조문에서 정암 조광조의 후예로 태어났다. 그러나 이러한 선비적 긍지가 식민지 현실에서 통할 리가 없었다. 자아에 눈뜬 소년기부터 그는 갈등을 느끼지 않을 수 없었다. 이런 그의 갈등은 서구문학을 접하면서 점차 심화되었을 것이다. 전통적 가풍 속에서도 그는 9세에 서구동화를 접할 수 있었는데 Maeterlinck의 『파랑새』, Barrie의 『피터 팬』, Wilde의 『행복한 왕자』 등을 읽으며 구속받지 않는 자유로운 삶을 동경했을 것이다. 11세에는 마을 소년 중심의 문집 『꽃탑』을 꾸며내기도 했다. 동년에 형 세림世林과 함께 소년회를 조직하는 등 적극적으로 신문화 운동에 관여하기도 했다. 조부의 엄훈으로 신학문을 이수하지 못한 그는 14세에 독학으로 와세다대학 통신강의록을 공부하고, 15세부터는 시작에 손을 대기 시작한다. 16세에 처음으로 상경하여 시원사詩苑社에 머물며 문단과 본격적으로 접하고, 조선어학회에도 드나들며 모국어의식을 키웠다. 같은 해에 그는 Baudelaire, Dostoevski, Flaubert 등의 작품에 접하고, Wilde의 『살로메』를 번역하기도 하며, 「춘일」「부시」 등을 습작하기도 했다.

등단 이전의 그의 경력을 통해 알 수 있는 것은 그의 시의 출발점이 민족문화의 보전에만 있지 않고 망국민의 깊은 자의식에 기인한다는 점이다. 이런 자의식에 생겨난 것이 세기말적 탐미의식이다. 굳은 의지로 상황을 타개하기보다 몽환과 관능의 세계로 퇴행하는 것이다.

① 고오이 자라다.
질식하다.

슬픈 가슴 화미華美로운 타성惰性

옥 같다 부서진 쪽빛 질곡에
뜬구름 하나 둘이 고운 만가輓歌라

—「부시浮屍」 1~3연(1936)

② 검은 침실으 유리창 가으로
붉고 푸른 옷을 입은 요정이 춤추고

부서진 별들은 모여 와서
온 밤을 귀또리보다도 슬피 울었다.

흑의 기인 옷자락을 끌고 메마른 손을 들어
유찬의 황제가 부는 피리소리!

—「유찬流竄」 1~3연

③ 사나이가 배꼽을 내놓고 앉아 칼자루에 무슨 꿈을 조각한다. 계집의 징그러운 나체가 나뭇가지를 기어오른다. 혓바닥을 날름거린다. 꽃같이 웃는다.

극장도 관중도 없는데 두개골 안에는 처첨한 비극이 무시無時로 상연된다. 붉은 욕정이 겨룬다. 검은 살륙이 찌른다. 노오란 운명이 덮는다. 천둥벽력이 친다.
아—

—「종소리」 3, 4연

④ 나어린 소녀에게 의로운 피를 잃고 이름도 모를 굴욕에 값싼 웃음을 파는 매춘부, 나는 귀족영양의 음락의 노예란다. 하이얀 전등을 부수고 하늘빛 구슬을 빨자. 알콜을 빨면 푸른 정맥이 동맥이 된다. 바다가 된 육지다. 파선된 침실이다. 정열이 과잉되면 생활은 모자라 슬픈 자극은 한밤의 연극戀劇을 낳는다. 나는 대체 죽었느니라.

—「화련기華戀記」[1]에서

위의 예시들에서 직감할 수 있는 것은 세기말적 탐미의식이다. 퇴폐, 관능, 권태, 몽환의 진열장이다. 식민지의 지식인 청년에겐 출구가 없다. 3 · 1운동의 좌절 후 만연된 세기말의식은 1930년대 후반에도 강한 영향을 끼친다. 절망적 상황에서 인간은 관능이나 내면세계로 퇴행한다. 일체의 가치관이 무너진 생의 공간에 검붉은 관능의 오로라만이 명멸한다.

---

1) 『조지훈 전집』 2권 42쪽

①의 '고오이 자라'다 '질식'한 '부시'는 지훈 자신의 자화상이라고도 할 수 있다. 상황의 벽을 타개할 수 없는 화자는 '슬픈 가슴 화미로운 타성'에 젖어 '만가'나 들음으로써 현실을 넘겨보려 한다. 또 ①은 시제부터가 세기말의 시인 보들레르의 「송장」[2], 「즐거운 주검」[3], 「주검의 춤」[4] 등을 연상시킨다.

②는 1920년대의 「밀실」[5], 「병실」[6], 「흑방黑房」[7]의 재현이다. 유배당한 황제는 관능의 밀실에서 귀뚜라미보다도 더 서럽게 운다. 여기서 유의할 것은 지훈이 그 자신을 '유찬의 황제'로 본다는 점이다. 나라도 역할도 없는 몸이지만 본래의 자존심을 버리지 못한다. 여기에 지훈의 선민의식이 나타난다. 그러나 활동공간을 잃은 선민은 수치와 무력감 속에서 몽환으로 나날을 보낸다. 음습하고 우울한 침실에서 살아 있다는 것을 확인하기 위해 그는 관능세계로 빠져든다. 관능으로 그는 현실을 잊고 질식할 듯한 일순간을 넘겨 보려는 것이다.

이러한 관능에의 탐닉이 구체적으로 드러난 것이 ③이다. 세기말의 악마주의를 연상시키는 이국적 관능미가 감각적으로 잘 나타나 있다. 몽환에 의해 그는 일순간 생기를 찾는다. 그러나 이것은 근본적인 해결책이 될 수 없다. 현실에서는 여전히 욕망과 살륙이 판을 치고 처참한 비극이 벌어진다.

---

2) 『악의 꽃』 소재
3) 『악의 꽃』 소재
4) 『악의 꽃』 소재
5) 월탄月灘, 「밀실로 돌아가라」 (《백조》 1호, 1922.1) 참조
6) 회월懷月, 「월광으로 짠 병실」 (《백조》 3호, 1923.9) 참조
7) 월탄, 「흑방비곡 黑房悲曲」 (《백조》 2호, 1922.5) 참조

관능이라는 마약은 ④에 와서 마침내 누대에 걸쳐 수신한 이 나라의 선비를 귀족영양의 음락의 노예로 만들어 버린다. 주색에 피폐해질 대로 피폐해진 심신은 생활을 잃고 빈사의 상태에 이른다. 2는 자신의 병의 중증을 알고 자필 「진단서」[8]까지 쓴다. 현실이 아닌 몽환의 토로이지만 그의 세기말적 탐미의식은 이처럼 심각한 것이다.

2. 망국민의 자의식

세기말적 탐미의식과 더불어 식민지 현실은 그에게 자의식을 길러줄 수밖에 없었다. 자유로운 삶이 불허되고 맡아야 할 역할이 박탈당했을 때 긍지 높은 젊은이는 자존심에 큰 상처를 입었을 것이다. 그러나 이런 가혹한 현실을 타개하기에는 자신과 이 민족이 너무 무력하다는 것을 알게 되었을 때 그는 밀실에 들어가 독백이나 하고 자폐증을 보이게 된다.

① 이 어둔 방을 나의 창가에 가만히 붙어 서서
방안을 들여다보고 있는 사람은 누군가.

아무 말이 없이 다만 가슴을 찌르는 두 눈초리만으로
나를 지키는 사람은 누군가.

-「영상」 1, 2연-

② 그 원시의 비극의 막을 올리라고 숨어 앉아 몰래 징을 울리는 자는

---

8) 『조지훈 전집』 3권 159쪽 참조

대체 누구나.

울지 말아라 울리지 말아라 구슬픈 징소리. 아니 백주 대낮에 눈먼 종소리.

–「종소리」 5,6연–

③ 네 개의 거울 사이에서 나는 방황한다.
네 개의 거울 사이에서 무수한 나를 찾아낸다.

이 무한한 나 속에서 나 같은 나를 찾으면
오른쪽 거울쪽으로 보이는 스물셋의 〈나〉
왼쪽 거울 속으로 보이는 스물셋의 〈나〉
스물셋의 나의 얼굴은 같지가 않다.

–「재단실」[9] 1,2연–

④ 애비 없는 아들보담도 애비의 자식됨이 더욱 서럽다. 하래비의 아들보담 유산은 작아 슬픈 족보를 뒤져보는 마음이여! 지나간 시절에는 그래도 명문의 후예 신수좋은 얼굴에 수염을 쓰다듬으면 대청 사랑방 놋재떠리 소리가 요란했다.

–「귀곡지鬼哭誌」[10]에서–

위의 작품들에는 망국민의 불안한 자의식이 나타나 있다. 세기말적 탐미로 상황이 타개되지 못할 때 그는 이성 理性에 의해 문제를 해

9) 『조지훈 전집』 2권 38쪽
10) 위의 책, 152쪽」

결하려 한다. 그러나 이성도 상황의 벽을 무너뜨리지 못할 때 불안한 자의식만이 남게 된다.

①에는 고립된 자아의 자기응시가 나타나 있다. 개인적 고뇌와 시대적 고뇌를 안고 자신과의 끝없는 독백을 하고 있다. 그러나 자아는 정립되지 않는다. 정립되지 않은 자아로 가혹한 현실과 대결할 수 없다. 이런 폐쇄적 자기응시는 출구를 찾지 못하고 자폐증으로 이어지기 쉽다.

②에는 비극적 세계관이 나타나 있다. 세상이란 무대에는 살륙과 욕정이란 비극만이 상연된다. 우리의 의도와는 상관없이 이러한 비극은 수시로 상연된다. 관객도 배우도 될 수 없는 그는 자의식만이 깊어간다.

이러한 자의식은 ③,④에 와서 더욱 구체화된다. ③에서는 자아를 찾으려다 오히려 의식의 미궁에 빠진 화자를 보여 준다. 사방의 거울 벽면을 그는 끝없이 맴돈다. 확고한 의지로 자아를 통일할 수 없는 그는 점차 자아분열증세를 보이게 된다. 이러한 자의식은 ④에서처럼 떳떳했던 조상에 대한 죄의식으로 나타나기도 한다. 자기 나라에서 소신을 갖고 살았던 그들에 비해 현재의 '나'는 너무 부끄럽다. ③,④는 내용이나 조사措辭면에서 이상의 시를 연상시킨다. ③,④는 통사적 문장이라기보다는 해사적 문장에 가깝다. 이런 해사적 문장은 '금니빠디갈보 클레오파트라의 백골의 영혼 지배인 영감의 악어피 지갑'[11] 같은 표현에서 잘 나타나는데, 과감한 일상어의 파괴로 슈르레알리스트의 자동기술법을 떠오르게도 한다.

---

11) 같은 책, 161쪽 「갈蝎」 참조

3. 이미지즘

아울러 습작기의 그의 시에는 감각적, 시각적인 이미지가 자주 나타난다. 이미지즘과 결부시켜 생각해 볼 수 있는 이런 경향은 그를 추천한 정지용의 영향이라고 생각되는데, 여기에서도 우리는 지훈의 다양한 시적 편력을 확인할 수 있다.

① 동백꽃
붉은 잎새 사이로

푸른 바다의
하이얀 이빨이 웃는다

—「춘일」 1,2연—

② 백공작이 파르르 날개를 편다. 파란 전등이 켜진다. 백랍 같은 손가락을 빤다. 빠알간 피가 솟는다. 피는 공작孔雀부인 가슴에 얼굴을 묻고 눈물도 아픈 즐거움에 즐거움은 가슴을 쪼다. 아 흰 꽃이 피는 빈 창밖으로 호로마차가 하나 은빛 어둠을 헤치고 북으 로 갔다.

—「화련기」에서—

③ 작은 나이프가 달빛을 빨아들인다. 달빛은 사과 익은 향기가 난다. 나이프로 사과를 쪼 갠다. 사과 속에서도 달이 솟아오른다.

달빛이 묻은 사과를 빤다. 소녀가 사랑을 생각한다. 흰 침의寢衣를 갈아입는다. 소녀의 가슴에 달빛이 내려앉는다.

—「월광곡」 1,2연—

①~③에서 뽑아낼 수 있는 것은 모디니티Modernity이다. 표현수법과 내용면에서 감각적, 이국적이다. 1920년대의 세기말적 시작품에 비해서는 감정의 표출이 절제되어 있다.

①은 정지용의 「바다 2」의 "바다는 뿔뿔이/달아날랴고 했다"[12]와 표현수법이 유사하다. 20년대의 칙칙한 감정이나 관념을 진술하지 않고 산뜻한 이미지를 시각적 감각적으로 제시한다. 감상의 제거로 빨갛게 핀 동백꽃과 퍼덕이는 바다가 선명히 부각된다.

그러나 이러한 객관적 사물이미지는 ②에 오면 감상성을 띠고 있다. 김광균의 일련의 시들[13]과 연결지어 생각해 볼 수 있는 이러한 경향은 시대의 영향이 얼마나 시인에게 깊게 작용하는가를 보여주는 것이다.

③에는 이국취향이 날카로운 감각으로 표현되어 있는데 탐미주의적인 면도 엿보인다.

초기의 지훈의 시작품에는 1920년대의 정서를 1930년대의 모더니즘 수법으로 표현한 것이 많다. 「부시」, 「낙백」은 시제부터가 1920년대의 특성을 나타내는데, 표현수법은 1930년대의 것이다. 「공작 1」[14], 「공작 2」[15]는 관능미를 회화적으로 표현하고 있다. 「백접白蝶」[16]은 이등변삼각형을 거꾸로 세운 듯한 시어 배치를 하여 나비꼴을 보여주는데, 그 정서는 1920년대의 것이다.

---

12) 『정지용 시집』(기민 근대시선 8, 기민사)
13) 예컨대 「외인촌」의 '파란 역등을 단 마차가 한 대 잠기어가고'
14) 『조지훈 전집』 2권 58쪽
15) 같은 책, 59쪽
16) 같은 책, 14쪽

4. 회고적 역사의식

시대상황이 그를 방황하게 하고 무력하게 했지만 지훈은 바탕이 올곧은 선비였다. 탐미의식이나 자의식, 모더니즘 등에 빨려들기도 했지만 이것들이 그의 본령일 수는 없었다. 시간이 흐름에 따라 그는 점차 자신에게 낯익고 몸으로 체득한 전통세계로 돌아온다. 무력해 보이지만 버릴 수 없는 유산이라는 것을 알게 된다. 이런 버릴 수 없는 애착심과 무력한 자아에 대한 책망 사이에서 회고적 역사의식이 나온다.

> 벌레 먹은 두리기둥 빛 낡은 단청 풍경소리 날러간 추녀 끝에는 산새도 비둘기도 둥주 리를 마구 쳤다. 큰나라 섬기다 거미줄 친 옥좌 위엔 여의주 희롱하는 쌍룡 대신에 두 마리 봉황새를 틀어올렸다. 어느 땐들 봉황이 울었으련만 하늘 밑 추석甃石을 밟고 가는 나의 그림자. 패옥 소리도 없었다. 품석 옆에서 정일품 종구품 어느 줄에도 나의 몸둘 곳은 바이 없었다. 눈물이 속된 줄을 모르량이면 봉황새야 구천에 호곡하리라.
>
> —「봉황수鳳凰愁」 전문(1940)—

그렇게 믿고 아끼며 긍지를 가졌던 우리의 것은 힘이 되어 주지 못한다. 주인이 망해버린 터에 구중궁궐이라고 위엄이 유지될 리가 없다. 두리기둥은 벌레가 먹었고 단청은 퇴색하여 온갖 잡새들이 제멋대로 둥주리를 튼다. 큰나라 섬기느라고 제대로 숨 한 번 쉬어 보지 못한 나라, 옥좌에 황제를 상징하는 쌍룡 대신 두 마리 봉황을 틀어올린 나라는 이제 빈사의 상태로 생사마저도 확인하기가 어렵다. 이런 상황에서 어떻게 살아야 할 것인가? 마음껏 울어버릴 수도 없다. 울 수도 없는 '선비'는 수심 속에서 봉황새의 침묵만을 지킨다. 침묵의 망국민에게 소속될 '품석'이 있을 리 없다. 질곡의 원인을 아프게 인식하고 출구를 찾는 대신 회고와 근심에 머물음으로써 주체적 삶을 추구하지 못한다. 이같은 실의의 역사의식은 광복 이후 활동영역을 갖게 되자 왕성한 비판의식으로 나타난다. 그러나 이런 비판의식도 현실세계에 대한 실망으로 점차 소외의식을 갖게 된다.

너희 그 착하디 착한 마음을 짓밟는
불의한 권력에 저항하라

사슴을 가리켜 말이라 하는 세상에
그것을 그런 양 하려는
너희 그 더러운 마음을 고발하라.

보리를 콩이라고 짐짓 눈감으려는
너희 그 거짓 초연한 마음을 침 뱉으라

모난 돌이 정 맞는다고?
둥근 돌은 굴러서 떨어지느니—
병든 세월에 포용되지 말고
너희 양심을 끝까지
소인의 칼날 앞에 겨누라.

먼저 너 자신의 더러운 마음에 저항하라.

사특한 마음을 고발하라.

그리고 통곡하라.

—「잠언箴言」[17] 전문—

5. 고전적 심미의식

지훈의 시의 터전은 역시 전통문화라고 할 수 있다. 1946년에 간행된 『청록집』(3인공저)은 '20년대의 무분별한 세기말 사조나 '30년대의 문화적 바탕이 없는 모더니즘, 슈르레알리즘 등과는 달리, 폄하되고 방치된 민족정서를 제자리에 되돌려놓았다는 점에서 시사적 가치를 크게 두어야 할 것이다. 광복이 자학이나 절규로 달성되는 것이 아니라면 민족 고유의 정서를 밝고 곱게 환기시켜 주는 것이 일제에의 동화를 막는 현명한 방법일 수도 있을 것이다. 이 시집에서 지훈은 '회고적 전아한 에스프리'[18]를 보여주고 있다. 이 점에 대해 그의 습작기의 작품을 읽어 본 독자라면 급변한 시경향에 의아함을 가질 것이다. 어떤 요인이 그로 하여금 습작기의 탐미적, 퇴폐적, 사변적인 경향에서 전통적, 회고적, 자연친화적인 경향으로 돌변하게 했을까.

첫째로는 그의 성장환경을 들 수 있다. 법도 있는 명문유가에서 태어나 고아한 동양정신으로 단련된 그에게 청소년기의 탐미적 방황이나 자의식이 일생을 지배할 수는 없었다. 유소년기부터 배양된 민

---

17) 시집 『역사 앞에서』 소재

18) 정지용, 《문장》 2권 2호(1940), 선후평 참조

족 문화의식은 곧 본래의 영역을 차지하여, 한시적 소양을 바탕으로 전아한 시세계를 펼쳐 보인다. 둘째로는 외래사조의 공소함에 식상한 지식인들이 우리 문화에 대해 애정을 갖고 연구에 열정을 보였다는 점이다. 셋째로는 그를 시인으로 추천한 정지용의 현명한 충고를 들 수 있다. 지훈의 천품을 간파한 지용은 자신의 시풍을 본받으려는 지훈에게 독자적인 길을 가게 함으로써 『청록집』의 명편들을 낳게 했다. 이런 요인들이 어우러져 그의 정감은 제 궤도를 찾아 누에가 명주실을 뽑듯 유려한 우리 말의 가락을 토해내게 했다.

① 진주 구슬 오소소 오색 무늬 뿌려 놓고
긴 자락 칠색선線 화관花冠몽두리

수정하늘 반월 속에 채의彩衣 입은 아가씨
피리 젓대 고운 노래 잔조로운 꿈을 따라

꽃구름 휘몰아서 발 아래 감고
감은 머리 푸른 수염 네 활개를
휘돌아라

–「무고舞鼓」 1~3연(1939)–

② 하늘로 날을 듯이 길게 뽑은 부연 끝 풍경이 운다.
처마끝 곱게 늘이운 주렴에 반월이 숨어
아른아른 봄밤이 두견이 소리처럼 깊어 가는 밤
곱아라 고아라 진정 아름다운지고
파르란 구슬빛 바탕에

자지빛 호장을 받친 호장저고리
호장저고리 하얀 동정이 환하니 밝도소이다.
살살이 퍼져나린 곧은 선이
스스로 돌아 곡선을 이루는 곳
열두폭 기인 치마가 사르르 물결을 친다.

—「고풍의상」에서(1939)—

③ 까만 눈동자 살포시 들어
먼 하늘 한 개 별빛에 모도우고

복사꽃 고운 뺨에 아롱질 듯 두 방울이야
세사에 시달려도 번뇌는 별빛이라.

휘여져 감기우고 다시 접어 뻗는 손이
깊은 마음속 거룩한 합장이냥하고

이밤사 귀또리도 지새는 삼경인데
얇은 사紗 하이얀 고깔은 고이 접어서 나빌레라.

—「승무」 6~끝연(1939)—

①~③에 나타난 것은 고전적 심미의식이다. ①에는 화사한 색채감과 율동감이 한국적인 것이라기보다는 중국 고전무의 한 장면을 보는 듯하다. 그러나 제재題材나 율조에서 전통세계로 돌아서고 있다. 나체의 계집은 '채의 입은 아가씨'로 바뀐다. 의식의 미궁에 빠져 있는 것이 아니라 정감의 강물 속에서 위안을 얻고 여유를 갖는다.

이 작품은 습작기의 탐미적 경향이 『청록집』의 세계로 이행하는 과정의 작품이라고 할 수 있다.

이에 비해 ②는 한국의 고전미의 세계로 완전히 복귀하고 있다. 우리의 색깔과 동작으로 고전적 선미線美의 극치를 보여준다. 당시 조선주의의 회고적 취향에 힘입어 민족적 유대감을 고취시키고 있다. 이 시에 나타나는 색채들은 '파르란', '자짓빛', '하얀' 등이다. 습작기의 적赤, 흑黑, 황黃 등의 병든 원색과는 달리 우리의 숨길을 틔워주는 은은하고 밝은 빛깔들이다. 가난하고 연약하지만 밝고 맑은 백白, 청靑을 통해 지훈은 이 민족에게 공감의 '산소'를 공급해 준다. 한민족이 공감하는 이러한 친근한 색깔들은 부지불식간에 민족적 유대감을 강화해 주어 일제에의 동화를 억제하는 문화적 저항의 기능을 수행했다고 할 수 있다. 여기서 우리가 유의해 보아야 할 점은 이 시의 유장하고 전아한 율격과 회화적 이미지가 주는 한시적 성격이다. 지훈의 시는 시조의 맥을 이어받은 것이 아니라 오언율시, 칠언율시의 풍격을 완벽한 한글로 체현해 냈다고 할 수 있다. 1행은 두시杜詩의 '유시자발종경향有時自發鐘磬響'[19], 2행도 '입렴잔월영入簾殘月影'[20]을 연상시킨다. 그의 전아한 회고적 에스프리는 당시의 '신고전'[21]이었다고 할 수 있다.

②가 선미의 유려한 표출이라면 ③은 그 구성이 입체적, 인공적이다. 율조, 정조, 제재가 고전적인 것이 공통점이다. 현지답사, 「승

---

19) 「최씨동산초당崔氏東山草堂」 참조

20) 「객야客夜」 참조

21) 정지용의 선후평, 《문장》 2권 2호(1940.2) 171쪽

무도僧舞圖」[22] 감상, 무대공연 참관 등을 거쳐 오랜 구상과 조탁 끝에 이루어진 작품으로 그의 대표작의 하나로 평가되고 있다. 적지 않은 연구자들이 이 작품을 선禪적 경지에 도달한 작품이라고 평가하고 있다. 그러나 필자는 이 작품을 고전적 심미의식에 바탕한 작품이라고 해석하고 싶다. 그가 이 작품을 쓸 때의 나이가 20세 미만이었으니 견성오도見性悟道의 선을 터득하기는 어려운 나이다. 그의 불교경전에 대한 이해와 불교적 관심을 인정하더라도 아직 고도의 직관인 선기禪機를 인정할 수는 없다. 감각과 지능의 조숙이 곧 선으로 연결될 수는 없기 때문이다. 또한 이 작품은 ①,②와 같이 1939년 작인데 모두 고전적인 제재를 취한 것으로 고전적 심미의식 계열의 작품일 가능성이 높다. 또 이 시의 공간적 배경은 인공의 무대인 데 반해 다음 시기의 선미禪味가 깃든 작품들은 자연 그 자체가 배경이 되고 있다. 또 인공적인 수미쌍관법이나 시간 순서에 따른 시상 전개를 하고 있어 시간과 공간의 제약을 벗어난 비의秘義의 세계에서 피어난 선시와는 그 성격이 사뭇 다르다. 또 시간상으로도 밝은 계절이나 대낮이 아니라 늦가을의 번뇌 많은 중생의 밤이다. 따라서 이 시를 주도하는 정조는 번뇌와 애상이다. 중생의 종교적 참회와 불佛에의 귀의심이 맑게 깔려 있긴 하지만 선시 특유의 활연대오를 보여주지는 못한다. 따라서 필자는 이 시를 우리 문화에 오래 영향 끼친 불교사상과 번뇌 많은 젊은 니승尼僧이 주는 애상미를 곱게 결합시켜 이루어낸 고전적 심미의식 계열의 작품으로 보고 싶은 것이다.

---

22) 김은호 「僧舞圖」

6. 자연친화의식

세상살이에 출구가 없을 때 인간은 자연에 의지한다. 서양과는 달리 동양은 자연을 인간과 대립적인 존재, 투쟁하는 존재로 보지 않고 우호적 존재, 상생의 존재로 보았다. 유가儒家도 인의예지仁義禮智를 강조하면서도 강호한정江湖閑情을 노래하였고, 선가禪家도 그들의 수행공간으로 청정자연을 선호하였고, 도가道家는 특히 인간중심주의를 비판하여 철저히 무위자연의 삶을 살 것을 주창하였다. 이런 동양사상에 힘입어 동양인들은 피곤할 때 자연에 돌아가 쉬고 다시 살아갈 힘을 회복하곤 했다.

감당할 수 없는 폭력 앞에서 개인의 대응은 무력하기 쉽다. 이런 무력감은 인간을 위기에 처하게 한다. 이럴 때 어떻게든 위기에 처한 자신을 구해내야 한다. 질곡에 묶인 '나'를 풀어내 무념무상의 '나'로 되돌림으로써 다시 유장한 호흡을 갖게 하고 오래 오래 기다리며 살아갈 힘을 되찾게 한다. 부딪쳐 파멸하는 것보다 물러나 기다리며 준비하는 것이 현명하고 강한 것일 수도 있다. 이런 삶에 자연은 큰 배경이 된다.

① 닫힌 사립에
꽃잎이 떨리노니

구름에 싸인 집이
물소리도 스미노라.

…중략…

아스럼 흔들리는
소소리 바람

고사리 새순이
또르르 말린다.

—「산방山房」 1,2,7,8연(1941)—

② 부처님은 말이 없이
웃으시는데

서역 만리길

눈부신 노을 아래
모란이 진다.

—「고사古寺 1 3~5연」(1941)—

③ 성긴 빗방울
파초잎에 후두기는 저녁 어스름

창 열고 푸른 산과
마조 앉아라.

들어도 싫지 않은 물소리기에

날마다 바라도 그리운 산아.

－「파초우芭蕉雨」 2~4연(1942)－

인간들은 서로 싸우다가 패배하고 고통받지만 자연은 본연 그대로 생기발랄하게 살아간다. 제 모습 제 빛깔 지니고 즐겁게 섭리에 따르고 있다. 이런 자연을 관조하며 하나가 되는 것은 탈진한 자아를 회생시키는 지름길이다. ①은 이러한 관조의 세계를 보여 준다. 망국의 아픔을 아는 듯 모르는 듯 산가山家에도 어김없이 봄은 찾아와 고운 꽃잎들 떨어지고, 맑은 물소리 청청히 구름집을 감싼다. 고사리 한 줄기도 생기 있게 돋아나 제 물성대로 훈풍에 또르르 말린다. 어둡고 고통스러운 현실에 절망하고 좌절하는 것이 아니라 크고 먼 호흡으로 자연과 하나기 됨으로써 내일을 준비하는 자세를 보여주는 것이라고 해석할 수 있다.

이처럼 우리는 자연과의 교감에 의해 고립을 벗고 절대자와의 만남도 생각해 볼 수 있다. ②는 이런 면모를 보여 준다. 지는 모란을 보며 부처님은 웃고 있다. 부처님의 경지에서는 지는 것은 곧 피는 것이기도 하다. 이런 경지로 시대의 우울을 털어버리고 활짝 핀 모란과 하나가 됨으로써 부처님의 미소에 동참하게 된다. 자연은 우리에게 질곡의 시간은 아무리 그것이 힘들더라도 얼마 가지 않는다는 것을 알려주는 지도 모른다. 엄혹한 겨울도 영원히 지속될 것 같지만 석달을 넘기지 못하듯이.

③에서 화자는 산만 바라보며 살고 있다. 파초잎에 듣는 빗소리, 청청한 계곡 물소리와 더불어 산은 피폐해질 대로 피폐해진 식민지의 젊은 지식인을 위로하고 있다. 어떤 고난도 대범하고 의연하게

견디면 멀지 않아 광명의 날이 온다는 것을 말해주는 지도 모른다. 이런 관조적인 삶은 적극성의 결여로 부정적인 평가를 받을 수도 있겠지만, 극한상황에서 본성을 지키고 유지하게 하는 한 지혜일 수도 있다는 것도 인정해야 할 것이다.

7. 애상적 방랑의식

그러나 지훈은 완전히 자연에 귀의하진 못한다. 자연인이 되기에는 그는 워낙 역사의식이 강한 사람이었다. 자연에 머물다가도 그는 어느덧 애상에 잠기게 되고 표표히 방랑길에 오르게 된다. 엄연한 현실을 눈감기에는 그의 의기는 너무 강한 것이었다. 그렇지만 그의 의기는 마지막 단계에선 무력해질 수밖에 없었다. 자연만큼 태평할 수도 없었고, 그렇다고 막강한 폭력에 맞서 이겨낼 수도 없었다. 이런 인간이 자연을 대하더라도 애상을 떨치지 못하고 모든 것에서 벗어나 구름처럼 자유롭게 떠돌고 싶은 심정이 이는 것은 당연한 일일 것이다. 고전미도 자연도 그에게 근원적 위안이 되지 못할 때 지훈은 방랑의 길에 오른다. 예부터 우리 선인들은 난세를 만나면 물러나 행운유수의 심경으로 떠돌면서 마음을 달래곤 했다. 애상과 방랑으로 난세에 대응하며 언제 올 지 모를 광명의 날을 기다린다. 가혹한 현실상황에서 민족의식이 투쟁으로 나가지 못하고 애상적 방랑의식으로 굴절했다고 할 수 있다. 현실과 치열하게 대결할 수 없는 보상으로 많은 여백을 지닌 시작품을 써서 자아를 파멸로부터 보존하려[23] 했는지도 모른다. 이 시기에도 한시의 영향이 뚜렷하다. 그만큼 시어는 친근하고 포용력이 있다. 실험이 아니라 오랫동안 사대부의 혈관으로 맑게 전승된 회한懷恨을 풀어내고 있다.

① 외로이 흘러간 한 송이 구름
이 밤을 어디메서 쉬리라던고

…중략…

온 아츰 나의 꿈을 스쳐간 구름
이 밤을 어디메서 쉬리라던고

-「파초우芭蕉雨」 1,5연 1942-

② 보리이삭 밀이삭
물결치는 이랑 사이
고요한 외줄기 들길 위으로
한낮 겨운 하늘 아래 구름에 싸여
외로운 나그네가 흘러가느니

…중략…

솔나무 잣나무 우거진 높은 고개
아스라이 휘도는 길 해가 저물어
사늘한 바람결에 흰수염을 날리며

23) 한승옥 『조지훈 연구』 286쪽

서러운 나그네가 홀로 가느니

—「율객律客」 1,5연—

③ 구름 흘러가는
물길은 칠백리

나그네 긴 소매 꽃잎에 젖어
술 익는 강마을의 저녁 노을이여

이 밤 자면 저 마을에
꽃은 지리라.

다정하고 한 많음도 병이냥하여
달빛 아래 고요히 흔들리며 가느니…

—「완화삼玩花衫」 2~5연(1943)—

①의 구름은 그냥 시름없이 흐르는 구름이 아니라, 외로움과 어둠 속에서 머물 숙소조차 정해지지 않은 구름이다. '한 송이 구름'에서 젊은 방랑인을 연상시킬 수 있다. 헤매고 헤매지만 젊은이의 번뇌는 가시지 않는다. 꿈은 실현되지 않고 삶은 더욱 고달프기만 하다. 이런 젊은이가 연륜에 따라 노인화한 것이 ②이다. 그만큼 체념적이다. 슬픔도 아픔도 겪을 대로 겪어 이제는 흐르는 바람결처럼 스쳐간다. 그렇다고 자신을 마저 버린 것은 아니다. 오히려 동화하지 않고 일관되게 떠도는 삶이라고 할 수 있다. 그러니 '서러운 나그네', '외로운 나그네'일 수밖에 없다.

이런 비동화의 삶이 로맨틱하게 잘 나타난 것이 ③이다. 망국민의 설움 가운데서도 활짝 핀 봄꽃에 취해 끝없는 나그네 길을 간다. 물이 흐르고, 술이 익어 가고, 꽃이 지고, '다정하고 한 많은' 나그네가 있다. 이런 흥취 속에서도 애상은 있다. 우시憂時에서 완전히 벗어날 수가 없는 것이다. ③의 끝 연은 이조년의「다정가多情歌」를 연상하게 한다. '나그네 긴 소매 꽃잎에 젖어'는 '귀래향만수歸來香滿袖'[24], '술 익는 강마을의 저녁 노을이여'는 두목杜牧의 '수촌산곽주기풍水村山郭酒氣風'[25]과 흡사하다.

8. 생명탐구의식

서구의 탐미의식이나 자의식, 모더니즘으로도 자아를 확립할 수 없었고, 고전적 심미의식이나 회고적 역사의식, 자연친화, 방랑으로도 자아를 근원적으로 위로할 수 없었다. 결국 그는 관념과 회고의 골방에서 나와 열렬한 가슴으로 생명의 본질에 다가간다. 병든 탐미의식이나 자의식 등을 벗어버리고, 여태까지 의존했던 자연에 수동적으로 안기지도 않고, 회고에 잠기거나 고전에 의탁하거나 애상에 잠겨 방랑하지도 않고, 펄펄 살아 있는 알몸으로 고뇌와 염원을 절절히 우주에 쏟아낸다.

이 시기에 그를 지배한 시의식은 구도적 생명탐구의식이라고 할 수 있다.『청록집』의 시편들에 비해 심미성이 약화되고 사념성이 강

---

24)『선시』(현암신서, 석지현 편역) 503쪽, 환성지안喚惺志安의「선게1禪偈一」
25) 두목杜牧의「강남춘江南春」,『당시唐詩』이원섭 역(현암사), 354쪽

화된다. 습작기부터 지훈은 탐미의식과 자의식이 함께 나타난다. 즉 감성적인 면과 이지적인 면이 공존해 있어서 외부환경에 따라 그 중 한 경향이 돌출하곤 한다. 이 시기는 일제 말기로부터 6·25 전쟁 직전까지의 혼돈의 시기로, 전통사상만으로는 자아를 지탱할 수 없었다. 따라서 이 시기에는 서구적 정신편력이 엿보인다. 일제의 말기적 횡포와 연륜에 따른 생의 중량감이 1942년부터 「밤」, 「바다가 보이는 언덕에 서면」, 「사모」, 「창」, 「풀잎단장」 같은 작품들을 낳게 한다. 이같은 구도적 생명탐구의식은 1944년 작인 「석문石門」에 와서 절정에 이른다.

① 외로이 스러지는 생명의
모든 그림자와

등을 마주 대고 돌아앉아
말없이 우는 곳

지대한 공간을 막고
다시 무한에 통하나니

내 여기 기대어
깊은 밤 빛나는 별이나

이른 아침
떨리는 꽃잎과 얘기하여라.

—「창」 5~9연(1942)—

② 무너진 성터 아래 오랜 세월을 풍설에 깎여 온 바위가 있다.
아득히 손짓 하며 구름이 떠 가는 언덕에 말없이 올라서서
한 줄기 바람에 조찰히 씻기우는 풀잎을 바라보며
나의 몸 가짐도 또한 실오리 같은 바람결에 흔들리노라.
아 우리들 태초의 생명의 아름다운 분신으로 여기 태어나
고달픈 얼굴을 마주 대고 나직이 웃으며 얘기하노니
때의 흐름이 조용히 물결치는 곳에 그윽히 피어오르는 한 떨기 영혼이여.

－「풀잎단장斷章」 전문(1942)－

③ 당신이 오시는 날까지는 길이 꺼지지 않을 촛불 한 자루도 간직하였습니다 이는 당 신의 그리운 얼굴이 이 희미한 불 앞에 어리울 때까지는 천년이 지나도 눈감지 않을 저의 슬픈 영혼의 모습입니다.

길숨한 속눈썹에 항시 어리우는 이 두어 방울 이슬은 무엇입니까 당신이 남긴 푸른 도포 자락으로 이 눈물을 씻으렵니까.
두 볼은 옛날 그대로 복사꽃 빛이지만 한숨에 절로 입술이 푸르러감을 어찌합니까.
몇 만리 구비치는 강물을 건너와 당신의 따슨 손길이 저의 흰 목덜미를 어루만질 때 그때야 저는 자취도 없이 한줌 티끌로 사라지겠습니다.
어두운 밤하늘 허공중천에 바 람처럼 사라지는 저의 옷자락은 눈물어린 눈이 아니고는 보지 못하오리다.

여기 돌문이 있습니다. 원한도 사모치량이면 지극한 정성에 열리지 않는 돌문이 있습 니다. 당신이 오셔서 다시 천년토록 앉아서 기다리라고

슬픈 비바람에 낡아가는 돌문이 있습니다.

-「석문」 2~끝연 (1944)-

『청록집』의 풍류정신으로는 개인의 애증문제나 존재문제를 해결할 수 없다. 알몸으로 고뇌의 와중에 뛰어든 이 시기에 지훈은 몇 편의 감동적인 작품을 남기고 있다.

①은 자연친화의식과 생명탐구의식이 함께 나타나 있다. 『청록집』의 '자연'이 '우주'로 확대되었으나 아직은 추상적이다. 또 2행 1연의 단조로운 구성에 한시적 리듬이 강렬한 주제를 표현하는데 적합하지 않다. 그러나 자폐성을 불러온 밀실이나 거울이 사라지고, 현실로 통하는 '창'을 얻은 것은 중요한 의미가 있다.

②는 수록시집의 명이기도 한 작품이니 이 시에 대한 시인의 관심도를 짐작할 수 있다. '창'을 획득한 그는 삶의 현장으로 나와 미미한 풀잎이나 이웃들과 어울려 함께 흔들리고 일어서면서 삶을 긍정한다. 정감과 사상이 융합되어 고도의 생명의욕을 보여주고 있다. 열렬한 생의 추구로 인생과 우주를 바라보고 '그윽히 피어오르는 한떨기 영혼'으로 태어나려고 한다.

②가 융융하고 건강한 정신으로 갈등을 극복하고 생을 긍정하지만 삶의 본질적 탐구는 보여주지 못하고 있다. 이에 비해 ③은 본질에 접근하여 이를 파악하려고 노력하는 자아를 보여주고 있다. 굳게 닫혀 있는 돌문 앞에서 간절히 염원하고 기다리면서 생의 비경秘境을 열려고 한다. 여성적인 언어구사, 근원을 향한 집요한 탐구, 지칠 줄 모르는 기다림과 염원이 만해萬海의 시에 육박한다.

이러한 생명탐구의식은 『조지훈시선』의 「염원」, 「코스모스」, 「기도」

등으로 이어지면서 간절함을 더했으나 이후 사회에 대한 과도한 관심 때문인지 시의식의 일탈을 가져와 기대했던 만큼의 결실을 거두지는 못한다.

Ⅲ. 맺는 말

상술한 대로 지훈의 초기시는 다양한 시의식을 보여주고 있다. 당시 우리 시단에 등장했던 사조는 거의 망라되었다고 할 수 있다. 생장환경에 의해 그는 선비적 역사의식이나 고전적 심미의식, 자연친화의식, 방랑의식과 쉽게 만날 수 있었고, 식민지의 젊은 지식인으로서 세기말적 탐미의식이나 자의식에 빠질 수밖에 없었다. 그러나 이러한 뭇 의식도 그의 삶의 지주가 되지 못했을 때 그는 알몸으로 우주 한가운데 서서 열렬한 생명탐구의식을 보여준다. 이러한 생명탐구의식은 정관靜觀, 풍류의 시인 조지훈과는 다른 면으로 그의 또 다른 내면을 보여준다는 점에서 주의를 요한다.

고전적 심미의식은『청록집』이후 별로 나타나지 않거나 나타나더라도 답보상태를 면하지 못하고 있는데, 이는 그의 고전인식이 풍류나 율조에만 머물고 전통의 창조적 재인식에는 이르지 못했음을 말해주는 것이라고 할 수 있다. 자연친화의식은 인사에 지치거나 실의에 빠질 때 틈틈이 나타나 만년에까지 이어진다. 그러나 그의 자연인식은 생명체, 갈등체로서의 자연이 아니라 '쉬어가는 곳', '바라보는 것'의 수준에 머물렀다고 보아야 할 것이다. 방랑의식과 회고적 역사의식은 광복 후 활동공간을 얻게 되자 왕성한 참여의식과 비판의식으로 분출되어 만년에까지 이어진다. 세기말적 탐미의식은 연륜이 쌓이면서 이국적, 관능적 경향에서 벗어나 주변의 일상사에서 미를 발견하는 자세로 바뀐다. 망국민의 자의식은 내면의 독백에서 점차 사회적 갈등으로 변모하고 있는데 무너진 기대심리와 고립감이 그 원인이 되고 있다. 생명탐구의식은『조지훈시선』에까지 왕성하게 나타나나 만년에 이르러선 체념의 냄새를 짙게 풍기고 있다.

초기시의 이러한 다양한 시의식은 그의 시의 중요한 자양분이었으나, 구심점을 확보하지 못하고 뚜렷한 인식을 거치지 않았기 때문에 지속적인 작업으로 이어지지 못하고 일과성에 머묾으로써 그의 시의 대성을 가로막은 요인이 되었다는 결론에 도달할 수 있겠다.

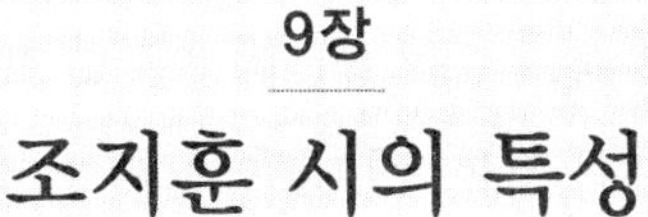

9장

조지훈 시의 특성

조지훈 시의 특성

본고는 지훈 시의 특성을 다기성多岐性, 전통성→온고溫故 · 체관諦觀, 비판성→단상성壇上性 · 고절성孤絕性으로 보고 이에 대해 살펴보려고 한다.

Ⅰ. 다기성

지훈이 《문장》지에 투고한 시들을 통람하고 후에 그를 시인으로 천거한 정지용은 선후평에서 "당신의 시적 방황은 참담하군요"라고 쓰고 있다. 습작기의 지훈시는 참담함 방황을 하고 있다. 세기말의식, 전통의식, 모더니티 등이 얼크러져 다기성을 보여주고 있다. 습작기의 고백적인 시「참회」에 이미 다기성의 싹은 보이고 있다.

샤를르 보들레르여 난 그대를 읽은 것을 뉘우치노라
오스카 와일드여 난 그대를 읽은 것을 뉘우치노라
이백이여 두자미여 랭보여 콕토여
무엇이여 무엇이여 난 그대를 읽은 것을 뉘우치노라
뉘우치는 그것마저 다시 뉘우치는 날 들창을 올리고 담배를 피운다 담배를 피우며 창을 내린다

– 「참회」에서 –

지훈은 보들레르, 와일드, 이백, 두보, 랭보, 콕토, 그 외에 무수히 많은 사람들의 글을 읽으면서 탐미성, 자의식, 전통성 등의 동서양의 시세계를 접하고 자기의 시세계를 확립하려고 한다. 그러나 이 일에 아직 소년이고 전통성이 강한 그는 성공하지 못하고 방황을 계속한다. 곧 다기성多岐性을 보이는 것이다.

지훈이 자신에게 친숙한 전통적, 동양적 시세계 외에도 서구의 다양한 시세계에 관심을 갖은 것은 그의 왕성한 호기심과 식민지 현실이 야기한 자의식과 박람강기적 독서 태도 때문이 아니었을까 한다. 이러한 요인들이 작용하여 형성된 습작기 시의 다기성은 이후의 시에서 약화되어 사라지기도 하고 또 다른 모습으로 변모되어 전개되기도 하지만, 다양한 시적 관심은 일생을 통해 일관된다고 생각한다. 시작품들을 대상으로 그의 시의 다기성을 살펴보도록 하겠다.

그의 습작기 시들은 20년대와 30년대의 퇴행적 탐미의식이나 폐쇄적 자의식 등의 세기말의식을 보인 것들과 모더니즘의 영향을 받은 감각적인 시들이 많다. 먼저 퇴행적 탐미의식을 보인 시들을 살펴보기로 하자.

① 부챗살이뇨.
아니라 아니라 – 관능의 파마넨트
태양이 장난감처럼 돌아가다
화려한 성욕이다.

–「공작 Ⅱ」에서 –

② 사나이가 배꼽을 내놓고 앉아 칼자루에 무슨 꿈을 조각한다. 계집의 징그러운 나체가 나무가지를 기어오른다. 혓바닥이 날름거린다. 꽃같이 웃는다.

–「종소리」에서 –

①의 '관능의 파마넨트'와 '화려한 성욕'은 건강한 본능이 발로된 것이 아니라 억압적 현실이 야기한 퇴행적 탐미의식의 또 다른 발로라고 할 수 있다. 인간들 특히 암담한 상황에 처한 지식인들은 그들의 삶을 자유롭게 전개할 공간이 제약당하면 몽환이나 관능의 세계로 도피하는 경향을 보인다. 이러한 도피에 의해 억제된 생명력을 발산하는 것인지도 모른다. 이러한 퇴행적 탐미의식은 「진단서」에서 이른 봄의 고양이, 암탉, 염소의 수정으로 표현되기도 하고, 「갈」에서는 피를 빨아먹는 빈대에게서 혐오와 함께 관능적 희열을 맛보기도 하고, 「백접」에서는 '기쁜 노래 숨진' 가을에 '상장'을 차고 '장송보'를 읊기도 한다. ②의 악마주의적 세계도 출구가 막힌 자아의 퇴행적 모습이라고 볼 수 있다. '사나이'는 행동하지 않고 '칼자루에 무슨 꿈을 조각'할 뿐이다. 나뭇가지를 기어오르는 계집의 징그러운 나체도, 날름거리는 혓바닥도, 꽃 같은 웃음도 공상 속에서만 존재한다.

이러한 퇴행적 탐미의식은 「우림령」에서 '사향내 스미는 방초ㅅ길'을 헤매게 하고, 「부시」에서는 '슬픈 가슴', '화미로운 타성'으로 '만가'를 부르고 있다. 이러한 퇴행적 탐미의식은 그의 도덕적 자아나 역사적 자아가 강화됨에 따라 습작기 이후 모습을 감추게 된다.

세기말 의식의 또 다른 발로인 폐쇄적 자의식은 퇴행적 탐미의식보다 훨씬 질긴 뿌리를 갖고 있어서 지훈시 전반에 걸쳐 변모된 모습을 보이면서 영향을 끼치게 된다. 먼저 습작기 작품의 폐쇄적 자의식을 살펴보자.(이 시기의 작품들은 주로 『조지훈 시선』에 수록되어 있다.)

① 네 개의 거울 사이에서 나는 방황한다.
네 개의 거울 사이에서 무수한 나를 찾아낸다.
–「재단실」에서 –

② 애비없는 아들보담도 애비의 자식됨이 더욱 서럽다. 하래비의 아들보담 유산은 작아 슬픈 족보를 뒤져보는 마음이여!
–「귀곡지」에서 –

③ 눈물의 훈장을 풀어주고 술을 마시는
옛날의 옛날의 서러운 황제……
–「유찬」에서 –

④ 이 어둔 밤을 나의 창가에 가만히 붙어서서
방안을 들여다 보고 있는 사람은 누군가.
–「영상」에서 –

①의 네 개의 거울 사이에서 방황하는 '나'는 통합된 자아가 아니라 분열된 자아이다. 이상의 어투가 보이는 이 시는 당시의 암담한 현실에서 형성된 분열된 자의식의 시화라고 할 수 있다. 이러한 폐쇄적 자의식은 「귀곡지」로도 이어지는데, '애비없는 자식보담도 애비의 자식됨이 더욱 서럽다'고 하여 근본도 모르고 사는 자식보다 훌륭한 조상을 두었지만 그 조상을 따르지 못하는 후손이 된 것이 더욱 서럽다고 하여, 갈수록 왜소해져서 이제 자신에게 와서는 족보나 뒤져보는 신세가 되었음을 슬퍼하고 있다. 이 시는 가혹한 시대에 효과적으로 대처하지 못하고 무기력하게 살고 있는 식민지 지식인의 삶을 시화한 것이라고 할 수 있다. 이러한 자의식은 민족이나 국가라는 집단이나 공동체와 구체적으로 연관맺지 못하고 폐쇄적으로 흘러 개인에게서만 반추될 뿐이다. ③은 이러한 반추가 위기에 이른 상태의 시라고 할 수 있다. 이 시의 황제는 '훈장을 풀어주고 술을 마시는' 황제, '옛날의 서러운 황제'이다. 결코 현실을 감당할 수 없는 퇴행성의 황제라고 할 수 있다. 이러한 황제에게 순간 순간을 넘기는 방도는 술뿐이다. 그러나 술로 하여 넘어가는 이러한 삶은 '준마의 창이에 비가 나리는' 꼴일 뿐이다. ③의 세기말 의식은 ④에서 자기응시로 나타난다. 그런데 이 경우의 자기응시는 호의적이고 긍정적인 자기응시가 아니라 불안과 위기를 거느린 자기응시이다. 이러한 자기응시는 자아분열로도 이어질 수 있는 것이다.

이러한 폐쇄적 자의식은 『풀잎단장』에 와서는 적극적 생명탐구의식, 곧 자기동일성 회복을 위한 기구의 목소리로 나타난다. 이러한 변모된 자의식의 모습은 『조지훈 시선』에서도 발견된다.

폐쇄적 자의식에서 적극적인 자아탐구로 변화된 생명탐구의식은 동족상잔의 비극을 만나 감동적이고 격조높은 휴머니즘으로 발현된다. 〈전진시초〉의 시편들이 그것들인데, 두보의 시편들을 연상시키는 이 시편들은 인륜의 따뜻함과 공동체의식의 숭고함을 의젓한 언어로 전달해 주고 있다.

① 일찌기 한 하늘 아래 목숨 받아
움직이던 생령들이 이제

싸늘한 가을 바람에 오히려
간 고등어 냄새로 썩고 있는 다부원
— 「다부원에서」에서 —

② 아내는 아는 집에 맡겨 논 보퉁이를
찾으러 가고 없고

도토리 따 먹느라 옻이 올라 진물이 나는
세 살 백이 어린 것을 안고 빰을 부빈다
— 「서울에 돌아와서」에서 —

③ 이룩하기도 전에 흔들리는 사직을 근심하고
조국의 간난한 운명을 슬퍼하여
— 「종로에서」에서 —

①의 휴머니티와 리얼리티는 독자의 폐부에 다가오는 감동력을 지니고 있다. '한 하늘 아래 목숨 받아' 아무 다툼없이 살던 목숨들이

서로 원수가 되어 싸우다가 '간고등어 냄새로 썩고 있는' 전장터에서 전쟁의 참혹함을 느끼고 목숨의 소중함을 새삼 깨닫게 되는 것이다. 이러한 휴머니티는 「죽령전투」에서는 '강아지만치 타 오그라진 시체', '왕개미떼가 엉겨붙은 뇌장' 등으로 표현되기도 한다. ②에서는 전란으로 헤어진 가족이 극적으로 만나는 장면을 생생하게 보여주고 있다. 훈훈한 가족애가 넘쳐나는 이 시는 두시杜詩「북정」의 가족상봉 장면을 떠오르게도 하는데, 이러한 인륜의 정은 ③에서 국가공동체에 대한 책임의식으로 확대되어 나타나기도 한다. 조국이 치세를 이루어 자랑스런 자신의 삶의 공간으로 자리잡기를 염원했던 지훈은 전란으로 유린당한 조국의 운명을 크게 걱정하며 이 시의 말미에서 '몸을 던져 종을 울려' 경각심을 주려고도 한다. 이외에도 생명이 초개와 같은 전장에서 생명의 존귀함을 새삼 깨닫는 「전선의 서」, 환난의 역사에서 너그러운 금도를 지니고 살려하는 「핏빛 연륜」 등도 휴머니티와 공동체의식을 보여준 시라고 할 수 있다.

이러한 휴머니티와 공동체의식의 시편들은 6.25이후 현실이 정도를 가지 못하고 부패와 불의가 만연하자 비판의식으로 나타난다. 그러나 역사 현실에 대한 혈성의 언어인 비판성의 시편들이 현실세계에서 경원당하고 배척되자 그는 고절감 속에서 문명비판의식을 보인다.

침통한 못물 그 밑바닥에
원시의 청렬한 샘물을 감추고
정오 겨운 태양 아래
문명은 부패하고 있다.

— 「귀로」에서 —

일견 밝고 활기찬 대낮에 속으로 부패하고 있는 문명을 날카로운 눈으로 응시하고 있다. 이어서 「폼페이 유감」에서도 음락으로 망해 버린 폼페이의 유허에서 피어난 꽃 한송이를 통해 인간사회의 부패와 타락을 조용히 경고하고 있다. 이러한 시들은 냉철한 시적 안목이 확보되어 있어서 문학적 위의를 유지하고 있다고 생각된다. 그러나 이러한 문명비판의식은 결국 체관으로 귀결된다.

그의 시의 세 번째 경향으로 모더니티를 들 수 있다. 당시 시단을 이끌며 그의 추천을 담당하기도 했던 정지용이나 당시 모더니즘의 영향으로 그의 습작기 시도 감각적, 시각적, 회화적인 이미지즘 시풍을 보이고, 자연히 모더니티를 드러낸다. 예시를 들어 이를 확인해보도록 하자.

모래밭을 스며드는 잔물결 같이
잉크 롤라는 푸른 바다의 꿈을 물고 사르르 밀려 간다.
물새인 양 뛰어박힌 은빛 활자에 바야흐로 해양의 전설이 옮겨간다.
흰 종이에도 푸른 하늘이 밴다. 바다가 젖어든다. 파열할 듯 나의 심장에 진홍빛 잉크, 문득 고개 들면 유리창 너머 난만히 뿌려진 청춘, 복사꽃 한 그루

—「인쇄공장」 전문 –

작은 나이프가 달빛을 빨아들인다. 달빛은 사과 익은 향기가 난다. 나이프로 사과를 쪼갠다. 사과 속에서도 달이 솟아오른다.

—「월광곡」에서 –

「인쇄공장」의 선명한 시각성, 회화성은 정지용의 「바다」 등의 시편을 연상시킨다. 잉크롤라의 움직임을 끝없이 일렁이는 파도의 왕복운동에 비유한 것은 적절하다고 할 수 있다. 공상에 의해 흰 종이는 푸른 하늘과 바다가 되고, 여기에 진홍빛 잉크로 '나'의 청춘이 기록된다. 이러한 내용을 시각적, 회화적으로 처리한 것이다. 「월광곡」은 감각성이 돋보인다. 나이프와 달빛, 사과향기가 어울려 생생한 감각효과를 보여준다. 이외에도 이미지즘 성향의 시로는 「과물초」, 「섬나라 인상」 등을 들 수 있다.

그러나 그의 이러한 감각성은 그의 시의 선자인 지용의 충고에 따라 「고풍의상」계열의 시세계로 이행하고 오랫동안 그는 인생과 역사현실에 관심을 두다가 『여운』의 시편들에서 연륜에 따른 원숙미를 갖추며 우리 앞에 다시 나타난다.

물에서 갓나온 여인이
옷입기 전 한때를 잠깐
돌아선 모습

달빛에 젖은 탑이여!

온 몸에 흐르는 윤기는
상긋한 풀내음새라
검푸른 숲 그림자가 흔들릴 때마다
머리채는 부드러운 어깨 위에 출렁인다.

―「여운」에서 ―

'여운'을 구체적 이미지로 독자에게 전달하기 위해 '물에서 갓나온 여인의/ 옷입기 전 한때를 잠깐/ 돌아선 모습'으로 연결시키고 이어서 '달빛에 젖은 탑'으로 연결한다. 이렇게 하여 추상적인 '여운'은 여인에 의해 '상긋한 풀내음새'를 풍기고 부드러운 어깨 위에 출렁이는 머리채를 지니게 된다. 따라서 '여운'은 신비롭고 청순한 여인의 돌아선 영원한 신비의 모습으로 우리에게 각인된다. 습작기의 모방에서 벗어나 확고한 자기의 이미지즘 시를 보여주고 있다. 이 외에도 '바람은 벌써/셀룰로이드 구기는 소리가 난다'의 「가을의 감촉」이나, "지금 마악 눈덮인 앞산을 넘어/ 밭고랑으로 개울가으로/ 퍼져가는 바람소리는 연두빛이다"의 「소리」는 뛰어난 이미지즘 시라고 할 수 있다.

마지막으로 그의 전통의식을 들 수 있다. 퇴행적 탐미의식, 폐쇄적 자의식을 보이는 한편 그의 시는 한 본령으로 전통의식을 보여주고 있다. 서로 대척된다고 할 수 있는 세기말의식과 전통의식을 지니고 그는 시작 생활을 시작한 것이다. 세기말의식은 뒤에 여러 과정의 변모양상을 보이지만, 전통의식도 『청록집』을 비롯해 『조지훈 시선』, 『풀잎단장』 등에 나타나 있다. 이에 대해서는 전통성 항목에서 다시 언급하도록 하겠다.

지금까지 살펴본 대로 지훈시는 세기말의식으로서의 퇴행적 탐미의식과 폐쇄적 자의식, 생명탐구의식과 모더니티를 보이는 한편, 이들과는 대척적인 전통의식을 보여 시의식의 다기성을 보여주고 있다. 퇴행적 탐미의식은 멀지 않아 사라지게 되고, 전통의식도 『청록집』이후 별다른 변화를 보이지 않지만, 폐쇄적 자의식은 자기동일성 회복을 위한 생명탐구의식, 동족상잔의 비극 속에서 피어난 휴머니티와 공동체의식, 역사 현실의 정도 확립을 위한 격렬한 비판의식을 거쳐 문명비판의식에 이르고 끝내는 조용히 자신을 추스리며 심미적 생활인이 되려고 하는 체관적 인생관을 보여주고 있으며, 습작기의 모더니즘시에 나타난 모더니티도 『여운』에 와서 안정되고 산뜻한 감각성을 보여 그의 시의 새로운 가능성을 보여주고 있는데, 이러한 지훈시의 곡절 또한 그의 시의 다기성을 보여주는 것이라고 할 수 있다. 지훈시의 이러한 다기성은 그의 시적 관심과 노력을 보여주는 것으로 상당한 성취를 보인 면도 있지만 한 주제를 일관되게 추구하여 발전시키지 못하고 다른 주제로 이동함으로써 독보적 시세계를 열지 못했다는 비판을 불러올 수도 있을 것이다.

Ⅱ. 전통성→온고 · 체관

지훈은 전형적인 사대부 집안에서 태어나 조부의 훈도 아래 한학을 전수받음으로써 사대부의 전아한 멋과 격이 생활화되었다. 『청록집』을 비롯한 그의 전통성의 시편들이 하나같이 유려한 율격과 고아한 시상으로 우리에게 친근감을 주는 것은 그의 시의 전통성을 입증하는 것이 된다. 그에게 있어서 일제라는 부당한 시대는 '사라져 가는 것에 대한 아쉬움'을 극대화시켰을 것이다. 그의 전통성의 시편들은 회고적 역사의식, 고전적 심미의식, 자연 친화의식을 보여준다.

① 성터 거닐다 줏어온 깨진 질그릇 하나
닦고 고이 닦아 열오른 두 볼에 대어본다.

아무렇지도 않은 곳에 무르녹는 옛 향기라
…중략…
꽃밭에 놓고 이슬받아 책상에 올리면
그밤 내 벼개머리에 옛날을 보리니
옛날을 봐도 내사 울지 않으련다.

―「향문」에서 ―

② 비단옷 감기듯이
사늘한 바람결에

떠도는 맑은 향기
암암한 옛 양자라

아리따운 사람이
다시 오는 듯

보내고 그리는 정도
싫지 않다 하여라.

―「매화송」에서 ―

③ 성긴 빗방울
파초잎에 후두기는 저녁 어스름

창 열고 푸른 산과
마조 앉아라.

들어도 싫지 않은 물소리기에
날마다 바라도 그리운 산아
—「파초우」에서 —

「향문」의 '나'는 '성터 거닐다 줏어온 깨진 질그릇 하나'를 '닦고 고이 닦아 열오른 두 볼에 대어'본다. '나'에게 이 '깨진 질그릇 하나'는 무관한 것이 아니라 '무르녹는 옛 향기'를 맡을 수 있게 해 주는 것이다. 나는 이 질그릇을 책상에 놓고 잠들어 행복하고 따뜻했던 옛날을 보려고 한다. 그리고 그 옛날을 봐도 결코 울지 않으려고 한다. 울음보다 더한 슬픔이 독자를 휘어잡는 시라고 할 수 있다. 깨진 질그릇 하나가 촉발시키는 이러한 회고적 역사의식은 물론 국가공동체의식이나 민족동질성의식에 뿌리박고 있다. 국가와 민족이 그 본래 모습을 상실하고 숨죽이고 있을 때 지사의 회고적 역사의식은 표출되게 마련이다. 퇴락한 전각의 거미줄 친 옥좌에 틀어올려진 두 마리 봉황을 보고 느끼는 망국한을 토로한 「봉황수」나 가야금의 애절한 가락 속에서 옛날에 살아 님 이름을 부르는 「가야금」, 피를 흘리며 우는 새를 빌어 처절한 망국한을 토로한 「계림애창」, 역할이 막힌 사대부의 비애를 고고한 학에 빗대어 드러낸 「피리를 불면」, 평화로운 옛날을 그리워하는 「고조」 등도 회고적 역사의식의 시편들이다.

「매화송」의 고아한 정취와 균형잡힌 형식은 고전미의 한 전범이 될 만하다. 사군자의 머리인 매화의 아리따움과 기품을 그에 어울리는 내용과 형식으로 그려내고 있다. "떠도는 맑은 향기 암암한 옛 양자라", "보내고 그리는 정도 싫지 않다 하여라" 등의 예스런 발상과 고어투 구사, 여유있는 4음보도 이 시에 잘 어울린다. 이러한 고전적 심미의식은 "꽃지는 그림자 뜰에 어리어 하이얀 미닫이가 우련 붉어라"의 「낙화」, "나그네 긴 소매 꽃잎에 젖어 술익는 강마을의 저녁 노을이여"의 「완화삼」, 전통 의상의 선미線美와 색깔, 이 옷을 입은 여인의 동작 등을 유려한 필치로 포착한 「고풍의상」, 고전적 심미의식의 또 하나의 대표작인 「승무」, 임이 가신 뒤 원앙침을 노래한 「별리」, 도자기의 굽은 선에서 '사랑에 주우린 영혼의 향기'를 맡는 「선」, 대금소리에서 느끼는 까닭없는 슬픔을 노래한 「대금」 등에도 잘 나타나 있다.

「파초우」의 '나'는 외로울 때면 자연과 대화한다. 자연은 너그럽고 따뜻하다. 실의와 좌절, 울분에 빠진 '나'를 늘 받아들여 달래주고 새로운 길을 열어 준다. 외로운 구름과 같은 '나'는 정처없이 흐르다가 막히면 늘 푸른 산과 대면하고, 맑은 소리로 흐르는 물소리를 듣는다. 이러한 산수와의 친화에 의해 '나'는 어두운 현실의 중압감을 벗고 그런대로 자신의 본 모습을 유지하게 된다. 이처럼 유랑성을 보이는 '나'의 자연친화의식은 한 걸음 더 나아가서 자연과 하나가 되어 슬픔을 잊고 황홀경에 들게 되기도 한다. 고사리 새순이 도르르 말리는 미세한 동작에까지 애정어린 시선을 보내는 「산방」, 꾀꼬리 소리를 낭랑하고 고운 법문으로 듣는 「앵음설법」, 낙조와 낙화의 황홀경에 취하는 「고사1」 외에 「고사2」, 「산」, 「산1」, 「유곡」 등도 자연친화의식의 시편들이다.

지훈시의 전통성의 특성을 온고성溫故性과 체관의 측면에서 살펴보도록 하겠다.

먼저 지훈시의 온고성을 살펴보자.

① 다정하고 한 많음도 병이냥 하여
달빛아래 고요히 흔들리며 가노니
–「완화삼」에서 –

② 그대와 마조 앉으면
기인 밤도 짧고나
–「사모」에서 –

③ 아리따운 사람이
다시 오는 듯

보내고 그리는 정도
싫지 않다 하여라
–「매화송」에서 –

④ 〈예 이 맛은 알만 합니더〉
청산 백운아
할 말이 없다
–「산중문답」에서 –

지훈시의 화자는 시간과 공간을 넘어 옛 정취에 취해 있다. 「완화삼」은 『청록집』, 「사모」는 『풀잎단장』, 「매화송」은 『조지훈 시선』, 「산중문답」은 『여운』에 실려 있는데, 모두 옛스럽다는 공통점을 지니고 있다. 제목이나 착상, 율격, 정서, 언어구사가 어디서 한 번 본 듯한 느낌을 준다. 그만큼 그는 전래의 사대부의 시세계를 현대에 옮겨서 보존시킨 업적을 지니고 있다. 다정다한하면서도 격조 높은 고인의 삶이 그의 시를 통해 우리에게 전해 내려온 것이다. 그 외에 어떠한 시인도 사대부의 전아한 풍류를 멋스러운 언어로 시화하지 못했다는 것을 상기할 때, 그가 시문학사에서 차지하는 독보적인 위치를 인정할 수 있을 것이다. 이밖에 멋과 정한을 격조 있는 언어로 재현시킨 작품들로는「고풍의상」,「낙화」,「파초우」,「산」,「가야금」,「계림애창」 등을 들 수 있다.

지훈시의 종착점은 체관이었다. 1964년에 간행된 마지막 시집『여운』의 후기에서 그는 "그날의 격정도 이제는 하나의 여운이 되었다." 며 "종소리의 여운을 듣는 달까 귀로의 정서에 붓대를 멈추고 한동안 쉬련다. 날아 오는 시의 나비들을 가슴에 잠재우면서-"라고 심회를 적고 있다. 그는 심신이 함께 지쳐있는 것이다. 그는 이제 격정과 기대를 버리려고 한다. 역사의 정체성 회복을 위한 그의 노력은 실의와 쓸쓸함만 안겨주었다. 이런 그에게 구제의 손길로 다가온 것이 동양적인 투명한 체관이다. 이미 이런 세계에 어느 정도 길들어 있었던 그는 사회적 관심으로 고열된 자아를 가라앉히고 허허하고도 고요한 동양적 자아를 보여주게 된다. 이 시기에 그는 예술과 역사 중 역사는 잠적하고 예술이 절대 우위에 서게 된다. 곧 그의 역사의식은 체관이 깔린 심미적 생활에 자리를 양보하게 되는 것이다.

① 무슨 광명과
음악과도 같은 감촉에
눈 뜨는
이 아침

모든 것을
궁정하고픈 마음에
—「설조」에서 —

② 앉아서 조용히
옛날을 회상하고픈

가을은 낙엽이
뿌리를 덮는 계절
—「가을의 감촉」에서 —

③ 구름도 한 오리 없는
낙목한천을

무어라 한 나절
넋을 잃노.
—「추일단장」에서 —

①~③은 체관이 깔린 심미적 생활시라고 할 수 있다. 생명탐구의식이나 역사의식의 심미적 굴절이라고 할 수 있는 이러한 생활시는 상당한 문학성을 획득하고 있다. 눈내린 아침에 모든 것을 긍정하고 싶은 마음이나, 이제는 돌아와 조용히 옛날을 회상하고 싶은 마음이나, 낙목한천에 넋을 잃고 자연에 몰입하는 마음이나 모두 체관을 바탕에 깐 심미적 생활감이라고 할 수 있다. 이제 세기말적 자의식이나 치열한 생명탐구의식, 준열한 비판의식 등은 찾아볼 수 없다.

젊은 날의 안타까운 사랑과 소낙비처럼 스쳐간 격정의 세월을 그는 잊어버리고 싶어하는 것이다. 지훈시의 고열된 역사의식은 인간의 한계를 알고 분수를 지키며 안정을 찾으려는 체관으로 바뀐 것이다. 이러한 온고와 체관의 인생관이 전통적인 것임은 두 말할 나위가 없다.

Ⅲ. 비판성→단상성壇上性 · 고절성

습작기나 『청록집』, 『풀잎단장』, 『조지훈 시선』에 이르기까지의 지훈의 작품들에서 보이는 비판의식은 회고적 역사의식에다 식민지민의 자의식 정도를 덧붙일 수 있을 정도이다. 그러나 이러한 의식들은 심정적이고 개인적인 수준을 벗어나지 못하고 있다. 그의 비판의식이 뚜렷하게 모습을 드러낸 것은 해방 이후부터라고 할 수 있다. 이때부터 광복된 조국에 대해 희망을 갖고 우익적인 입장에서 자유민주주의가 꽃피어 나기를 염원한다. 그러나 현실은 그가 생각했던 것처럼 간단하지 않았다. 대립과 분열, 음모와 폭력이 난무하는 곳이었다. 그의 의욕과 기대는 점차 바뀌어 격앙된 비판과 풍자로 나타난다.

① 하잔한 두어 줄 글 이것이
어찌타 내 청춘의 모두가 되노

–「꽃그늘에서」에서 –

② 고운 님 먼 곳에 계시기
내 마음 애련하오나

먼 곳에서나마 그리운 이 있어
내 마음 밝아라
—「기다림」에서 —

③ 거칠은 바람 속에 꺼지지 않는 등불
아 작은 호롱불이

어둠 속에 오는가
나를 찾아 오는가.
—「바램의 노래」에서 —

④ 몇 번이나 지나간 겁화 속에도
오히려 타고 남은 병든 역사가 있어

외로울수록 고요한 이 길을

아득히 아득히 먼 곳에서
잔잔히 흘러 오는 강물 소리……
—「불타는 밤거리」에서 —

⑤ 그 흙에 뿌리 박았으매
그 피를 마시리니
초목인들 어찌 이 환난의 역사를

두고 두고 얘기하지 않으리요

—「핏빛연륜」에서 –

⑥ 네 벽 어디를 두다려 봐도

이것은 꽝꽝한 바윗속이다.

…중략…

절망하지 말아라

이대로 바윗속에 끼여 화석이 될지라도

1960년대의 포악한 정치를

네가 역사 앞에 증거하리라.

—「터져오르는 함성」에서 –

「꽃그늘에서」에서 지훈은 서서히 자신의 삶의 영역의 확대를 꾀한다. 심미주의 시인 조지훈은 서서히 역사인 조지훈으로 바뀌어가고 있는 것이다. 그렇게 정성을 들여 다듬었던 자신의 시들보다 더 절박한 문제가 바른 역사의 정립이라고 생각하는 것 같다. 이때에 그는 조국의 역사에 대해 희망과 기대를 갖고 바른 역사가 전개되기를 간절히 기구한다. 「기다림」의 은근하고도 간절한 기다림은 이러한 밝은 역사에 대한 기다림이라고 할 수 있다. 아직 그러한 역사는 먼 곳에 있지만 현실로 나타날 수 있다는 확신에 마음은 밝은 것이다. 이러한 확신은 '캄캄한 어둠' 속에 있는 '나'를 지탱시켜 준다. 「바램의 노래」의 '나'는 거친 바람 속에서도 꺼지지 않는 작은 호롱불을 지니고 있다. 바른 역사로 해석할 수 있는 이 바람 속의 작은 호롱불이 있기에 지훈은 정도를 갈 수 있고 희망과 기대를 가질 수 있게 되는 것이다. 성선설과도 연관될 듯한 지훈의 역사에 대한 신뢰와 기대는

「불타는 밤거리」에서도 엿보인다. 거듭되는 겁화 속에서도 아직 먼 강물 소리로 흘러가는 빈사상태의 역사의 소리를 듣고 새로운 길을 찾으려고 한다. 그에게 있어서는 전국토가 역사의 기록이니 「핏빛연륜」에서 그는 이 땅의 환난의 역사에 모두가 관심 갖고 동참해야 한다고 말한다. 이러한 그의 역사의식은 그러나 현실의 벽에 부딪쳐 변모하게 된다. 그가 도래하기를 염원했던 바른 역사 대신 현실세계는 실의와 좌절만 안겨주었다. 그의 염원은 비판과 절규로 바뀌었다. 「터져오르는 함성」이 그 예이다. 그가 기대했던 자유민주주의가 압살되는 현실에서 그의 시는 미의 사제의 역할보다 1960년대의 포악한 정치를 역사 앞에 증언하려고 한다. 이러한 비판과, 증언, 풍자의 시편들은 그 예를 다 들 수 없을 만큼 많다. 공동체의 정체성 회복을 위한 이러한 노력은 역사의식의 또 다른 표현이라고 할 수 있다. 그의 비판적 역사의식은 자연히 그 특성으로 단상성과 고절성을 보여주게 된다. 단상성이란 필자가 임의로 사용한 용어로 단상에서 대중을 향해 설교하고 분기시키는 듯한 지훈의 태도를 부각시키기 위해 선택한 것이다. 먼저 지훈시의 단상성을 살펴보도록 하겠다.

① 높으디 높은 산마루
낡은 고목에 못 박힌 듯 기대어
내 홀로 긴 밤을
무엇을 간구하며 울어 왔는가.

—「산상의 노래」에서 —

② 그대 칠보의 관을 벗고

삼가 형극의 관을 머리에 이라.

그대 아름다운 상아의 탑에서 나와
메마른 황토 언덕 거칠은 이 땅을 밟으라.

—「그대 형관을 쓰라」에서 —

③ 아 그것은 파도였다.
동대문에서 종로로 세종로로 서대문으로
역류하는 격정은 바른 민심의 새로운 물길,
피와 눈물의 꽃파도

—「혁명」에서 —

④ 눈은 멀어도 입은 아직
포효할 수 있고
팔다리는 끊기어도
마음은 길이
민족의 염원 속에 고동한다.

—「이 사람을 보라」에서 —

1959에 간행된『역사 앞에서』의 서에서 지훈은 이 시집을 '전체가 하나의 역사의 흐름으로 일관된 것'이라고 규정하고, '내가 겪은 바 시대와 사회에 대한 절실한 감회를 솟는 그대로 읊은 소박한 시편'이라고 밝히고 있다. 이 시집의 배경이 되는 시대와 사회는 이승만 정권이 통치하는 50년대의 부패와 불의, 폭력이 난무하는 한국사회이다. 문 · 사 · 철을 겸전한 인문학적 교양인이 되기를 지향했던 지훈은 이러한 인간상들이 배출될 수 있는 이상적인 민주주의 사회를 기대하며 애정을 보냈지만 현실은 그를 당혹하게 하고 분노하게 했다. 이런 당혹과 분노가 그를 단상에서의 훈계와 비판으로 내몰았다고 생각된다.

①의 '나'는 새로운 조국에 대한 기대로 부풀어 '높은 산마루'에 올라 '홀로' '간구'하고 있다. 지훈시는 아래로 내려가서 함께하는 것보다 위로 올라가서 고고하게 설교하는 면모를 많이 보이고 있다. ①의 고고한 선구자의식도 단상성과 연관이 있다고 생각된다. 〈함께〉의식보다 〈홀로〉의식이 지훈시의 화자의 일반적 의식이라고 생각된다. 이러한 〈높은〉 곳에서의 사명자의식이 자신과 대중을 향한 반성과 설교의 목소리로 분출된 것이 ②이다. '미의 사제'의 '칠보의 관'을 벗고 선구자의 가시관을 스스로 쓰려고 한다. 곧 '미의 사제'의 〈외도〉에 의해서 현실은 '거룩한 원광'을 쓸 수 있다고 믿기 때문이다. 지훈의 비판의식이 그의 예술지상주의를 누르고 단상에서의 설교적 목소리를 내게 되는 까닭을 밝히는 시라고 할 수 있다. 여기서 주목해야 할 것은 지훈이 예술과 역사를 일원화해서 시화하지 않고 그때그때 상황에 따라 이분하고 있다는 점이다. 이 점은 지훈의 역사의식의 시화를 파악하는 데 대한히 중요한 논점이 된다고 생각한다.

습작기와 『청록집』, 『풀잎단장』, 『조지훈 시선』에 이르기까지의 지훈의 시들은 대체적으로 예술주의 경향을 보이고 언어탐구에도 노력을 다하고 있다. 그리고 이 시기의 시편들은 회고적이거나 탐미적, 폐쇄적, 관념적인 시세계를 보이고 있다. 곧 현실 역사와는 거리를 두고 있는 것이다. 그러나 『역사 앞에서』와 『여운』의 일부 시편들은 현실세계와 격렬하게 맞닥뜨린 것들이다 .그의 인문학적 교양은 당시의 부패와 무도를 용납할 수가 없었다. 그의 초강한 기질은 현실 세계를 준열히 꾸짖고 비판했다. 그러나 이러한 꾸짖음과 비판이 시의 형식을 빌었을 때에는 문제가 될 수 있다. 시는 상식적 메시지의 전달이 아니다. 함의적 언어에 의한 시적 감동과 의미가 있어야 한다. 그런데 이 시기 지훈의 시편들은 현실에 대해 너무 직선적 대응을 하고 있다. 현실의 갈등요인을 시적 안목으로 깊이 통찰하여 시화하는 대신 상식 수준의 메시지를 단상에서 부르짖고 설파하는 정도에서 멈추고 마는 것이다. 자연히 그의 시는 시적 자아가 아닌 상식적 자아의 고조된 목소리가 되고, 시의 내포성을 획득하지 못해 함의적 언어가 아닌 교시적 언어에 머물고 마는 것이다.

이러한 단상성을 보인 시들로는 골고다 언덕에서 십자가에 못박혀 죽은 예수를 등장시켜 양심이 마비된 세인들을 경책하는 「십자가의 노래」, '깊고 거룩한 세상'을 맞이하기 위해서는 눈물과 가시밭길이 전제될 수밖에 없다는 「마음의 태양」, 지난날의 공을 들먹이며 새 세상의 '맑은 물을 흐리는 이'나 아직도 뉘우칠 줄을 모르고 '병든 겨레의 피를 빨던' '이리와 배암'같은 무리들을 질타하며 다 함께 각성하여 새 세상을 이룰 것을 호소하는 「비가 나린다」 등 많은 시들을 들 수 있다. 이러한 단상에서의 설교 투의 시들은 그것들이 세인을 향한 것이든 자신을 향한 것이든 고열되고 직선적인 목소리를 띨 수밖에 없다.

이러한 단상성은 『여운』의 시편들에서도 나타난다. 4.19 혁명의 열렬한 지지와 기대가 단상성의 시편들로 나타난다. ③은 4.19 민주혁명을 숨가쁜 목소리로 찬양하고 있다. 이미 시적인 긴장은 찾아볼 수 없고, 한 번 생각해 보거나 여과해볼 시간이나 시적 장치도 주지 않고 있다. 그는 언어미의 사제로서의 본분을 잊고 위의도 생각하지 않게 된 것이다. 정의와 양심의 선전선동자로 만족하고 고양되어 있는 것이다. ④는 민주 혁명의 주역에 대한 찬양이 일차적 언어로 토로되고 있다.

다음으로 고절성에 대해 살펴보도록 하자.

『역사 앞에서』의 서에서 지훈은 "우리 시가 두 번 다시 이런 슬픈 역사 앞에 서지 않게 되기를 비는 마음 간절하다"고 적고 있다. 이 부분은 잘 짚고 넘어갈 필요가 있다. 지훈은 '미의 사제'로 복귀하고 싶어 한다. 그는 자기의 본령이 시인이고 미의 사제라는 것을 인식하고 있었다. 그는 현실의 역사가 바른 궤도를 찾아 미의 사제인 시인이 세사에 관여하지 않고 본분에 충실하게 되기를 누구보다 원한 시인이었다. 그래서 그는 현실 역사의 친위대로서 선전원의 위험을 무릅쓰면서도 사회의 갈등을 극복하고 본래성을 발휘할 수 있는 기초를 닦기 위해 예술을 당분간 방치했다. 그러나 그의 이러한 사려를 현실은 감안하지 않았다. 현실은 부패와 불의, 폭력의 난장판이었다. 인문학적 교양인으로서의 그의 기대는 무너져 내렸다. 현실사회가 주는 이러한 충격은 그의 시에 고절성으로 나타난다. 그는 고립되어 외로울 수밖에 없었다. 오염된 현실을 눈감기에는 그는 너무나 맑았다.

지훈시의 고절성은『청록집』에서부터 싹을 보인다.

① 품석 옆에서 정일품 종구품 어느 줄에도 나의 몸 둘 곳은 바이 없었다. 눈물이 속된 줄을 모르량이면 봉황새야 구천에 호곡하리라.

—「봉황수」에서 —

② 묻혀서 사는 이의
고운 마음을

아는 이 있을까
저허하노니

꽃이 지는 아침은
울고 싶어라.

–「낙화」에서 –

③ 다락에 올라서
피리를 불면

만리 구름길에
학이 운다

–「피리를 불면」에서 –

긍지 높은 사대부의 후예인 지훈은 일제라는 무도한 힘을 만나 자신의 존재를 드러낼 수가 없었다. 그의 긍지는 내면으로만 맴돌 뿐이었다. 현실에서 그는 열패자, 고고한 화석일 뿐이었다. 이러한 화석은 울래야 울지도 못하는 봉황으로 나타나고 있다. 『봉황수』는 바로 이러한 봉황의 시름을 읊은 것이다. 고고한 열패자인 그는 자신을 그런대로라도 보존하기 위해 고절성을 지닐 수밖에 없었다. 「봉황수」의 고절성은 「낙화」에서는 은둔의 미학으로 나타난다. 묻혀서 살 수밖에 없는 상황에서 차선일 수는 있는 은둔적 삶은 난세에서의 우리 선인들의 처세의 한 방법이자 우회적 저항의 태도였다고 할 수 있다. 그러나 이러한 은둔의 미학은 울음과 한을 밑바닥에 깔고 있다. 자아의 밝은 전개가 불가능한 상황에서의 이러한 은둔과 애상의 미학은 연관이 아닌 고고한 단절성을 지닐 수밖에 없었다. 「낙화」에서 보이는 은둔의 미학은 고고한 단절성의 미학이라고 할 수 있다. 「피리를 불면」의 '올라'와 '운다'도 고절성으로 이어질 소지를 내포하고 있다 .'올라'의 고(高)와 '운다'의 고(孤)가 '학'으로 응결되었는데, 이 고고한 학은 추악한 현실을 만나면 이겨내거나 동화되지 못하고 고절성을 보일 수밖에 없는 존재이다.

지훈시의 고절성은 『풀잎단장』과 『조지훈 시선』에서도 나타난다.

① 푸른 허공에 모가지를 빼고
운소에 뽑는 울음이 차라리 웃음같다.

하늘 그리움에 부질없는 다리가 길어
너는 한 마리 슬픈 학

욕된 땅을 밟기에
한쪽 발을 짐짓 아끼는다.

—「학」에서 —

② 야위면 야윌수록
살찌는 혼

별과 달이 부서진

샘물을 마신다.

젊음이 내게 준
서릿발 칼을 맞고

창이를 어루만지며
내 홀로 쫒겨왔으나

–「암혈의 노래」에서 –

하늘을 향해 뽑는 「학」의 웃음 같은 울음은 정상적인 학의 울음이 아니다. 이 시의 학은 동양 본래의 넉넉한 금도를 보여주지 못하고 있다. 냉소적이고 고립 단절되어 있다. 이 시는 비극적 세계관의 관점에서 해석할 수도 있을 것 같다. '학'과 같은 선비나 지사가 살기에 당시 현실은 너무나 오염되어 있었다. 참된 가치가 숨어버린 현실공간은 비극적 세계관이 지배하게 된다. 이 시의 학은 '하늘' 그리움에 다리가 길어질 정도이다. 현실 공간이 '욕된 땅'이기에 더욱 '하늘'을 그리워할 수밖에 없다. 그러나 '하늘'은 실제 학의 생존공간이 되지 못한다. 학의 생존공간은 엄연히 자신이 딛고 있는 '욕된 땅'일 뿐이다. 이 '욕된 땅'에서 학은 마지못해 한 발 한 발 번갈아 딛으며 살고 있다. 이렇게 자신이 살고 있는 현실공간을 부정하면서 이 현실공간에서 가치를 추구하며 살 수밖에 없는 세계관은 비극적 세계관일 수밖에 없고, 이러한 비극적 세계관은 고절성으로 이어질 소지가 높은 것이다. 「암혈의 노래」도 고절성을 보이고 있다. 이 시의 화자는 암혈에 거하면서 '야위면 야윌수록/ 살찌는 혼'이 되려 한다. '나'는 현실에서 서릿발 칼을 맞고 상처를 어루만지며 이 암혈로 쫓겨와 울고 꿈꾼다. 이러한 삶도 고절성으로 파악할 수 있을 것이다.

『역사 앞에서』와 『여운』의 시편들의 고절성은 좀 더 현실적인 아픔에 뿌리를 두고 있다.

① 마음 후줄근히 시름에 젖는 날은
동물원으로 간다.

사람으로 더불어 말할 수 없는 슬픔을
짐승에게라도 하소해야지.
―「동물원의 오후」에서 ―

② 천지가 무너질 듯 소름끼치는
백귀야행의 어둠의 거리를
개도 짖지 않는다.

명백한 일이 하나도 없으면
땅이 도는 게 아니라 하늘이 도는게지.
…… 중략 ……
가냘픈 손가락을 권총처럼 심장에 겨누고
가난한 피를 조금씩 흘리면서 나는 가야 한다.
내가 나의 빛이 되어서……
―「어둠 속에서」에서 ―

③ 내 말에 귀를 기울이고

옳다고 하던 사람들도
다 떠나 버렸다.

마지막 남는 것은 언제나
나 혼자 뿐이라서 혼자 가는 길

배신과 질시와 포위망을
그림자 같이 거느리고
나는 끝내 원수도 하나 없이
이리 고독하고나.

—「혼자서 가는 길」에서 —

「동물원의 오후」는 사람에게 말할 수 없는 사연을 짐승에게라도 하소연하고 싶어하는 화자의 고절성이 잘 나타나 있다. 사람에게 건 기대가 컸던 만큼 그 기대가 무너진 데 대한 실망도 컸던 것이어서 이러한 처절한 고절성으로 나타났다고 생각된다. 이러한 고절성은 「어둠 속에서」에서 더욱 구체성을 띠게 되고 설득력을 갖게 된다. 화자가 만나게 되는 현실세계는 '백귀야행의 어둠의 거리'이다. 이런 거리에서는 개도 짖지 않는다. 정의와 양심은 찾아볼 수가 없다. 명백한 일은 하나도 없으며 세상은 거꾸로 돌아간다. 결국 '나'는 처절한 고절감 속에서 자기의 심장에 손가락 권총을 겨누고 피를 흘리며 갈 수밖에 없다. 자신이 자신의 빛이 되어서 이 어둠의 거리를 헤쳐 갈 수밖에 없는 것이다. 이러한 처절한 고절성은 「혼자서 가는 길」에서도 마찬가지이다. 이 시의 '나'는 한 때의 지지자들도 다 잃어버리고 혼자서 길을 간다. 배신당하고 질시 받고 적에게 포위당해서 혼자 길을 가고 있는 것이다.

이처럼 지훈시의 비판적 역사성은 단상성으로 표출되지만 그 기대가 무산됨에 따라 고절성으로 이어지는 것이다. 지훈시의 비판성이 불행한 시대를 만나 문학성으로까지 승화되는 데에는 미흡한 면도 있지만 시대의 어둠을 생각하면 그가 그러한 시대의 목소리가 될 수 밖에 없었던 사정과 그의 내상內傷을 생각지 않을 수가 없다.

Ⅳ. 맺는 말

지훈은 보통 사람이 감당하기 어려운 정신적 상처를 겪어낸 시인이었다. 망국민으로 태어나 우국지사인 증조부와 조부의 자결을 겪어야 했으며, 국회의원인 부친과 매부의 납북을 감내해야 했으며, 의지하고 아끼던 형과 아우를 일찍 여의어야 했다. 또한 순리와 번영의 터가 되기를 바랐던 광복 조국이 부정부패와 폭력으로 얼룩지는 것을 목도하며 깊은 좌절을 맛보아야 했다.

이런 사정으로 그의 시는 전통성을 보이면서도 다기성을 보이고, 당당한 목소리의 단상성을 보이면서도 깊은 좌절감에서 우러나오는 고절성을 보이기도 했고, 후기에는 동양적 체관을 드러내기도 했다.

그의 아픔은 우리 모두의 아픔이다. 투철한 한국인을 찾아보기 어렵고 진정한 인문인이 홀대받는 오늘날, 지훈의 삶과 시는 우리 모두에게 귀한 유산으로 작용한다고 할 수 있다.

10장

한국 현대시의 로만적 아이러니 연구
-한용운, 윤동주, 김춘수의 시를 대상으로

한국 현대시의 로만적 아이러니 연구 —한용운, 윤동주, 김춘수의 시를 대상으로

Ⅰ. 로만적 아이러니의 개념

로만적[1] 아이러니의 개념을 파악하기 위해서는 먼저 로만주의에 대해 잠깐 알아볼 필요가 있다.

로만주의는 다른 문예사조와는 달리 자연발생적인 성격을 지니고 있다. 동서고금의 인류는 자기도 모르는 사이에 무언가를 그리워하며 꿈꾸게 된다. 이러한 그리움과 꿈꾸기가 로만주의 발생의

---

1) 우리가 흔히 사용하는 낭만주의浪漫主義의 浪漫은 Romanticism의 Roman의 일본식 음차音借로, 작가 나쓰메 소오세끼(夏目漱石)가 처음 사용한 것(신조新潮 『일본문학소사전』, p1235, 신조사, 1968.1.20, 참조)을 우리가 그대로 받아서 사용하고 있다. 따라서 '浪漫'의 일본 발음은 '낭만'이 아니라 '로만'에 해당한다. 이를 의식해서인지 로만주의의 또 다른 음차인 로만주의魯漫主義가 쓰이기도 한다. 이 연구에서는 이런 사정을 감안하여 낭만주의를 로만주의, 낭만적 아이러니를 로만적 아이러니로 표기하도록 하겠다. 다소 생소하더라도 새로운 시도인 만큼 이해해 주시기 바란다.

근원적 요인이 되며, 로만주의에 광의의 로만주의, 영원한 로만주의(eternal romanticism)라는 명칭을 부여한다. 이러한 로만주의는 뒤에 유럽에서 협의의 로만주의, 곧 역사적 로만주의(historical romanticism)로 구체화되는데, 영원한 로만주의와 역사적 로만주의는 각각 로만적 아이러니에 봉착하게 되는데 이에 대해서는 뒤에 다시 언급하도록 하겠다.

로만주의는 국가와 시대마다 다르게 전개되었으므로 개념 정의가 매우 복잡한 것이어서 로만주의의 개념 정의의 역사는 '오류의 역사'라거나, 가장 바람직한 로만주의의 개념 정의는 정의를 내리지 않는 것이라는 견해가 나올 정도였다. 그럼에도 불구하고 우리는 로만주의가 인류와 가장 가까우며 근원적인 사조라는 사실을 부인하기는 어려울 것이다.

로만주의자들은 파스칼이 지적한 것처럼, 이성이 인식하지 못하는 세계의 실재를 감성으로 파악할 수 있다고 믿었다. 그들에게 있어서 감성은 모든 지식의 근원이며 선천적 이념(innate ideas)의 소재지였다. 인간은 경험과 이성적 귀납을 통한 논리로써 이 세계를 이해하는 것이 아니라 본능에 토대를 둔 직관의 빛(intuitive flashes)에 의해 이해한다[2].

로만주의자들은 인간을 무한한 가능성의 존재로 믿었다. 그들은 주관을 무한히 확대시켜 나가면 그 스스로 우주가 될 수 있으며, 또 세계 그 자체까지도 새롭게 변혁 내지 창조할 수 있을 것으로 믿었다. 칼 쉬미트는 로만주의자들은 신을 부정하고 그 자리에 개인의

2) 오세영 편, 『문예사조』, 고려원, p89, 1983

주관을 올려놓는다고 하였다. 이러한 창조적 주관은 이 세계의 최고 결정자가 된다[3].

로만주의자들에게 있어 동경憧憬의 문제는 여기서 발단된다. 관념 세계에의 지향은 플라톤적 이데아에 대한 동경과 같기 때문이다. 미완의 현실에서 이 세계에는 없는 완전한 실체를 꿈꾸는 것, 그 스스로 해체, 파괴되면서 영원한 형성을 욕망하는 것이 로만주의자의 동경이다. 원래 플라톤에게 있어 동경이란 애지愛知(philosophy)인 바, 그것은 이데아의 세계를 안고 그곳으로 지향하고자 하는 형이상학적 지식 욕구의 표현이다. 이 경우 이데아는 로만주의자들이 추구하는 무한의 개념과 일치한다고 할 수 있다[4]. 이러한 내면적 형식으로서의 동경은 주로 사랑으로 나타난다. 그것은 절대자에 대한 사랑, 무한한 것을 지향하는 그리움 등으로 표현되었는데, 특히 로만주의자들은 공존공생의 의미를 강조하여 민족, 민족애에 큰 관심을 두었다[5].

세계의 실체를 다양한 것들의 갈등으로 이해하여 그 최후의 궁극적 목적에 도달할 수 없으면서도 영원히 전진해 나아가고, 그 스스로의 현재를 파괴하는 행위가 또한 바로 창조 행위가 되며 인간이기를 거부하고 신을 지향하지만 끝내 인간으로 남을 수밖에 없다고 생각하는 로만주의자들의 세계관은 그대로 로만적 아이러니라 할 수밖에 없는 것이다.

로만주의자들은 신을 주관화시켜 로만적 주관이 그 스스로 이 세

---

3) 상게서 p91
4) 상게서 p112~3
5) 상게서 p117

계를 우연의 법칙에 따라 생성, 변혁시킨다고 보았다. 또 이 세계는 로만적 주관이 기연起緣하는 소재이자 그 촉매이며 공간이기도 하다. 그러나 현실에 있어 개인이란 신이 될 수 없으며 그 스스로 이 세계를 생성, 변혁시킬 수 없는 존재다. 경험적 자아의 입장에서 볼 때 로만적 주관이란 하나의 환상이며 꿈이다. 로만주의자들이 세계인식에 있어서 주관과 객관, 관념과 현실, 유한성과 무한성의 모순으로 인식하는 것을 로만적 아이러니라 이른다. 초기의 로만주의자들은 차츰 로만적 주관의 세계로부터 벗어나 카톨릭 신앙으로, 개인 및 천재의 숭배로부터 초개인인 민족이나 국가의 숭배로 전향하게 된다[6]. 좀 더 구체적으로 말하자면 초기 로만주의자들이 신봉했던 위대한 개인의 개념은 프랑스 혁명의 좌절과 더불어 무산된다. 독재자로 변신한 나폴레옹에게 실망한 그들은 이념상에 있어서도 로만적 자아와 경험적 자아의 충돌을 체험한다. 즉 그들의 이념 구현에 있어서 현실적으로 한 개인이 지닌 창조적 자아의 힘이란 무력한 것이며 환상에 지나지 않음을 깨닫게 되었다. 그리하여 그들은 후기에 오면서 초개인적인 힘에 의지하게 되는데, 로만주의의 이론적 지도자인 슐레겔이 카톨릭으로 개종하는 것은 매우 암시적인 사건이라고 할 수 있다. 로만주의자들은 이제 '위대한 세계이념이란 개인이 아닌, 전체 개인들의 집합에 있는' 것이라고 고쳐 생각하게 되었고, 그것을 국가나 교회, 관습법, 민중, 민족, 역사 따위에서 찾았다[7].

논의의 편의를 위해 필자는 이러한 로만적 아이러니를 1단계 로만

---

6) 상게서 p110~1
7) 상게서 p95

적 아이러니와 2단계 로만적 아이러니로 나누어 생각하고자 한다. 1단계 로만적 아이러니란 광의의 로만주의, 영원한 로만주의가 봉착하게 되는 아이러니로, 신적인 완전한 존재가 되기를 꿈꾸며 끝없이 날아오르지만 어김없이 추락하게 되는 아이러니로, 그리스 신화의 이카루스의 추락에 비유되는 아이러니이다. 이러한 1단계의 로만적 아이러니는 무모한 듯하면서도 숭고한 것으로 인류의 모든 정신가치 추구의 원동력이 되는 것이다. 2단계 로만적 아이러니란 협의의 로만주의, 역사적 로만주의가 봉착하게 되는 아이러니로 개인적 꿈꾸기가 창출해 낸 로만적 자아가 현실세계의 해결자가 되지 못하고 몽환적 수준을 벗어나지 못함에 따라 발생하는 아이러니로 원래 그들이 상정想定했던 인간신 대신 카톨릭의 유일신에 귀의하게 되고, 원래 그들이 추구했던 창조적 자아 대신 민족이나 국가, 민중 등의 집단성에 의지하게 되는 아이러니로, 이 또한 개인이나 관념의 한계가 초래한 아이러니라고 할 수 있다[8]. 이러한 1,2단계의 아이러니의 개념으로 한국 현대시의 로만적 아이러니의 전개 양상을 살펴보려고 한다.

8) 이처럼 굳이 로만적 아이러니를 1,2단계로 나누는 것은 로만주의가 동서고금에 걸친 광범위한 문예사조인데다, 긴 기간에 걸친 전개과정에서 개인적이며 서정적인 초기의 로만주의자들이 역사 현실의 장場에서 한계에 봉착함으로써 집단성을 보이는 등, 서로 상반된 모습을 보임으로써 그 개념을 하나로 요약하기가 어려웠기 때문이다. 따라서 한국 현대시에서 로만적 아이러니를 보인 시인들도 1단계, 2단계로 구분해 적용해 봄으로써 그 시인의 로만적 아이러니의 성격을 좀 더 명확하게 파악할 수 있다고 생각했기 때문이다.

Ⅱ. 한국 현대시의 로만적 아이러니 전개 양상

1. 한용운 시의 로만적 아이러니

잘 아는 대로 한용운(1879.8.29~1944.6.29)은 승려이자 지사였다. 그는 자신의 삶에서 운명적으로 두 번의 이별을 감내해야 했다. 먼저는 자신과의 이별이고 다음은 조국과의 이별이다. 자신과의 이별이란 무명의 먹구름에 가려 본래의 청정한 자아를 잃고 방황하는 중생이 된 것을 의미하고, 조국과의 이별이란 자신의 삶의 공간이 되어야 할 조국이 주권을 잃고 '숨은' 공간이 된 것을 의미한다. 이런 두 가지의 이별을 그는『님의 침묵』에서 집요하게 극복하려 한다.

님은 갔습니다 아아 사랑하는 나의 님은 갔습니다
푸른 산빛을 깨치고 단풍나무 숲을 향하여 난 작은 길을 걸어서 차마 떨치고 갔습니다
황금의 꽃같이 굳고 빛나던 옛 맹서는 차디찬 티끌이 되어서 한숨의 미풍에 날아갔습니다
날카로운 첫「키쓰」의 추억은 나의 운명의 지침을 돌려놓고 뒷걸음쳐서 사라졌습니다
나는 향기로운 님의 말소리에 귀먹고 꽃다운 님의 얼굴에 눈멀었습니다
사랑도 사람의 일이라 만날 때에 미리 떠날 것을 염려하고 경계하지 아니한 것은 아니지만 이별은 뜻밖의 일이 되고 놀란 가슴은 새로운 슬픔에 터집니다
그러나 이별을 쓸데없는 눈물의 원천을 만들고 마는 것은 스스로 사랑을 깨치는 것인 줄 아는 까닭에 걷잡을 수 없는 슬픔의 힘을 옮겨서 새

희망의 정수박이에 들어부었습니다
　우리는 만날 때에 떠날 것을 염려하는 것과 같이 떠날 때에 다시 만날 것을 믿습니다
　아아 님은 갔지마는 나는 님을 보내지 아니하였습니다
　제 곡조를 못 이기는 사랑의 노래는 님의 침묵을 휩싸고 돕니다

—「님의 침묵」 전문 —

'님'과 '나'(이후 ' ' 없이 님, 나로 표기한다)는 불가분리의 관계이다[9]. 곧 서로 떨어질 수 없는 관계이다. 그런데 현재 님은 나를 떠났고, 나는 님을 만날 방도가 없다. 그렇다고 님과의 만남을 포기할 수도 없다. 님과의 만남을 포기한다는 것은 곧 나의 삶을 포기하는 것이기 때문이다. 쉽게 말해서 님은 곧 나이기 때문에 님을 떠나서 나는 있을 수 없고, 현재의 이별을 극복하여 만남을 성취하지 않는 한 나는 완성될 수 없는 것이므로, 님에 대한 나의 사랑은 필연적이며 숙명적인 것이다. 그러나 이러한 만남은 지난한 것이어서 썩 성취되지 않는다. 님에 대한 나의 이러한 사랑의 태도는 태양을 향해 끊임없이 날아오르지만 어김없이 추락하는 이카루스를 연상시키며, 영원한 로만주의가 봉착한 1차적 로만적 아이러니로의 해석을 가능하게 한다.

"날카로운 첫「키쓰」의 추억은 나의 운명의 지침을 돌려놓고 뒷걸음쳐서 사라졌습니다"는 특히 깊은 해석이 요구되는 구절이다. 왜 님과 나의 첫 키쓰는 감미로운 것이 아닌 날카로운 첫 키쓰이며, 이

9) 윤석성, 「님의 침묵의 불이不二적 해석」, 한국사상과 문화 37집, 참조

러한 첫 키쓰의 추억은 나의 운명의 방향을 돌려놓게 되는 것일까. 또 님은 나와 이별하면서 왜 뒷걸음쳐서 사라지는 것일까. 먼저 화자인 내가 참나를 추구하는 수행자라면, 나의 첫 키쓰는 편안하고 향락적인 삶이 아니라 세속과의 인연을 끊고 불문에 들어 계율을 지키겠다는 엄숙한 서약이므로 날카로운 첫 키쓰가 되는 것이다. 또 내가 무도한 외세에 의해 본래성을 잃고 '숨은' 공간이 된 조국을 본래의 상태로 되돌리려는 지사라면, 이 경우의 첫 키쓰는 한 목숨을 바쳐서라도 이 목적을 이루겠다는 매서운 결의를 의미한다고 할 수 있다. 수행자이든, 지사이든 이러한 삶은 범인이 택할 수 없는 길이므로 운명이 바뀌게 된다. 그런데 이처럼 새로운 운명의 길을 택한 나는 자력으로 참나가 되어야 하고, 자기가 주체가 되어 훼손된 삶의 공간을 본래의 상태로 되돌려 놓아야 한다. 부처나 조사, 스승도 어느 단계까지의 조력자일 뿐 궁극적 해결자는 되지 못한다. 이미 무력자가 된 조국이 현실의 해결자가 되지 못함은 물론이다. 그러므로 이들은 홀로 남아 어려운 과제를 짊어지고 있는 내가 안쓰러워 뒷걸음질 쳐 가면서 돌아보고 돌아보며 사라져 갈뿐이다. 나의 이러한 상황은 비극적 상황임에 틀림없다.

그러나 나와 님은 한결같이 서로 사랑하며 언젠가는 반드시 만난다는 희망을 가지고 있다. 그러므로 '것잡을 수 없는 슬픔의 힘을 옮겨서 새 희망의 정수박이에 들어'붓는 것이다. 님은 나를 떠났고, 나의 사랑 노래에 님은 침묵으로 대답하지만, 나의 사랑은 변함이 없으므로 나는 님을 보내지 아니한 것이 되며, 비극적 사랑은 계속되는 것이다. 전망이 부재한 극한상황에서의 나의 비극적 사랑은 그것이 참나찾기이든 주권회복이든 간에 한 개인이 감당하기에는 무리한 것으로, 이런 상황에서도 포기하지 않고 끊임없이 만남을 시도하는 것은 로만적 아이러니라고 할 수 있다. 이러한 나의 로만적 아이러니는 성실성과 현실성을 수반하고 있어 비장미와 숭고미를 함께 우리에게 보여주고 있다.

이별은 미의 창조입니다
이별의 미는 아침의 바탕(質) 없는 황금과 밤의 올(糸) 없는 검은 비단과 죽음 없는 영원의 생명과 시들지 않는 하늘의 푸른 꽃에도 없습니다.
님이여 이별이 아니면 나는 눈물에서 죽었다가 웃음에서 다시 살아날 수가 없습니다 오오 이별이어
미는 이별의 창조입니다

—「이별은 미의 창조」 전문—

그런데 『님의 침묵』의 나의 도전은 감정 위주의 것이거나 현실을 무시한 관념적 꿈꾸기만은 아니다. 나는 어둡고 엄혹한 현실상황을 직시하고 있고, 이런 상황 속에서 문제의식을 갖고 문제를 해결하려 한다. 따라서 나는 현실을 도피하려 하지 않고 슬픔과 아픔 속에서도 출구를 찾으려 한다. 이러한 탁월한 시적 인식의 예가 바로 「이별은 미의 창조」이다. 나는 먼저 "이별은 미의 창조입니다"라고 선언한다. 이별은 이별이지만 이별이 아니기도 하다. 『님의 침묵』 전편에서 구사되는 고도의 역설은 이 시에서도 유감없이 발휘된다. 앞서 언급한 대로 님과 나는 불가분리의 관계이며 현재도 서로 열렬히 사랑하고 있으므로 몸은 이별했다 할지라도 마음은 이별하지 않은 것이 된다. 그리고 님과 나의 이별은 궁극적으로 만남으로 되돌아와야

할 것이므로 이별을 감상이나 좌절로 소모하지 않고 더 크고 빛나는 만남의 계기, 곧 미의 창조의 계기로 인식하기 때문에, '이별은 미의 창조'라는 역설이 성립되는 것이다.

나는 현재 비극적 상황에 처해 있고, 이러한 비극적 상황을 정면 돌파하지 않고는 님과의 만남을 성취할 수 없다. 그러므로 나는 모든 갈등이 해소되었을 때 나타나는, 이 세상의 것이라고 할 수 없는, 순수한 황금과 인공의 흔적이 없는 검은 비단과 죽음이 없는 영원한 생명과 시들지 않는 하늘의 푸른 꽃의 미를 거부하고, 이별의 눈물로 위안 받고 결의하며 다시 살아나려고 한다. 그리고 여기서 한 걸음 더 나아가 아픈 이별을 스스로 만들어 가며 님과 반드시 만나겠다는 애초의 약속을 환기하며 고난의 길을 간다. 이러한 이별의 적극적 인식이 "미는 이별의 창조입니다"라는 역설이다. '이별은 미의 창조'의 이별이 원하지 않았지만 어쩔 수 없이 맞이하게 된 이별이라면, '미는 이별의 창조'의 이별은 만남을 성취하기 위해 스스로 만들어가는 이별이라고 할 수 있다.

이처럼 나는 거의 불가능의 영역에 불퇴전의 신념으로 끊임없이 도전한다. 이러한 나의 모습은 궁극을 향해 날아오르는 이카루스의 모습이요, 인간의 한계에 무한한 그리움으로 도전하는 영원한 로만주의의 아이러니를 보여주고 있다.

> 네 네 가요 지금 곧 가요
>
> 에그 등불을 켜려다가 초를 거꾸로 꽂았습니다 그려 저를 어쩌나 저사람들이 흉보겠네
>
> 님이여 나는 이렇게 바쁩니다 님은 나를 게으르다고 꾸짖습니다 에그

저것 좀 보아「바쁜 것이 게으른 것이다」하시네
　내가 님의 꾸지람을 듣기로 무엇이 싫겠습니까 다만 님의 거문고 줄이 완급緩急을 잃을까 저허합니다

　님이어 하늘도 없는 바다를 거쳐서 느릅나무 그늘을 지워버리는 것은 달빛이 아니라 새는 빛입니다
　홰를 탄 닭은 날개를 움직입니다
　마구에 매인 말은 굽을 칩니다
　네 네 가요 이제 곧 가요

—「사랑의 끝판」 전문—

『님의 침묵』의 전 시편에 나타나는 나의 사랑이 간절하고 순수하며 한결같은 것은 분명하지만, 관념적이고 밤의 사랑이며 행동성이 결여된 것만은 사실이다. 이러한 밤과 관념의 사랑에서 나는 드디어 벗어나려고 한다. 마지막 시「사랑의 끝판」에서 나는 동이 트는 것을 느끼며 역사의 새벽길을 떠나려고 한다. 깊은 사려보다 적시의 행동을 선택하며 님의 적극적 동참을 촉구하고 있다. 이러한 역사 인식은 〈지금—여기〉를 〈대낮—현장〉으로 인식한다는 것이 된다. 나는 달빛의 사랑이 아니라 새는 빛의 사랑을 택한다. 나는 조급하다고 할 정도로 의욕에 차 있고, 그러한 나의 의욕에 동조하듯이 홰를 탄 닭은 날개를 치고, 마구에 매인 말은 굽을 친다. 이제 나는 자신의 내면에서 나와 현실 역사의 한가운데에 선다. 이것은 내가 개인적 꿈꾸기의 사랑에 한계를 느끼고 민족이나 국가와의 연대를 통해 님과의 만남을 성취하려 한다는 것을 의미한다. 곧 영원의 로만주의

가 봉착했던 1단계의 로만적 아이러니에서 민족 · 국가의 발견 및 귀의라는 2단계의 로만적 아이러니를 보여주는 것이다. 그러나 이 경우의 로만적 아이러니는 굴절이나 변절의 성격으로서의 로만적 아이러니가 아니라 부당하게 핍박받는 자의 정체성正體性(Identity) 회복의 성격이라고 할 수 있다.

이처럼 한용운 시의 로만적 아이러니는 참나라는 이상적 자아와 정토라는 이상적 삶의 공간을 추구하는 데서 발현되고 있다.

2. 윤동주 시의 로만적 아이러니

윤동주(1917.12.30~1945.2.16)는 철저히 내면적이고 서정적인 인간이었다. 그런 만큼 자기에게는 엄격하고 반성적이었으며 남에게는 예의바르고 따뜻한 사람이었다. 그러나 이러한 섬세한 성격이 암흑시대를 만나 자연스런 삶이 영위되지 못하게 되었을 때 그 내면적 갈등은 심각해질 수밖에 없었다. 기독교인으로서 원죄관에 입각한 원초적 부끄러움도 있을 수 있겠으나 무도한 시대에 자신과 이웃을 위해 마땅한 역할을 하지 못한다는 부끄러움도 크게 작용했을 것이다. 이러한 부끄러움을 끌어안고 그는 부끄럽지 않은 존재가 되려는 노력을 계속한다.

산모롱이를 돌아 논가 외딴우물을 홀로 찾아가선 가만히 들여다봅니다.

우물속에는 달이 밝고 구름이 흐르고 하늘이 펼치고 파아란 바람이 불고 가을이 있습니다.

그리고 한 사나이가 있습니다.
어쩐지 그 사나이가 미워져 돌아갑니다.

돌아가다 생각하니 그 사나이가 가엾어집니다.
도로가 들여다 보니 사나이는 그대로 있습니다.

다시 그 사나이가 미워져 돌아갑니다.
돌아가다 생각하니 그 사나이가 그리워집니다.

우물속에는 달이 밝고 구름이 흐르고 하늘이 펼치고 파아란 바람이 불고 가을이 있고
추억처럼 사나이가 있습니다.

—「자화상」 전문—

이 시의 사나이는 시가 「자화상」인 만큼 윤동주 자신이라고 봐도 될 것이다. 그는 자신에 대해 미움과 가엾음, 그리움을 교차해서 느낀다. 여기서 우리가 주목해 보아야 할 것은 자신에 대한 그리움이다. 내면적 동경이랄 수 있는 이러한 그리움은 자기합리화라는 부정적 시각보다는 자기 성찰에 의한 정화淨化의 심리로 보아야 할 것이다. 그의 삶은 아름다운 것만을 보고 세상의 사소한 것들의 슬픔에 조용히 다가가 동참하는 것이다. 이런 그에게 논가 외딴 우물은 자신을 맑게 비춰서 정화시켜주는 거울이 되고, 우물에 비치는 낮달이나 구름은 착하지만 위압에 눌려 지내며 어디론가 자유롭게 떠돌아다니고 싶은 자신이나 이웃들과 동류가 된다. 또 이 우물에는 그가

언제나 위로받는 맑은 하늘이 펼쳐지고, 영혼의 숨결 같은 파아란 바람이 불고, 기도의 계절인 가을이 있고, 그리고 이 모든 것을 껴안고 되새김질하는 자신이 '추억처럼' 있다. 여기서 '추억처럼'은 되새겨 볼 필요가 있다. 그의 내면적 동경은 미래지향적이라기보다 과거지향적이다. 그만큼 그의 현재는 폐쇄적이고 역할이 없으며 갈등이 증폭되는 상황이라고 봐야 할 것이다. 그의 내면상징인 우물도 폐쇄적인 공간이다. 폐쇄적인 공간에서 추억을 반추하는 그의 태도는 격변하는 현실상황에 대응하지 못하고 공상으로 퇴행하는 로만주의자들의 태도이다. 그러면서도 꿈꾸기는 계속한다. 꿈꾸기를 통해서 그는 존재감을 확인하고 자아의 상승감을 맛보는 것이다. 암담한 현실상황에서도 끝내 절망하지 않고 그리워하며 꿈꾸는 것은 영원한 로맨티시즘의 로만적 아이러니의 소박한 모습이라고 할 수 있다.

죽는 날까지 하늘을 우러러
한 점 부끄럼이 없기를,
잎새에 이는 바람에도
나는 괴로워했다.
별을 노래하는 마음으로
모든 죽어가는 것을 사랑해야지
그리고 나한테 주어진 길을
걸어가야겠다.

오늘밤에도 별이 바람에 스치운다.

—「서시」 전문—

「서시」 또한 윤동주의 유고시집 『하늘과 바람과 별과 시』의 서문에 해당되는 시이니 만큼 여기의 '나'는 윤동주 자신이다. 이 시는 앞서의 「자화상」보다 자신의 삶의 방향을 분명히 천명하고 있다. 그러나 구체적인 현실타개책은 제시되어 있지 않다. 그저 맑고 무한한 동경만이 독자를 압도할 뿐이다. 이처럼 로만주의의 동경은 비현실적이고 동화적이면서도 우리를 설레게 하고 감동하게 한다. 그것은 우리의 현실적 삶이 가로막은 이상세계에 대한 관심을 대변해 주기 때문이다. 이 시에서 윤동주는 자신이 감당하지 어려운 준열한 약속을 만천하에 공표한다. 인간성의 한계에 도전하는 듯한 이러한 선언은 바라보는 이들에게는 신선한 충격이겠지만 실천해야 하는 그에게는 힘든 일이다. 순교자의 삶이 아니라면 이러한 약속과 그 실천은 불가능한 것이다. 그래서 그는 '죽는 날까지 하늘을 우러러 한 점 부끄럼이 없기를' 천명해 놓고서도 인간성의 한계를 의식한 듯 잎새에 이는 바람에도 괴로워한다고 하고 있다. 그러나 이러한 괴로움은 누구의 강요에 의한 것이 아니라 스스로가 선택한 것이다. 부끄러움이 심화된 것이 그의 괴로움이고 괴로움에 의해 그의 영혼은 오히려 살진다. 그는 이러한 순교자적 삶을 자신의 길로 받아들이면서 '별을 노래하는 마음으로/모든 죽어가는 것을 사랑'하겠다고 한다.

여기서 그의 삶이 지향하는 상징물인 별을 생각해 보자. 별은 지상의 존재인 자신과 멀리 떨어져 있다. 그러한 별을 그는 끊임없이 그리워하며 본받으려고 한다. 그러한 이유는 별이 한 밤중에 높이 떠서 추워하고 아파하면서도 길 찾는 이들에게 방향을 제시해주기 때문이다. 곧 시인의 감정이 이입된 별이다. 이런 아파하는 별을 그는 자신의 삶의 지표로 삼고 주변의 춥고 아프고 죽어가는 모든 것들을 사랑하고 위로하려 한다. 일반인이 택하지 않는 이런 험난한 삶의 선택은 이카루스적인 것이다. 또 주변의 모든 것들에 대한 관심은 그들과의 따뜻한 연대를 의식한 것이라고 볼 수 있다[10].

이런 이카루스적인 자아가 심각한 실존의식을 거쳐 주변으로 확대되는 예가 다음 시이다.

> 바닷가 햇빛 바른 바위 위에
> 습한 간을 펴서 말리우자,
>
> 코카사쓰 산중에서 도망해 온 토끼처럼
> 둘러리를 빙빙 돌며 간을 지키자,
>
> 내가 오래 지키던 여윈 독수리야!
> 와서 뜯어 먹어라, 시름없이
>
> 너는 살지고
> 나는 여위어야지, 그러나,
>
> 거북이야!
> 다시는 용궁의 유혹에 안 떨어진다.
>
> 프로메테우스 불쌍한 프로메테우스
> 불 도적한 죄로 목에 맷돌을 달고

---

10) 윤석성, 「윤동주론」, 『청하 김형수박사 회갑기념논총』 참조

끝없이 침전하는 프로메테우스.

—「간」 전문—

「자화상」이 우물에 비친 자아를 서정적으로 응시하는 내면적 동경의 시라면, 「서시」는 우물과 같은 폐쇄적 공간에서 벗어나 높고 넓은 하늘의 별이 되어 밤길을 비추겠다는 외연적 성격의 시이다. 그러나 우물의 '나'이든, 별의 '나'이든 이들은 아직 비현실적이고 추상적인 수준을 벗어나지 못하고 있다. 이에 비해 「간」은 역사인식과 현실인식이 투철하다. 이러한 역사인식과 현실인식을 바탕으로 실존의식이 전개되는데 심연(abyss)을 만나 위기에 처하지만 굴하지 않고 맞선다. 위의 시에서 화자는 구토설화의 토끼를 등장시켜 바닷가 햇빛 바른 바위 위에 습한 간을 펴서 말리겠다고 한다. 잘 아는 대로 이 말은 위기에 처한 토끼가 그 위기를 벗어나기 위해 기지를 발휘하여 둘러댄 말이다. 얼핏 보아 바보스런 이러한 설화를 왜 시인은 차용한 것일까. 다음에 나오는 "코카사쓰 산중에서 도망해 온 토끼처럼/둘러리를 빙빙 돌며 간을 지키자"와 연관 지어 생각해 보자. 화자는 신화적 역사관이나 미화된 역사관을 거부하고 지금부터라도 정신 바짝 차리고 간을 지키자고 한다. 평범한 듯한 설화가 심각한 역사의식으로 재탄생하는 것이다. 그러면서 화자는 고통 속에서 솔선하여 양심을 되찾으려고 한다. 간을 지킨다는 것은 정체성으로서의 양심을 지킨다는 것이다. 그런데 양심은 곧 무디어지고 잊혀지려고 한다. 이런 양심을 일깨우기 위해 화자는 자신의 생간을 쪼아 먹는 독수리를 기른다. 이런 고통을 겪으면서 그의 양심은 살져 간다. 이런 양심에 의해 화자는 다시는 용궁의 유혹에 안 넘어가는 판단력을 갖게 된다. 그러나 이러한 선택의 대가는 프로메테우스가 겪은 고통이었다. 프로메테우스는 화자의 사상과 삶의 동행자로 등장한다. 인간에게 불을 전해주지 말라는 제우스의 엄명을 거역한 벌로 매일 독수리에게 생간을 쪼여 먹히는 고통을 받으면서도 자신의 신념을 굽히지 않는 프로메테우스를 통해 극한상황에서도 양심을 굽히지 않는 화자의 삶의 자세를 드러낸다. 이러한 화자의 신념을 이 시에서는 실존적 비극성을 강조하기 위해 목에 맷돌을 달고 끝없이 가라앉는다고 진술하고 있다. 목에 맷돌을 달고 끝없이 가라앉아 가면서도 변절하거나 좌절하지 않고 양심은 더욱 살지고 확고해진다는 진술의 배경에는 윤동주가 받은 실존주의의 영향이 자리잡고 있다.

실존주의 철학에 의하면 극한상황에 처한 인간은 누구나 그 내면에 도사리고 있는 섬뜩한 심연과 대면한다. 이러한 심연을 잘 건너면 자신과의 깊은 연관이나 외부와의 소통이 이루어지겠지만 그렇지 못하면 심연에 먹혀버리게 된다. 개인적 문제이거나 공동체적 문제이거나 극한상황에 처했을 때 이러한 심연을 통과하지 않고서는 문제가 해결될 수 없다. 화자와 프로메테우스는 이런 면에서 공통의 모습을 보여주고 있다. 자신의 양심에 철저하고 사회적 약자에게 관대하다. 이들은 개인의 불행을 돌보지 아니하고 공동선共同善의 실현에 전력한다. 무모하다고 할 정도의 절대권력에 대한 저항은 필연적으로 그들의 현실에서의 고난을 가져온다. 그러나 그들은 이에 굴복하지 아니하고 양심에 따라 생각하고 행동한다. 이러한 그들의 모습은 늘 추락하면서도 다시 날아오르는 이카루스적 로만적 아이러니를 보여준다.

이처럼 윤동주 시는 암담한 현실상황에서도 맑고 아름다운 개인적 꿈꾸기와 이웃과 공동체의 본래성 회복을 염원하는 로만적 아이러니를 보여주고 있다.

3. 김춘수 시의 로만적 아이러니

김춘수(1922.11.25~2004.11.29)는 위의 두 시인에 비해 체계적으로 서구의 문학이론과 사상 전반에 대해 공부한 시인이다. 그의 관념시들은 모든 현상의 진실이 되고 실체가 되는 관념(idee, idea)을 추구한 시들[11]로, 로만주의의 로만적 아이러니나 초월 상징주의의 기본 명제인 "모든 現象현상적인 것은 가상적假像的인 것이다"에 바탕하고 있다.

1
발돋움하는 발돋움하는 너의 자세는
왜 이렇게
두 쪽으로 갈라져서 떨어져야 하는가,

그리움으로 하여
왜 너는 이렇게
산산이 부서져서 흩어져야 하는가,

2
모든 것을 바치고도

11) 윤석성, 「김춘수 시의 상징주의적 해석」, 동악어문론집 32집 참조

왜 나중에는
이 찢어지는 아픔만을
가져야 하는가,

네가 네 스스로에 보내는
이별의
이 안타까운 눈짓만을 가져야 하는가,

3
왜 너는
다른 것이 되어서는 안 되는가,

떨어져서 부서진 무수한 네가
왜 이런
선연한 무지개로
다시 솟아야만 하는가,

—「분수」 전문 —

일반적으로 우리가 보아 온 분수의 활동 모습은 연못이나 수반의 물을 밑바닥에서 빨아올려 허공에 두 가닥으로 뿜어낸 후, 다시 그 떨어진 물을 빨아 올려 다시 떨어뜨리는 행위를 반복하는 것으로, 시인은 분수의 이러한 활동을 통해 인류가 봉착한 최대의 아이러니의 하나인 로만적 아이러니를 시화詩化하고 있다. 이 시는 '발돋움하는 발돋움하는 너의 자세는'으로 시작한다. 물줄기를 뿜어 올려 내쏘는 분수의 행위를 성장, 발전하기 위하여 끊임없이 솟아오르는 인간의 꿈으로 인식하고 있다. 그러나 뿜어 올려진 물줄기는 하늘 끝까지 치솟지 못하고 곧 허공에서 두 줄기로 갈라져 떨어지고 만다. 시인은 이 부분을 "왜 이렇게/두 쪽으로 갈라져서 떨어져야 하는가"하고 탄식하고 있다. 시인이 깊게 탄식할 만큼 이 부분은 깊은 의미를 내포하고 있다. 분수의 물줄기의 상승과 추락을 보면서 시인은 인간 존재의 근원을 생각하고 있다. 인간이 번번이 실패하면서도 또 다시 꿈꾸며 시도하는 것은 영원한 것에 대한 그리움 때문이다. 솟아올라 어김없이 떨어지는 분수처럼 인간은 그리움 때문에 또 다시 꿈꾸며 날아오르다 추락하는 행위를 반복한다. 분수 활동을 통해 인식된 인간의 무한한 꿈꾸기는 인간의 자기향상 욕구이며 인간성의 한계에 대한 도전이다. 분수가 전력을 다해 솟구쳐 오르지만 결국에는 작은 물방울들로 산산이 부서져 떨어지는 것처럼 인간도 무한의 영역에 용감히 도전해 보지만 한계 때문에 어김없이 실패하고 만다. 그러나 인간은 포기하지 않는다. 인간은 창조적 자아, 로만적 자아가 되어 인간신이 되려고 한다. 분수가 한 물줄기로 솟아오르지만 끝내는 두 가닥으로 갈라져 떨어지는 것처럼 현실의 나와 이상적, 본질적 나는 서로 이별하고 썩 만나지 못한다. 서로 만나고 싶어 하지만 능력의 한계로 만나지 못하고 영원히 그리워 할 뿐이다. 이런 사정을 이 시에서는 "네가 네 스스로에 보내는/이별의/이 안타까운 눈짓만을 가져야 하는 가"라고 진술하고 있다. 이처럼 자아탐구에 전심전력하는 인간은 다른 것이 되어서는 안 된다. 이상적 자아, 참나가 되어야 한다. 분수가 연못이나 수반의 물만을 뿜어 올려 반복적 분수활동을 하는 것처럼 인간도 자신의 내면 속으로 깊이 침투하여 본질적 자아와 대면하여야 한다. 이러한 과제는 너무나 어려운 것이어서 많은 인간들이 포기하려고 한다. 그러나 이때쯤, 분수가 떨어지는 물가루의 포말로 무지개를 피워내는 것처럼, 인간에게도 희망의 무지개가 떠서 포기를 가로막는다. 이러한 사정을 “떨어져서 부서진 무수한 네가/왜 이런/선연한 무지개로/다시 솟아야만 하는가”로 진술하고 있다.

논의의 여지없이 이 시는 로만적 아이러니의 전형적 시화이다. 끊임없이 솟구쳐 오르다 떨어지는 행위를 반복하는 분수의 활동에 빗대 자신의 한계에도 불구하고 무한의 영역에 도전하며 어김없이 추락하면서도 다시 꿈꾸며 날아오르기를 반복하는 인간의 로만적 아이러니를 시화한 것이다.

1
꽃이여 네가 입김으로
대낮에 불을 밝히면
환히 금빛으로 열리는 가장자리,
빛깔이며……나비며 나비며
축제의 날은 그러나
먼 추억으로서만 온다.

나의 추억 위에는 꽃이여,
네가 머금은 이슬의 한 방울이
떨어진다.

2
사랑의 불 속에서라도

나는 외롭고 슬펐다.

사랑도 없이
스스로를 불태우고도
죽지 않는 알몸으로 미소하는
꽃이여,

눈부신 순금의 천阡의 눈이여
나는 싸늘하게 굳어서
돌이 되는데,

3
네 미소의 가장자리를
어떤 사랑스런 꿈도
침범할 수는 없다.

금술 은술을 늘이운
머리에 칠보화관을 쓰고
그 아가씨도
신부가 되어 울며 떠났다.

꽃이여, 너는
아가씨들의 간을
쪼아 먹는다.

4

너의 미소는 마침내
갈 수 없는 하늘에
별이 되어 박힌다.

멀고 먼 곳에서
너는 빛깔이 되고 향기가 된다.
나의 추억 위에는 꽃이여,

네가 머금은 이슬의 한 방울이
떨어진다.
너를 향하여 나는
외로움과 슬픔을
던진다.

—「꽃의 소묘」 전문—

나는 꽃과 소통하고 싶어 한다. 꽃은 〈지금—여기(nun—hier)〉에서 완전한 삶을 살고 있다. 대낮에 형형색색의 불을 밝히며, 그 가장자리는 금빛으로 환히 열려서 세상과 소통하고 있다. 그러나 나는 꽃과 같은 이러한 소통이 안 된다. 현재 나는 언젠가는 이러한 소통이 이루어지기를 꿈꾸며 살고 있다. 그리 되었으면 하는 나의 갈망은 가상假想의 추억을 만든다. 그러나 이러한 추억은 〈지금—여기〉의 삶이 될 수 없는 비현실적 꿈꾸기일 뿐이다. 그러기에 나의 추억 위에는 한 방울의 이슬이 떨어진다. 꽃이 나에게 전달하는 이 이슬은 나와의 소통을 바라는 신호이겠지만 여기에 호응하지 못하는 나에게는 안타까움의 눈물방울일 뿐이다.

이처럼 대상과 소통하지 못하는 나는 사랑의 불 속에서도 외롭고 슬프다. 나의 사랑은 대상과 소통하지 못하는 일방적인 자기 열정일 뿐이어서 어떤 결실도 거두지 못하고 싸늘하게 식어가는 자신만을 확인할 뿐이다. 이런 나에 반해 꽃은 굳이 사랑하지 않고서도 모든 존재들과 소통하며 사랑한다. 〈지금—여기〉의 일상생활이 곧 사랑인 것이다. 주변의 삼라만상과 빠짐없이 소통하는 꽃은 '순금의 천의 눈'을 가지고 있다.

이 '순금의 천의 눈'이 짓는 미소의 가장자리는 어떤 사랑스런 꿈도 침범할 수 없다. 인간의 감상이 아닌 초월적 사랑의 세계를 꽃은 미소로 전한다. 이러한 꽃의 초월적 사랑과는 달리 인간 세계의 아가씨들은 순수한 사랑을 꿈꾸면서도 적당한 시기가 되면 관습에 따라 결혼을 하고 부부가 된다. 그러나 행복한 소통을 기대하고 맺어진 결혼은 실망이거나 불행일 경우가 많다. 이것을 예감했음인지 금실 은실을 늘이고 칠보화관을 쓴 신부는 '울며 떠난다'. 꽃과는 다른 삶을 선택한 아가씨들의 후회와 자책과 인종의 삶을 "꽃이여, 너는/아가씨들의 간을/쪼아 먹는다"고 진술하고 있다.

이런 인간들에게 순간 순간 완전한 삶을 사는 꽃은 접근할 수 없는 먼 거리의 존재이다. 그러한 꽃의 미소는 "…마침내/갈 수 없는 하늘에/별이 되어 박힌다". 그러한 꽃의 빛깔과 향기는 인간들에게 멀고 먼 곳에서 추억처럼 전해질 뿐이다. 꽃이 나에게 건네는 소통의 신호로서의 한 방울의 이슬은 그에 응하지 못하는 나의 안타까움의 눈물 한 방울로 받아들여진다. 그러한 나는 꽃에게 외로움과 슬픔을 던져줄 수밖에 없다.

이처럼 소통을 통해 존재의 고립성을 극복하고자 하는 이 시는 현상학, 또는 초월 상징주의와 연관지어 해석할 수 있다. 모든 현상은 가상적이고 환영에 불과한 것으로서 존재의 미로를 방황하고 있으면서도, 그와 동시에 그러한 상태로만 영원히 머물러 있는 것이 아니라 어떠한 경로로든 자신의 존립성과 진실성을 강력히 주장하면서 거기에 있고 또 존재의 빛을 발하고 있다[12]. 위의 시에서 꽃은 여러 경로를 통해 자신의 존립성과 진실성을 강력히 주장하면서 존재의 빛을 발하고 있지만 교응交應 능력이 없는 나는 거기에 호응하지 못하고 외로움과 슬픔에 빠져 있다.

끊임없이 꽃과의 소통을 원하지만 능력의 한계로 소통하지 못하면서도 끊임없이 소통을 염원하며 꿈꾸는 나의 태도는 이카루스적 꿈꾸기로 로만적 아이러니가 아닐 수 없다.

다음 시의 화자는 본질적 존재인 꽃과 대면하려는 비장한 결의를 보여주고 있다

나는 시방 위험한 짐승이다.
나의 손이 닿으면 너는
미지의 까마득한 어둠이 된다.

존재의 흔들리는 가지 끝에서
너는 이름도 없이 피었다 진다.
눈시울에 젖어드는 이 무명無名의 어둠에
추억의 한 접시 불을 밝히고

12) 오세영, 상게서 p180~1

나는 한밤내 운다.

나의 울음은 차츰 아닌 밤 돌개바람이 되어
탑을 흔들다가
돌에까지 스미면 금이 될 것이다.

……얼굴을 가리운 나의 신부여,
—「꽃을 위한 서시」 전문—

이 시는 얼른 보면 가벼운 애정시 정도로 읽힐 수도 있다. 그러나 정말 이 시가 무엇인가 하고 물으면 정확히 무어라고 대답하기가 참으로 곤란한 시이다. 이 시를 정확히 해석하기 위해서는 초월상징주의에 대한 이해가 필요하다.

초월상징주의의 철학적 명제는 "현상적인 것은 가상적이다"이다. 모든 현상은 자신의 실상, 즉 실체를 안으로 혹은 초월적으로 은폐시키거나 등져 버린 채 가상물로서—문학적인 설명으로는 상징물로서—거기에 있고 우리에게 인식된다[13]. 상징주의가 지향하는 궁극점은 "현상적인 것은 가상적이다"라는 명제로부터 , "현상적인 것은 전적으로 가상적인 것이 아니라 실상적이기도 하다"라는 반명제를 거쳐, 마침내는 "가상적인 것은 실상적이다"라고 하는 합명제에 도달하는 것이다[14]. 상징주의 시인은 현상즉상징現象卽象徵이 오직 암시와 유추의 채널을 통해서만 우리에게 방출되는 어렴풋한 말들의 본의本

13) 상게서 p180~1
14) 상게서 p193

意를 바르고 명료하게 해독함으로써 모든 현상의 존재 속에 깊이 은폐되어 있는 본질 즉 '관념'의 사원에 도달하려는[15] 견자見者가 되려고 한다.

이 시는 "시방 나는 위험한 짐승이다"라는 당돌한 발언으로 시작한다. 그리고 이 발언에 대한 보충 설명으로 "나의 손이 닿으면 너는/미지의 까마득한 어둠이 된다"라는 알 듯 모를 듯한 진술로 계속된다. 무슨 뜻일까. 나는 본질로서의 꽃과 대면하고 싶어 한다. 이러한 목적을 달성하기 위하여 나는 집요하게 노력한다. 그러나 노력하면 노력할수록 나는 꽃과 단절된다. 이러한 단절의 이유는 상징주의 철학의 핵심 명제인 "현상적인 것은 가상적이다"에 있다. 모든 현상은 자신의 실체를 안으로 혹은 초월적으로 은폐시키거나 등져 버린 채 가상물로서 거기에 있을 뿐이다. 그런데 나는 현상즉상징이 암시와 유추를 통해 우리에게 전달하는 어렴풋한 말들의 본의를 명료하게 해독하여 관념의 사원에 도달한 견자가 아니다. 이러한 나는 실상을 보지 못하고 가상만을 본다, 그러면서도 참이고 미美인 꽃과의 대면을 열렬히 갈망한다. 그 결과 나는 '위험한 짐승'이 되고, 노력하면 노력할수록 꽃과의 대면은 '미지의 까마득한 어둠'이 될 뿐이다.

이렇게 현상의 가상성 밖에 보지 못하는 나에게 꽃의 진정한 이름을 붙여줄 능력이 없다. 눈앞에 있는 현상의 꽃은 가상으로서 '이름도 없이 피었다 질'뿐이다. 그러나 나는 실상의 꽃을 보기 위해 끊임없이 노력한다. 이러한 꽃과의 불통은 내 존재의 뿌리를 흔들리게 하고 사무치는 그리움으로 한밤 내내 추억에 젖어 울게도 한다. 그

15) 상게서 p209

러나 나의 울음은 나에게 실의와 좌절을 가져다주는 것이 아니라 존재 탐구의 결의를 더욱 다지게 한다. 나의 울음은 깜깜한 밤중에 회오리바람이 되어 단단한 석탑을 흔들어대다가 드디어 스며들어 금이 되려고 한다. 금이 된다는 것은 꽃과의 본질적 대면이 이루어졌다는 뜻이 될 것이다. 그러나 이러한 일은 미래의 바람일 뿐이고, 현재의 나에게 '꽃'은 여전히 '얼굴을 가리운 나의 신부'일 뿐이다.

살펴본 대로 이 시는 "현상적인 것은 가상적이다"는 명제에서 출발하여, "현상적인 것은 전적으로 가상적인 것이 아니라 실상적이기도 하다"는 반명제를 거쳐, "가상적인 것은 실상적이다"는 합명제合命題에 이르려고 하는 존재 탐구의 시로, 인간의 유한성에 끊임없이 도전하며 실패하고 추락하면서도 그리움과 불굴의 의지로 또 다시 이상을 추구하는 영원한 로만주의의 로만적 아이러니를 보여주는 시라고 할 수 있다.

살펴본 대로 김춘수의 관념시는 철저히 존재탐구의 시로, 유한한 인간이 창조적 자아, 로만적 자아가 되려는 로만적 아이러니를 보여주고 있다.

Ⅲ. 정리 및 맺는 말

승려이자 지사인 한용운은 일개인이 감당하기에는 너무나 벅찬 참나 찾기와 정토구현이라는 거대한 과제를 안고 고뇌하고 그리워하며 시를 썼다. 한 치 앞을 내다보기 어려운 극한상황에서도 그가 절망하지 않고 그리워하고 기다리며 살 수 있었던 것은 님은 곧 나라는 확고한 인식이 있었기 때문이다. 님은 곧 나이기 때문에 님을 떠나서 나는 있을 수 없고, 현재의 이별을 극복하여 만남을 성취하지 않는 한 나는 완성될 수 없는 것이므로, 님에 대한 나의 사랑은 운명적인 것이라는 인식이다. 그러나 이러한 만남은 일개인이 성취하기에는 너무 크고 어려운 것이어서 썩 현실화하지 않는다. 그럼에도 나는 실의와 좌절 가운데서도 신념과 희망으로 불타오르며 깜깜한 밤길을 간다. 이러한 나의 태도는 번번이 추락하면서도 태양을 향해 끊임없이 솟아오르는 이카루스를 연상시키는 것으로, 영원한 로만주의가 보이는 1단계의 로만적 아이러니라고 할 수 있다. 그러나『님의 침묵』의 로만적 아이러니는 그리움만이 아니라 이성理性과 행동을 수반하고 있어서 비장미와 숭고미를 함께 보여주고 있다. 수행자인 한용운이 참나 찾기에서 보여주는 로만적 아이러니가 이카루스적인 1단계의 로만적 아이러니라면, 정토구현에서 보여주는 중생 · 민족 · 국가에의 관심은 대승적 역사의식을 보여주는 2단계의 로만적 아이러니라고 할 수 있다. 그러나 그의 2단계 로만적 아이러니는 서구의 로만주의가 보여주는 종교나 국가주의에로의 귀의라는 굴절적 로만적 아이러니가 아니라, 부당하게 핍박받는 자가 성실하게 길 찾아가는 과정에서 보이는 로만적 아이러니라고 할 수 있다.

서정적이고 겸허한 성품의 윤동주는 폭력적 시대를 만나 어떻게 살 것인가 하는 양심의 문제로 고뇌하였으며, 이러한 시대에 이웃과 민족에게 어떠한 역할도 하지 못한다는 자기반성과 부끄러움으로 일관해 산 시인이다. 「자화상」에는 '우물'로 상징되는 내면공간에서 자아에 대한 교차된 애증의 감정을 보이면서 '추억처럼' 살아가는 시인의 내면적 동경이 나타나는데, 폐쇄적인 공간에서 추억을 반추하는 그의 태도는 격변하는 현실상황에 정면대응하지 못하고 공상으로 퇴행하는 로만주의자들의 모습을 보이고 있다. 그러면서도 꿈꾸기는 계속한다. 유약하고 비현실적이지만 이러한 꿈꾸기를 통해서 존재감을 확인하고 자아의 상승감을 맛보는 것이다. 이러한 그의 꿈꾸기는 영원한 로맨티시즘의 로만적 아이러니의 모습을 보여주는 것이라고 할 수 있다. 이러한 소극적 꿈꾸기는「서시」에서는 '죽는 날까지 하늘을 우러러/한 점 부끄럼이 없기를' 천명하며 하늘의 별과 같은 존재가 되려고 한다. 별은 하늘 높이 떠서 어두운 밤을 비추어주는 존재이다. 시인은 매서운 바람에 추워하고 아파하는 별을 지표로 삼고 주변의 춥고 아프고 죽어가는 것들을 위로하려 한다. 지상에서 멀리 떨어져 별 같은 존재로 빛나며 이상적 삶을 꿈꾸는 그의 태도는 이카루스적 로만적 아이러니를 생각하게 한다.「자화상」이 내면적 동경이고,「서시」가 헌신적 삶의 자세의 천명이라면,「간」은 실존적 비극성을 섬뜩하게 보여주는 시라고 할 수 있다. 철저하게 반성적인 삶을 사는 화자는 조그마한 양심의 가책에도 괴로워하며 여위어 간다. 이러한 화자는 시대와 불화할 수밖에 없다. 그는 다시는 간 빼놓은 토끼가 되지 않으려 하며, 인간에게 불을 전해준 벌로 생간을 쪼이는 프로메테우스처럼 어떠한 고난이 닥치더라도 양심을 버리지 않는다. 그의 이러한 불굴의 신념과 고난의 반복은 이카루스의 비상과 추락을 떠오르게 하며 개인의 양심이 민족 · 국가의 발견으로 이어져 공동선을 추구하는 1,2단계의 로만적 아이러니를 함께 보여주고 있다.

한용운, 윤동주의 시가 개인적 꿈꾸기에서 민족 · 국가의 공동체적 꿈꾸기로 확대되는 1,2단계의 로만적 아이러니를 보여준다면, 김춘수 시는 철저하게 이카루스적인 1단계의 로만적 아이러니를 보여준다. 그의 시 「분수」는 밑바탕의 물을 빨아올려 허공에 내뿜고 다시 떨어진 물방울들을 또 빨아올려 떨어지는 행위를 반복하는 분수활동을 통해 유한한 인간존재의 무한한 꿈꾸기라는 로만적 아이러니를 시화하고 있다. 인간은 창조적 자아가 되어 인간신이 되려고 한다. 그러나 이러한 꿈은 번번이 좌절한다. 그러나 인간은 포기하지 않고 끊임없이 꿈꾸며 시도한다. 이러한 인간의 끝없는 꿈꾸기와 도전에 의하여 인간존재의 가치는 높아지고 문화는 향상한다. 김춘수는 모든 현상의 진실이 되고 실체가 되는 '관념'을 추구하는데, '꽃'계열의 관념시에서 그는 현상으로서의 꽃이 아니라 '관념'으로서의 꽃을 보기 위해 구도자적 탐구를 한다. 꽃은 〈지금—여기〉에서 만상과 소통하며 완전한 삶을 살고 있다. 그러나 화자는 소통 능력이 없어 고립된 채 '관념'으로서의 '꽃'과의 대면을 염원하며 안타깝게 살아간다. 「꽃의 소묘」는 이러한 화자의 안타까운 염원을 토로한 것이고, 이러한 안타까움이 치열한 존재탐구의식으로 드러난 것이 「꽃을 위한 서시」이다. 「꽃을 위한 서시」에서 화자는 노력할수록 '관념'으로서의 꽃과 멀어지는 비극성 속에서 밤새워 존재탐구를 한다. 화자는 '관념'과의 대면을 가로막는 거대하고 단단한 장벽을 제거하기 위해 밤새워 회오리바람으로 장벽을 흔든다. 언젠가는 그 벽에 조그만 금이가 '관념'과의 대면이 이루어질 수 있도록 화자는 전심전력으로 벽을 흔든다. 인간성의 한계에 도전하는 듯한 이러한 비장한 꿈꾸기와 존재 탐구는 영원한 로만주의의 1단계 로만적 아이러니의 전형이라 할 수 있다.

로만적 아이러니는 인간존재가 봉착한 영원한 딜렘마라고 할 수 있다. 그 딜렘마가 인간성의 근원적 한계 때문이든, 시대적 한계 때문이든, 이러한 딜레마를 어떻게 인식하고 해결하느냐에 따라 인류의 행, 불행이 결정된다고 할 정도로 이 문제는 중요한 문제이다. 한국 현대시에서 이러한 로만적 아이러니가 깊이 있고 감동적으로 전개된 것을 확인하는 것은 즐거운 일이다.

11장

한국 시의 릴케 수용

한국 시의 릴케 수용

Ⅰ. 머리말

20세기를 대표하는 시인들 중의 한 사람인 라이너 마리아 릴케(Rainer Maria Rilke, 1875~1926)는 한국 시에도 큰 영향을 끼쳤다. 많은 한국의 시인들이 다감한 청소년기에 그의 시를 읽으면서 사랑과 동경에 눈을 뜨고, 고민 많은 습작기에 그의 실존적 불안과 고독에 공감하며 위안을 얻기도 했을 것이다.

그 동안 한국 시의 릴케 수용에 대해서는 시인 자신의 고백이나[1] 독일 문학 전공자들의 수용사受容史적 고찰[2]이 있었을 뿐, 작품들

---

1) 대표적인 예로 김춘수의 「릴케와 나의 시」를 들 수 있다. 김주연 편, 『릴케』, 문학과 지성사, 235~246면

2) 대표적인 예로 안문영의 「한국의 릴케 수용사」를 들 수 있다. 차봉희 엮음, 『한국의 독일문학 수용 100년』 93~119면

을 대비한 본격적인 고찰은 드물었다고 본다. 본격적인 고찰을 위해서는 먼저 릴케의 시 세계 중 한국 시에 영향을 끼친 사랑과 동경의 초기 시, 기도와 고독의 『기도시집』과 『형상시집』, 사물시를 확립한 『신시집』, 비가에서 송가로 나아가며 지상地上에의 결의決意를 천명한 『두이노의 비가』와 『오르페우스에게 바치는 쏘네트』, 『후기 시집』의 시 세계를 개관하고, 그의 영향을 받은 한국의 대표적 시인들인 윤동주, 김현승, 김춘수의 시와 대비해 보아 릴케 시의 구체적 수용 내용을 알아보려고 한다.

Ⅱ. 릴케의 시 세계

1. 초기 시의 시 세계

릴케는 1875년 12월 4일 체코의 프라하에서 외부 세계에 적응할 만한 준비가 덜 된 허약한 상태로 세상에 태어났다. 부모는 성격이 서로 달라 이혼하게 되고, 아버지의 뜻에 따라 입학하게 된 육군유년학교와 예비사관학교는 그에게 고통만을 주었을 뿐이다. 군사학교를 자퇴한 그는 몇몇 학교를 전전하다 대학입학 자격시험을 거쳐 대학에 진학하게 된다. 그는 이런 불안정한 유소년기에 시 쓰기로 위안을 삼았다.

릴케의 시적 출발은 평범한 것이었다. 그는 기존의 시를 흉내내거나, 개인적 추억이나 보헤미아의 풍물을 감상적으로 써 나가곤 했다. 그러면서 서서히 자기 목소리로 사랑과 동경의 시편들을 보이게 된다.

사랑이 내게로 어떻게 왔는가?
햇살처럼 왔는가, 꽃눈발처럼 왔는가,
기도처럼 왔는가? 말해다오 : .

행복이 하늘에서 반짝이며 내려와
커다란 모습으로 날개를 접고
피어나는 나의 영혼에 매달렸다……[3)]

릴케의 소녀 취향이 잘 드러나 있는 시다. 여성의 혼(Frauen-seele)이라고까지 불리는 이 시인의 여성에 대한 섬세한 배려와 이해기 잘 나타나 있다. 다감하기 이를 데 없는 이러한 목소리는 전 세계의 독자들을 사로잡기에 충분했다. 사랑에 눈떠 가는 소녀의 심정을 이보다 절실하게 노래할 수 있을까. 우리에게 첫사랑은 화사한 햇살처럼, 현란한 꽃눈발처럼, 또는 순결한 기도처럼 다가온다. 그리고 행복이라는 새로 우리 영혼에 깃들게 된다.

나의 그리움은 큰 물결 속에 살며
시간 속에 고향을 갖지 않는 것.
나의 소원은 나날의 시간이
영원과 조용히 이야기하는 것.

3) 「사랑하기」 일부, 김재혁 역, 『릴케전집』1 , 책세상, 111면

이것이 삶이다. 어제로부터
다른 자매들과는 다른 미소를 지으며
영원한 존재를 맞아 침묵하는 시간들 중에서
가장 고독한 시간이 떠오를 때까지 가는[4)]

사랑을 노래하는 신로만주의 시인 릴케의 시는 동경을 원동력으로 한다. 화자인 '나'는 끊임없이 출렁이는 그리움의 물결 속에 살며 시간 속에 고향을 갖지 않는다. 곧 '나'는 얽매이거나 정착하지 않고 끝없이 꿈꾸며 방랑한다. 떠도는 삶 속에서 '나' 는 영원과 이야기하고, 침묵과 고독 속에서 미소지으며 영원한 존재를 맞이하려 한다. 삶의 완성을 지향하는 이러한 태도는 동경에 크게 힘입고 있다.

2. 『기도시집』과 『형상시집』의 시 세계

릴케의 형상력의 힘은 외부를 향한 바라보기와 내면을 향한 명상으로 나타난다. 그 결과 형상적, 구상적인 시로 『형상시집』과 『신시집』이 나타나고, 종교적인 시로 『기도시집』이 나타난다. 시집 간행 순서는 『형상시집』이 1902년, 『기도시집』이 1905년, 『신시집』이 1907년이다. 곧 『기도시집』이 그 성격이 상통하는 『형상시집』과 『신시집』의 사이에 있는 것이다. 시 세계의 연결을 위해 『기도시집』의 시 세계부터 살펴보도록 하겠다.

모친의 영향으로 유년시절부터 카톨릭적인 생활을 했던 릴케는 뒤

4) 앞의 책 185면

에도 성서를 늘 곁에 두고 탐독하며 그리스도의 위대한 모습에서 귀감과 위안을 발견했다.[5] 루 살로메의 안내로 이루어진 두 차례의 러시아 여행은 『기도시집』 집필의 결정적 계기가 된다. "생전 처음, 모스크바에 갔을 때, 나에게는 모든 것이 다 기지既知의 것이며 오래 전부터 친근한 것인 듯 여겨졌습니다. …중략… 그것은 바로 나의 고향이었던 것입니다."[6]라고 회상한다. 그 영향으로 『기도시집』의 1부인 「기도생활의 서」와 2부인 「순례의 서」를 완성하고, 파리 체험의 영향으로 3부인 「가난과 죽음의 서」를 완성한다. 고독자인 그는 종교와 시를 종합해서 『기도시집』을 이루어낸 것이다. 릴케는 이렇게 포착한 신을 사람들에게 나누어주려고 한다.[7]

나를 당신의 광활함의 파수꾼이 되게 하소서.
나를 바위에 귀 기울이는 자로
당신의 바다의 고독 위로
나의 눈을 펼치게 하소서.
나로 하여 강물의 흐름을 따라
양쪽 강기슭에서 외치는 소리로부터
밤의 음향까지 깊숙이 이르게 하소서.[8]

고독한 '나'는 무한한 우주에서 신에게 의지해서 살아가려 한다. 신의 손길로 위안을 받고 그에게 깊이 귀의하여 그의 영지의 파수꾼

5) J.F.Angelloz, 백두성 역,『릴케』, 세계전기문고, 창명사, 16면 참조
6) 릴케의 편지, 앞의 책 39면 참조
7) 앞의 책 58면 참조
8) 『기도시집』의 제3부 「가난과 죽음의 서」 일부, 『릴케전집』1, 429면

이 되려 한다. 순례의 길은 멀고도 고통스러운 것이지만 번잡함이 없는 순례자의 삶에서 '나'는 즐거움과 보람을 느낀다. 신과 내가 하나가 되는 이러한 삶보다 더 '나'를 온전하게 하는 길은 없기 때문이다. 이 시기의 릴케는 신에 대해 회의가 없는 신앙적 태도를 보여주고 있다.

『형상시집』은 릴케의 중기 시에서 중요한 예술적 강령인 '바라보기'를 시적으로 형상화하고 예술적으로 실천하여, 릴케 창작상의 대표개념의 하나인 '사물시'로 나아가는 길을 열어놓은 시집으로, 고독 및 가을을 제재로 한 시가 한국 시에 영향을 주었다.

> 주여, 때가 왔습니다. 지난 여름은 참으로 위대했습니다.
> 당신의 그림자를 해시계 위에 얹으시고,
> 들녘엔 바람을 풀어놓아 주소서.
> …중략…
> 지금 집이 없는 사람은 이제 집을 짓지 않습니다.
> 지금 혼자인 사람은 그렇게 오래 남아
> 깨어서 책을 읽고, 길고 긴 편지를 쓸 것이며
> 낙엽이 흩날리는 날에는 가로수들 사이로
> 이리저리 불안스레 헤맬 것입니다.[9)]

이 시의 고독이나 불안은 심각한 것이라고는 할 수 없다. 오히려 풍요한 가을에 감사하며 감미로움을 느끼고 있다. 그러나 마지막 연

---

9) 「가을날」 일부, 김재혁 역, 『형상시집』, 책세상, 64면

에서는 다가올 겨울에 대한 불안의 냄새를 풍기고 있다. 따스하고 풍요한 가을은 곧 끝날 것이고, 집이 없는 사람은 단독자가 되어 천지를 떠돌 것이다. 이 시에 비교적 여유롭게 나타나는 고독과 불안은 훗날 릴케 시의 심각한 주제인 단독자 의식을 예고해 주고 있다.

3. 『신시집』의 시 세계

릴케는 『신시집』을 로댕에게 헌정하고 있다. 꿈과 사랑, 동경과 기도 속에서 살며 사물 앞에서 무능력하고 불안한 릴케에게 로댕은 〈사는 것, 인내를 갖는 것, 일을 하는 것, 그리고 환희의 기회를 하나도 소홀히 하지 않는 것〉을 가르쳐 주었다.[10] 이런 로댕의 영향으로 그는 서서히 사물 쪽으로 몸을 굽혀 사랑하려는 의지를 사물에게 전하게 된 것이다.[11]

그의 시선은 지나치는 창살에
하도 지쳐, 더는 아무것도 붙들지 못한다.
그에게는 흡사 수천의 창살만 있고
수천의 창살 뒤에는 아무 세상도 없는 듯하다.

극히 작은 원을 그리며 맴돌고 있는
날렵하게 힘찬 발걸음의 부드러운 행보는
위대한 의지가 마비되어 서 있는

10) J.F.Angelloz, 백두성 역, 『릴케』 83면 참조
11) 앞의 책 61면 참조

중심을 도는 힘의 춤사위 같다.[12)]

'표범'은 세계를 투시하려고 끊임없이 노력하는 인간존재의 상징이라고 할 수 있다. 유한한 존재인 인간과 마찬가지로 '표범'도 갇힌 존재로, 있는 그대로 파악하려고 한다. 이것이 바로 사물시의 본령이다. 릴케는 우리의 철책 안쪽에서 빙빙 돌고 있는 표범의 모습을 나타내지 않고, 그 유연한 보조의 주위에 출구가 없는 우리를 이루어 빙빙 돌고 있는 철책 때문에 마비해 버린 그 모습을 나타내려고 한다. 전에 신의 본질을 서술하려고 노력한 것과 마찬가지로, 그는 표범을 서술하려고 하는데, 신을 바깥쪽에서 파악하여 비록 이웃이었을망정 역시 신이란 이질자로서 머문 데 반하여 이제 그는 동물의 미답의 중심까지 들어갈 수 있었던 것이며, 동물을 안쪽에서 바라보려고 한다.[13)] 한스 E 홀투젠은 "「표범」이 성공을 한 이유는 단순한 감정이입이나 혹은 직관에 있는 것이 아니라, 자아와 대상물의 일치, 감정의 객관화에 있는 것이다."[14)]라고 평가하고 있다.

4. 『비가』와 『소네트』의 시 세계

오랫동안 독일인으로부터 불가해하다고 여겨졌던 『비가』와 『소네트』는 현재에는 독일 시가의 가장 중요한 작품의 하나로 간주되고

12) 「표범」 일부, 이정순 역, 『신시집』, 현암사, 74면
13) J.F.Angelloz, 백두성 역, 『릴케』 97면 참조
14) 한스 E. 홀투젠, 강두식 역, 「파리와 로댕」, 『릴케』 234면 참조

있다.[15] 이 작품의 창작 동기에 대해서는 시인 자신이 "삶을 죽음으로 향하여 열어 놓으려는, 마음 속에서 날로 강해진 결의와, 사람의 갖가지 변천을 이 확대된 전체 속에 앉히고, 〈죽음을 아무렇게나 異物로서 배제한〉 보다 좋은 삶의 순환 속에서 가능했던 것과는, 다른 위치를 그것에 부여하려는 정신적인 욕구"[16]라고 밝히고 있다.

그 뉘라, 내 울부짖은들, 천사의 列에서 나를
들어주랴? 설령, 어느 천사 하나
느닷없이 나를 가슴에 품어 준다 한들, 그의 강렬한, 강렬한
현존現存에 나 스러지고 말리라. 왜냐하면 아름다움이란
우리가 아직은 간신히 견디고 있는 가공할 것의 시작일 뿐이므로.
그 아름다움 우리가 이토록 경탄함은 그것이 우리를 파괴시키는 일 따윈 차라리 유유히
경멸하기 때문이다. 천사치고 무섭지 않은 천사 없느니.
하여 나 스스로를 다스려 어둑한 흐느낌,
그 유혹의 소리는 삼키는 것인데. 아아 그러면 그 누구를
우리는 부릴 수 있단 말인가? 천사도, 인간도 아니다.[17]

인간은 한계를 지닌 존재로, 천사에 도저히 도달할 수 없는 존재이면서도 끊임없이 천사들의 반열에 동참하려 한다. 여기에서 존재론적 비가가 발생할 수밖에 없다. 한계상황들은 어떤 조화적이며, 완결된 세계상世界像에 만족하려는 모든 경향에 대립하려는 까닭에

15) J.F.Angelloz, 백두성 역, 『릴케』 257면 참조
16) 릴케의 편지, 앞의 책 157~8면에서 재인용
17) 이정순 역, 『두이노의 비가』 중 제1 비가의 첫머리, 46면

그것들은 인간 속에 불안을 심어 놓는다. 이 불안은 인간을 앞으로 앞으로 채찍질한다. 그것들은 인간의 현존재로 하여금 자신을 상실하는 것을 깨닫게 함으로써 비로소 인간의 현존재로 하여금 자기 실존의 완전한 긴장으로 떠밀어 주는 것이다.[18] 제1 비가의 첫머리는 바로 이러한 인간의 실존적 비극성을 처절하게 부르짖고 있다.

> 기다리라… 맛이 좋구나 … 벌써 달아나는구나.
> 약간의 음악뿐, 발 구르는 소리, 콧노래 소리—
> 소녀들이여, 그대들 따스한 소녀들, 말없는 소녀들이여,
> 맛을 본 열매의 맛을 춤추라![19]

『두이노의 비가』에서 마침내 단절의 비극을 극복한 릴케는 드디어 연관의 세계로 나아간다. 『오르페우스에게 바치는 소네트』는 존재의 송가頌歌이다. 곧 『비가』는 탄식의 책이며, 『소네트』는 축성祝聖의 책[20]인 것이다. 순간 순간 사는 맛을 즐기고 있다. 이제 모든 존재들은 단절을 극복하고 연관의 존재가 된 것이다. 실존은 자신 속에서 자족하는 단순한 존재로서 파악될 것이 아니라, 오직 자기 자신을 넘어서 지향하는 관계로서, 다시 말하면 하나의 「관련」(Bezug)으로서 파악될 수 있다는 것을 의미한다. 실존의 존재 자체가 「관련되어 있는 존재」로서 성립된다.[21]

---

18) O.F.볼노브, 최동희 역, 『실존철학이란 무엇인가』 111~2면 참조
19) 「기다리라 맛이 좋구나」, 구기성 역, 『릴케 시선』 212면
20) J.F.Angelloz, 백두성 역, 『릴케』 183면 참조
21) O.F.볼노브, 최동희 역, 『실존철학이란 무엇인가』 61~2면 참조

5. 『후기 시집』의 시 세계

『후기 시집』은 사후인 1934년에 간행된다.

마음에 산정에 내쫓겼다. 보라, 저기 얼마나 작은가를,
보라, 말의 마지막 마을이, 그리고 더 높은 곳에,
하지만 그것도 얼마나 작은가를 또 하나
마지막 감정의 농가가. 그대는 그것을 알 수 있는가?
…중략…
하지만 아는가? 아, 알기 시작하는 자,
그는 마음의 산정에서 쫓겨나 이제 말이 없다.
여기엔 분명, 성한 의식을 지닌
여러 산짐승들이, 여러 안정된 산짐승들이 배회하고.
출몰하고 머물리라. 그리고 커다란 안전(安全)의 새가
산정의 순수한 거부 주변을 선회한다―허나
여기 마을의 산정에선 안전치가 않다…[22)]

이 시는 인간 정신이 추구할 수 있는 마지막 단계를 서술하고 있다.

곧 외적인 현실계가 지니고 있는 불안만이 아니고 더욱 깊이 자기 내면적인 것이 가지고 있는 불안이 서술되어 있다. 그러나 그 불안은 곧 절대자유의 영역이며 인간이 언어와 개념으로 파악할 수 있는, 또 그렇게 함으로써 인간이 친근해질 수 있는, 이리하여 해득된

---

22) 「마음의 산정에 내쫓겼다」 일부, 구기성 역, 『릴케 시선』 225면

세계 속에 끌어넣을 수 있는 모든 것을 넘어서, 다시 한 걸음 나아가서 고정된 것으로서 파악되며 재인식되는 모든 정서를 넘어서, 고유한 정신적인 삶의 근원적인 현실계, 즉 외적인 자연보다 더욱 낯설며 더욱 이해키 어려운 현실계를 보여준다.[23)]

이상의 릴케의 시 세계 중 한국 시와 대비할 내용을 정리해 보면, 릴케는 초기 시에서 사랑과 동경을 노래했으나, 다음 단계인 『기도시집』과 『형상시집』에서는 심정을 토로하는 예술의 수도사이며, 기도를 바치는 고독한 시인의 모습을 보이고 있고, 『신시집』에서는 기도시 대신 조소彫塑적인 사물시를 보이고 있다. 이러한 사물도 그를 위로하지 못했을 때 그는 『두이노의 비가』와 『오르페우스에게 바치는 소네트』를 통해 처절한 고뇌 끝에 단절에서 연관의 세계로 나아감으로써 존재의 송가를 부를 수 있었고, 확고하게 지상에의 결의를 천명할 수 있었다. 이런 자세는 최후의 시집인 『후기시집』에서도 계속되고 있다. 그가 최후의 순간에 외쳤다는 “이 세상의 삶은 근사하다”고 하는 감탄 속에는 지상의 생존에의 찬송임과 동시에 피안의 세계에 대한 암묵의 거절이 깃들여져 있다.[24)]

23) 볼노브, 앞의 책 79~80면 참조

24) J.F.Angelloz ,앞의 책 189~90면 참조

Ⅲ. 수용의 실례

1. 윤동주의 시

"윤동주는 타고난 서정시인이자 대단한 독서가였다. 그의 장서 중에는 문학에 관한 책도 있었지만 철학 서적이 많았다. 고향 친구인 문익환은 윤동주의 키에르케고르에 대한 이해가 신학생인 자신보다 깊었다고 회고한다.[25]

윤동주는 릴케의 초, 중기 시를 일역日譯으로 처음 접했을 것이다. 친동생인 윤일주는 형은 고향에 와서도 늘 책을 끼고 살았는데 그 중에는 릴케 시집도 끼어 있었다고 회고하고 있다.[26] 그의 시「소년」의 "가을이 뚝뚝 떨어진다"는 릴케의『형상시집』의「가을」이란 시의 "잎이 진다. 멀리에선 듯 잎이 진다."가 연상된다. 조락의 계절에 고독과 불안을 느끼지만 심각한 수준은 아닌 점도 서로 닮았다.「별 헤는 밤」에서 그는 좋아하는 시인으로 '「라이넬 · 마리아 · 릴케」'를 드는데, 그의 릴케 수용을 확인할 수 있는 부분이다. 그러나 이런 구절만으로 그의 릴케 수용의 본격성을 인정하기는 어렵다. 아마도 윤동주의 릴케 시 수용은 청소년기의 독서 체험으로 잠복해 있다가 그의 삶의 비극과 연계되면서 지상地上에의 결의決意 면에서 일치성을 보였다고 생각된다.

여기저기서 단풍잎 같은 가을이 뚝뚝 떨어진다. …중략…손금에는 맑

25) 문익환,「동주형의 추억」,『하늘과 바람과 별과 시』256면 참조
26) 윤일주,「선백의 생애」, 앞의 책 272면 참조

은 강물이 흐르고, 맑은 강물이 흐르고, 강물 속에는 사랑처럼 슬픈 얼골 — 아름다운 순이의 얼골이 어린다.[27]

괴로웠든 사나이,
행복한 예수 · 그리스도에게
처럼
십자가가 허락된다면

목아지를 드리우고
꽃처럼 피어나는 피를
어두어가는 하늘 밑에
조용히 흘리겠읍니다.[28]

윤동주의 시는 감미롭고 부드러운가 하면, 준열하고 심각하다. 「소년」은 감미롭고 부드러운 시의 한 예이다. 소녀 취향인 릴케의 사랑과 동경의 초기 시와도 통하고 있다. 손금에서 맑은 강물을 보고, 그 강물에서 순이의 '사랑처럼 슬픈얼골'을 떠올리는 청순한 상상력도 릴케의 초기 시와 닮아 있다. 이 외에도 이러한 성격의 시로는 「자화상」, 「길」, 「별 헤는 밤」 등을 들 수 있다.

「십자가」는 준열한 자세로 신에 대해 회의하며 지상적 삶을 결의하는 시이다. 극한상황에서 신은 그에게 나타나 역사하지 않는다. 기다려도 나타나지 않는 '숨은 신' 대신 화자는 자신이 주체가 되려 한

27) 「소년」, 앞의 책 8면
28) 「십자가」, 앞의 책 28면

다. 릴케는 뮈조트의 편지에서 "'심연마저 거처로 할 수 있었던 자'는 결국 '덧없고 으스러지기 쉬운 대지'만이 확실한 생존공간임을 인식하고 신에게서 벗어나 지상에로 결의한다. 그리고 이런 대지를 '고뇌하면서 또 정열을 기울여' 생활터전화하려고 한다.[29]" 고 하는데, 이러한 지상과 인간에의 결의는 윤동주의 시에도 확실히 나타난다.「십자가」계열의 시들로는 「서시」, 「태초의 아침」, 「또 태초의 아침」, 「무서운 시간」, 「또 다른 고향」, 「쉽게 씌어진 시」, 「참회록」, 「간」 등을 들 수 있다.[30] 이러한 지상적 삶의 결의는 릴케의 결의와 동궤의 것이라고 할 수 있다.

2. 김현승의 시

김현승은 스스로 '일생에 나만큼 가을에 대한 시를 많이 쓴 시인도 우리 나라에서는 아마 별로 없을 것'이라고 말하고 있다. 그는 '꽃보다는 더 많은 폭풍우의 시련과 경험을 거쳐 열매 맺는 것이 진정한 시'라고 하며 '가을은 열매맺는 시간'이라고 한다.[31] 『김현승 시전집』에서 가을이 들어 있는 17편에 달하는 그의 가을 시편들은 분위기와 어조 상 『기도시집』과 『형상시집』의 가을 시편들을 떠올리게 한다.

우리의 마음들은 벌써 낙엽이 진다.

---

29) 릴케 전집 중 『뮈조트의 편지』 335면 참조

30) 윤석성, 「윤동주론—지상에의 결의—」, 『청하 김형수박사 화갑기념논총』 1210면 참조

31) 윤석성, 「김현승 시의 '가을' 연구」, 『동악어문론집』 35집 422면 참조

우리의 마음들은 남긴 것 없음을
이제는 서러워한다.
지금은 먼 길을 예비할 때—
집 없는 사람들은 돌아와 집을 세우는
지금은 릴케의 시와 자신에
입맞추는 시간……[32)]

봄의 시가 생명의 환희에 차서 그러한 공간을 찬양하는 공간의식의 시라면 가을의 시는 지난 봄과 여름을 되돌아보고 다가올 겨울을 대비하는 시간의식의 시라고 할 수 있다. 여기서 비가문학이 나오고 심각한 실존문제가 제기되기도 한다.[33)] 가을은 자신의 존재를 생각하게 하는 계절이다. 이러한 계절이 오는 기척을 시인들은 누구보다 빨리 감지한다. 마음에는 벌써 낙엽이 지고, 남긴 것 없음을 서러워하고, 먼 길을 예비하며, 집 없는 이들은 돌아와 집을 세우는 계절이다. 이러한 가을은 존재론적 가을이며, 다가올 겨울을 생각하며 불안의 기미를 띠고 있다.[34)]

머지않아 가을이 오면
사람마다 돌아와 집을 세우는 가을이 오면[35)]

나는 이제야 내가 생각하던

---

32)「가을이 오는 시간」 일부,『김현승 시전집』, 민음사, 135면
33) 윤석성, 앞의 논문 416면 참조
34) 윤석성, 앞의 논문 430~1면 참조
35)「나무와 먼 길」 일부,『김현승 시전집』 84면

영원의 먼 끝을 만지게 되었다.
그 끝에서 나는 눈을 비비고
비로소 나의 오랜 잠을 깬다.
…중략…
나는 내게서 끝나는
아름다운 영원을
내 주름 잡힌 손으로 어루만지며 어루만지며
더 나아갈 수도 없는 나의 손끝에서
드디어 입을 다문다—나의 시와 함께.[36)]

제목만으로 고독시편으로 분류할 수 있는 김현승의 시들은 열 편이다. 그의 집요한 고독 추구는 『두이노의 비가』에서 『후기시집』에까지 이르는 릴케의 집요한 고독 추구와 많이 통하고 있다. 그가 신에 대해 회의를 일으키는 이유로는 첫째 하나님은 유일신이 아닌 듯하고, 다음으로 기독교에서는 행복의 영광은 신에게 돌리고 불행의 책임은 악마에게 돌리고 있는 데 이 점을 수긍하기 어렵고, 세번째로 교인들의 생활과 마음가짐이 일반사회인의 그것과 별로 다를 것이 없더라는 것이다.[37)]

「절대고독」에서 그는 신의 무한성이나 영원성이 실재하지 않음을 비로소 깨달았다고 고백하며, 그 무한이나 영원은 결국 나 자신의 생명에서 끝나버림을 토로한다. 릴케는 만년의 시 「마음의 산정에 내쫓겼다」에서 무한천공無限天空을 나는 고독한 새로 현실을 직시하

36)「절대고독」, 『김현승 시전집』 270면
37) 김현승, 「나의 문학 백서」, 전집 2권, 시인사, 274~7면 참조

며 그 대가로 무한한 자유의 존재가 되는 경지를 노래하는데, 김현승도 신에게 귀의하여 마음의 평안을 얻는 삶보다 고독 속에서 자신의 의지로 살며 지상적 삶을 수행하는 주체가 되려 한다.

3. 김춘수의 시

일본 유학 시절 김춘수는 우연히 릴케의 초기 시를 읽고 시에 눈을 뜨게 되고 시를 쓰게 되었다고 고백한다. 릴케를 읽으면서 그는 "참으로 이 세상에 시가 있는 것이구나"하는 감회를 금할 수가 없었다고 한다.[38] 이어서 그는 릴케의 전기를 찾아 읽는 등 릴케에 대한 관심을 키워 간다.

김춘수의 릴케에 대한 경도는 다음의 시들로도 알 수 있다.

가을에 나의 시는
여성적인 허영을 모두 벗기고
뼈를 굵게 하라.
가을에 나의 시는
두이노 고성의
라이너 · 마리아 · 릴케의 비통으로
더욱 나를 압도하라[39]

천사들이 겨울에도 얼지 않는 손으로

38) 김춘수, 「릴케와 나의 시」, 『릴케』 235면 참조
39) 「가을에」 일부, 『김춘수전집』 1, 문장, 23면

나무에 꽃을 피우고 있는 것을,
죽어간 소년의 등 뒤에서
또 하나의 작은 심장이 살아나는 것을,
라이너어 · 마리아 · 릴케,
당신의 눈은 보고 있다.
하늘에서
죽음의 재는 떨어지는데,
이제사 열리는 채롱의 문으로
믿음이 없는 새는
어떤 몸짓의 날개를 치며 날아야 하는가를,[40)]

「가을에」에서는 릴케의 치열한 시정신을 배우려 하고 있고, 「릴케의 장」에서는 세계를 꿰뚫어 보고 해답을 주는 릴케의 시적 투시력을 찬양하고 있다. 이러한 시만으로도 그가 얼마나 릴케를 경모하고 본받으려고 했던가를 알 수 있다. 그의 이러한 관심과 흠모는 시작법의 수용으로 나타난다.

나는 시방 위험한 짐승이다.
나의 손이 닿으면 너는
미지의 까마득한 어둠이 된다.

존재의 흔들리는 가지 끝에서
너는 이름도 없이 피었다 진다.

---

40)「릴케의 장」 일부, 앞의 책 157면

눈시울에 젖어드는 이 무명無名의 어둠에
추억의 한 접시 불을 밝히고
나는 한밤내 운다.

나의 울음은 차츰 아닌 밤 돌개바람이 되어
탑을 흔들다가
돌에까지 스미면 금이 될 것이다.

……얼굴을 가리운 나의 신부여.[41)]

이 시는 한국시사에서 릴케를 가장 깊게 이해하고 본격적으로 수용한 시라는 점에서 그 의의를 둘 수 있다. 같은 계열로 「꽃」 등을 들 수 있다. 김춘수는 그의 시 「꽃을 위한 서시」에 대해 "후자는 존재의 비밀과 그 선험적 깊이를 캐내지 못하는 절망감을 드러내려고 한 것이지만, 한편 이 시의 배후에는 그런 절망감을 딛고 있으면서도 그것들을 깨내려고 하는 인간의 존재 탐구에의 어쩔 수 없는 열정을 감춰두고 있다".[42)]고 밝히고 있다.

이 시는 초월 상징주의로도 접근할 수 있다. 「꽃을 위한 서시」는 상징주의 철학의 출발명제인 "모든 현상적인 것은 가상적이다."를 분명히 보여주는 예이다. '나'는 실상으로서의 '꽃'인 관념에 도달하려는 갈망만 왕성한 거칠고 '위험한 짐승'이다. 이러한 내가 정작 '꽃'의 본질에 다가가려고 하자 '꽃'은 '나'를 거부하고 '미지의 까마득한

---

41) 「꽃을 위한 서시」 앞의 책 153면
42) 김춘수, 「릴케와 나의 시」, 『릴케』 244면 참조

어둠'이 되어 버린다. 그런데 '꽃'을 가상성에 머물게 하는 것은 '꽃' 자체가 아니라 견자見者가 되지 못한 인식주체인 '나'자신이다. '꽃'은 자신의 깊은 곳에 본질을 은폐하고 항상 거기에 서 있다. 그러나 열리지 못한 '나'에게 이 '꽃'은 '이름도 없이 피었다' 지는 한낱 사물일 뿐이다. '나'는 이처럼 '꽃'의 본질을 투시하기 위해 피나는 노력을 한다. '나'는 '꽃'의 실상인 관념이 떠오르기를 기대하며 '추억의 한 접시 불을 밝히고', 즉 이미 아련히 감지한 관념에 대한 연모에 불타서, 밤새워 추구하며 안타까움에 울기를 계속한다. 이러한 '나'의 안타까운 노력이 계속되면 언젠가는 '나'의 갈망('울음')은 한 밤중의 회오리바람이 되어 단단하고 거대한 탑신을 뚫고 들어가 본질인 관념('金')에 도달할 것이다. 그러나 현재 '나'에게 '꽃'은 본질을 은폐하고 사물로만 있는 '얼굴을 가리운 나의 신부'일 뿐이다.[43] 이처럼 사물의 본질을 추구하는 시작 태도와 기법은 릴케에게서 배운 것이라고 할 수 있다. 그러나 엄밀히 살펴보면 그의 「꽃」 계열의 관념시가 『신시집』의 투명한 사물시와 일치한다거나, 『두이노의 비가』와 『오르페우스에게 바치는 소네트』처럼 비가에서 송가로 이행하는 경지의 시라고는 말하기 어렵다.

Ⅳ. 맺는 말

살펴본 대로 릴케는 초기에 감미로운 사랑과 동경의 시를 쓰다가,

43) 윤석성, 「김춘수 시의 상징주의적 해석」, 『동악어문론집』 32집, 452~3면 참조

러시아 여행과 파리 체험 후 종교성이 짙은 『기도시집』을 쓰게 되고, 비슷한 시기에 화가들의 영향으로 『형상시집』을 쓰게 된다. 이후 그는 시작 방법을 모색하다가 로댕의 영향으로 사물시의 영역을 연 『신시집』을 내게 된다. 그러나 『신시집』만으로 그의 존재의 갈증을 풀 수는 없었다. 그는 10년에 걸친 치열한 고뇌와 사유 끝에 존재의 비가와 송가라 할 수 있는 『두이노의 비가』와 『오르페우스에게 바치는 소네트』를 완성하게 된다. 이후 그의 명징한 시 정신은 만년의 시까지 지속된다.

이러한 릴케의 영향을 입은 한국의 대표적인 시인들로는 윤동주, 김현승, 김춘수를 들 수 있다. 세 시인의 수용의 공통점으로는 이들이 모두 릴케처럼 가을을 유난히 좋아하며 가을시편들을 많이 남겼다는 점을 지적할 수 있다. 개별적으로 살펴보면,

윤동주는, 「소년」, 「별 헤는 밤」, 「무서운 시간」 등이 초기 시와 『기도시집』, 『형상시집』의 영향을 받았고, 또 「태초의 아침」, 「십자가」, 「간」 등이 릴케의 지상에의 결의와 궤를 같이 한다는 것을 확인할 수 있었다. 그러나 암흑시대를 살았고 거기에다 일찍 세상을 뜬 까닭에 완성된 시편을 많이 남길 수는 없었다.

김현승은 그의 시에서 단편적으로 릴케에 대한 관심을 드러내고 있다. 그도 릴케의 『기도시집』과 『형상시집』의 영향을 많이 받았음을 17편에 달하는 그의 '가을 시편'을 통해 알 수 있다. 그러나 본격적으로 릴케 시와 대비해 볼 수 있는 시들은 후기의 그의 시, 곧 10편에 달하는 '고독시편'이라고 할 수 있다. 이러한 시들에서 그는 릴케처럼 고독의 궁극을 추구하며 지상의 삶을 결의하고 있다. 그러나 만년에 그는 다시 기독교로 회귀한다.

김춘수는 가장 확실하게 릴케를 수용하고 본격적으로 그의 시 세계를 이해하고 시 창작에 적용한 시인으로 평가된다. 그는 릴케의 시를 통해 시의 맛을 알았고, 사물의 본질에 다가가는 연습을 하였으며, 관념의 세계와 접할 수 있었다. 이러한 영향으로 그는 「꽃」, 「꽃1」, 「꽃을 위한 서시」 등을 쓰게 된다. 그러나 이러한 시들도 릴케의 사물시와는 성격이 다르고, 인간 존재의 비극성을 극복하고 터져 나오는 송가라고는 할 수 없다. 결국 그는 관념의 중압을 이기지 못하고 무의미시로 옮겨가게 된다.

이상의 세 시인의 시와 대비해 살펴본 대로 릴케 시는 한국에서 완벽하게 수용되었다고는 할 수 없다. 그러나 릴케 시의 수용으로 한국 시가 예술성과 형이상학성에서 깊이를 더 했다는 것은 부인하기 어려울 것이다.

12장

"다 두고 이슬단지만 들고 간다"
—박용래론

"다 두고 이슬단지만 들고 간다" —박용래론

Ⅰ. 머리말

갈수록 시인이 기다려진다. 더없이 순수하고 향기로와서 우리의 오염된 의식을 깨뜨려 주는 신선한 산소와 같은 시인 말이다. 시대에 뒤떨어지지 않으려고 발버둥치는 '머리'의 시인이나, 유파의 일원이 되어 옹색하게 명맥을 이어가는 시인들에게는 이제 싫증이 난다. 진정한 시인을 만나고 싶다. 시인일 수밖에 없는, 맑고 고요한 영혼을 만나고 싶다. 상업주의나 파당의 우산에서 벗어나 생명의 땅에 뿌리를 내리고 꽃피우고 열매 맺는 시인을 만나고 싶다. 이런 염원의 인간이 아니라면 시인이란 도대체 무엇이며, 이 불모의 시대에 무슨 존재 가치가 있다는 말인가.

누구보다 아픈 삶을 살았으면서도 우리에게 따뜻한 소식을 전해주는 시인이라면 우리는 그를 찬미해도 좋을 것이다. 누가 강요하지도 않고 그 자신도 의도하지 않았지만 그의 삶과 시가 향기롭고 진실해서 우리에게 위안이 되는 시인을 우리는 드물게 만나게 된다. 갈수록 심화되는 물신주의 세상에서 우리는 이런 기인적 시인에 의해 삶의 때를 벗고 또 다른 지평을 열 수 있게 될 것이다. 이 경우 순수한 시인, 곧 문제적 개인이 겪는 아픔은 주변으로 향하는 시인의 무계산적 사랑이자 근원으로 회귀하려는 자아의 본능적 향수라고 할 수 있다. 이렇게 해석될 때에 물질적으로 비생산적인 시인의 존재 가치도 인정될 것이며 기인적 삶도 이해될 것이다.

이러한 순수하고도 향기로운 시인의 한 사람으로 우리는 박용래를 들 수 있을 것이다. 누구보다 명민한 두뇌와 능력을 타고났으면서도 이러한 능력을 개인의 이익을 위해 사용하지 않고 시대의 외곽에서 아프게 살아간 것은 그가 누구보다도 따뜻하고 진실한 사람이었기 때문이다. 그는 여리고 착한 것들의 친구이자 만년 어린이였으며, 사라져 가는 것들의 이웃이자 문명과 환경에 대한 따뜻한 비판자였으며, 깊은 정한을 지녔으면서도 그 정한에 함몰되지 않고 올곧은 결의를 보인 눈물의 선비였다. 이러한 그의 삶을 시를 통해 확인해 보려고 한다.

Ⅱ. 여리고 착한 것들의 친구

인간이 연륜을 쌓아간다는 것은 철들고 지혜로와진다는 이로움도 있겠지만, 세파에 시달려 본래의 성정을 보전하지 못하고 오염되거나 변질되어 가는 부작용도 있다. 그래서 인간들 중에는 이렇게 오염되거나 변질되어 가는 자신을 안타까워하며 때묻지 않고 근심 걱정 없는 어린 날을 그리워하기도 한다. 어린 날은 본래성이 훼손되지 않은 때라고 생각하므로 시인이 어린 날을 그리워하며 동심을 유지하려 한다는 것은, 본래의 순수성을 지키려 한다는 뜻이 될 것이다. 동심은 여리고 착한 마음이며, 특히 시인의 동심은 여리고 착한 것들에 대한 일체감의 마음이라고 할 수 있다.

뭣하러 나왔을까
멍멍이,
망초 비낀 논둑길
꼴 베는 아이
뱁새
돌아갔는데
뭣하러 나왔을까
누굴 기다리는 것일까.
솔밭에 번지는
상가喪家의
불빛.

―「물기 머금 풍경 1」 전문―

시인은 꼴 베는 아이와 뱁새도 돌아간 논둑길에 나와 있는 '멍멍이'를 애정 어리게 보고 있다. 인간이 감지하지 못하는 비밀한 세계를 우리가 하등이라고 부르는 일반 동물들은 고도의 감관으로 포착하고 있다. '멍멍이'는 누구를 기다리고 있다. 기다리는 대상은 이 세상의 존재가 아닌 듯하다. 그래서 '상가의 불빛'이라는 암시적 시어가 동원되고 있다. '멍멍이' 하나를 애정 어리게 보고 있는 시인에게는 이러한 저녁 풍경이 물기 머금은 풍경이 된다. 죽은 주인을 애절히 그리워하는 '멍멍이'의 슬픔을 동심의 눈으로 포착하고 있다. 인간 본래의 성정인 슬픔의 아름다움을 절제된 이미지로 보여주고 있다. 여리고 착한 것들에 대한 시인의 미시적이고 따스한 시선은 다음 시에서도 계속 부어지고 있다.

탱자울에 스치는 새떼
기왓골에 마른 풀
놋대야의 진눈깨비
일찍 횃대에 오른 레그호온
이웃집 아이 불러들이는 소리
해 지기 전 불 켠 울안.

—「울안」 전문—

여린 새들이 탱자 울에 깃들이는 것은 뱀이나 매와 같은 천적들로부터 자신을 보호하려는 본능 때문이다. 이러한 새떼들의 습성을 시인은 애정 어리게 포착하고 있다. 시인의 시선은 이어서 '기왓골에 마른 풀', '놋대야의 진눈깨비', '일찍 횃대에 오른 레그호온', '이웃집 아이 불러들이는 소리'로 확대되고 있다. 지붕 위의 기왓골은 식물이 성장하기에 대단히 열악한 조건이다. 이런 조건에서도 풀 한 포기는 끈질기게 그 생명을 유지하고 있다. 이런 내막을 시인은 따뜻이 바라보고 있다. 또 서민적 용기인 '놋대야'에 담긴 진눈깨비에 특별한 관심을 쏟고, 겨울철 먹을 것이 없어 일찍 잠자리에 든 알닭인 레그호온에게까지 섬세한 사랑을 쏟고 있다. 시인은 미시적으로 세계를 본다. 미시적으로 세계를 봄으로써 여리고 착한 것들이 따뜻하고 생기 있게 포착된다.[1] 이어서 시인은 추억 속의 어린 아이 불러들이는 소리와 따뜻이 불켜져 있는 울안을 떠올리게 된다. 이러한 순수한 것들에 대한 미시적 애정은 시인을 여리고 착한 것들의 친구가 되기에 마땅한 자격을 주고 있다. 이러한 일들은 모두 '해지기 전'의 쓸쓸한 시간에 벌어지고 있다. 귀소본능이 극대화되는 저물녘에 시인은 애정이 극대화되는 것이다. 이러한 자신을 시인은 다음과 같이 고백하고 있다.

나는 소금
좌판 위 주발이다
장날 폭설이다
지게 목발이다
헤쳐도 헤쳐도
산,고드름의
저문 산
새발 심지의
등잔.

—「겨울산」 전문—

---

1) 시인은 "반의 반쯤만 창틀을 열고 본다."고 그의 미시적 시세계를 표명하고 있다. 박용래, 『우리 물빛 사랑이 풀꽃으로 피어나면』(이하 위의 책), 문학세계사, 1985. p70 참조.

시인은 스스로를 '소금', '좌판 위 주발', '장날 폭설', '지게 목발', '고드름의 저문 산', '새발 심지의 등잔' 등 우리 생활 주변의 사소하고 친숙한 것들로 은유하고 있다. 이러한 사소한 것들은 여리고 착한 것들이고, 이러한 것들을 애정 어리게 바라보는 시인은 그들의 친구일 수밖에 없다. '좌판 위 주발', '장날 폭설', '지게 목발'은 시골 장날의 모자이크적 풍경이다. 폭설이 내린 장날, 지고 온 지게를 목발로 괴어놓고 오랜만에 만난 지면들과 좌판 위 주발로 막걸리 한 잔을 나누는 정경을 떠올리기 어렵지 않다.

그러나 시인은 이러한 정경의 제시로 이 시를 마무리하지는 않는다. 시인은 스스로를 '소금', '고드름의 저문 산', '새발 심지의 등잔'으로 인식한다. 소금은 흔하면서도 요긴한 물건이다. 간을 맞추고 부패를 막아 준다. 이것은 자기에 대한 자부심이라고 할 수 있다. '고드름의 저문 산'은 매서운 결의를 나타낸 것이다. 그러기에 시인은 자신을 세상을 비추는 '새발 심지의 등잔'으로 발언하기도 한다. 이러한 결의와 자부심이 없었다면 여리고 착한 것들의 친구도 될 수 없었을 것이다. 시인은 여리고 착한 마음으로 고향을 회상한다.

잠 이루지 못하는 밤 고향집 마늘밭에 눈은 쌓이리.

잠 이루지 못하는 밤 고향집 추녀 밑 달빛은 쌓이리.

발목을 벗고 물을 건너는 먼 마을.

고향집 마당귀 바람은 잠을 자리.

―「겨울밤」 전문―

고향을 떠나 있는 시인은 잠을 이루지 못한다. 그러한 밤에 고향 집 마늘밭에 눈은 쌓이고, 추녀 밑에 달빛은 쌓이고, 마당귀에서는 바람도 잠을 잔다. 한없이 정겹고 포근한 풍경이다. 이러한 풍경은 여리고 착한 시인의 심정이 아니고는 포착하지 못하는 것이다. 마늘은 눈 밑에서 겨울을 나는 의지의 화신이다. 시인은 이 시를 이러한 마늘밭에 역점을 두고 쓴 것으로, 용서뿐인 고향을 그렸다고 한다. 시인은 어둠 속에 움트는 마늘쪽의 정(情)을 떠올리고, 비틀거리는 회한 속에서 용서뿐인 고향을 상기한다.[2] 이 시는 '겨울' 속에서도 곧고 향기롭게 사는 시인 자신이나 이웃들을 그렸다고도 할 수 있다. 이처럼 시인은 여리고 착한 것들에 대한 미시적 애정을 버리지 못한다. 이러한 애정은 굶주림과 노역의 현실 속에서도 영롱한 심미안을 뜨게 한다.

감나무 밑 풋보
리 이삭이 비
치는 물병 점
심 광주리 밭
메러 간 고무신
둘레를 다지는
쑥국새 잦은목
반지름에 돋는
물집 썩은 뿌
리 뒤지면 흩

---

2) 위의 책, 「겨울 밤, 모일某日, 서산西山」 pp74~75 참조.

내리는 흰 개
미의 취락 달
팽이 꽁무니에
팽팽한 낮이슬.

—「취락」 전문—

시인은 보릿고개인 풋보리 철에 들일 나온 농부의 '점심 광주리'에 주목하고, 이런 궁핍을 어루만지는 '쑥국새 잦은 목'소리를 듣고 있다. 이어서 썩은 뿌리 속에서 사는 '흰 개미의 취락'을 발견한다. '흰 개미의 취락'은 가난하면서도 본성을 잃지 않고 사는 농촌공동체의 상징이다. 이런 가운데서도 시인은 달팽이 꽁무니에 달린 '팽팽한 낮이슬'을 보고 있다. 박용래 시의 미시성은 여리고 착한 것들에 대한 무한한 애정의 절제적 토로이다. 보릿고개 철의 농부에 대한 깊은 일체감, 미미하면서도 성실히 사는 흰 개미떼들에 대한 깊은 사랑, 그러면서도 달팽이 꽁무니에 달린 투명한 이슬방울에서 느끼는 황홀한 심미감은 박용래의 타고난 시인성과 시적 특성을 보여주는 것이다. 그에게 포착되면 모든 사물은 착하고 순수한 생명체가 되어버린다. 시인에게 있어 이런 여리고 착한 것들은 모두 한 가족이 된다.

모과나무, 구름
소금 항아리
삽살개
개비름
주인은 부재

손만이 기다리는 시간
흐르는 그늘
그들은 서로 말을 할 수는 없다
다만 한 가족과 같이 어울려 있다

—「뜨락」 전문—

모과나무, 구름, 소금 항아리, 삽살개, 개비름 등은 저희들끼리는 서로 이질적이면서도 주인인 시인에 의해 한 가족이 된다. 시인은 사물들과 소통할 뿐만 아니라 사물들끼리도 서로 소통하게 해 준다. 시인의 뜨락에서 그들은 시인과 함께 대등한 주인이 된다. 여리고 착한 것들은 남김없이 그에게 친구가 되고 가족이 된다. 이러한 애정에 의해 그는 생활무능력자의 단절을 벗고 주위와 연관의 삶을 살게 되고, 나아가서 따뜻한 시적 메시지를 전해주게 된다. 애정이 없는 곳에 시가 있을 수 없다는 것을 이 시인은 잘 보여주고 있다. 시인의 사랑은 한 겨울에 씨오쟁이를 간직하는 데서 잘 나타난다. 그는 상강이 되면 수수이삭, 조이삭, 옥수수, 해바라기, 분씨 등을 오쟁이에 챙겨 넣고 감상을 하며 삼동을 난다[3]고 했는데 씨앗에 대한 그의 애정은 인간이나 인간의 희망에 대한 그의 신뢰라고 할 수 있다.

여리고 착한 것들에 대한 그의 애정은 '만년 어린이'에 뿌리를 두고 있다.

맘 천근 시름겨울 때

3) 위의 책, 「호박잎에 모이는 빗소리」(14) p50 참조.

천근 맘 시름겨울 때
마른 논에 고인 물
보러 가자.
고인 물에 얼비치는
쑥부쟁이
염소 한 마리
몇 점의 구름
홍안의 소년같이
보러 가자.

함지박 아낙네 지나가고
어지러이 메까치 우짖는 버드나무
길.

마른 논에 고인 물.

—「버드나무 길」 전문—

내색하지는 않지만 시인은 천근의 시름을 안고 살고 있다. 그러나 그는 시름에 자신을 먹히지는 않는다. 그는 '마른 논에 고인 물'을 보며 힘을 얻는다. 이 물은 마른 논을 적셔 줄뿐만 아니라 쑥부쟁이, 염소, 구름을 비춰준다. 이들은 이 물에서 친구가 된다. 논 옆으로는 메까치 우짖는 버드나무가 늘어서 있고 '함지박 아낙네'가 지나간다. 이러한 풍경을 바라보는 시인은 홍안의 소년이다. 동심에 의해서 시인은 상처와 쓸쓸함을 달래고 삶에 대해 다시 의욕을 갖게 된다. '만년 어린이'의 쓸쓸함은 다음 시에서 더욱 절실히 드러나지만, 그러나 그 쓸쓸함은 세계를 따뜻하게 바라보는 밑거름이 된다.

어머니 어머니 하고
외어 본다.
이 가을
아버지 아버지 하고
외어 본다.
이 가을
소년은
오십 먹은 소년
먹감에 비치는 산천
굽이치는 물머리
잔 들고
어스름에 스러지누나
자다 깨다
깨다 자다.

—「먹감」 전문—

'오십 먹은 소년'인 시인은 이미 세상을 떠난 어머니, 아버지를 불러본다. 부모님과 함께 살던 고향집을 떠올리고 고향집 마당에 서 있던 감나무의 먹감을 떠올린다. 먹감은 오십 성상을 세파에 시달려 온 시인의 자화상이라고 할 수 있다. 어려운 세상살이를 저주하거나 좌절하지 않고 포근히 고향으로 돌아감으로써 마음의 여유를 찾고 다시 살아갈 힘을 얻게 된다. 그의 끝없는 술잔은 따라서 자포자기의 술잔이 아니라 정에 겨운 화해의 술잔이라고 할 수 있다. 그는 '오십 먹은 소년'이고, 불러 볼 아버지, 어머니가 있기 때문이다. 그의 동심은 퇴행이 아니라 끝없는 사랑이 길러내는 자기 정화의 산물이다. 다음 시는 시인의 천진난만을 감동적으로 토로한 것이다.

> 산사의 골담초숲 동박새, 날더러 까까중 까까중 되라네. 갓난아기 배냇짓 배우라네. 허깨비 베짱이 베짱이처럼 철이 덜 들었다네. 백두 오십에 철이란 무엇? 저 파초잎에 후둑이는 빗방울, 달개비에 맺히는 이슬, 개밥별 초저녁에 뜨는, 개밥별?
>
> 산사의 골담초숲 동박새, 날더러 발돋움 발돋움 하라네. 저, 저 백년 이끼 낀 탑신 너머 풍경 되라네.
>
> —「풍경風磬」 전문—

백두 오십의 나이인 시인은 어디에도 매이지 않는 '까까중'이 되고 싶어한다. 더 나아가서 갓난아기의 배냇짓을 배우려고 한다. 시인은 동심 그대로의 천진한 자유인이 되려고 한다. 그의 동심은 퇴행이라기보다 시적 자유행이라고 할 수 있다. 그는 의도적으로 월동준비를 못하는 베짱이를 본받으려고 한다. 그리고 마음을 열어 '파초잎에 후둑이는 빗방울', '달개비에 맺히는 이슬', '초저녁에 뜨는 개밥별'이 되려고 한다. 시인은 지금 무기력이 아니라 '발돋움'하려고 한다. 시인은 이러한 의도를 어린이의 벗인 '동박새'를 빌어 말하고 있다. 또 '백년 이끼 낀 탑신 너머 풍경'이 되고 싶어한다. 유구한 연륜의 상징인 산사의 풍경을 들어 삶의 의욕을 토로하고 있는 것이다. 시인의 동심의 철학은 확고하다. 이러한 동심은 다음 시에서 더 구체적으로 전개된다.

무슨 꽃으로 두드리면 솟아나리
무슨 꽃으로 두드리면 솟아나리

굴렁쇠 아이들의 달.
자치기 아이들의 달.
땅뺏기 아이들의 달.
공깃돌 아이들의 달.
개똥벌레 아이들의 달.
갈래머리 아이들의 달.
달아, 달아
어느덧
반백이 된 달아.
수염이 까슬한 달아.
탁배기 속 달아.

—「탁배기」 전문—

시인은 동심 속에서 살아간다. 아이들의 일거수 일투족은 시인에게 무한한 위안이 된다. '어느덧 반백이 된', '수염이 까슬한', '탁배기 속 달'인 시인이지만 그는 온정으로 가득 차 있다. 티없는 동심으로 시인은 굴렁쇠 굴리는 아이들, 자치기하는 아이들, 땅뺏기 하는 아이들, 공깃돌 놀이하는 아이들, 개똥벌레 쫓는 아이들, 갈래머리 아이들의 달이 되어 준다. 이러한 동심적 연관에서 이 세상은 '무슨 꽃으로 두드리면 솟아'날 기대로 시인에게 감지된다. 실제로 시인은 동심으로 자신의 삶의 출구를 열고 있다. 맑은 날이면 변두리로 나가 뻐꾸기 울음을 듣고 싶어하고, 동정(童貞)을 되찾아 입술에 오디빛을 물들이고 싶어한다.[4] 그의 이러한 시세계를 anima적 감수성에 기인한 것으로 해석하는 이도 있다.[5] 거대 산업사회에 적응하지 못하는 현실적 자아를 모성적 자아인 anima에 의존해 위로받음으로써 안정을 찾고 동심을 유지하려 한다고도 볼 수 있을 것이다.

살펴본 대로 박용래는 여리고 착한 것들의 친구로 그들과 함께 살며 시를 썼는데 그 뿌리는 만년 어린이의 동심이었다.

Ⅲ. 사라져 가는 것들의 이웃

여리고 착한 것들에 대한 시인의 천래적 사랑은 무자비한 산업화로 사라져 가는 정겨운 전통이나 죄 없는 생명체들에 대해서는 깊은 일체감으로 나타난다. 사라져 가는 것들은 그에게 더없이 소중하고 순수한 것들이었으며 ‘고향’의 또 다른 이름이었다. 시인은 그들의 진정한 이웃이며 대변자였다. 그의 사랑의 눈은 오랜 동안 우리의 고마운 공존자였던 ‘미물’들이 현대를 괴로워하며 살아가는 것을 따뜻하게 보여주며, 그러한 ‘미물’들을 사라지게 하는 현대문명에 대해서 조용한 비판의 메시지를 남기게 한다.

지렁이 울음에

---

4) 위의 책, 「호박잎에 모이는 빗소리」(1) P12 참조.
5) anima의 관점에서 박용래의 시를 해석한 논문으로는 김성우, 「박용래 시 연구」, 한양대 대학 원 석사학위 논문, 1996. 이 있다.

비스듬 문살에

반딧불 달자.

추풍령 넘는

아랫녘 체장수

쳇바퀴에도 달자,

가을 듣는

당나귀 갈기에도.

—「저물녘」 전문—

'지렁이 울음', '비스듬 문살', '반딧불', '체장수', '당나귀'는 사라졌거나 사라져 가는 것들이다. 대량생산과 교통의 발달, 화학비료는 땅도 인간도 전통도 본래성을 유지하지 못하게 만들었다. '비스듬 문살'은 주택개량으로 사라지고, '체장수'도 생활문화의 변화로 사라지고, 주인과 더불어 생활의 동반자였던 '당나귀'는 기름냄새 풍기는 자동차에 의해 도태되고, 화학비료와 토양 오염으로 '지렁이'도 사라져 가고 있다. 공존은 없고 현대문명만이 횡행하는 것이다. 시인은 현대문명의 이러한 비정성을 잘 알고 있다. 시인은 낮고 친근한 목소리로 이런 사라져 가는 것들을 대변하고 그들에게 환경지표인 '반딧불'을 달아주자고 한다. 이 시는 사라져 가는 것들에 대한 연민의 시이자 생명 존중의 환경시라고 할 수 있다. 시인은 한 수상에서 '말로 섬으로 쏟아지던' 풀벌레 소리가 사라진 공동空洞 같은 밤을 탄식한 적이 있는데,[6] 이 또한 공해가 우리의 삶의 터전을 황폐화시키는 현실을 안타까워하는 글이라고 할 수 있다.

밀물에
슬리고

썰물에
뜨는

하염없는 갯벌
살더라, 살더라
사알작 흙에 덮여
목이 메는 백강白江하류
노을 밴 황산 메기
애꾸눈이 메기는 살더라,
살더라.

—「황산黃山 메기」 전문—

애꾸눈이 '황산메기'는 고향마을의 순박한 농부이자 친구일 수도 있고, 실물 그대로 제 터를 고집해 살다가 환경오염으로 서서히 죽어 가는 백마강의 메기일 수도 있다. 어느 쪽이든 이들이 소외되고 고달픈 삶을 살고 있다는 것은 사실이며 이들에 대해 시인이 무

6) 위의 책, 「호박잎에 모이는 빗소리」(15) p.54 참조.

척 따뜻한 눈길을 보내고 있다는 것도 분명하다. 소외된 것들에 대한 시인의 애정은 거의 기질화되었다고 할 수 있다. 그 자신이 오염되어 가는 흙의 아픔을 앓고, 찌들어 가는 변두리 농민의 근심을 근심하고, 수질 오염으로 숨가빠 하는 메기와 호흡을 같이 한다. 이렇게 아프고 소외된 것들과 함께 함으로써 시인은 소외된 것들의 이웃이 되고, 소외에서 벗어나는 이로움도 얻어내고 있는 것이다. 이 시는 소외된 것들에 대한 따뜻한 위안의 시이자 온건한 메시지를 전하는 환경시라고 할 수 있다. 시인의 환경의식은 다음 시에서 좀 더 분명한 이미지로 우리에게 다가온다.

> 볏가리 하나하나 걸힌
> 논두렁
> 남은 발자국에
> 딩구는
> 우렁껍질
> 수레바퀴로 끼는 살얼음
> 바닥에 지는 햇무리의
> 하관
> 선상線上에서 운다
> 첫 기러기떼.
>
> —「하관下棺」 전문—

우렁껍질의 하관! 우렁껍질은 현실 그대로 농약 남용으로 죽어버린 우렁이의 껍질일 수도 있고, 그러한 우렁껍질에 비유할 수 있는 소중한 어떤 사람의 삶일 수도 있다. 속 알맹이를 다 파먹히고 늦가을 논바닥에 뒹구는 우렁껍질의 삶! 그런 우렁이 또는 그런 인생의 쓸쓸한 하관! 전반적으로 '살얼음'지는 쓸쓸함이 지배하고 있지만 그 이면에는 우렁이에 대한 깊은 애정이 도사리고 있다. 이러한 애정은 그 안에 은근한 비판의 메시지를 안에 감추고 있기도 하다. 주변의 비극적 삶에 대한 깊은 동참은 애정인 동시에 항의일 수 있기 때문이다. 시인의 따뜻한 동참은 '선상에서 우'는 '첫 기러기떼'를 들어 우렁이의 일생을 조문하게 한다. 이 시는 은근한 비판의 메시지가 선명한 이미지로 제시되어 우리의 뇌리를 오래 지배하는 시라고 할 수 있다. 시인은 한 수상에서 농약의 피해로 메뚜기, 우렁이, 게마저도 깡그리 씨가 말라 가는 현실을 개탄하고 있는데[7] 위의 시는 이러한 우렁이의 비극적 삶을 따뜻하면서도 비판적으로 바라보아 우리의 공감을 불러일으키고 있다. 이러한 비판의식은 다음 시에서 더욱 분명해진다.

벗과 더불어
슬라브 슬라브 지붕은 쓸쓸하구나

벗과 더불어
제비 없는 술병은 쓸쓸하구나

하루에도 수백 번
들바람, 부토腐土를 묻혀오던

---

7) 위의 책, 「호박잎에 모이는 빗소리」(14) p.50 참조.

골목을 누비던
먹기와빛 깃

제비 없는 처마 밑
끄으름이 서누나

옥수수, 단수숫대 이삭은 펴도
벗과 더불어

—「처마밑」 전문—

이 타고난 시인은 산업화와 더불어 사라져 가는 제비들의 사정을 누구보다 빨리 간파한다. 농약으로 먹이가 급감하고 새마을 운동으로 주택이 개조되면서 제비들은 생존의 여건을 상실하게 된다. 이러한 변화를 누구보다 빨리 간파한 시인은 제비를 들어 근대화의 비극을 말하고 있다. 근대화 이전에 제비는 자연의 이법에 따라 일정한 역할을 수행했다. 하루에도 수백 번 먹기와 빛 깃을 퍼덕이며 집을 지을 부토를 물어와 처마 밑에 집을 짓던 공존의 생명체였다. 농사에 해로운 벌레들을 잡아먹으며 인간과 더불어 한 지붕 밑에서 살아갔다. 그러나 이제는 그 흔적마저 사라지고 끄으름이 선 처마 밑에서 시인은 벗과 더불어 쓸쓸히 술잔을 기울인다. 이러한 인식은 근대화의 횡포를 제어할 방도가 없다는 인식에서 그 심각성을 더하고 있다. 문명비판의식이라고 할 수 있는 이러한 시의식은 다음 시에서 더욱 세련되게 전개되고 있다.

남은 아지랑이가 홀홀
타오르는 어느 역 구
내 모퉁이 어메는 노
오란 아베도 노란 화
물에 실려 온 나도사
오요요 강아지풀. 목
마른 침목은 싫어 삐
걱 삐걱 여닫는 바람
소리 싫어 반딧불 뿌
리는 동네로 다시 이
사 간다. 다 두고 이
슬 단지만 들고 간다.
땅 밑에서 옛 상여 소
리 들리어라. 녹물이
든 오요요 강아지풀.

—「강아지풀」 전문—

화자인 강아지풀은 어느 역 구내 모퉁이에서 불만족스런 삶을 살고 있다. 열차의 굉음이 싫고, 침목에 바른 콜타르 냄새가 역겹고, 끊임없이 삐걱거리는 문소리가 괴롭다. 그러나 강아지풀은 삶의 환경을 자의로 선택하지 못한다. 화물자루에 묻혀 우연히 이 역 구내에서 살게 된 강아지풀은 본래의 '반딧불 뿌리는 동네'로 이사가고 싶어한다. 다 버리고 고향의 맑은 기운을 담을 '이슬단지'만 들고 가려고 한다. 그러나 강아지풀의 귀향은 실현되지 못한다. 상상의 귀향만이 거듭될 뿐이다. 이런 안타까움 속에서 세월은 가고 죽음을 부르는 상여소리도 들린다. 그럴수록 부모와 고향이 그리워진다. 이때 강아지풀은 자신을 직시하게 된다. 녹물이 들어 서서히 죽어가는 자신을.

이 시는 단순한 사물시가 아니라 문명비판시나 환경시로 볼 수 있다. 가난을 벗기 위해 어쩔 수 없이 고향을 등져야 하는 농민들의 아픔을 강아지풀이 대변했다고 볼 수 있다. 늘 귀향을 꿈꾸지만 실현은 불가능하다. 그래서 번번이 상상의 귀향을 할 뿐이다. 또 달리는 고요하고 청정한 토양을 잃고 소음과 오염에 시달리는 강아지풀을 본래의 터전을 잃고 사라져 가는 생태계로 해석해 볼 수도 있다. 여태까지 공존관계였던 자연물은 인간에 의해 멸종의 위기를 맞고 있다. 사라져 가는 것들의 이웃인 시인은 그들이 고향을 뺏기고 훼손당할 때 따뜻한 비판의 목소리를 낸다. "다 두고 이슬단지만 들고 간다"는 눈 감기게 아름다운 이미지이면서 소외되고 뿌리 뽑힌 것들의 처절한 아픔을 담은 언어라고 할 수 있다.

마지막으로, 시형詩形을 직사각형으로 배열한 것은 무슨 의도일까. 벗어나고 싶지만 벗어나지 못하는 안타까운 현실을 상징한 것이 아닐까. 시어 하나 하나, 배열 하나 하나에 갖은 정성을 쏟고 있다.

소외된 이웃과 자연물을 향한 이러한 애정은 열악한 환경에서 격무에 시달리는 여공에 대해서는 꽃터널을 만들어 주는 배려로 나타난다.

> 미풍 사운대는 반달형 터널을 만들자. 찔레넝쿨 터널을. 모내기 다랑이에 비치던 얼굴, 찔레.

폐수가 흐르는 길, 하루 삼부교대의 여공들이 봇물 쏟아지듯 쏟아져나오는 시멘트 담벼락.

밋밋한 담벼락 아니라, 유리쪽 가시철망 아니라, 삼삼한 찔레넝쿨 터널을 만들자, 오솔길인 양.

산머루 같이 까만 눈, 더러는 핏기 가신 볼, 갈래머리 단발머리도 섞인 하루 삼부교대의 암펄들아.

너희들 고향은 어디? 뻐꾹 뻐꾹 소리 따라 감꽃 지는 곳, 감자알은 아직 애리고 오디 또한 잎에 가려 떨떠름한

슬픔도 꿈인 양 흐르는 너희들, 고향 하늘 보이도록. 목덜미, 발꿈치에도 향기 묻히도록.

연지빛 반달형 터널을 만들자.

—「연지빛 반달형」 전문—

시골 출신 여공들은 폐수가 흐르는 도시에서 격무에 지쳐 핏기 없는 볼이지만, 아직 산머루 같이 까만 눈을 갖고 있다. 이 시는 이런 시골 출신 여공들에 대한 깊은 애정을 담고 있다. 고향을 떠나 고향을 그리워하는 뻐꾸기들, 일을 숙명으로 알고 희생적으로 일만 하는 '암펄들', '슬픔도 꿈인 양 흐르는' 삼부교대의 여공들을 위해 시인은 '미풍이 사운대는', '연지빛 반달형' 터널을 만들어 주자고 한다. 시인은 도시로 대변되는 현대문명의 참혹성과 비극성을 잘 알고 있

다. 시인은 이러한 참혹성과 비극성을 6 · 25 직후 폐허가 된 대전거리의 〈동킹멍〉 순회 전시에서 본 일이 있는데, 그는 거기에서 일그러진 모습의 마천루, 녹슨 해안선, 벽에 갇힌 운명의 허상 등을 보고 깊은 감동을 받는다.[8] 위의 시에서 시인은 도시의 자본이 순박하고 고운 처녀들을 혹사하는 것을 간과하지 않고 비판한다. 아울러 폐수가 흐르는 도시를 고발하기도 한다. 그러나 시인은 비판하고 고발하는 데 머물지 않고 동화 속의 '연지빛 반달형 터널'로 그녀들의 꿈을 되살려 주려고 한다. 이 터널은 그녀들을 고향과 유년으로 이끄는 길이 될 수 있기 때문이다.[9] 이처럼 소외된 것들은 가릴 것 없이 시인의 이웃이 된다.

살펴본 대로 박용래의 시는 소외되고 사라져 가는 것들에 대해 따뜻한 이웃의 면모를 보여주는데, 그 이면에는 현대문명과 환경공해에 대한 비판의식이 자리잡고 있음을 알 수 있다.

Ⅳ. '눈물'의 선비

박용래는 '눈물'의 시인이었다. 그러나 그 '눈물'은 '뼈'가 있는 '눈물'이었다. 그의 '눈물'은 도저한 자존심의 근원이었으며 미적 정화제, 시대고의 말없는 응결체, 때로는 기쁨의 순진무구한 표현물이기

---

8) 위의 책, 호박잎에 모이는 빗소리(1) p.12 참조.
9) 전경희, 「박용래 시 연구」, 경희대 대학원 석사학위 논문, 1992. p.66 참조.

도 했다. 따라서 그는 그의 자존심이 훼손될 때나 도저히 용납할 수 없는 시대의 불의 앞에서는 강개한 목소리를 내기도 한다. 본 장에서는 시인의 이러한 면모를 살펴보려고 한다.

세상 외로움을 하얀 무명올로 가리우자
세상 괴로움을 하얀 무명올로 가리우자
세상 구차함을 하얀 무명올로 가리우자
세상 억울함을 하얀 무명올로 가리우자

일년 열두달 머뭇머뭇 골목을 누비며
삼백 예순날 머뭇머뭇 집집을 누비며
오오, 안스러운 시대의
마른 학의 낙루

슬픔은 모른다는 듯
기쁨은 모른다는 듯
구름 밖을 솟구쳐 날고
날다가

세상 억울함을 하얀 무명올로 가리우자
세상 구차함을 하얀 무명올로 가리우자
세상 괴로움을 하얀 무명올로 가리우자
세상 외로움을 하얀 무명올로 가리우자

—「학의 낙루落淚」 전문—

박용래 시인의 비극의 원천은 그가 식민지민이라는 사실과 지극히 사랑하고 의지했던 홍래 누님의 요절이었다. 식민지민으로 태어난 그는 지배자를 향한 투쟁의 길은 가지 않았지만 갈등하지 않을 수 없었으며 무의미하고 무기력한 나날을 보낼 수밖에 없었다.[10] 중일 전쟁 무렵 가세는 기울대로 기운데다 도일한 큰형은 돌아오지 않고, 작은형은 척추 카리에스라는 병을 앓고, 어린 시인은 중학 입학금마저 없어 누님의 혼수품을 장에 내다 팔아 마련하는 아픔을 겪어야만 했다. [11] 더구나 짧은 기간이었지만 그가 조선은행에 근무했던 것은 그의 갈등을 심화시키기에 충분했을 것이다.[12] 다음으로 시인이 어릴 때부터 무척 따르고 의지했던 홍래 누님의 불행한 삶을 들 수 있다. 누님은 불평 한 마디 모르던 전형적인 한국 여인이었다. 시인은 '꽈리 부는 누님의 등에 업혀서 보던 옥수수밭에 뜨던 달'을 기억하고 있다. 어릴 적부터 늘 허약해 입맛을 잃곤 하던 시인을 보살펴 주고 빠짐없이 도시락을 챙겨준 이도 누님이었다. 이런 누님이 늦게 결혼한 지 일년도 못 돼 산후 대출혈로 세상을 뜬 것이다. 누님의 죽음은 시인에게 깊은 내상으로 남아 일생에 영향을 끼치게 된다.[13]

이러한 삶의 괴로움과 한을 시인은 '학의 낙루'로 말하고 있다. 시인은 천박하게 삶의 괴로움을 토로하지 않는다. 의연한 선비의 자세

---

10) 위의 책, 「호박잎에 모이는 빗소리」(8) pp.27~28, 「오류동 산고」p.112, 「색갈」p.146 참조

11) 위의 책, 「호박잎에 모이는 빗소리」(3) pp.16~17 참조.

12) 위의 책, 「호박잎에 모이는 빗소리」리(9) p.30, 「호박잎에 모이는 빗소리」(13) p.45 참조

13) 위의 책, 「호박잎에 모이는 빗소리」(3) pp.16~17, 「박용래 시 연구」(전경희, 경희대 대학원 석사학위 논문, 1992.) p.62 참조

를 잃지 않는다. 학은 안으로 운다. 그는 외로움과 억울함, 괴로움과 구차함을 정갈한 무명올로 가린다. 그의 눈물은 '안스러운 시대의 마른 학의 낙루'로 애이불상哀而不傷의 태도를 취하고 있다. 그의 눈물은 곧 선비의 눈물인 것이다. 이런 시인은 백결 선생의 삶을 본받으려고 한다.

박고지 말리는 낭산골
학이 된 백결 선생
돗자리 두르고 두르고
거문고 줄 고르면
훗훗 밭머리 흩어지는
새떼
마당 가득 메워
더러는 굴뚝 모퉁이
떨어지는 메추라기

오호 한 잔의 이슬

—「오호」 전문—

청빈을 생활화한 백결 선생은 안빈낙도의 표본이다. 난세에 태어나 시인의 길을 가는 박용래에게 청빈은 자유와 시의 마지막 보루였다고 할 수 있다. 시인은 즐겁게 청빈의 삶을 산다. 이 청빈의 삶에 '오호 한 잔의 이슬'이 따르지 않는 것은 아니지만, 이 탄식은 위의를 손상할 만큼 감상적인 것은 아니다. 박고지, 돗자리, 거문고, 메추라기 깃털에 한 잔의 술이면 학과 같은 현인인 백결의 삶은 충분하다.

이러한 백결의 삶을 20세기 산업사회의 시인 박용래는 본받으려고 한다. 박용래가 섬세한 감수성으로 눈물의 시를 썼지만, 그가 한국 현대시단의 향기로운 기인으로 통하는 것은, 누구보다도 개결한 선비로 청빈의 삶을 살았기 때문이다. 그는 생래적으로 청빈형이었으며 선비형이었다. 이러한 선비적 시인의 삶이 '오호 한 잔의 이슬'로 토로된 것이다.

선비의 청아하고도 의연한 삶은 다음 시에서 더욱 구체적으로 드러난다.

파초는 춥다
창호지 한 겹으로

왕골자리 두르고
삼동을 난다.

받쳐올린 천정이
갈매빛 하늘만큼 하랴만

잔솔가지 사근사근
눈뜨는 밤이면

웃방에 앉아
거문고 줄 고르다.

이마 마주 댄

희부연한 고샅길.

파초는 역시 춥다.
시렁 아래 소반머리.

—「자화상1」 전문—

'파초'는 춥고 가난하게 살아가고 있다. 그러나 '파초'는 추위와 가난을 싫어하거나 거부하지 않는다. 오히려 정신의 울타리로 호의적 눈길을 보내고 있다. '파초'는 삼동에도 한 겹의 창호지로 문을 바르고 차가운 왕골자리를 깔고 산다. 그러나 '파초'는 이러한 삼동에도 '잔솔가지 사근사근 눈뜨는' 소식을 듣고, 그러한 밤이면 윗방에 앉아 거문고 줄을 고른다. 이러한 '파초'에게 이웃은 남일 수 없다. 가난하지만 이마 마주 대고 정겹게 살아가는 고샅길의 같은 주민들이다. 그러나 '파초'가 춥게 살아가는 것은 사실이다. '시렁 아래 소반머리'에 외롭게 앉아 있는 것도 사실이다. 다만 그 외로움이 고립되거나 분열되지 않고 단아한 품격을 발하고 있는 것이 다를 뿐이다. 이 시의 '파초'가 시인의 자화상이라는 것은 떠올리기 어렵지 않다. 시인은 어느 생명체보다 추위에 예민한 '파초'로 의연하게 겨울을 나며 소반머리에 앉아 술잔을 기울이고 있다. 이러한 자세는 전형적인 전래 선비의 모습이다. 다음 시는 눈물의 시인이 선비의 매서운 결의를 보여주는 예이다.

살아 무엇하리
살아서 무엇하리

죽어
죽어 또한 무엇하리

겨울 꽝꽝나무
꽝꽝나무 열매

울타리 밑의
인연

진한 허망일랑
자욱자국 묻고

'소한에서
대한 사이'

가출하고 싶어라
싶어라.

—「자화상 3」 전문—

시인은 이제 눈물이나 허망 따위를 꼭꼭 묻어버리고 준엄하게 '겨울 꽝꽝나무'가 되고자 한다. 삶과 죽음의 굴레에서도 벗어나 극지의 현장에 서고 싶어한다. 이 시는 여태까지의 박용래의 시와는 사뭇 대조적인 어조를 띄고 있다. 그러나 이러한 변화는 전혀 놀랄 일이 아니다. 시인의 선비적 기질은 이미 준비된 것이었다. 이 시의 제목을 '자화상'이라고 한 것부터가 '겨울 꽝꽝나무'는 곧 자신임을 천명한 것이다. 현실을 직시하면 할수록 그의 선비적 면모는 두드러지게 드러난다. 그는 이제 '겨울 짱짱나무'로 열매를 맺고, '울타리 밑의 인연'에 충실하려고 한다. 그 동안의 애상과 허무에서 벗어나 선비적 성실성으로 주변과 세계에 다가가려고 한다. '소한과 대한 사이'에 그는 단호히 가출하려고 한다. 여기서 '집'은 여태까지 자신의 삶을 옭아맸던 폐쇄적 자아라고 할 수 있다. 그는 이제 '눈물'의 시인에서 벗어나 눈뜬 선비로 자신의 삶을 재구하려 하는 것이다. 그는 마침내 역사 현실에까지 관심을 확대한다.

진실은
진실은

지금 잠자는 곰팡이뿐이다
지금 잠자는 곰팡이뿐이다

누룩 속에서
광 속에서

명정酩酊만을 위해
오오직

어둠 속에서
…………

거꾸로 매달려

—「곰팡이」 전문—

시인은 현실, 역사가 굴절되고 왜곡되었다고 보고 있다. 그는 진실은 어둠 속에서 거꾸로 매달려 잠자고 있는 곰팡이뿐이라고 한다. 그리고 진실은 어두운 광 속의 누룩 안에서 발효되고 보존된다고 말하고 있다. 시인이 술 마시지 않을 수 없는 까닭을 말하고 있는 것이다. 이 시에서 가장 유의해 보아야 할 부분은 '잠자는 곰팡이'이다. 발효의 역할을 하는 누룩곰팡이는 지금 어둠 속에서 잠자고 있다. 그러나 죽은 것은 아니다. 언젠가는 깨어나 남이 못하는 발언을 하려고 한다. 그래서 이 시의 어조는 선비의 결의를 담은 단호한 것이다. 이 시를 보면 그의 시의식은 개인사적 상처와 민족사적 상처가 혼재되어 형성된 한(恨)[14]이라는 견해를 수긍할 수 있다. '눈물'의 시인은 이제 개인사적 상처에서 벗어나 민족사적 상처를 제대로 인식하고 끌어안음으로써 새 길을 가려 하는 것이다.

살펴본 대로 박용래 시인은 '눈물'의 시인이었지만, 이러한 '눈물'을 개인적 감상에 머무르게 하지 않고 선비적 태도로 절제하였으며, 나아가 역사, 현실까지 끌어안으려는 노력을 보여주고 있다.

V. 맺는 말

살펴본 대로 박용래는 험난한 시대 속에서도 맑고 따뜻한 심성으로 진실하고 아름다운 삶을 살다 간 시인이었다. 그는 순수한 향기

---

14) 이은봉, 「박용래 시의 한과 사회현실성」, 시와 시학, 1991, 봄

로 우리의 오염된 의식을 깨뜨리는 산소와 같은 시인이었다. 그는 상업주의나 유파주의에서 벗어나 이 땅에 뿌리를 내리고 꽃피우고 열매 맺는 참다운 시인이었다. 그러기에 그는 아프고 외로왔으며 가난했다. 그는 자신의 아픔과 외로움으로 주변을 사랑하고 손잡게 해주었다. 그의 사회에의 부적응과 기행은 문제적 개인인 시인이 선택할 수밖에 없는 유일한 출구이자 자존심이라고 할 수 있다. 이것이야말로 비인간화시대에 시인이란 무엇이며 왜 존재해야 하는가를 입증해 주는 것이라고 할 수 있다.

그가 이러한 시인이 될 수 있었던 요인으로는, 먼저 그가 만년 어린이의 심성으로 여리고 착한 것들의 친구가 될 수 있었다는데 있다. 그는 그들의 친구로 '작은 것'의 아름다움과 진실함을 우리에게 실감나게 보여주었다. 다음으로는 그가 소외되고 사라져 가는 것들의 이웃으로 현대문명사회의 횡포와 가공할 환경공해에 대해 따뜻한 비판의 눈길을 보내고 있었다는 점이다. 그의 시는 낮은 목소리로 이러한 비극성을 깨우쳐 주고 있다. 그의 비판은 애정이 밑받침되어 있어서 목소리만 높은 공허함을 풍기지 않는다. 마지막으로 그는 '눈물'의 시인이었으면서도 '눈물'에 함몰되지 않고 개결한 선비의 풍모를 일관되게 보여 주었다는 점이다. 그는 눈물 많고 조용하면서도 자부심이 강한 성격이었다. 가야 할 길이라고 생각하면 어떤 고난이 따르더라도 그 길을 가고 마는 외곬의 선비였다.

이러한 그의 한국적 삶과 정서의 원형질이 경쟁에 밀려 무의미하게 달리고 있는 우리 현대인들을 위로하고 깨우쳐주며 사라져 가는 고향을 일깨워주고 있다. 그의 시에서 이러한 정서의 원형질이 산뜻한 이미지로 살아나 작용하는 것을 보는 것은 즐거움이었다. 그는 진솔한 인간이었으며 순수한 시인이었다. 그의 시는 그러한 삶의 필연적 산물이다. '그 나무에 그 열매'를 증명한 드문 예의 하나가 곧 박용래 시인이라고 할 수 있다.

13장

희망과 절망의 2중주
–김만옥론

희망과 절망의 2중주—김만옥론

Ⅰ. 시인 김만옥

김만옥金萬玉은 1946년 3월 6일 전라남도 완도군 청산면 여서리 365 번지에서 태어나 1975년 9월 4일 만 삼십의 나이도 다 채우지 못하고 음독 자살한 비극적 시인이다[1]. 그가 태어난 청산면 곧 청산도는 그 당시로는 완도읍에서 배를 타고 세 시간 정도가 걸리는 먼 섬이었고, 여서리 곧 여서도는 여기에서도 또 몇 시간이 걸리는 외딴섬이었다. 아주 어려서 바다에 아버지를 빼앗기고 삼대독자가 되어 어머니와 함께 고단한 삶을 이어간다.

그러나 어머니의 희생적 노력으로 여서국민학교를 졸업하고 이어

1) 김만옥의 삶에 대해서는 유고시집 『오늘 죽지 않고 오늘 살아 있다』에 「문학과 생 명중시의 길」이라는 해설을 쓴 절친한 친구 김준태 시인의 언급에 따랐음을 밝혀 둔다.

서 완도중학교에 뛰어난 성적으로 입학하게 된다. 중학교를 읍내에 있는 친척집에서 어렵게 다니면서도 성적은 늘 빼어났고, 특히 당시 전국 문학 지망생들의 선망의 대상이었던 《학원》지에 무수한 시와 산문을 투고해 실리게 된다. 그는 중학시절부터 《학원》지의 학생 기자로 활약하면서 '자기가 태어난 멀고 먼 고향의 파도소리와 달빛들을 예쁘고 슬프게 다듬기 시작했'[2]다.

그 후 어머니와 함께 광주로 올라와 조선대학교 부속고등학교를 장학금을 받고 다녔지만 극심한 가난의 굴레를 벗어날 수는 없었다. 그런 속에서도 그는 쉴새없이 시와 산문을 썼고, 전국의 백일장과 문예작품 응모에서 단연 두각을 나타낸다. 고등학교 2학년 때 벌써 첫 시집 『슬픈 계절의』를 출간했고, 전국의 문학 지망생들과 왕성하게 서신을 교환하고 동인활동을 펼쳐간다. 당시 그는 광주지방의 학생 문단에선 천재적 예비 시인으로 통하고 있었다. 대학에 입학하기 전인 1967년 2월에 그는 당당히 《사상계》 제8회 신인문학상에 「아침 장미원」외 3편이 당선된다. 그의 조숙성과 천재성이 입증된 순간이었다.

이어서 그는 1967년 3월에 조선대학교 국문학과에 장학생으로 입학하여 학내 신문기자로 활동하게 되지만, 이미 그때 그는 훗날의 부인과 동거하고 있었고, 그 사이에서 첫딸마저 태어나 극심한 경제적 부담을 안게 된다. 거기에다 끊임없이 술을 마시고 방만한 문학청년 생활을 계속해 도저히 끼니를 이어갈 수 없는 처지가 되었다.

2) 김준태, 「문학과 생명중시의 길」(시집 해설), 김만옥 유고시집, 『오늘 죽지 않고 오늘 살아 있다』, p142

그런 가운데서도 그는 친구들을 좋아해 찾아오는 친구들에게 술대접을 하려고 노력했고, 좋은 작품을 쓰려는 강한 집념을 계속 보여주었다.

그러나 경제적 궁핍은 그로 하여금 1969년 8월 3학년을 끝으로 대학생활을 그만두게 한다. 모 신문사 시험에 합격하기도 하지만 졸업장이 없어 허사가 된다. 그를 의지박약자나 의욕상실자로 보기는 어려울 것 같다. 그는 살려는 집념을 강하게 보이기도 한다. 인가가 없는 무등산 중턱에 혼자 힘으로 흙을 이기고 나무를 깎아 움막을 지은 적도 있다. 이미 두 딸의 아버지이기도 했던 시인은 어떻게든 살아보려고 몸부림치기도 했던 것이다.

이런 가운데서도 그는 시작에 몰두해 뛰어난 시를 여러 편 우리에게 남겨주고 있다. 유고시집 『오늘 죽지 않고 오늘 살아 있다』가 그 증명이다. 이 외에 그는 소설에도 재능을 보여 1967년 5월에 전남일보 신춘문예에 단편이 가작으로 입선되고, 1971년 1월에는 대한일보 신춘문예에 단편이 당선된다. 1972년 5월에는 5 · 16민족상에 단편이 당선된다. 그러나 이러한 수상도 경제적 해결책이 되는 것은 아니었다. 일자리를 찾아 서울로 올라간 그는 한 달 후쯤 다시 광주로 내려오게 되는데 그 이튿날 다량의 농약을 마시고 이 세상을 떠나게 된다. 유족으로는 부인과 세 딸이 있다. 김만옥의 묘는 무등산 밑 남의 밭에서 몇 해 있다가 현재 함평군으로 옮겨져 있다. 시비가 지인들의 노력으로 세워져 광주광역시 중외공원 광주시립미술관 비엔날레관 앞에 있다.

Ⅱ. 김만옥의 시세계

본 연구의 텍스트로는 1985년 청사靑史에서 발간한 김만옥의 유고시집『오늘 죽지 않고 오늘 살아 있다』를 택하기로 한다. 그는 고등학교 재학 중인 1964년에 첫 시집『슬픈 계절의』를 발간했으나 아직 습작기 수준을 벗어났다고는 보기 어려워 우선 제외하기로 했다. 김준태 시인의 진술에 의하면 고등학교 때부터 쓰기 시작하여 남겨놓은 시가 300편 정도 된다고 했으나 아직 유족의 손에 보관되어 있을 뿐 정리되어 발간되지 못해 살펴볼 수가 없었다. 어서 정리되어 발표되었으면 한다.

유고시집은 이 중 67편이 선정되어 4부로 구성되어 있는데, 시적 진지도와 치열성, 언어구사 능력 면에서 1, 2부가 단연 뛰어나 1, 2부 중심으로 연구를 진행하려고 한다. 시조와 동시가 주를 이루는 3부도 언어구사 능력은 뛰어나나 진지도나 치열성에서 조금 뒤지고, 4부는 작품 수준이 전반적으로 현격히 떨어진다고 생각되어 제외했다. 1, 2부를 나름대로 정독한 결과 다양한 시세계를 발견할 수 있었으나 그 중 중요한 것으로 기법 면에서 이미지즘, 경향 면에서 심미주의와 상징주의, 내용 면에서 희망과 절망의 문제를 들 수 있었다. 따라서 본 연구에서는 이들 항목에 대해 각각 예시를 들어 살펴보려고 한다.

선행 연구가 없어 어려움이 많았다. 그런대로 유족들과 친구들의 회고가 도움이 되었다. 좀 더 전반적이고 체계적인 연구는 다음 차례를 기다려야 할 것 같다.

1. 이미지즘 기법

이미지는 언어로 그린 그림이자 관념과 의미가 만나는 곳으로 시 해석에 도움이 되는 중요한 장치이다. 시인은 전달하고 싶은 관념이나 실제 경험, 상상적 체험들을 눈앞에 보는 듯, 손으로 만질 듯 생생하게 감동적으로 형상화시킬 수단을 찾는데, 그 수단이 이미지이다[3]. 이러한 이미지에 바탕을 둔 이미지즘은 구체적이고 특수한 이미지를 통하여 추상인 의미를 전달하는 시적 기법이라고 할 수 있다.

김만옥 시의 이미지즘적 성격을 실례를 통해 살펴보자.

1. 저택을 울리는
기침소리처럼
음질이 고른 바람자락의
질서.

(중략)

흔들리는 꽃들 속에 숨어
변방의 하늘로부터, 가위를 든 원정은
가장 청명한 자락을 도려낸다.

—「아침 장미원」에서—

---

3) C.D.Lewis는 이미지의 역할을 신선감, 강렬성, 환기력 등에서 찾았다.

2. 나는 이제 남의 밤,
   보이지 않는 악령들이 불타게 할
   몇 타래의 바람을 더 감아둘 것이다.
   —「회오리 바람」에서—

3. 문득 바람의 검은 발바닥이 방문을 친다.
   —「가을 울음」에서—

4.오늘도 머리 푼 여자로 오는
   바람을 꽃밭에서 만난다.
   —「슬픈 장미소설」에서—

김만옥 시의 바람 이미지는 신선하고 독창적이다. 그는 어느 날의 바람결에서 '음질이 고른' 질서를 본다. 이것은 물론 시인의 직관에 의한 것이지만 그 기법은 이미지즘이다. 곧 육안으로 볼 수 없는 바람결에서 음질이 고른 질서를 봄으로써 추상적이고 불확실한 대상을 구체적이고 시각적인 이미지로 제시해 생생한 전달 효과를 거두고 있다. 이런 시인의 눈은 원정이 되어 바람의 '가장 청명한 자락'을 잘라낼 수도 있다. 그러나 시인의 바람 이미지는 행복한 메시지를 전하는 것만은 아니다. 오히려 불안과 좌절의 냄새를 더 많이 풍기고 있다. 시인은 악령들이 지배하는 밤에 '몇 타래의 바람'을 감아두려 하고, 방문을 치는 '바람의 검은 발바닥'을 느끼고, 꽃밭에서 '머리 푼 여자로 오는 바람'을 본다. 음산하고 몽환적인 이러한 시적 분위기는 그러나 바람을 구체적이고 시각적인 이미지로 대체함으로써 신선감, 강렬성, 환기성을 획득하고 있다. 곧 김만옥의 시는 구체적이고 특수한 이미지를 통하여 추상적 의미를 생생하게 전달하는 이미지즘 기법에 충실한 것이라고 할 수 있다.

5. 부러진 나무의 가지 사이로
비가 들칠 때,
슬픔에 못이겨 여편네가
통곡하며 갑자기 실신하듯이, 나자빠지는
천둥.

6.나는 무너지는 임부姙婦의 살을 보았다.
찌그러진 고무공처럼 측면으로 누운
여자의 절망을. 죽음 앞에 선
커다란 공포를.
—「떨어진 과실과 상징」에서—

7. 나는 아무렇게나 기침을 하며
모든 아름다운 꿈들을 뱉아낸다.
뱉아내면 색구슬처럼 또그르르
구석지로 굴러가는,
그것은 나의 위축, 통통거리는
나의 유배流配
—「밤과 암거래」에서—

8. 내 종생終生을 달고 부상扶桑에로 떠나는
그것은, 속이 밝은 가방을 든

구두 같은
나의 의식이네.
—「먼 항해」에서—

9. 혹은, 나의 하늘이 그 뿌리 밑에 숨는
하얀 적막과, 적막같이 은은한
흐르는 향기를 적막 속에 둔다.
—「섬광」에서—

위의 예시들도 어김없이 관념의 육화를 보여 준다. 시인은 전달하고 싶은 관념이나 실제 경험 또는 상상적 체험들을 객관적으로 형상화해 보여주려고 한다. 시인은 관념을 직접 진술하지 않고 이미지를 통해 진술하기 때문에 구체성을 환기시키고 예술적 효과를 높인다.

5에서 시인은 '천둥'이라는 자연현상(원관념)을 슬픔에 못 이겨 나자빠지는 여편네(보조관념)라는 구체적이고 특수한 이미지로 제시함으로써 새로운 의미를 전달하는 데 성공하고 있다. 6에서도 시인은 '임부의 샅'에서 '찌그러진 고무공처럼 측면으로 누운 여자의 절망', '죽음 앞에 선 커다란 공포'를 읽고 있다. 이러한 보조관념의 육화에 의해서 새롭고도 강렬한 이미지의 전달이 가능해지는 것이다. 이렇게 보면 김만옥의 시는 이미지에 의한 사유라는 이미지스트들의 기본태도에 충실한 것이라고 할 수 있다.

한편 김만옥의 시의 참신한 이미지는 '낯설게 하기'의 측면에서 바라볼 수도 있다. 이질적 이미지들의 폭력적 결합이라는 현대시의 특성을 김만옥의 시는 성공적으로 보여주고 있다. 7에서 '나'의 '모든 아름다운 꿈들'은 뱉어지는 순간 오색영롱한 '색구슬'이지만 그것들은 곧 '구석지로 굴러가는 나의 위축', '통통거리는 나의 유배'가 된다. 이러한 이질적 이미지들의 과감한 결합에 의하여 삶의 이면적 의미가 섬뜩하게 다가온다. 꿈은 현실화하기 어려운 것이다. 특히 시인의 꿈은 현실세계에 노출되는 순간 위축되고 유배당한다. 시인의 뛰어난 직관이 참신한 이미지에 의해 우리에게 새로운 의미로 다가오는 것이다. 이러한 시작 태도는 8에서도 계속된다. '나'의 삶의 마지막 항해는 해뜨는 곳을 향하여 떠나는 '속이 밝은 가방을 든 구두 같은 나의 의식'이다. 종생의식은 일반적으로 인간에게 무겁고 칙칙한 관념을 수반하기 마련이다. 그러나 김만옥의 시는 이러한 상투적 관념에 빠지지 않고 투명한 의식(속이 밝은 가방)을 지닌 길 떠나기(구두)를 우리에게 암시하고 있다. 이러한 투명한 의식에 의해 '나'의 삶은 넋두리를 벗고 삶의 의미 탐색 작업에 동참하게 되는 것이다. 9에서는 김만옥 시인의 날카로운 시적 촉수를 느낄 수 있다. 천재적 감수성이라고 할까, 일상인의 감수성이 도저히 따라가지 못하는 내밀한 세계를 드러내고 있다. 언뜻 스치는 섬광 속에서 시인은 '나의 하늘이 그 뿌리 밑에 숨는 하얀 적막'을 보고 '적막같이 은은한 흐르는 향기'를 맡는다. 하늘에서 땅으로 와 닿는 번개일 수도 있는 '섬광'을 보고 시인은 하늘이 그 뿌리인 대지 깊숙이 스며드는 것으로 보고, 또 거기서 '하얀 적막'을 느끼며 '은은한 향기'를 맡기도 한다. 이런 날카로운 감수성이 구체적인 이미지로 발현됨으로써 시의 독창성을 높이고 있다.

살펴본 대로 김만옥의 시들은 참신한 이미지들을 제시해 이미지에 의한 시적 사유라는 이미지스트들의 기본 면모를 우리들에게 뚜렷이 보여주고 있다.

2. 심미주의 및 상징시풍

김만옥의 시는 특히 언어 선택에 집착한다. 그만큼 공교하고 심미적인 언어를 선호하게 된다. 김만옥의 심미주의는 먼저 청순한 상상력에서 출발한다.

1. 이슬 묻은 입술의 가상이로부터
장미들은
조금씩 조금씩 간절한 사랑을 소리내고 있다.
패인 귓불의 꽃잎, 부어오르는
젖가슴의 은은한
취홍이여.
내가 걸어나가면,
램프의 근방, 그 사방으로
하얀 휘파람을 깔던 휘파람 같은 여인은
나의 장미.
피어오르는
그대,
아장한 궁기 속의 푸른 순결을
내 처음으로 볼 수 있네.
—「아침 장미원」에서—

2. 깊은 하늘에 박혀 손목만 뵈는

그대 가늘고 하얀 손가락의 연미색 손톱이
오늘 아침, 겹동백 이파리를 하나 하나 열고 있다.

뜨락을 거닐다 잠깐
그 밑에 앉아 찬찬히 꽃잎을 헤노라면
문득 되살아나는「월츠」조의
내 춤의 치맛자락.

그대 손톱 밑 잠자는 바람
은실 몇 낱이 나를 건드리고
윤나는 초록 양탄자, 어지러운 어제를 덮을 때
추억의 먼 끝에서 시작되는
황홀한 걸음걸이….

초행의 조심스러움으로 운신되는
우아한 치맛폭, 첩첩 갈피에서
햇빛과 목관악기의 떼가 쏟아진다.

—「병후病後」에서—

1의 시에서 '장미'의 화심花心을 바라보는 '나'의 시선은 건강하고 '순결'하다. '장미들'은 '간절한 사랑'을 꿈꾸고 있고, 순결한 젖가슴을 지니고 있다. 이러한 장미들은 '나'의 여인으로 환치되고, 장미의 화심에서 '나'는 여인의 '아장한 궁기 속의 푸른 순결'을 본다. '나'는 '장미'인 여인의 젖가슴 향내에 취하여 흥겨워하고 있고, 삶을 아름다운 것으로 바라보며 깊은 신뢰를 보내고 있다. 장미와 여인을 순결하고 아름답게 바라보는 것은 곧 삶을 아름다운 것으로 바라보는 심미주의적 세계관을 피력한 것이라고 볼 수 있다.

이러한 심미주의적 세계관은 2의 시에서도 계속된다. 병후에 시인의 눈은 한층 섬세하게 열려 있다. 꽃이 피는 봄날 시인은 뜨락에서 감미로운 몽상에 빠져든다. 시인의 눈에 그대의 손톱은 '깊은 하늘에 박혀 손목만 뵈는/가늘고 하얀 손가락의 연미색 손톱'으로 묘사된다. 그리고 이런 손톱이 동백 꽃잎을 하나 하나 피우고 있다. 이렇게 세계를 바라보고 인식하는 것은 심미주의적 세계관이다. 시인은 이런 계절에 마음 속으로 왈츠를 추고 초록 양탄자 위에서 '추억의 황홀한 걸음걸이'를 '초행의 조심스러움으로' 하게 된다. 이처럼 심미의 극치에 이른 '나'의 '우아한 치맛폭'의 갈피에선 '햇빛과 목관악기의 떼가 함께 쏟아지'는데, 이러한 도취적이고 신선한 기쁨은 시간 속에서 행복하게 사는 심미적 인간의 전형을 보여주는 것이라고 할 수 있다.

3. 오늘도 머리 푼 여자로 오는
바람을 꽃밭에서 만난다.
청년의 내 겨드랑에 와 닿는
그녀의 머리카락
오오, 털과 털의 만남이여
풀잎 같으면 연한 허리 간들거리며
미쳐서 히히히히 웃을 수도 있을 테지만
털의 이질異質을 슬퍼하는 나의 겨드랑,

우거진 그 불만의 숲에 깃들인
진실과 사랑이여.
잡히지 않고 늘 그것을 탐하는
바람의 머리채를 오늘도 나는 방임하고
방임하면서 꺼이꺼이 슬픔을 울 때
팔짱 낀 비애悲愛의 내 하얀 어깨 아래
눈물인 듯 꽃잎이 우수수 진다.

—「슬픈 장미소설」 전문—

1,2에 비해 3의 시는 세기말의식의 냄새가 나는 시라고 할 수 있다. 김만옥의 심미주의를 세기말적이라고 단정하기는 어려울지 모르지만, 그러나 또 그와 무관한 것이라고 보기도 어렵다. 지독히 가난한 집안에서 태어나 서서히 구조화되는 군부 개발독재의 시대를 목도하며 사는 시인에게 세기말의식이 침범할 소지는 충분히 있었던 것이다.

세기말 사조란 대체로 19세기 말 세기의 종말을 의식하여 허무, 퇴폐, 회의 등의 무질서하고도 어두운 이미지가 한 시대를 휘감은 사조이다. 세기말의 문인들은 자본주의가 내포하는 모순으로 정신주의와 물질주의의 심각한 갈등을 겪었으며, 그 결과로 그들은 당시 사회를 속악하고 퇴폐적인 것으로 받아들였다. 그 대표로 보들레르를 들 수 있는데, 그는 세기말의 우울과 허무를 짊어진 퇴폐적 로만주의자, 상징주의의 시조, 정신의 심연을 지닌 실존주의자 등으로 불리며 근,현대문학의 초석을 까는 데 절대적 역할을 한다. 그는 모든 규범으로부터 탈출한 일세의 반항아로서 완전한 모순 속에서 희귀한 의미의 탐구, 도락과 육욕에의 탐닉 등의 세기말의 문학을 꽃피워 나가는데, 그 바탕은 탐미주의라고 볼 수 있다.

3의 시는 심각한 세기말의식을 반영했다고는 볼 수 없지만 우울과 허무, 비애와 관능적 상상력 등은 세기말적 요소와 합치하고 있다. '나'는 '장미소설'을 보면서도 1의 시에서와 같은 행복한 도취상태가 아니고 슬픔에 깊게 빠져 있다. '나'는 꽃밭에서 상쾌한 바람맞이를 하는 것이 아니라 '머리 푼 여자로 오는 바람'을 만난다. 그 바람은 내 겨드랑이 털에 와 닿고, 그 털을 '나'는 '불만의 숲'으로 인식하며 그 안에 '진실과 사랑'이 깃들어 있다고 보고 있다. '바람'은 늘 '진실과 사랑'을 탐하지만 '나'는 그것들을 조율하지 못하고 방임하면서 '팔짱 낀 비애'를 꺼이꺼이 운다. 이런 '나'에게 '꽃잎'은 축복이 아니라 '눈물인 듯' 우수수 질뿐이다. 애정소설을 보면서 '나'는 행복한 사랑을 꿈꾸는 것이 아니라 세기말적 비애에 흠뻑 잠겨 있다.

세기말의식이 뿌리를 이룬 이러한 심미주의 성향은 상징시풍으로 나타나기도 한다. 원관념이 숨고 보조관념만 나타나 활동하는 상징적 존재양식은 감춤과 드러냄의 양면성을 지닌다. 상징은 개념(원관념)과 이미지(보조관념)가 동시적이고 공존적이어서 두 요소는 분리할 수 없는 일체가 된다. 이러한 상징의 일체성은 암시성, 다의성, 입체성, 문맥성 등을 하위 속성으로 지닌다. 김만옥의 시에서 이러한 상징주의적 성격을 확인해 보자.

밤마다 불의 머리칼을 잡고
회오리바람이 속에서 돈다.

돌거라 돌거라 돌거라
나는 불의 이빨과, 이빨이 물어뜯는
어둠의 시체를 볼 수 있다.

잠시 숨어 있었으나 나는 뛰어나와
재의 얼굴에 빛의 종자를 뿌린다.
나는 비로소 유리의 안팎 같은
아침과, 아침 같은
종생을 가질 수 있고,
남의 일몰의 땅으로 아스름히 트인
많은 길을 걸어갈 수 있다.

—「회오리바람」에서—

위의 '회오리바람'은 상징이다. 굳이 분류하자면 원형상징으로 파괴적인 shadow와 인격 형성의 중심 원형인 self의 양면성을 지녔다고 할 수 있다. '나'는 심층의식의 세계에서 참나찾기라는 암중모색을 하고 있다. '나'는 현재 혼돈과 방황의 존재이다. 그러나 '나'는 종내에는 빛과 생성의 존재이고자 한다. '나'의 의식세계에는 밤마다 '회오리바람'이 돌고 있고 '불의 이빨'이 물어뜯은 '어둠의 시체'가 널려 있다. 그러나 '나'는 이러한 혼돈과 파괴의 의식공간에서 뛰어나와 '재의 얼굴에 빛의 종자를 뿌'리려고 한다. 이렇게 의식전환이 이뤄지자 '나'는 투명한 아침과 그런 아침 같은 죽음을 만날 수 있고 죽음 속에서도 '아스름히 트인 많은 길을 걸어갈 수 있다'. '회오리바람' '어둠의 시체' '불의 이빨' '재의 얼굴' '빛의 종자' '아침' '길' 등은 보조관념만 나타나 암시성, 다의성, 문맥성을 그 하위속성으로 지니는 상징어라고 할 수 있다.

> 나는 무너진 임부의 샅을 보았다.
> 찌그러진 고무공처럼 측면으로 누운
> 여자의 절망을. 죽음 앞에 선
> 커다란 공포를.
> 혹은 비탄에 젖어 하이얗고 기인 눈물은
> 짙은 그늘로 형상되고,
> 괴로움은 공간으로 퉁퉁 불어나는 것을.
>
> 찬란했던 일생의 빛을 다 합친다해도
> 종말은
> 훨씬 거창한 암흑.
>
> —「떨어진 과실과 상징」에서

'떨어진 과실'은 그 자체가 개념과 이미지가 동시적이고 공존적이어서 분리할 수 없는 일체성을 지닌 상징물이 된다. '나'는 '떨어진 과실'에서 '무너진 여자의 샅'을 보고 나아가서 '찌그러진 고무공처럼 측면으로 누운 여자의 절망', '죽음 앞에 선 커다란 공포', 퉁퉁 불어나는 괴로움, '거창한 암흑'을 연상하게 된다. 제목이 암시하듯이 이 시는 상징주의적 경향이 구체적으로 드러난 시라고 할 수 있다. 세기말의식이 상징적으로 표현됐다고 할 수 있다.

> 보이지는 않으나 많은 과오로 우거진
> 내 두 눈의 삼림이 으르렁거릴 때

야만스런 짐승의 이빨 위에
손수건이 한 장 척 기댄다.
손수건은 항상 도끼보다 먼저 온다
그리고 숲 속에서 죽이는 것이 아니라
짐승을 몰고 들판으로 간다.
나는 손수건에 의해 매장되는
저 뻘건 비만의 살,
그 피부에 묻은 어두움을 볼 수 있다.
…중략…
오, 다만 빛날 뿐 소리나지 않는 그때
잠시 시원始源에 숨어 살던 구근처럼
만상은 알몸들을 일으키고
오직 들판에서 돌아온 손수건만이
배음처럼 그 아래 누워있을 것이다.

—「눈을 맞으며」에서—

위의 시의 '손수건'은 해석이 용이하지 않다. '나'의 의식 속에는 '많은 과오로 우거진' '삼림이 으르렁거'리고 있고, 거기 깃들어 사는 '야만스런 짐승의 이빨 위에' '손수건'이 와서 기댄다. 여기서 '손수건'을 살벌한 대지를 덮어주는 눈발로 본다면, '손수건'은 지상의 생명을 따뜻이 안아주는 모성적 존재의 상징이라고나 할까. 아무튼 이러한 '손수건'은 '도끼보다 먼저' 와서 '짐승을 몰고 들판으로' 가서 살아나게 한다. '눈(손수건)'은 지상의 모든 잔혹과 절망을 순결한 색깔로 매장하여 잊어버리게 한다. 그리고 우리로 하여금 '한 십년쯤 뒤에 다시 눈을 뜨며 새로운 우주와 함께 발굴'되려는 기대로 구근처럼 시원에 숨어 살고 있고, 이러한 구근처럼 '만상은 알몸들을 일으키고' 조응의 그날을 기다리고 있다. 이러한 그날을 예비하는 자그마한 출발점인 '손수건(눈)'은 다시 들판에서 짐승들을 데리고 돌아와 '배음처럼' 조용히 누워 작용하게 될 것이다. 이 시의 '과오로 우거진 내 두 눈의 삼림', '야만스런 짐승의 이빨', '손수건', '도끼', '뻘건 비만의 살', '피부에 묻은 어두움'은 원관념이 숨고 보조관념만이 남아 문맥적 의미를 암시하는 개인상징의 예가 되고, '보이지는 않으나 많은 과오로 우거진/내 두 눈의 삼림이 으르렁거릴 때'와 '잠시 시원에 숨어 살던 구근처럼/만상은 알몸을 일으키고'는 낯설고 새로운 세계로 교감의 영역을 넓혀가며 만상의 조응을 추구하는 상징주의의 기본 성격을 잘 보여주는 것이라고 할 수 있다.

3. 희망과 절망의 시

정도 차이는 있지만 인간은 이 세상을 살면서 희망과 절망이라는 상극적 심리를 교차해 보이면서 일생을 살아가게 된다. 그러나 김만옥의 시에 나타난 희망과 절망의 파동과 낙폭은 유별난 것이어서 우리를 당혹스럽게 한다. 본고에서는 이러한 희망과 절망의 전개 양상과 그 상호관계를 살펴보기로 한다.

1. 아이들의 새벽 잠꼬대는
   매우 희망적이다.

낮에 잃어버린 유리구슬을 시궁창 속에서 꺼내다가

그들은 바다 저 깊은 데서 해를 꺼내고
다시 그것을 아침하늘로 툭! 차 올린다.
—「아이들의 잠꼬대」에서—

2. 새 봄엔 화단을
양지쪽으로 옮길까 한다.

…중략…

나는 빛이 흙 속에 살게 하고 싶다.
꽃으로 하여금 더욱 빛나고
꽃씨로 하여금 더욱 견실하게…

나는 오는 봄의 가슴을
양지쪽으로 옮길까 한다.
—「새 봄엔」에서—

3. 꽃의 땅이다. 나의 안은
더러움을 다시는 간직할 수 없는
모래땅이다.

…중략…

향기와 웃음이여,
바람이 불어도 어지럽지 않는
춤의 따스함이여.

—「안뜰」에서—

4. 나는 불모의 땅을 가진
슬기로우나 가난한 원정이었지.

…중략…

남달리 안으로 밝은
그 눈에 밤마다 별이 흐르고
나는 눈과 별빛을 함께 짤랑거리던
빛나는 꽃씨 주머니였네.

부드럽고 따뜻한 속에서 만져지는
그것은 참 귀한
내 목숨의 종자임을,
알았지.
유리에 걸린 새벽하늘처럼
흔들리던, 요람 같은
사계여.

한 백년 후에 맡을
향기를 위하여
지상의 가장 밝은 곳에
나의 꽃씨를 떨군,

나는 이제 고개를 숙인 채
전신으로 기도하는
하얀 꽃이네.

—「산후産後」에서—

1~4의 시들은 동시적이고 '희망적'이다. 세상을 밝게 보려 하고 아기와 같이 천진난만하게 꿈꾸고 있다. 시인을 지배하는 것은 무한한 그리움이다. 아이들은 악몽이 없다. 그래서 그들은 아침으로 이어지는 새벽녘까지 희망의 언덕에서 뛰노는 꿈을 꾼다. 낮에 잃어버린 유리구슬을 꿈속에서 찾아내기도 하고, 바다 깊은 곳으로 져버린 해를 찾아 아침하늘로 뻥 차올려 세상을 다시 밝게 비추게도 한다. 나무랄 데 없이 밝고 긍정적인 모습이다. 이런 아이들에 의해 어른들은 다시 희망을 찾게 된다.

「새 봄엔」은 이러한 어른의 긍정적 생활관을 소박하고 투명하게 진술하고 있다. 여태까지 시인은 음지적 존재였다. 세상을 어둡게 보고 썩 동화하려고 하지 않았다. 여태까지 꼬인 심정으로 음지에 마련했던 화단을 오는 봄엔 양지쪽으로 옮기려고 한다. 그래서 '빛이 흙 속에 살게 하고' '꽃으로 하여금 더욱 빛나고/꽃씨로 하여금 더욱 빛나게' 하고 싶다. 이런 변화가 일어난 것은 시인의 가슴이 어두운 응달에서 따뜻한 양지로 바뀌었기 때문이다. '나는 오는 봄의 가슴을/양지쪽으로 옮길까 한다'는 이러한 사정을 토로한 것이다.

이런 시인에게 지상은 '꽃의 땅'이고 '향기와 웃음'의 마당이다. 「안뜰」에서 더 이상 갈등과 방황, 분열은 없다. 그래서 시인의 안(마음)은 '더러움을 다시는 간직할 수 없는 모래땅', 곧 모든 것을 여과해

깨끗하게 하는 정토가 된다. 마음에 흔들림이 없으므로 시인의 '춤'은 '바람이 불어도 어지럽지 않'고 '따스함'을 유지하게 된다. 이 시기의 시인은 지나치다고 할 정도로 세상을 밝고 긍정적으로 보고 있다.

이런 자신을 변명이라도 하듯이 시인은 「산후」에서 '나는 불모의 땅을 가진 슬기로우나 가난한 원정'이라고 한다. 시인은 '불모의 땅'에서 가난하게 살면서도 슬기롭게 희망을 낳는 산모가 되려고 한다. 시인이 보는 꽃의 '남달리 안으로 밝은' 눈에는 '밤마다 별이 흐르고', 그런 별빛 어린 눈을 이어받아 '짤랑거리던' 시인은 자신을 '빛나는 꽃씨 주머니'라고 선언한다. 그 주머니 속에는 귀한 '목숨의 종자'가 들어 있다. '꽃씨 주머니'인 시인의 사계는 행복하게 유년을 흔들어주던 '요람'이 된다. 시인은 희망에 부풀어 '한 백년 후에 맡을 향기를 위하여 지상의 가장 밝은 곳에' '꽃씨를 떨군'다. 그리고 '고개를 숙인 채 전신으로 기도하는 하얀 꽃'이 된다.

그러나 꿈을 떠나서 현실에서의 희망 갖기는 용이한 일이 아니다. 시인은 역경 속에서 고뇌하고 노력하며 희망 가꾸기를 계속한다.

1. 아주 좁은 사이라도
   비집고 들어갈 틈새만 있다면
   나는 투신하겠네.

   …중략…

   투신하겠네. 고뇌의 수많은 구멍 속으로

그대들의 패전 속으로
그대들 서러운 눈물, 이루지 못하는
불만의 신음, 그 진폭들 사이로
행복을 빚기 위하여 수틀에
조심스럽게 금실의 바늘 파고들 듯이.
—「투신기」에서—

2. 심연으로 잦아드는 날개 같은
빛으로 하여금 하늘 눈이 뜨이고
그 한 가운데에서 비로소
떨어진 씨앗 같은
내가 밝아 있을 때,

그것은 나로 하여금 찰나에
능금을 노래하게 하고
언어 하나로 백년 후의

꿈의 빛깔을 바꾸면서,
돋아나는, 그 빛깔 같은
내 목숨의 새 순을 볼 수 있게 하고
—「섬광」에서—

3. 퇴원하던 날의 병원 뜰에서 본
낯익은 파초 하나

안보이게 덩실 춤추던
그 유리의
꿈의 어깨

…중략…

그때마다 조용한 춤이
내 안에서 살아난다.

—「파초잎」에서—

1~3은 심연을 엿본 자의 신중한 꿈꾸기라고 할 수 있다. 시인은 심연을 아는 자로서 세상을 긍정적으로 보며 밝게 살려고 한다. 「투신기」는 이러한 시인의 인생관을 고백적으로 쓰고 있다. 행복을 찾기 위해 그는 조그만 틈새라도 있다면 비집고 들어가려고 한다. 수많은 고뇌가 따를지라도, 거듭되는 패배가 기다릴지라도, '서러운 신음'과 '불만의 신음'이 휘감을지라도, 시인은 '행복을 빚기 위하여' '금실의 바늘'이 되어 '수틀에 조심스럽게' '파고든'다. 그는 행복이 지난한 곡절 끝에 얻어지는 것임을 누구보다 잘 알고 있다.

「섬광」도 '심연'을 겪은 자의 소생과 환희를 노래하고 있다. '심연'을 겪은 자에게만이 빛(섬광)이 찾아와 '하늘 눈'을 뜨게 하고, 자신이 소중한 생명의 '씨앗'임을 깨닫게 한다. 이때 시인은 환희로 밝아져서 '찰나에 능금을 노래하게 하고 언어 하나로 백년 후의 꿈의 빛깔을 바꾸면서' 돋아나는 '목숨의 새순을 볼 수 있게' 된다. 존재의 심연을 탐험한 자만이 노래할 수 있는 환희송이라고 할 수 있다.

「파초잎」도 역경을 겪은 자의 희열을 잔잔히 이야기하고 있다. 신병으로 입원했다 '퇴원하던 날 병원 뜰에서 본' 파초 잎에서도 남모르게 '덩실 춤추던' '꿈의 어깨'를 보고, 이런 긍정적 인생관이 훗날 일상생활을 하는 가운데서도 춤으로 떠올라 힘을 얻게 한다. 이처럼 시인은 역경 속에서도 희망을 갖고 밝게 살려고 한다.

그런데 이러한 희망의 이면에는 늘 심각한 절망의 늪이 도사리고 있어 우리를 어리둥절하게 한다. 후기의 시가 다수이긴 하지만 희망의 시들과 그 낙차가 너무 심해 당혹스럽게 하는 것이다. 그러나 실제로 그를 지배했던 것이 가난과 세기말의식이라고 한다면 그의 절망의 뿌리를 이해할 듯도 하다.

1. 여름방학이 나를 죽였다. 여름방학이
숙제는 많아도 태평하고자
나의 말씀을 중단시키라고
명령하고, 검은 아이들은
방학 속으로 방학 속으로 뛰어들었다.
맹盲 맹 맹 맹 맹 맹 맹 …
그 검고 어린 자유가
나를 죽였다.

아, 나의 함성은 죽었다.
기름 없는 기계 같이 목은 쉬었지만
끊임없이 끊임없이 촉구하고 호소하던,

나의 웅변, 나의
입의 등불은 꺼졌다.

나는 전달 안되는 모국어로 외쳤던
쓸쓸한 연사였다.

—「죽은 매미의 입」에서—

2. 그래도 돌아오면 기다리고 있다.
이글거리는 눈의 발톱 큰
야수마냥.
웅크리고 앉아 그러나
어둡고 침울하여
말 못하는
소년마냥.
남루를 펄럭이며 밤은
기일게 손을 벌리고 무엇을
나로부터
얻어가려 하는가. 오늘은 또
몇 푼을 던져주어야 돌아갈 것인가.

—「밤과 암거래」에서—

3. 전신에 겨울이 묻은
백설 같은 그대는 알지 못한다.

…중략…

그대는 아주 멀리 있으면서
비로소 내 눈길 끝에 닿아오는
하얀 격리의 빙벽이 된다.

…중략…

밖에 있으면서 밖으로 나가지 못하고
안에 있으면서 안을 들여다보지 못하는
눈사람아 눈사람아.

—「겨울 고도孤島」에서—

4. 보리밭 속에서 꿈이 떠난다.
코쭝배기에 구멍이 뚫린 고무신의
그대 지게 막대기에 까투리가 날 듯
햇빛과 땀이 어울려 퇴비로 뿌려진
모든 들판에서 꿈이 떠난다.

달구지에 목화꽃 같은 새벽을 싣고
버드남ㄱ 개울을 돌던 그대 잠방이,
이슬을 차면 이슬 속에서 깨어져 나오던
거대한 해와 종달새의 노래가
이젠 보이지 않는다.

연기는 소멸되고 소는 운다.

그대는 잘 알고 있다. 들판은 결코
그대의 뿌리를 받아들이지 않는다.
김을 매다가 자칫 그대 자신이
잘못 뽑아버린 스스로의 뿌리,
들판은 어차피
그대 목숨의 뿌리를 받아들이지 않는다.

죽음 같은 잠뿐이다. 남은 것은
다박솔 숲 속을 찾아가는 그대의 허기
새의 둥지를 빌리는 잠뿐이다.

…중략…

그대는 죽은 꿈의 관棺일 뿐이다.
—「춘궁春窮」에서—

시인은 소년기의 여름방학을 끔찍한 기억으로 회상하고 있다. 놀기만 좋아하는 급우들과는 달리 시인은 무척 조숙했던 듯하다. 그리고 그런 자신에 대해 자부심을 갖고 있는 듯하다. 여름방학이 되어 친구들은 놀기를 바라지만 그는 책읽기와 생각하기에 몰두하고, '끊임없이 촉구하고 호소하던' 입으로 토론하기를 좋아했던 듯하다. 그런 그를 친구들은 따돌리고 그는 그들을 경멸했을 것이다. 그들은 '나의 말씀을 중단시키고' '죽은 매미의 입'이 되게 한다. 그리고 시인은 눈먼 그들을 참매미 울음소리를 빌어 '맹(盲) 맹 맹 맹…'이라고 조롱한다. 이런 단절의 분위기에서 시인의 '함성'과 '웅변'은 죽고 '전달 안되는 모국어로 외쳤던 쓸쓸한 연사'가 된다. 소년기의 이러한 단절 체험은 뒤에 절망의식으로 이어질 가능성이 높다.

소년기의 소외와 단절의식은 성인기에 와서는 심각한 실존의식으로 발현된다. 「밤과 암거래」는 인간존재의 불안과 죽음의식을 드러낸 작품이라고 할 수 있다. 불안과 죽음의식은 인간존재의 피할 수 없는 속성이다. 따라서 인간은 이러한 속성을 그대로 인정하고 친화할 수도 있겠지만, 인간은 본능적으로 이것들을 피하고 두려워한다. 그럴수록 이것들은 안으로 파고 들어와 두려움을 준다. 어떻게 '암거래'할 여지도 없이 찾아와 말없이 바라보고 있는 것이다. 이런 그를 지배하는 것은 절망이다. 어떻게 보면 그의 희망의 시들은 절망에서 벗어나고자 하는 처절한 몸부림이었다고 할 수 있다. 그의 내부에는 소년기부터 이미 절망의 씨가 자라고 있었다.

'전신에 겨울이 묻은' 그대와 '나'는 소통하지 못하고 서로의 '겨울고도'가 되어 있다. '나' 는 '그대'와 소통하고 싶어 멀리 있는 그대를 눈으로 당겨 보지만 그대는 '하얀 격리의 빙벽'이 될 뿐이다. 그대는 여전히 '나'에게 '밖에 있으면서 밖으로 나가지 못하고/안에 있으면서 안을 들여다보지 못하는/눈사람'이다. 「겨울고도」의 '그대'와 '나'는 현실적 자아와 내면적 자아라고도 볼 수 있다. '나'는 외부세계에서도 고립되고 내면세계와도 단절되어 있다. 이런 근원적 단절의식은 그에게 절망의식을 심화시킨다. 시인은 고향의 푸른 보리밭에서도 위안을 얻지 못한다. 「춘궁」에서 그는 처절하게 죽음의 노래를 부른다.

고향의 정겨운 풍경인 청보리밭은 그에게 '꿈'이 되지 못한다. 한때 건강한 생활의 터전이었던 보리밭은 긴 가뭄으로 모든 꿈이 떠나고, '거대한 해와 종달새의 노래'도 보이지 않는다. 농경생활의 상징인 밭갈이 소도 역할이 없고, 끼니 때울 양식 한 톨 없는 마을은 어디에서도 연기 한 올 오르지 않는다. 들판은 완강하게 곡물의 뿌리를 받아들이지 않는다. 이런 잔인한 춘궁기에 밀려오는 것은 '죽음 같은 잠'과 '허기'뿐이다. 헤어날 길 없는 절망의식은 마침내 '그대는 죽은 꿈의 관일 뿐'이라고 선언하게 한다. 이 시는 김만옥 시인의 가난 체험이 처절히 반영된 작품이라고 생각된다. 지나친 가난은 그에게 삶의 위의를 일관되게 추구하지 못하게 하고[4], 결국 죽음으로 막을 내리게 했던 것이 아닌가 한다.

김만옥의 시의 희망과 절망은 한 뿌리에서 나왔지만 그 절충에 성공하지 못하고 양극성을 보이고 있다. 평행선을 이루면서도 끝내 만나지 못하는 불협화의 이중주라고 할 수 있을 것이다.

Ⅲ. 맺는 말

살펴본 대로 김만옥의 시는 이미지즘 기법, 심미주의 및 상징시풍, 희망과 절망의 시세계를 보여주고 있다.

그의 시의 이미지즘 기법은 이질적 이미지들의 성공적 결합에서 오는 참신성, 관념의 육화에서 오는 구체성, 강렬성, 환기성 등을 고

4) 경제적으로 너무 어려워지자 그는 원고료를 탈만한 곳이면 가리지 않고 가명으로 작품을 응모하여, 그 중에는 자존심이 상하는 별난 기관지에 글을 던져 상금을 탄 일도 있었다고 한다. 「문학과 생명 중시의 길」 참조.

루 보여 높은 수준을 유지하고 있다.

그의 시의 심미주의 성향은 먼저 청순한 상상력에서 출발하여 우울과 허무, 비애와 관능 등의 세기말적 상상력으로 이어지고, 나아가서 보조관념만 남아 암시성, 다의성, 입체성, 문맥성, 교감성을 보이는 상징시풍으로까지 발전하는데, 모두가 공교한 언어구사 능력을 보여주고 있다.

그의 시의 희망적 면모로는 동시적 천진난만, 그리움, 행복 찾기, 심연을 거친 자의 밝고 긍정적인 세계관 등을 들 수 있고, 절망적 면모로는 가난과 고립에서 발생한 단절과 소외의식을 들 수 있는데, 이 두 세계는 화해하지 못하고 끝까지 평행선을 이루는 불협화의 이중주라고 할 수 있다.

김만옥은 시라는 마魔적 애인과 외부 환경 사이에서 균형을 잡지 못하고 파멸한 그 시대의 자화상이라고 할 수 있다. 곧 타고난 심미적 기질이 극심한 가난과 엄혹한 시대를 만나 꽃피지 못하고 좌절한 예라고 할 수 있다. 그 결과 그의 시는 인식의 깊이와 일관성에서 철저함을 보여주지는 못하고 있다. 하지만 그의 시의 또 다른 천재성은 눈 있는 자에게는 바로 보여질 것이다.

14장

대중소비사회에서의 시적 대응

대중소비사회에서의 시적 대응

Ⅰ. 머리말

1980년대에 접어들면서 한국사회도 본격적으로 대중소비사회에 돌입하게 되었다. 물질적 풍요는 한국인의 생활습관과 사고에 변화를 가져왔다. 시인들이라고 이러한 변화에서 예외일 수는 없었다. 특히 젊은 시인들은 기성 문학의 권위에 순종하려 하지 않았고, 반항적인 어법으로 그들의 삶과 시대를 표현하려고 했다. 그들은 시대의 속도에 뒤떨어지지 않으려고 했고 그러기 위해서는 무한한 표현의 자유를 요구했다. 그 결과 그들은 왕성한 실험정신으로 한국 현대시의 영역을 넓고 다양하게 했다.

그러나 그들의 시도가 꼭 좋은 결과만을 가져온 것은 아니다. 심각하게 생각해 보아야 할 문제들도 많이 노출했다. 본고에서는 이러한 8,90년대의 한국 현대시의 실상을 파악하기 위해 그 문학적 배경이 되는 대중소비사회와 대중소비사회의 문화현상인 포스트모더니즘에 대해서 알아 보고, 이를 바탕으로 마광수, 장정일, 유하, 최영미의 시를 들어 대중소비사회에서의 시적 대응의 구체적인 양상을 살펴보고, 이들의 공통점과 장단점을 지적해 보려고 한다. 텍스트는 마광수의 『가자, 장미여관으로』, 장정일의 『햄버거에 대한 명상』, 유하의 『바람부는 날이면 압구정동에 가야 한다』, 최영미의 『서른, 잔치는 끝났다』의 네 권의 시집이다.

Ⅱ. 대중소비사회와 포스트모더니즘

후기산업사회의 기술발달은 대량생산을 가져오고 대량 생산은 물질적 풍요를 가져왔으며 물질적 풍요는 소비풍조와 물신주의를 불러왔다. 이러한 현상은 산업화가 본 궤도에 오른 70년대부터 나타나기 시작해 90년대에 이르러서는 그 극에 이른 느낌이다. 천민자본주의라고도 불리는 이러한 물신주의는 정통성을 획득하지 못한 역대의 군부정권을 거치면서 한국사회에서 가장 조악하게 꽃피어났다. 5·16 군사 쿠데타로 시작한 군부정권은 끊임없이 제기되는 정통성 시비를 잠재우기 위해 물질적 풍요를 당근으로 제시했다. '잘 살아 보세'의 구호로 집약되는 경제지상주의는 수천 년의 가난에 찌든 다수 국민들의 동조를 받으면서 정권유지의 든든한 기반이 되었다. 개발독재는 국민들에게 받아들여졌고 여러 부작용에도 불구하고 30년여의 고속 경제성장을 계속했다. 얼핏보아 군사정권은 성공하는 듯했다. 그러나 개발독재의 부작용은 심각했다. 경제지상주의는 도덕적 불감증, 비판의식의 마비를 낳고 인간성 파괴로 치달았다. 군부 정권은 그들의 집요한 미봉책에도 불구하고 그 업보를 받은 것이다. 이러한 심판은 3당 합당으로 출발한 김영삼 정권도 예외일 수 없었다. 그러나 대다수 국민들은 이러한 부작용을 심각한 현실문제로 인식하지 못하고 물질적 편의주의나 근거없는 안정 논리에 빠져서 부도덕한 삶을 살고 있었다. 그들에게 군부정권의 정통성 결여나 한국사회의 도덕적 불감증, 인간성 상실은 관심 밖이었다. 기득권층들에게는 이러한 무관심이 반가웠을 것이다. 따라서 한국사회는 근본적으로 일부 지식인들의 비판과 반항, 냉소와 좌절이 전제되어있는 사회였다. 개발독재가 부추겨놓은 졸부근성은 무분별한 소비행각으로 나타나 가치관을 변질시키고 천민성을 심화시켰다. 편하고 배부르고 즐겨우면 됐지 무얼 더 바라느냐는 것이었다. 늘어나는 것은 도색잡지, 러브호텔, 보신관광 등이었다. 졸부들의 2세인 철부지 신세대들까지 마구 낭비하고 향락에 취했다. 이들에게 선대의 미덕은 휴지조각이 되고 조소의 대상이 되었다. 사명감이나 청빈 같은 것은 관심 밖의 일이거나 종식되어야 할 일 쯤으로 생각되었다. 역사의식도 없어지고, 무엇에 대해 진지하게 사고해 보려고도 하지 않고, 상업주의와 향락에 취해 나날을 보냈다. 역사의 정도를 확립하지 못한 상태에서의 이러한 물질적 풍요는 해체주의니 다원주의니 하는 그럴싸한 이론으로 그 성격을 규정하고 의미를 부여하려고 하나 한국의 실정에서는 '문제 흐리기'의 성격이 짙다는 것을 부인하기 어렵다. 좌절과 호기심이 반반쯤 깔린 위트나 풍자, 무책임하고 무사고한 반항과 폭로, 대부분의 경우 마지막 귀착점으로 정하는 섹스에의 탐닉 등은 진정한 문제진단의 태도라고 보기 어렵다. 물론 복잡한 후기산업사회에서의 해체주의나 다원주의, 억압된 것의 중심으로의 부상, 페미니즘 등은 우리가 진지하게 논의해야 할 시대의 이슈들이다. 인습에 빠져 시대의 변화를 인식하지 못하고 매너리즘에 빠져있는 기성세대들에게 이러한 시대사조는 큰 각성제일 수 있다. 문제는 오늘날의 대중소비사회에서 '악화'가 너무 횡행한다는 것이다. 상업주의가 문화의 전 영역을 장악하고 그 본질을 상품화하고 있다. 문제시인으로 평가받는 이들 중에도 소재주의나 거짓 비극의식으로 독자를 속이고 상업주의의 첨병이 되는 예가 적지 않다. 옥석을 구별하기 위한 우리의 노력과 안목이 없는 한 대중소비사회는 더 나은 삶으로 이행하기 위한 전환점이 아니라 돌이킬 수 없는 절망의 묘지가 될 것이다.

오늘날의 대중소비사회가 산업혁명에서 출발했다는 것은 두루 아는 사실이다. 산업혁명은 상공업 부르조아지 계층을 형성시켰고, 이들의 경제력은 전시대까지의 예술생산과 소비에 결정적인 변화를 가져왔다. 곧 산업혁명 이전까지는 창작활동이 귀족들의 후원에 의해서 유지되고 있었으나 이후에는 구매능력을 가진 시민 부르조아지에 의해 좌우되고 있었다. 예술가는 이제 한정된 고객이었던 귀족들의 취향에 맞는 작품 활동 대신 자유와 평등을 이념으로 하는 시민 부르조아지의 취향을 의식하지 않을 수가 없었다. 이처럼 초기자본주의의 예술가는 귀족들에의 경제적 예속에서 벗어나 명목상의 자유를 얻는 듯 했으나 그 이면에는 시민 부르조아지의 요구를 따라야 하는 위험성이 내포되어 있었다. 시민 부르조아지 계급들은 그들이 정치적, 경제적 힘을 얻자 그들의 높아져가는 계급의 이익에 상응하는 가치와 관념을 고양하고 표현한 작품의 출현을 원했다. 그들은 예술

작품에서 관념, 정서, 미를 요구했다. 예술가들 역시 이러한 부르조아지 계급의 요구가 자유롭게 창작활동을 하고 싶은 자신들의 욕구와 맞아 떨어진다고 생각하여 그들의 요구를 따랐다.[1]

그러나 자본주의가 점차 진행되면서 자본의 광포한 힘은 초기자본주의 사회에서의 예술가들의 자율성이나 비판적 견제 기능에 위협을 가해 왔다. 태생부터 위험성을 내포하고 있었던 자본주의 사회의 예술활동은 물질적 풍요가 극에 이른 후기산업사회에 이르러 상업주의라는 거대한 적과 직면하게 되고 상당수의 예술가는 이러한 추세에 노골적으로 또는 교묘하게 적응함으로써 예술의 대중화 현상은 피할 수 없는 현실이 되어버렸다. 후기자본주의 사회에서의 예술은 미적 자율성을 획득한 대가로 자신을 상품으로 시장에 내던지지 않을 수가 없었다. 곧 예술이 귀족이라는 후원자를 상실하면서 획득했던 자율성은 실상은 명목상의 자유일 뿐이었다. 그들을 기다리고 있는 것은 막강한 자본력을 무기로 하여 개인의 예술활동을 좌지우지하는 자본주의적 상품시장이었다. 이러한 예술의 예속성은 건전한 양식과 고급 문화의식을 지닌 비판적 지식인이 건재하는 동안은 발호하지 못했으나 오랫동안의 물질적 풍요와 안정이 소비성향을 부추기면서 관능이나 재미만을 추구하는 상업주의가 본격화되면서 위기에 처하게 되었다.

광포한 자본주의의 문화적 구조는 예술의 생산과 소비도 자신의 끊임없는 상품생산/소비라는 순환체계의 일부분으로 빨아들인다.

---

1) 김진수, 「대중문화 속에서의 시의 위상」,『대중적 권위주의 선언』(세계사) pp.71~2 참조

이러한 자본주의의 문화적 구조는 그 사회의 비판적 견제를 위해 제도적으로 용인해 준 문화적 자율성을 스스로 배반하는 모순을 드러냈다. 자본주의적 상품화의 문화구조에 있어서 예술의 자율성이란 그 태생에서부터 그 위험성을 숙명적으로 타고 태어났다. 자본주의의 후기양상인 대중소비사회, 정보화사회는 분명히 기존의 제도문학적 관념, 즉 문학의 심미성과 독창성, 자율성이라는 문학적 이념에 대해 명백한 반대성향을 보이고 있다. 오늘날의 문학은 더욱 뚜렷이 자본주의적 상품시장 논리에 지배받고 있고, 고급문화와 대중문화의 경계가 무너진 것 또한 엄연한 현실이 되고 말았다.[2)]

오늘날의 문학의 세속화 현상에 대해 뷔르기는 역사적 아방가르드 운동과 연관지어 신전위주의(Neo-Avantgare)로 파악하고 있는데, 그에 의하면 역사적 아방가르드의 시도가 실패로 돌아가면서 후기자본주의 사회에서는 오락문학과 상품미학이라는 그릇된 지양의 양식으로 삶과 예술의 통합이 이루어지고 있으며 역사적 아방가르드 운동이 지녔던 의도는 전도의 징후를 보인다고 한다. 즉 역사적 아방가르드도 예술을 실제 생활로 옮겨 놓는 과정에서 오락문학과 상품미학을 낳는 결과를 불러 오기도 했다는 것이다. 오락문학에 있어 문학은 해방의 도구가 아니라 종속의 도구이다. 상품미학 역시 구매자로 하여금 불필요한 상품을 사도록 하는 단순한 자극제로서의 역할만을 한다. 그럼에도 불구하고 역사적 아방가르드를 뷔르거는 신전위주의가 예술의 상품화 현상과 체제순응적 반역사성의 성격을 지니고 있다는 점에서, 또 미학적 대중주의를 전면에 내세우면서 예술

2) 김진수, 앞의 책 p.83

을 상품시장의 논리에 종속시킨다는 점에서 역사적 아방가르드와는 구별되어야 한다고 한다. 반면에 전위성을 표방하는 20세기 후반기의 예술 즉 포스트모더니즘으로 불려지는 예술 · 문화 현상은 형식 파괴적인 점에서는 이전의 아방가르드와 성격을 같이 하지만 실천적이고 정치적인 면에서는 다분히 그러한 성격을 잃어버렸다고 지적한다.[3)]

80년대 후반의 한국의 젊은 시인들은 현실세계의 물신화와 소비화를 통해 체제의 권력이 얼마나 집요하게 동시대인의 몸과 마음 속에 작용하고 있는가를 공포스럽게 감지하면서 요설과 장광설의 문체로 그러한 세계를 드러낸다. 이러한 대중소비사회로서의 현대 한국의 문화현상을 포괄할 수 있는 용어로 포스트모더니즘이 비교적 무난하다고 생각되어 그 핵심적 성격을 간단히 살펴보려고 한다.

포스트모더니즘(Postmodernism)은 〔Post-〕를 어떻게 해석하느냐에 따라 그 성격이 상반된다. '후기'로 해석하는 경우 포스트모더니즘은 모더니즘, 넓게는 로만주의의 계승이나 논리적 발전으로 파악된다. 이런 입장에서 보면 포스트모더니즘은 모더니즘의 후기 현상이나 그보다 더 극단적으로 발전한 형태에 지나지 않는다. '탈脫' 또는 '반反'으로 해석하는 경우, 포스트모더니즘은 고전주의나 로만주의, 사실주의와 모더니즘에 이러 나타난 급진적인 예술이론이나 사조로 그 나름대로의 독특하고 고유한 존재이유를 갖고 있는 것이라는 것이다. 그러나 넓게 생각해 보면 이러한 대립적 성격 규정은 별로 도움이 되지 않는 것 같다. 왜냐하면 포스트모더니즘이 문학에

3) 김진수, 앞의 책 p.85

만 국한된 사조가 아니고 하나의 복잡한 후기산업사회의 문화현상이며 정리가 안되거나 또는 정리가 불가능한 여러 현상들의 집합체라는 것을 생각하면 어느 한 쪽으로 그 성격을 규정하는 것은 타당성이 결여된다고 할 것이다. 오히려 복잡다단한 현상들의 집합체라는 사실을 인정하면서 절충주의적, 포용적 태도를 취하는 것이 더 온당한 것이 아닌가 한다. 포스트모더니즘이 다원성과 상대성을 기본정신으로 하는 점을 환기한다면 이러한 포용적 태도는 더 설득력이 있는 것이 아닐까 한다.[4)]

포스트모더니즘의 핵심적 성격으로는 상호 텍스트성, 주변적인 것의 복귀와 대중문화, 해체주의 등을 들 수 있다.

포스트모더니즘에서는 태양 아래에 새로운 것이 존재하지 않듯이 모든 텍스트는 어디까지나 그 이전에 이미 존재해 있던 것을 다시 재결합시켜 놓은 것에 지나지 않는다고 보고 상호 텍스트성을 주장하고 있다. 대부분의 포스트모더니스트들은 로만주의나 모더니즘 전통에 속하는 작가들처럼 그들의 작품에서 독창성을 강조하지 않는다. 오히려 그들은 선배나 동료작가들의 작품에 자유롭게 의존하여 자신들의 작품을 집필하는 것을 중요한 창작원리로 삼는다. 이러한 포스트모더니스트들의 태도는 구조주의자들처럼 '저자의 죽음'을 선언하게도 했으며 탈서정주의나 정서의 퇴조현상을 몰아왔으며 혼성모방을 일삼게도 했다. 이런 과정에서 표절시비를 낳기도 하였다. 그러나 표절이 그 출처를 숨기려고 하는데 반해 상호텍스트적 글쓰

4) 포스트모더니즘의 성격규정에 대해서 김욱동의 『모더니즘과 포스트모더니즘』(현암사) 을 많이 참고했다.

기나 혼성모방의 경우에는 그 출처를 공개하는 것이 차이점이라고 할 수 있을 것이다.

다음으로 포스트모더니즘에서는 주변적인 것의 복귀와 대중문화를 옹호한다. 다원주의와 상대주의를 기본정신으로 하는 포스트모더니즘에서는 하나의 중심만이 존재할 수 없으며 상대의 다양한 가치를 존중했다. 억압되었거나 금기되었던 것이 새로운 중심으로 떠오르고 여태까지 제도권의 보호 아래 중심역할을 했던 것이 주변으로 밀려나기도 했다. 남성지배에 부당하게 억압받던 여성들이 자신들의 가치를 새롭게 인식하고 역할을 되찾으려고 하는 페미니즘이나 기존의 도덕률에 억눌려 그 실상이 은폐되었던 성문화가 침묵을 깨고 그 해방을 부르짖는 것 등은 그 대표적인 현상들이라고 할 것이다. 또 그동안 지배계층의 고급문화에 눌려 그 존재를 인정받지 못했던 대중문화가 당당하게 문화의 한 영역으로 진입하려 하는 것도 그러한 예이다. 포스트모더니스트들은 이러한 추세들을 다원주의적 입장에서 억압받고 부당하게 손해 보던 것들의 제자리 찾기라고 보고 있다. 그러나 이들의 본뜻과는 달리 왕성한 식욕을 가진 대중소비사회의 상업주의는 이들의 순수성을 그냥 놓아두지 않는다. 오늘날의 한국사회를 휘감고 있는 무분별한 성개방풍조나 자아를 무화시키는 물신주의, 신세대들에게 급속히 퍼져가는 키취현상 등의 이면에는 상업주의가 크게 작용하고 있다는 것이 대중문화 비판론자들의 지적이다.

마지막으로 기존의 사고와 제도에서 자유롭고자 하는 해체주의를 들 수 있다. 기존의 낡고 비합리적인 것에 대해 본능적인 거부감을 보였던 포스트모더니스트들은 기존의 관념이나 제도의 해체를 요구했다. 그들은 선입견에 얽매이지 않은 새로운 사고와 질서를 추구했다. 문학에서도 그들은 기존의 장르의 틀에서 벗어나고자 탈장르화나 장르확산을 꾀했으며 부당하게 의미가 부여된 역사의 중압감에서 벗어나기 위해 역사의 말소를 주장하기도 했다. 그들의 이러한 탈역사주의는 무력으로 세계를 제패하려는 국수주의적 패권주의자들에게는 설득력있는 반론이 되겠으나, 이러한 패권주의자들에게 시달리면서도 자국의 역사적 정통성을 수호하기 위해 안간힘을 쓰는 약소국가들에게는 자아를 상실하게 하는 역사허무주의에 빠지게 할 위험성이 있다는 점도 생각해 봐야 할 것이다. 또 한국과 같이 가치관이 정립되지 못한 상태에서 물질적 풍요만을 추구했던 사회에서 무사고주의나 무책임주의를 조장할 우려가 있다는 점도 생각해 봐야 할 것이다.

Ⅲ. 대중사회에서의 시적 대응

1. 마광수의 경우

1989년에 발간된 마광수의 『가자, 장미여관으로』는 당시 큰 물의를 일으켰고, 그의 또 다른 저작물인 수필집 『나는 야한 여자가 좋다』, 소설 『즐거운 사라』 등과 연계되어 그 여파는 지금까지도 계속되고 있다. 이제 상당한 시간이 흘러 대중소비문화가 일반화된 지금 그의 시를 다시 한 번 살펴보는 것도 의미있는 일이라고 생각한다.

사랑하고 사랑하고 사랑했는데도
내 가슴속에는 네 몸뚱아리만이 남았다
내 빈약한 육체 속에서 울며 보채대는 이 그리움의 정체는 뭐냐
네 영혼을 사랑한다고, 네 마음을 사랑한다고
하늘 향해 수만 번 맹세를 해도
네 곁에 앉으면 내 마음보다 고놈이 먼저 안달이다
수음과는 이제 자동적으로 친숙해진 나에게
너는 대체 무엇 때문에 내려왔느냐
어째서 모든 거리마다에서
너는 내게 고독으로 다가온단 말이냐
사랑하고 사랑하고 사랑했는데도
내 가슴속에는 네 몸뚱아리만이 남았다
끊으려 해도 끊으려 해도 끊어지지 않는
이 사랑, 이 욕정,
이 괴상한 설레임의 정체는 뭐냐

—「사랑」 전문 —

마광수는 이 시에서 '사랑'이라는 숭고하면서도 거북하고 종잡을 수 없는 화두에 대해 솔직하게 자기의 생각을 토로하고 있다. 이러한 용기 있는 태도는 '사랑'의 해법에 대해 우리의 기대를 걸만하게 했다. '사랑하고 사랑하고 사랑했는데도' '네 몸뚱아리만이 남았다.'는 고백은 우선 정직한 것일 수 있다. 정신성만으로 위장한 사랑의 허상을 사실 그대로 밝혀 버렸다고 볼 수 있기 때문이다. 정신적 사랑이나 정신과 육체가 합일된 완전한 사랑을 인류는 오랫동안 꿈꾸어 왔다. 그러나 물신화된 현대 산업사회에서 우리가 확인할 수 있

는 것은 사랑의 황폐상 뿐이다. 화자인 '나'는 성性이라는 테마를 거북스러워 하거나 피해가지 않고 용기있게 그 실상에 접근하려고 한다. 그러면서도 이 시의 화자는 아직도 '그리움'이 있고 '고독'과 '설레임'이 있다. 아직은 육체의 노예가 되었다고는 보기 어렵다. '네 곁에 있으면 내 마음보다 고놈이 먼저 안달'이긴 하지만 아직도 '나'는 '네 영혼을 사랑한다고' 맹세한다. 이 시는 적어도 영육의 갈등의 미학을 보여준다. 자신에게 눈감고 남을 속이는 해소의 미학이나 은폐의 미학이 아니라 거칠고 상스러운 가운데 솔직과 진실을 담고 있다고 할 수 있다. 적어도 문제의 핵심에서 도피하려고는 하지 않았다. 마광수의 사랑의 서시이자 종시終詩라고 할 수 있는 이 시는 이런 면에서 우리의 관심을 끌게 할만 했다.

만나서 이빨만 까기는 싫어
점잖은 척 뜸들이며 썰풀기는 더욱 싫어
러브 이즈 터치
러브 이즈 휠링
가자, 장미여관으로!

화사한 레스토랑에서 어색하게 쌍칼 놀리긴 싫어
없는 돈에 콜택시, 의젓한 드라이브는 싫어
사랑은 순간으로 와서 영원이 되는 것
난 말없는 보디 랭귀지가 제일 좋아
가자, 장미여관으로!

철학, 인생, 종교가 어쩌구저쩌구

세계의 운명이 자기 운명인 양 걱정하는 체 주절주절
커피는 초이스 심포니는 카라얀
나는 뽀뽀하고 싶어 죽겠는데, 오 그녀는 토론만 하자고 하네
가자, 장미여관으로!

블루스도 싫어 디스코는 더욱 싫어
난 네 발냄새를 맡고 싶어, 그 고린내에 취하고 싶어
네 치렁치렁 긴 머리를 빗질해 주고도 싶어
네 뾰족한 손톱마다 색색 가지 매니큐어를 발라 주고도 싶어
가자, 장미여관으로!

러브 이즈 터치
러브 이즈 휠링

—「가자, 장미여관으로!」 전문 —

이 시의 '나'는 철저한 사랑의 행동주의자이다. '그리움'이나 '고독', '영혼', '설레임' 같은 것은 없다. 그런 것들은 위선이요 헛꿈일 뿐이다. 육체적 접촉만이 '영원이 되는 것'이고, '말없는 보디 랭귀지'만이 확실한 발언이다. 거두절미하고 '장미여관'으로 가는 것만이 솔직하고 순수한 사랑이라고 '나'는 확신한다. 그러면 앞서의 「사랑」과 이 시의 간격을 우리는 어떻게 받아들여야 할 것인가. 「사랑」은 갈등의 미학을 보여주었다고 했다. 잔느 뒤발과의 관능적 사랑을 그의 시의 한 원천으로 삼은 보들레르는 관능을 통해 영혼의 오지를 탐험했고, 세상의 비난을 무릅쓰고 스승의 부인과 사랑의 도피행각을 벌였던 D.H.로렌스는 남녀 간의 육체적 결합을 통해 상대방을 깊이 이

해하고 존중하며 진실된 '만남'을 획득하고자 했다. 그들은 세상의 비난과 질시 속에서 심각한 현실적 손해를 감수하면서도 남들이 들어가기를 꺼리는 금기영역에 들어가 용기 있게 그 영역을 열어 주었다. 그 결과로 오늘날 그들의 문학은 본격문학으로 인정받고 있으며 외설성보다는 예술성 쪽으로 평가되고 있다. 그렇다면 「가자, 장미여관으로!」는 어떻게 평가되어야 할 것인가. 「사랑」의 솔직성 때문에 우리는 그 해법에 대한 일말의 기대도 걸었지만 철저히 육체적인 이 시의 사랑은 우리를 당혹하게 한다. 우선 이 시의 '나'의 사랑에서는 일방적인 자기도취만이 있을 뿐이다. 사랑의 주체는 '나'일 뿐이고 '그녀'는 '나'의 향락의 대상일 뿐이다. 즉 '나'의 사랑은 포르노적 상상력의 한계를 벗어나지 못하고 있는 듯하다. '나'를 밑바닥에서 지배하는 것은 남성우월주의이다. 사랑의 행위에서 발휘되는 '나'의 싸디즘과 매저키즘은 이기적 사랑의 발로일 뿐이고 대상에 대한 어떠한 이해나 존중, 참된 '만남'을 전제로 한 것이 아니다. 이러한 '나'의 '그녀'에 대한 기본적 인식은 무시나 불신일 뿐이고 남녀 간의 사랑이란 그저 그렇고 그런 육체적 만남이라는 결정론에 빠져 있다. 결국 '나'와 '그녀'의 '사랑'은 깊어가면 깊어갈수록 사랑의 황폐화만을 심화시킬 뿐이다. 성욕이 인간의 기본적 욕구이고 가장 끈질긴 욕망이라는 것은 우리가 두루 인정하는 사실이다. 그러나 성생활만이 삶의 전부일 수 없고 인간 구원의 유일한 출구일 수도 없다. 시집 『가자, 장미여관으로』의 '나'는 성생활만이 생활의 전부이다. 싸디즘과 매저키즘이 난무하는 남성우월주의적 파라오의 미학이다. 이러한 '나'에게는 여성이라는 가장 짜릿한 향락의 대상만 있을 뿐, 역사니 사회니 하는 것에 대한 어떤 관심도 있을 수 없다.

다음날도 나는 다시 극장엘 갔다.
나의 쾌감을 분석해 보기 위해서, 지성적으로.
한데도 역시 왕은 부럽다 벌거벗은 여인들은 섹시하다.
노예들을 불쌍히 생각해 줄 여유가 나에게는 없다. 그 동경 때문에 쾌감 때문에
그러나 왕을 부러워하는 나는 지성인이기 때문에 창피하다.
양심을, 윤리를, 평등을, 자유를
부르짖는 지성인이기 때문에 창피하다.
노예의 그 비참한 모습들이
무슨 이유로 내게 이상한 쾌감을 가져다 주는 걸까
왜 내가 평민인 것이 서글퍼지는 걸까
왜 나도 한번 그런 왕이 되고 싶어지는 걸까
아니 그럭저럭 적당히 출세라도 해서
불쌍한 거지들을 게슴츠레한 눈으로 바라보고 싶어지는 걸까
왜 나는 순수한 민주주의자가 되지 못할까
왜 진짜 민주주의에 몰두하지 못할까

—「왜 나는 순수한 민주주의에 몰두하지 못할까」에서 –

'나'는 미녀 노예들을 방석으로 깔고 앉아 지극한 쾌락을 누리는 왕을 부러워한다. 아직 어정쩡한 지성인인 자신을 양심, 윤리, 평등, 자유 등이 붙들고 괴롭히지만 기회만 되면 깨끗이 떨쳐버리고 하렘의 왕이 되고 싶어한다. '나'는 본능적 욕구에만 충실하게 따르려고 한다. 그것이 가장 깨끗하게 사는 길이며 자유롭게 사는 길이라고 결론내린 것이다. 파라오와 같은 왕이 되어 수많은 미녀 노예들을 거느리고 쾌락을 생활화할 수 있다면 어떠한 희생이라도 치를 수

있다. 수많은 노예들이 죽어도 좋고 백성들이 노역에 시달려도 좋다. 쾌락을 위해서라면 '나'는 탐미주의자 또는 악마주의자라도 기꺼이 될 수 있는 것이다. 이러한 '나'에게 말만 많고 재미없는 민주주의가 매력적일 리가 없다. '나' 스스로도 민주주의자가 될 수 없음을 인식하고 '평민인 것이 서글퍼'진다고 한다. '순수한 민주주의자가 되지 못'하고 '진짜 민주주의에 몰두하지 못'함을 안타까워하는 듯 하지만 그 내막은 그러한 자신의 귀족성을 넌지시 자랑하고 싶어하는 것이다. '나'는 쾌락생활을 위해서 돈이 필요하다. 상업주의와 연대할 조짐을 보여주는 것이다.

하지만 내 집은 너무 춥지
빨가벗고 살기엔 너무 추워
이불 속에 들어가도 추워, 북향 한옥이라 외풍이 많아
혼자서라도 빨가벗고 있고 싶어도
벗을 수가 없어, 감기 걸리기 딱 맞아

아무튼 빨가벗고 싶군, 그래서 홀가분해지고 싶군
상식도 역사도 사랑도 벗어 버리고 싶군
그러려면 집이 좋아야 해 난방장치가 최고라야 해
돈이 있어야 해

돈을 벌어야겠군 빨가벗고 살고 싶어서라도
돈을 많이 벌어야겠군
우선은 있는 옷 없는 옷 죄다 줏어 입고
평화도 윤리도 모두 줏어 입고

돈을 벌어야겠군

—「빨가벗기」에서 —

파라오의 미학을 생활화하기로 한 '나'는 발가벗고 살기로 한다. 상식도 역사도 관념적 사랑도 다 벗어버리고 발가숭이로 지내고 싶어한다. 그러려면 춥지 않고 쾌적한 실내온도가 유지되어야 하고 그러한 쾌적한 생활을 위해서는 돈이 필요하다. '나'는 수단 방법 가리지 않고 돈을 벌려고 한다. 세상을 비웃고 아니꼬와하면서도 그러한 세상에 배척당해 손해보지 않기 위해서 '있는 옷 없는 옷 죄다 주어 입고', '평화도 윤리도' 따르고 긍정하는 척 하면서 악착스럽게 돈을 벌어야 한다. 쾌락이라는 목적을 위해서는 '나'에게는 모든 것이 수단이 될 수 있다. 뻔뻔스러울 정도로 자기 편의적이고 '솔직'할 수 있다. '솔직'은 경우에 따라서는 가장 교활한 자기합리화일 수 있고 거친 공격무기일 수 있다. 그러므로 '나'는 어떤 저질 글도 쓸 수 있고 저질 매체와도 손잡을 수 있다. '성'에 대한 용기있는 문제제기라고 하여 우리의 기대를 모았던 마광수는 결국 상업주의에 함몰되어 자신의 종교인 문학을 배반한 것이다. 시차를 두고 다시 그의 시집을 읽어보았지만 그의 시에서 어떤 사상적 고뇌나 시적 성취를 발견할 수가 없었다. 그의 인공의 미학은 인간의 의식이 얼마나 해악적인 것인가를 보여주는 좋은 예라고 할 수 있다.

2. 장정일의 경우

1987년에 나온 장정일의 『햄버거에 대한 명상』은 때묻지 않은 반항적 언어로 문단의 주목을 모았다. 이데올로기에 얽매이지 않은 자유로운 시선으로 개인과 사회를 본 것이 오히려 설득력을 획득했던 것이 아닌가 한다. 이 시집은 공룡화된 대중소비사회에 대한 당혹감과 호기심이 그득 담겨 있다. 이러한 이 시집이 위트와 풍자에 의존한 것은 당연한 일인지도 모른다.

1
살아 있다는 까닭 외에 생업이라는 수식어는
우리에게 어떤 의미를 부여하는 것인지.
밀대와 빗자루가 작은 내 생활의 가게를 쓸고 있을 때
쳐들어 오는 것이다. 허벅지에 꿀을 가득 묻힌 벌떼같이
낮게 웅웅거리며 황금색 상호로 번뜩이는
왕국의 차들이 오는 것이다. 어디선가 이루어진
거대한 공업으로부터 그러나 철저히 은폐된
공업이 자신 스스로를 판매하기 위해
여섯 대의 차를 나누어 타고 사방의
길 끝에서 길을 끌고 몰려온다. 그렇다 여기 이 도시의 한 쪽을
제일 먼저 흔들어 깨우는 것은 태양이 아니라
신선한 우유를 만재한 냉동트럭 밀려드는 상품트럭
그리고 도시를 도시답게 만드는 것 또한
넓직하고 쾌적한 녹지대가 아니라
우뚝우뚝 솟아오른 현대식 상가인 것이다.

—「백화점 왕국」에서 —

대중소비사회는 필연적으로 인간소외 내지 왜소화현상을 불러오

고, 종국에는 인간성 상실로 나아갈 수밖에 없다. 사용가치가 실종되고 교환가치만이 횡행하는 자본주의 사회에서 진정한 가치는 간접화되거나 숨어버릴 수밖에 없다. 곧 '숨은 신'이 되어 버리는 것이다. 이처럼 '신'이 숨어버린 현실공간을 부정하면서도 그 공간을 떠나서는 달리 삶을 전개할 공간이 없기에 타락한 현실공간에서 살면서 진정한 가치, 곧 신을 추구하게 되는 것이다. 이러한 비극적 세계관은 물질이 지배하는 대중소비사회에도 비슷하게 적용할 수 있다. 물질적 풍요 속에서 인간은 편리하게 살고 있지만 오히려 인간들은 그 편리함 속에 자신을 묻어버리고 서서히 죽어가고 있는 것이다. 이 시는 이러한 대중소비사회에서의 가공할 삶을 위트로 우리에게 깨우쳐 주고 있는 것이다. '백화점 왕국' 자체가 상징하는 것이 공룡화된 대중소비사회이다. 독점하고 획일화하여 결국은 모두 상품이 되고 물질이 되는 소비사회의 비극을 이 시는 섬뜩하게 제시해 주고 있다. 현대사회를 지배하는 것은 자본주의 왕국의 차들이다. 그것들은 제어할 수 없는 욕망으로 쳐들어 온다. 아름다운 각선미를 고용해 '스스로를 판매'하고 축적된 자본은 현대사회를 지배한다. 자본에 지배된 거대 도시사회를 제일 먼저 흔들어 깨우는 것은 태양이 아니라 신선한 상품을 실은 대형트럭들의 굉음이며, 도시는 생각하며 사는 '쾌적한 녹지대'가 아니라 '현대식 상가'일 뿐이다. 곧 후기산업사회가 낳은 대중소비사회는 그 자체가 하나의 거대한 '백화점 왕국'인 것이다.

「하숙」은 이러한 '백화점 왕국'에 편입된 한 신세대 '녀석'의 의식풍경이다.

녀석의 하숙방 벽에는 리바이스 청바지 정장이 걸려 있고
책상 위에는 쓰다만 사립대 영문과 리포트가 있고 영한사전이 있고
재떨이엔 필터만 남은 캔트 꽁초가 있고 씹다 버린 셀렘이 있고
서랍 안에는 묵은 플레이 보이가 숨겨져 있고
방모서리에는 파이오니아 엠프가 모셔져 있고
레코드 꽂이에는 레오나드 코헨, 죤 레논, 에릭 크랩튼이 꽂혀 있고
방바닥엔 음악감상실에서 얻은 최신 빌보드 차트가 팽개쳐 있고
쓰레기통엔 코카 콜라와 죠니 워커 빈 병이 쑤셔박혀 있고
그 하숙방에,
녀석은 혼곤히 취해 대자로 누워 있고
…………
…………
죽었는지 살았는지, 꼼짝도 않고

―「하숙」 전문 ―

'사립대 영문과'생인 '녀석'의 하숙방을 채우고 있는 것은 서구문물 일색이다. 리바이스 청바지, 켄트 담배꽁초, 셀렘 껌, 플레이보이지, 서구음악 레코드판들, 코카콜라와 죠니워커 빈 병 등 …… 이런 장광설의 위트로 이 시는 '녀석'의 의식의 불모상태를 부각시켜 준다. 위트는 실재가 없는 세계를 인정하는 정신적 실패와 공허의 자백이면서 그러한 세계를 폭로하는 한 방법이다. 그러므로 위트는 간접적으로는 사상을 통하여 단축되고 왜곡된 비합리적인 것의 명예회복이라고 할 수 있다. 위트는 접근할 수 없고 표상할 수 없는 것에게로 예감하면서 스스로 더듬어 간다. 위트는 확고한 토대에로 우리를 이끌어가지는 않으나 실재적인 것의 직접적 의식을 필연적으로 수반

하는 사상의 공허로움 속으로 독자를 비약하게 한다. 그것은 실재성이 없는 현실의 모습을 그려내는 강력한 수사로서 이념과 이데올로기 사이의 간격을 자신의 찢긴 몸으로써 증언한다.[5] 「하숙」의 위트가 노리는 바는 자명하다. 물신화된 소비사회에서 혼을 빼앗긴 '녀석'의 중독되어 '혼곤히 취해 누워 있는' 모습과 '죽었는지 살았는지, 꼼짝도 않'는 상태를 보여주려는 것이다. 현대의 물질주의 사회가 죽은 인간들의 사회임을 충격적으로 보여주려는 것이다.

이러한 물질주의는 '햄버거에 대한 명상'으로 암시된다.

> 옛날에 나는 금이나 꿈에 대하여 명상했다
> 아주 단단하거나 투명한 무엇들에 대하여
> 그러나 나는 이제 물렁물렁한 것들에 대하여도 명상하련다
>
> 오늘 내가 해보일 명상은 햄버거를 만드는 일이다
> 아무나 손쉽게, 많은 재료를 들이지 않고 간단히 만들 수 있는 명상
> 그러면서도 맛이 좋고 영양이 듬뿍 든 명상
> 어쩌자고 우리가 〈햄버거를 만들어 먹는 족속〉가운데서
> 빠질 수 있겠는가?
> 자, 나와 함께 햄버거에 대한 명상을 행하자
>
> －「햄버거에 대한 명상」에서 －

햄버거라는 아메리카 합중국을 대표하는 인스턴트 음식이 암시하는 바는 물질화되고 기능화된 현대사회이다. 간편하고 즉석적인 현

---

5) 김진수, 앞의 책 p.88

대인의 생활을 시사해 주고 있다. '나'는 꿈을 잃어버린 현대인이다. '나'도 한때는 '금이나 꿈에 대해 명상'하기도 했다. 그러나 이제 '나'는 지치고 속화되어서 심각하거나 복잡한 사고가 필요하지 않는 '물렁물렁한 것들에 대해 명상'하려고 한다. 지치고 무관심해져서 어떤 것에 대해서도 사고하지 않는 현대인이 자본주의의 패자인 미합중국이 대량생산하는 인스턴트 음식인 햄버거에 대해 '명상'한다는 것 자체가 물화된 현대인을 향한 신랄한 풍자가 아닐 수 없다. '나'는 가볍고 편리한 삶을 살려고 한다.

그러한 '나'의 '명상'은 '맛이 좋고 영양이 듬뿍 든 명상'을 벗어날 수가 없다. 그러니 '나'의 명상은 자신을 소생시키는 본격적인 명상일 수가 없다. 굳이 빗대어보면 더할 수 없이 가볍고 소모적인 키취풍의 명상이라고나 할까. 이처럼 더할 수 없이 가볍고 비본질적이며 물질적인 데에 현대인의 비극이 있다. 이 시는 이러한 비극을 날카로운 풍자와 위트로 이야기하고 있다.

자아를 잃어버린 '나'의 인스턴트적 삶은 필연적으로 권태에 빠지고 관능에 대한 탐닉으로 이어질 수밖에 없다.

홀린 듯 끌린 듯이 따라갔네
그녀의 희고 아름다운 다리를
나 대낮에 꿈길인 듯 따라갔네
또박거리는 하이힐은 베짜는 소린 듯 아늑하고
천천히 좌우로 움직이는 엉덩이는
항구에 멈추어선 두 개의 뱃고물이
물결을 안고 넘실대듯 부드럽게 흔들렸네

나 대낮에 꿈길인 듯 따라갔네
그녀의 다리에는 피곤함이나 짜증 전혀 없고
마냥 고요하고 평화로왔다
나 대낮에 꿈길인 듯 따라갔네
점심시간이 벌써 끝난 것도
사무실로 돌아갈 일도 모두 잊은 채
희고 아름다운 그녀 다리만 쫓아갔네
도시의 생지옥 같은 번화가를 헤치고
붉고 푸른 불이 날름거리는 횡단보도와
하늘로 오를 듯한 육교를 건너
나 대낮에 여우에 홀린 듯이 따라갔네
어느덧 그녀의 흰 다리는 버스를 타고 강을 건너
공동묘지 같은 변두리 아파트 단지로 들어섰네
나 대낮에 꼬리 감춘 여우가 사는 듯한
그녀의 어둑한 아파트 구멍으로 따라들어갔네
그 동네는 바로 내가 사는 동네
바로 내가 사는 아파트!
그녀는 나의 호실 맞은 편에 살고 있었고
문을 열고 들어서며 경계하듯 나를 쳐다봤다
나 대낮에 꿈길인 듯 따라갔네
낯선 그녀의 희고 아름다운 다리를

—「아파트 묘지」 전문 –

삶의 목표나 가치를 잃어버리고 무의미하고 권태롭게 살고 있던 '나'에게 우연히 거리에서 본 '그녀의 희고 아름다운 다리'는 '나'를 매료시키고 자극을 주기에 충분한 것이었다. ‘나’는 ‘홀린 듯 끌린 듯이’ ‘그녀’를 따라 간다. ‘나’는 보들레르적인 어법으로 그녀의 관능미를 찬양한다. ‘또박거리는 하이힐’소리, ‘항구에 멈추어 선 두 개의 뱃고물이 물결을 안고 넘실대듯 부드럽게’ 천천히 좌우로 움직이는 엉덩이, ‘피곤함이나 짜증이 전혀 없이 마냥 고요하고 평화로운’ 미끈한 다리에 취해서 ‘나’는 ‘점심시간이 벌써 끝난 것도’, ‘사무실로 돌아갈 일도 모두 잊은 채’ 그녀만 따라간다. ‘나’의 관능에의 탐닉은 세기말적인 현실에서의 출구찾기라고도 할 수 있다. 그러나 ‘나’는 현실을 개선하기 위한 도덕적 의지나 실천의지를 보이지 않는다. 그저 그러한 세태를 있는 그대로 보여주고 있을 뿐이다. ‘그녀의 희고 아름다운 다리’가 간 곳은 ‘공동묘지 같은 변두리 아파트 단지’이고, 정신차려 보니 ‘그녀’가 사는 곳은 ‘나’의 호실 바로 맞은 편이었다. 이러한 극적 이야기로 시인이 노리는 바는 속화된 우리의 일상생활에 대한 환기이다. 그러나 ‘나’는 그녀에게 매료되어 있으면서도 베드타운인 변두리 아파트 단지가 또 하나의 ‘묘지’임을 놓쳐버리지는 않는다. ‘나’는 권태에서 벗어나려고 관능의 세계에 빠져들기도 하지만 이러한 성적 탐닉이 또 다른 죽음임을 잊어버리지는 않고 있다. 자아를 잃고 향락주의에 함몰되어가는 도시인의 삶을 이 시는 매혹적인 서정시의 형식과 리듬을 빌어 노래하고 있다. ‘엿보기’ 취향의 이러한 시가 방향을 잃어버린 대중소비사회에 어떤 긍정적 기능을 할 것인지는 이 후의 그의 시편들을 기다려 보아야 알 수 있을 것이다.

3. 유하의 경우

1991년에 발간된 유하의 시집『바람 부는 날이면 압구정동에 가야 한다』는 얼핏 보아 키취시를 연상시킨다. 향락과 유행의 일번지 압구정동을 시적 공간으로 택한 것이 우선 그렇고,「바람 부는 날이면 압구정동에 가야 한다」10편,「싸랑해요 밀키스, 혹은 주윤발론」,「콜라 속의 연꽃, 심혜진론」,「수제비의 미학, 최진실론」,「바람의 계보학, 이지연론」등의 지극히 가볍고 상업주의적이며 모방적인 시제들이 풍기는 이미지가 그렇다. 그러나 그 내용을 살펴보면 이러한 경박과 향락 풍조에서 벗어나려는 의지가 많이 보인다.

> 압구정동은 체제가 만들어낸 욕망의 통조림 공장이다
> 국화빵 기계다 지하철 자동 개찰구다 어디 한번 그 투입구에
> 당신을 넣어보라 당신의 와꾸를 디밀어보라 예컨대 나를 포함한 소설가 박상우나
> 시인 함민복 같은 와꾸로는 당장은 곤란하다 넣자마자 띠— 소리과 함께
> 거부반응을 일으킨다 그 투입구에 와꾸를 맞추고 싶으면 우선 일년간 하루 십킬로의
> 로드웍과 섀도 복싱 등의 피눈물 나는 하드 트레이닝으로 실버스타 스탤론이나
> 리차드 기어 같은 샤프한 이미지를 만들 것 일단 기본 자세가 갖추어지면
> 세 겹 주름바지와, 니트, 주윤발 코트, 장군의 아들 중절모, 목걸이 등의 의류 액세서리 등을 구비할 것 그 다음
> 미장원과 강력 무쓰를 이용한 소방차나 맥가이버 헤어 스타일로 무장

할 것

그럴로 끝나냐? 천만에, 스쿠프나 엑셀GLSi의 핸들을 잡아야 그때 화룡점정이 이루어진다

그 국화빵 통과 제의를 거쳐야만 비로소 압구정동 통조림 속으로 풍덩 편입할 수 있게 되는 것이다.

이곳 어디를 둘러보라 차림새의 빈부 격차가 있는지 압구정동 현대아파트는 욕망의 평등 사회이다 패션의 사회주의 낙원이다.

–「바람부는 날이면 압구정동에 가야 한다」2 에서–

압구정동을 바라보는 '나'의 시선은 곱지 않다. '나'에게 압구정동은 '체제가 만들어낸 욕망의 통조림 공장'이고 똑같은 물품을 반복해서 대량생산하는 '국화빵 기계'며 같은 행동을 언제까지나 반복하는 '지하철 자동개찰구'다. 유행과 개성을 부르짖는 이곳에 정작 개성은 없다. 압구정동의 일원으로 편입되기 위해서는 남에게 호감을 주는 날씬한 몸매를 가꾸어야 하며 일류상표로 외양을 꾸며야 한다. 끊임없이 외부만을 의식하며 평가받기를 바라는 이곳에 주체나 영혼이 있을 수 없다. 풍요하고 편리하며 즐거움만이 있을 뿐이다. 그러한 점에서 평등사회이며 지상낙원이다. 그러나 그 이면을 더듬어 보면 지극히 단순하며 비인간적이고 거짓에 찬 인공낙원일 뿐이다. 이 인공낙원을 지배하는 것은 자본이다. 자본이 고갈되면 천길 만길의 벼랑에 떨어진다. 돈만이 활개칠 수 있는 이곳에 진정한 가치가 깃들일 수가 없다. 부나비들의 축제만이 명멸할 뿐이다. 이곳에서 인간성 운운은 곧 '촌스러움'이요 사회정의 운운하는 것은 '덜 떨어짐'일 뿐이다. 돈만 있으면 그들은 평생 젊고 즐거울 수 있다.

이러한 키취의 천국 압구정동이 자아를 믿고 자연과 친화하며 우주적 교감을 성취해내는 대긍정의 시의 산실일 리 없다. 요설과 장광설, 흉내내기, 위트와 풍자가 이러한 타락한 세계의 표현기법이 된다.

쩝쩝대는 파리크라상, 흥청대는 현대백화점, 느끼한 면발 만다린
영계들의 애마 스쿠프, 꼬망딸레부 앙드레 곤드레 만드레 부띠끄
무지개표 콘돔 평화이발소, 이랏샤이마세 구정 가라, 오케
온갖 젖과 꿀과 분비물 넘쳐 질퍽대는 그 약속의 땅 밑에서
고문받는 몸으로, 고문받는 목숨으로, 허리 잘린
한강철교 자세로 이게 아닌데 이게 아닌데 이게 아닌데
틀어막힌 입으로 외마디 비명 지르는 겨울나무의 혼들, 혼의 뿌리들
바람부는 날이면 압구정 하늘에 뿌리고 싶다
나무는 자기 몸으로 나무다 푸르른 사원 하늘 들이받으면서
나무는 자기의 온몸으로 나무가 된다——— 일수 아줌마들이
작은 쪽지를 돌리듯 그렇게 저 말가죽 부츠를 신은
아가씨에게도 주윤발 코트 걸친 아이에게도 삐라 돌리고 싶다
캐롤의 톱날에 무더기로 벌목당한 이 도시의 겨울이여
저 혹독한 영하의 지하에서 막 밀고 올라오려 발버둥치는
혼의 뿌리들, 그 배꽃 향기 진동하는 꿈이여, 그러나
젖과 꿀이 메가톤급 무게로 굽이치는 이 거리,
미동도 않는 보도 블록의 견고한 절망 밑에서
아아, 마침내, 끝끝내, 꽃피는 나무는
자기 몸으로 꽃필 수 없는 나무다

—「바람부는 날이면 압구정동에 가야 한다」3에서—

물신주의의 일번지인 압구정동에는 없는 것이 없다. 모든 것이 일류이고 초호화판이다. 그러나 화자는 이곳이 나무가 '자기 몸으로 꽃필 수 없는' 곳이라고 선언한다. 한때 배밭이었던 이곳의 포장도로 밑 어디에서도 나무뿌리는 다시 소생의 치받음을 할 수 없으며 '미동도 않는 보도 블록의 견고한 절망'만이 이곳을 지배하고 있다. 이러한 비극성을 황지우의 「겨울-나무로부터 봄-나무에로」라는 시를 비틀어서 보여 준다. 상호텍스트적 글쓰기라고 할 수 있는 이러한 시작 태도는 포스트모더니스트들이 즐겨 쓰는 기법이다. 포스트모더니스트들은 모든 텍스트는 이미 있었던 것을 재결합시켜놓은 것에 불과하다고 보고 선배나 동료작가들의 작품에 자유롭게 의존하여 글쓰기를 한다. 그들은 따라서 작품의 독창성을 별로 인정하지 않으며 더 나아가서 '저자의 죽음'을 선언하기도 한다. 생각해 보면 원체험을 할 기회가 거의 없고 서정적 자아가 그 원형을 유지하기 어려운 대중 소비사회에서 위트에 의지한 상호텍스트적 글쓰기가 유효한 수단으로 환영받는 것은 당연한 일인지도 모른다. '가슴'보다 '머리'에 의존한 글쓰기가 이 시대의 추세일 수밖에 없다. 이런 예는 일찍이 제1차 세계대전을 겪고 유럽 문화의 황무지화를 목도한 T.S.엘리어트가 그의 장시 「황무지」를 쓰면서 구사한 방대한 인용기법에서도 확인할 수 있다. 유하의 압구정동 시편들 또한 상호텍스트적 글쓰기를 군데군데서 보이고 있다. 이러한 상호텍스트적 글쓰기는 표절과 혼동될 우려가 있으나 표절이 그 출처를 숨기고 딴 작품을 흉내낸 데 반해 상호텍스트적 글쓰기는 당당하게 그 출처를 밝히고 재해석하는 데에 그 차이가 있다. 위의 시에서도 이러한 상호텍스트적 글쓰기가 시도되고 있으며 위트와 풍자가 그 주된 기법이 된다.

이러한 글쓰기에는 장광설이 동원되고 있는데 그 예를 하나 들어보자.

> 난 전율한다 눈 깜짝할 사이에 지나가는 심혜진의 보조개 패인 미소 뒤에도 얼마나
> 세계는 넓고 할 일은 많은 쾌남아들의 거대한 미소가 도사리고 있는가
> 하여튼 단 십 초의 미소로 바보상자의 관객들과 쇼부를 끝낸 여자 심혜진
> 그녀가 요즘 씨에프에서 닦여진 순발력있는 연기로 은막에서도 한참 주가를 올리고 있다 제목은 물의 나라
> 감독은 얼씨구나 양파 껍질처럼 끝없이 옷을 벗기기 시작하는데, 그녀만 보면 파블로프의 개처럼 코카콜라를,
> 삼성 에이 에프 오토 줌 카메라를, 해태 화인 쥬시껌을 사고 싶어지는 내 눈알, 나는 본다 저 알몸 위로 오버랩되는 ……
>
> —「콜라 속의 연꽃, 심혜진론」에서—

90년대 시인들의 시는 실재성이 결핍된 세계가 벼랑 끝을 가고 있다는 위기의식에서 장광설과 요설을 동원하여 실재성 부재의 세계와의 싸움을 시도하며, 자기패배의 숭고함을 처절하게 드러내기도 한다. 80년대 시인들이 주로 제도권 체제에 대한 해체 내지는 파괴와 새롭게 지향해야 할 체제에 관심을 두었다면 90년대 시인들은 대중화된 소비사회, 정보화사회에 대한 검증과 비판에 시적 관심을 둔다. 그들은 종잡을 수 없는 체제와 자본주의의 심연에 공포를 느끼면서 표상할 수 없는 거대한 사태에 직면하여 장광설과 요설 형식의

위트를 발휘한다.[6] 윗 시의 '나'는 침묵을 두려워한다. 끊임없이 먹고 마시고 떠들어야 한다. 이러한 '나'의 일상에서 '나'를 가장 자극하는 것은 상업광고 모델이다. 그러나 '나'는 '심혜진'이라는 매혹적인 광고 모델에게 흡수되면서 반발한다. 곧 '나'는 대중소비사회의 키취이면서 그 공포에 전율한다. 이러한 이중성이 '나'를 도시 소비사회의 대표단수로 작용하게 한다. 매혹적인 여자 모델을 내세워 뿌리는 광고 효과에 개인은 무력하다. 의지와 성역을 잃어버린 소비사회의 시민들은 중독된 마약환자처럼 상업광고에 무의식적으로 끌려다닌다. 그녀의 육체에 혼을 빼앗기고 그녀의 광고에 끝없는 구매 충동을 느끼면서 '나'는 소비사회의 늪 속으로 더 깊이 빠져 들어간다. 이러한 '나'에겐 내일이 없다. 네온싸인 같이 공허하게 명멸하는 순간만이 있을 뿐이다. 끊임없이 반응하지만 구심점이 없고 타율적이다. 자신을 상실한 비극성을 이 시는 꼬인 장광설로 풀고 있는 것이다.

이런 '나'에게도 어김없이 '미인병'이 찾아든다.

> 소시 적 난 비비안 리에 뿅 가서 한달간 식음을 전폐한 적이 있다
> 그뒤로 내가 섭렵한 배우가 만만치가 않은데, 문희 리즈 테일러 남정임 지나롤로 브리지다 정윤희 안 마가렛 전인화
> 이자벨 아자니 선우일란 피비 캐츠 최수지, 어이구 숨차……
> 이미연 등이 바로 그들이다 바로 이들이 날 영화 공부에 관심갖게 만들었다면 욕바가지로 얻어듣겠지만
> 솔직히 말하겠다 난 미인이 좋다
> 세상에 미인 안 좋아하는 놈 없겠지만 난 정도가 심하다

6) 김진수, 앞의 책 p.89

사실……난……미인이 아닌 여자는 마구 구박해왔다
―「미인병」에서―

'나'에게 가장 확실한 것은 눈으로 보고 몸으로 느끼는 것뿐이다. 갈수록 심화되어가는 경쟁 속에서 왜소해진 '나'의 눈을 즐겁게 하고 '남성'임을 일깨워주는 것은 '미인'뿐이다. 관념이니 순수니 하는 것은 골치 아프다. '나'의 순수는 주위의 조롱을 받는다. 이제 '나'는 확실하지도 않고 이익도 없는 '순수'는 벗어버리려고 한다. '나'는 영악스러우면서도 지극히 단순해지려고 한다. '나'를 즐겁게 하는 것이라면 어떤 것이라도 받아들인다. 이러한 '나'의 단순지향은 현대산업사회의 복잡성에 대한 반작용이라고 할 수 있다. 당당하게 '나'는 미인을 찬양하고 '미인' 아닌 자는 생존가치도 없고 이 사회에 기여하는 바도 없다고 하며 마구 구박해 왔다. 출구가 막혔을 때 관능에 탐닉하는 것은 세계의 공통적인 현상이다. 더구나 먹을 것이 해결되고 생활은 안정되고 편안해 졌지만 스트레스는 가중되는 자본주의 사회에서 그 스트레스를 풀 수 있는 가장 손쉽고 일반적인 방법이 매력적인 이성에 대한 탐닉이다. 이러한 이성에 대한 '나'의 관심은 그리움이나 애태우는 짝사랑은 아니다. 무차별적으로 매혹적인 이성에게 쏟아지는 지극히 단순한 육체적 쏠림인 것이다. 유하의 시가 보이는 키취성과 비판성은 그의 시의 앞날에 우리의 관심을 갖게 한다.

4. 최영미의 경우

1994년 최영미의 『서른, 잔치는 끝났다』가 창비시선 121로 나왔을 때 그 문학성과 이념적 동질성에 대해 논자들 사이에 말이 많았다. 대체적인 의견은 부정적인 것이었다. 《창작과 비평》이 상업주의에 함몰되는 것은 아닌가 우려하는 이들도 많았다. 직접 시를 들어 살펴보기로 하자.

물론 나는 알고 있다
내가 운동보다도 운동가를
술보다도 술 마시는 분위기를 더 좋아했다는 걸
그리고 외로울 땐 동지여!로 시작하는 투쟁가가 아니라
낮은 목소리로 사랑노래를 즐겼다는 걸
그러나 대체 무슨 상관이란 말인가

잔치는 끝났다
술 떨어지고, 사람들은 하나 둘 지갑을 챙기고 마침내 그도 갔지만
마지막 셈을 마치고 제각기 신발을 찾아 신고 떠났지만
어렴풋이 나는 알고 있다
여기 홀로 누군가 마지막까지 남아
주인 대신 상을 치우고
그 모든 걸 기억해내며 뜨거운 눈물 흘리리란 걸
그가 부르다 만 노래를 마저 고쳐 부르리란 걸
어쩌면 나는 알고 있다
누군가 그 대신 상을 차리고, 새벽이 오기전에

다시 사람들을 불러 모으리란 걸
환하게 불 밝히고 무대를 다시 꾸미리라

그러나 대체 무슨 상관이란 말인가
–「서른, 잔치는 끝났다」 전문 –

'나'는 최대한 솔직하려고 한다. 그래서 질곡의 시대에 '운동보다도 운동가를', '투쟁가가 아니라 낮은 목소리로 사랑 노래를 즐겼다'는 것을 있는 그대로 고백한다. 분명히 이런 태도는 미덕일 수 있다. 인간은 누구나 약한 것이고 그러한 자신을 반성하고 채찍질하여 가치로운 길을 가게 마련이다. 문제는 두 번에 걸쳐 반복되는 "그러나 대체 무슨 상관이란 말인가"이다. 잘 아는 대로 한국의 현대사는 민주주의가 압살되려는 위기상황에서 무수한 '운동가'들을 배출했다. 그러나 이러한 '운동가'들의 희생에도 불구하고 현실의 질곡은 풀어지지 않았고, 개발독재의 물량공세에 취한 대중들은 자유나 정의에 대해 별로 귀를 기울이지 않았다. 이러한 현상은 90년대에 들어 더욱 심화되었고, 이러한 90년대가 최영미의 이 시집의 시대적 배경이 되었다. 또 90년대는 운동권이 깊은 좌절에 빠져 있을 때였고, 몇몇 시인들은 서정성으로 회귀하는 경향을 보이기도 했다. 이러한 90년대에 창비시선으로 이 시집이 나온 것이다. 베스트셀러로 널리 읽힌 이 시집을 읽는 논자들은 논의가 많았고, 특히 "그러나 대체 무슨 상관이란 말인가"에 대해 어떻게 해석해야 할 지 당혹스러워 했다. 세상의 무관심에 대한 시적 항의로도 해석해 볼 수 있겠지만, 시집 전체를 지배하는 키취적 소재주의나 섹스 · 상업주의와의 친화성은 그렇게 해석하기도 어려운 요인이 되고 있다. 화자인 '나'는 운동권에 한 발을 딛고 있는 듯하면서도 문제 해결에는 방관 내지 자포자기의 태도를 취하고 있다. 어떠한 의지나 확신도 없고, 패자의 비극적 장엄함도 보여주지 못하고 있다. '잔치는 끝났다'고 선언하고, 대세는 이미 결정되었다고 보고 있으며, 이 모든 일들이 '나'와 "대체 무슨 상관이란 말인가"고 반복하고 있다.

한때의 구경꾼인 '나'는 이제 현실의 위력을 알고 자신이 살아야 할 오염된 세계로 편입하게 된다.

이 기록을 삭제해도 될까요?
친절하게도 그는 유감스런 과거를 지워준다
깨끗이, 없었던 듯, 없애준다

우리의 시간과 정열을, 그대에게

어쨌든 그는 매우 인간적이다
필요할 때 늘 곁에서 깜박거리는 친구보다도 낫다
애인보다도 낫다
말은 없어도 알아서 챙겨주는
그 앞에서 한없이 착해지고픈
이게 사랑이라면

아아 컴―퓨―터와 씹할 수만 있다면!

―「Personal Computer」에서 ―

'나'는 정보화 사회의 일원이 될 수밖에 없음을 계산하고 '시간과 정열'을 컴퓨터 학습에 바친다. 생가슴으로 새 세상을 열려다 소외당하고 패배한 운동가보다 '나'는 이제 컴퓨터를 택한 것이다. 단순하고 충실해서 명령만 내리면 척척 따르는 컴퓨터에 '나'는 점점 빠져든다. 그 안에는 대중소비사회의 온갖 정보와 요지경이 담겨 있기도 하다. 또 컴퓨터는 '유감스런 과거'를 '깨끗이, 없었던 듯' 지워주기도 한다. 이러한 컴퓨터를 '나'는 '인간적'이고 친구나 애인보다도 낫다고 생각한다. '나'는 점점 컴퓨터에 갇힌 자폐증 환자가 되어간다. 이러한 내가 컴퓨터에게 느끼는 불만은 성적 대상이 될 수 없다는 것이다. '컴퓨터와 씹할 수만 있다면' 컴퓨터는 완벽한 것이다. 한때 '운동가'의 뜨거운 피를 좋아했던 '나'는 정보화사회, 대중소비사회의 첨병인 컴퓨터의 노예가 되어 있다. 이러한 '나'의 태도를 불감증에 걸린 현대인들을 깨우치기 위한 충격요법으로 변호할 수도 있겠으나 계속되는 다른 시편들은 '나'가 영악스런 대중소비사회의 적응자라는 혐의를 털어버리지 못하게 한다. 즐겁고 유능하게 이 시대를 사는 정보화사회의 일원으로 '나'는 진입하고 있는 듯하다.

'나'의 물신주의와 편의주의는 다음 시에서 분명히 드러난다.

3

언제든지 들러다오, 편리한 때
마음 가는 대로 발길 닿는 대로
아무데나 멈추면 돼
노동의 검은 기름 찌든 때 깨끗이 샤워하고
죽은 듯이 아름답게 진열대 누운

저 물건들처럼 24시간 반짝이며
기다리고 있을게, 너의 손길을
여기는 너의 왕국
그저 건드리기만 하면 돼
눈길 가는 대로 그저 한번, 건드리기만 하면 돼

4
오늘은 어쩐지
너를 기다리며 자고 싶다
철 지난 달력도
거룩한 이름의 시집도
뱃속의 덜떨어진 욕망도 한꺼번에 날 배반하는
가슴에 불을 켜고 자는 밤

—「24시간 편의점」에서 —

'나'는 물론 시인 자신이라고 단정하기는 어렵다. 화자인 '나'는 시 속의 인물일 수 있기 때문이다. 그러나 시인이 화자를 내세워 노리는 충격요법은 소비사회의 대중독자들에게 역기능을 발휘할 수도 있다. 무엇보다도 최영미의 이 시집 전체를 감싸고 있는 분위기가 시대의 절망을 아프고 사려깊게 접근한 것이라기보다는 부박한 소비사회의 변화성에 기민하게 반응하는 상업주의적 냄새를 짙게 풍기고 있다는 점이다. 대중소비사회의 물신주의와 편의주의를 상징하는 '24시간 편의점'은 누구에게나 문을 열고 기다리는 '너의 왕국'이다. 그러나 이 편의점은 자본에게만 화사한 침실의 문을 열고 '왕국'의 속살을 보여준다. 그런데 문제는 이러한 24시간 편의점을 바라보는 화자인 '나'의 태도이다. 편의점과 일체가 된 '나'는 소비대중인 '너'를 기다리며 함께 자고 싶어한다. 이러한 '나'는 오히려 '거룩한 이름의 시집'도 자신을 배반하고 '뱃속의 덜 떨어진 욕망도 날 배반'한다고 느낀다. '나'에게는 영혼의 시집이란 게 우습기만 하다. 순수한 사랑이란 것도 믿으려 하지 않는다. 24시간 문을 열고 한밤중에도 휘황하게 불을 켜고 기다리는 편의점만이 솔직하고 실물적이다. 아무렇게나 내뱉어버리고 책임지지 않는 것이 현대적 솔직함이라면 방화자만 있고 소화자는 없는 것이 아닌가. 이러한 방화가 대중적 상업주의와 영합되거나 이용될 소지가 있다면 그 책임을 어떻게 질 것인가.

결국 이 시인은 우리의 이러한 우려를 실제로 확인시켜 준다.

> 나는 내 시에서
> 돈 냄새가 나면 좋겠다
>
> 빳빳한 수표가 아니라 손때 꼬깃한 지폐
> 청소부 아저씨의 땀에 절은 남방 호주머니로 비치는
> 깻잎 같은 만원권 한 장의 푸르름
> 나는 내 시에서 간직하면 좋겠다
> 퇴근길의 뻑적지근한 매연가루, 기름칠한 피로
> 새벽 1시 병원의 불빛이 새어나오는 시
> 반지하 연립의 스탠드 켠 한숨처럼
> 하늘로 오르지도 땅으로 꺼지지도 못해
> 그래서 그만큼 더 아찔하게 버티고 서 있는

하느님, 부처님
썩지도 않을 고상한 이름이 아니라
먼지 날리는 책갈피가 아니라
지친 몸에서 몸으로 거듭나는

—「시」 전문 —

'나'는 교묘하게 민중주의적 태도를 취하면서 건강한 노동의 대가로서의 돈벌기를 말하고 있지만, 시집 전체를 둘러싸고 있는 상업주의적이며 편의주의적인 분위기는 시인의 이러한 발언에 신뢰를 주지 않게 한다. 마구 내뱉어버리면서 편의주의의 정원을 벗어나지 못하는 이 호사가적인 시인은 또 다시 도덕성 콤플렉스에 걸려 민중주의적 목소리로 자신을 치장하려고 한다. 최영미의 시는 크게 보아서 호사가의 그렇게 되었으면 '좋겠다'의 수준을 벗어나지 못하고 있다. 한편 최영미의 시는 페미니즘의 측면에서도 평가받기 어려울 듯하다. 여성적 자각과 역할 발견, 사회적 편견 제거를 위한 어떠한 노력도 보이지 않는다. 성개방과 폭로적 목소리가 곧 페미니즘일 수는 없기 때문이다. 그녀의 시는 시적 통찰력도, 언어의 정련도 보이지 않은 채 표피적인 생각을 감각적이고 즉흥적으로 뱉어버린 것이다. 또 이 시집은 경쟁사회의 한 부품으로 하루하루를 고달프게 살아가면서도 건강성을 잃지 않은 대다수의 민중들을 배반한 것이고, 물질만능주의에 취해 방향을 잃고 굴러가는 대중소비사회에 영합한 것이다. 이러한 이 시집의 상품성을 근엄한 《창작과 비평》사가 재빨리 간파하고 발간하여 판매의 대성공을 거둔 것이다. 시가 시대의 변화를 외면할 수 없고, 어줍잖은 도덕주의에 얽매일 것도 없지만, 기회주의로 전락하거나 문화의 하향평준화에 이용되어서는 안 될 것이다. 적어도 시인이라면 그러한 자존심을 지킬 줄 알아야 할 것이다.

Ⅳ. 맺는 말

1980년대 후반에서 90년대 초반에 걸쳐 발간된 마광수, 장정일, 유하, 최영미의 『가자, 장미여관으로』, 『햄버거에 대한 명상』, 『바람 부는 날이면 압구정동에 가야한다』, 『서른, 잔치는 끝났다』는 모두 크게 보아 포스트머더니즘의 영향권 아래 있었다는 점을 확인할 수 있었다. 그들의 창작공간이 대중소비사회이고 이러한 사회에 효과적으로 대응하기 위해 위트와 풍자의 기법을 주로 구사한다. 또 억압적인 사회구조의 반발로 성적 관심을 공통적으로 드러내고 있고, 반항과 장광설도 공통적으로 보이고 있다. 미래에 대한 전망은 부재이고, 자연보다는 인공의 미학에 기울고 있다. 이들은 정도 차이는 있지만 모두 키취적인 면모를 보이고 있다.

마광수는 역사 현실에 무관심한 탐미주의자로 시종일관 성에의 관심을 보이고 있다. 그의 노골적인 성애 표현은 금기영역에 대한 용기 있는 도전이며 억압받는 것의 중심으로의 부상이라는 긍정적 평가도 받을 수 있겠으나, 그 밑바탕이 사디즘과 매저키즘인 파라오의 미학이며 또 하나의 지배구조를 부추기고 있다는 비난을 받을 소지가 많다. 그의 성문학은 생활이 없고 고뇌와 통찰이 없으며 서로를 이해하고 양보하며 하나가 되는 진정한 남녀의 만남이 없다. 이런 점에서 그의 성문학은 상업주의, 쾌락주의에 이용될 소지를 많이 갖고 있다.

장정일은 공룡화된 대중소비사회의 가공할 구조를 효과적인 위트로 부각시킨다. 사용가치가 실종되고 교환가치만이 횡행하는 자본주의 사회에서 소외되고 왜소해진 군상들을 그는 장광설과 요설로 드러내고 있다. 그러나 그의 날카로운 위트는 소비사회가 몰고 온 관능과 권태에 의해 서서히 변질되어가는 조짐을 보인다. 곧 기존의 권위에 대한 그의 강렬한 해체적 몸짓은 상업주의적인 외설성으로 흐르게 될 소지를 보여준다.

유하는 대중소비사회에서의 현실비판과 키취의 양면성을 보여준다. 체제가 만들어 낸 '욕망의 통조림 공장'이며 '국화빵 기계'인 압구정동에서 타락한 형식으로 살아가며 출구를 찾는 문제적 개인의 이야기를 시화하고 있다. 역시 장광설과 위트에 의존하고 있으며 상호텍스트적 글쓰기를 하고 있다. 그의 시에서도 성에의 관심이 두드러진다. 그의 키취적이면서도 비판적인 태도는 한국 소비사회의 속성을 요약해 보여주는 것일 수 있다.

최영미는 민중운동권과 포스트모더니즘의 상극적인 양면성을 드러낸다. 민중운동권에 한 발을 딛고 있으면서도 전반적인 분위기와 태도는 성감적이고 편의주의적이며 자본주의적이다. 그녀의 '솔직'은 마구 뱉어버리고 책임을 지지 않는 위험성을 드러낸다. 페미니즘으로 보기 어려운 것도 그러기 위한 노력과 고뇌가 전혀 보이지 않기 때문이다. 그녀의 이러한 양면성은 호사가의 아마추어리즘의 한계를 벗어나지 못했다거나 상업주의에 영합하는 기회주의적 태도라는 평가를 받기 쉽다.

시대의 변화를 거역할 수는 없다. 우리는 새로운 시대를 살아야

하고, 고뇌와 절망 속에서도 길을 모색해야 한다. 그 길은 상업주의에 휘둘려서는 안 될 것이고, 언제까지나 전위적 실험수준에 머물러서도 안될 것이다. 반항과 해체의 태도도 필요하지만 종합과 정리의 태도도 필요한 것이다.

15장

『백팔번뇌』의 '님'

『백팔번뇌』의 ‘님’

Ⅰ. 육당이 산 시대

시 연구에 있어 작품의 분석에 충실해야 한다는 것은 상식이다. 그러나 어떤 시인에 있어서는 그가 산 시대나 환경, 사상에 대한 고찰이 그에 못지않게 중요할 경우가 있다. 곧 그가 속한 사회가 지적으로 미숙하고 역경이어서 문학의 보편성보다는 특수성이 그 사회를 지배하고 있을 때, 그의 작품을 독립된 언어구조물로 보고 파악하려는 것은 객관론적 오류(objective fallacy)를 범할 우려가 있다.

육당六堂 최남선崔南善은 한국 개화기의 문화적 영웅이라고 할 수 있다. 그러나 그의 영웅화는 꼭 자의에 의한 것만은 아니었다. 한 민족의 과도한 기대가 그로 하여금 ‘소년’적 영웅의 길을 가게 했다고 할 수 있다. 영웅이 시대의 요구에 따라 나타난다면, 그의 문학 행위는 시대를 떠나서 생각할 수 없다. 조국의 운명이 풍전등화였던 1890년에 태어나, 1905년의 을사보호조약, 1907년의 정미7조약, 1910년의 경술국치에 이르기까지 그의 청소년 시절은 짓밟힌 자존심의 연속이었다. 다시 친일로 인해 고뇌의 나날을 보내야 했고, 끝내는 해방된 조국에 의해 기소, 수감되기도 했다.

우리가 어떤 시대의 극한상황 속으로 뛰어들지 못하고, 안일한 거리에서 논리적 공격만을 일삼는다면, 한 인간의 묵과할 수 없는 장점은 묻혀버리고 단점만이 부각되어, 마치 그 인간의 전부인 것처럼 여겨지게 마련이다. 그 결과 극소수의 지사나 위인만이 존재하고, 나머지는 그들에 대한 단순한 찬양자나 방관자로 머물고 말 것이다. 이러한 찬양자나 방관자는 그들이 분담해야 할 구체적 역할을 지사나 위인에게 맡겨버리고 멀리서 바라봄으로써 행동의 공동화空洞化를 가져오기 쉽다.

이러한 관점에서 본다면, 육당은 1차적으로 그의 임무를 충실하게 수행했다고 할 수 있다. 그의 임무는 밖의 문화를 소개하여 무기력한 기존문화와 대비시킴으로써 각성을 촉구하는 것이었다. 두 문화의 마찰과 긴장상태를 통해 제3의 의미망을 구축하는 것은 다음 세대의 차례[1]였다. 그러나 그들은 이 역할을 계승할 의욕도 능력도 없이, 이미 한계에 이른 육당에게 그들의 역할을 위임했고, 육당은 이 위임을 얼마간의 자부심과 소영웅주의로 받아들였다. "엄밀한 의미에서 그의 계몽적 안목은 19세 소년의 '새 것 콤플렉스'에서 벗어나지 못하는 것이었다. 이것은 그의 정규교육 미이수, 단편적이고 부

1) 김시태: 「육당 최남선의 문학관」, 『이병주선생주갑기념논총』, 이우출판사, 1981, 518쪽

분적인 계몽의식, 신문, 잡지를 통한 저널리즘적 지식 때문이라고 할 수 있다"[2]. 그들은 육당이 신문화의 개척자이자 완성자, 조국광복의 최전선의 투사이기를 요구하여 거듭 거듭 더 높은 나무에 오르기를 원했다. 그러나 그가 한계에 부딪혀 추락하자 그를 매도하고 그에게서 등을 돌려버렸다. 육당의 소영웅주의와 당대인의 과도한 기대가 빚어낸 웃지 못할 희화戱畵라고 할 수 있다.

1928년 그는 조선총독부의 부설기관인 조선사편수회의 위원이 됨으로써, 스스로의 명예에 먹칠을 하고 이 민족에게서 고립되었다(1907년에 《태극학보》에 「분기하라 청년제자」를 발표하고, 같은 해 와세다대학 모의국회사건에 대한 대응으로 동맹퇴학을 감행한다. 이어서 1908년 《소년》을 창간하고 1913,4녀에 《붉은 저고리》, 《새벽》, 《아이들보이》, 《청춘》을 연이어 창간한다. 1919년 「기미독립선언서」 작성으로 일경에게 체포되어 2년 6개월의 징역을 언도받는다. 1925년에 「불함문화론」을 집필하고, 1926년 동아일보에 「단군론」을 연재하고, 같은 해에 『심춘순례』, 『백팔번뇌』를 출간했다. 여기서 우리가 유념해야 할 것은 『백팔번뇌』가 출간되기까지는 그가 순수한 개화주의자, 민족주의자였다는 점이다.) 그는 조선이 '일본화 되지 않을 수 없는 운명'을 일단 긍정하고[3], 대동아전은 '진실로 일본 급 일본정신을 발단자 또 중추세력 또 지도 원리로 하는 전 동아의 해방운동'[4]이요, '세계개조의 중대한 계자楔子인 동시에 인류역사의 세

2) 김윤식: 「우리 근대시의 세 가지 목소리」, 『한국근대시문학사대계 1』, 지식산업사, 1984, 244쪽

3) 최남선: 「조선문화당면の문제」(매일신보 1937.2.9.~11)

4) 최남선: 「아세아의 해방」(매일신보 1944.1.1)

계를 현전케 하는 기연機緣'[5]이라고 하며 학도병 출전을 권장했다. 마땅히 그는 이러한 난관을 용감하고 슬기롭게 극복해 나갔어야 했다. 그러나 그는 이 일을 감당해 내지 못했다. 그리된 주요인으로는 시대에 대한 인식의 불철저를 들 수 있을 것이다. 그러나 극한상황에서 아무런 방어기제가 없었던 여명기의 그에게 투철한 인식과 행동을 요구한다는 것은 무리였는지도 모른다. 육당이 초심을 잃고 민족의 배신자로 몰려 매도되는 것은 그 구성원을 보호하지 못한 우리의 허약한 역사에도 그 책임이 크기 때문이다.

어떤 연구자는 그의 변절을 중인적 특성으로 파악하려고 한다. 중인계급은 조선사회의 기능적 담당계층으로 청淸이나 유럽의 문화와 접촉할 수 있는 기회가 많아서, 개화기의 계몽사상은 이 계층과 밀접한 관계를 가질 수밖에 없었다. 육당이 이 계층에 속한다는 것은 개화주의자로서의 그의 행동에 많은 도움이 되었다고 할 수 있다. 사대부 계층은 외래문명을 받아들일 심적 자세도 능력도 갖추지 못했으면서도 아직까지 당시의 사회를 지배하고 있었다. 따라서 중인계급은 주도적으로 그 사회를 변혁시키지 못하고 귀족혁명의 사상적 배경을 마련해 주었을 뿐이다[6]. 중인인 유대치의 문하에서 갑신정변의 주동인물인 김옥균 등이 나온 것이 이를 말해준다. 중인계급은 대체로 합리적, 현실적 사고의 소유자라고 할 수 있다. 그들은 사대부의 명분이나 비분강개보다는 냉철한 판단으로 문제를 해결하려 했다. 중인으로서 그는 양반에 대해 반감을 갖고, 그들의 무능력

---

5) 최남선: 「아세아의 해방」(매일신보 1944.1.1)
6) 김윤식: 「최남선의 계몽주의」, 『한국문학사』, 민음사, 1973, 107쪽

을 멸시했다. 그가 연암 박지원에게 공감한 것도 이런 맥락에서 이해된다. 이런 합리적, 현실적인 중인계층의 입장에서 보면, 강대한 일본에 대해 맨손으로 전면전을 펼치는 것은 무모한 것이라는 것이다. 그들은 계몽운동에는 적격자였으나 민족해방투쟁에는 부적격자라는 것이다. 이런 중인적 특성 때문에 그는 심한 논리적 모순에 봉착하게 되고, 결국 전향하게 된다는 것이다. 이런 견해를 계층설階層說이라고 하는데, 일면 수긍되는 면도 없지 않지만, 전향자 개개인의 독특한 처지와 내부심리를 명쾌히 설명하기에는 부족한 점이 있다[7]. 그와 같은 계층으로 그와 다른 생의 궤적을 그은 인물들을 우리 근대사에서 더러 볼 수 있기 때문이다. 또 그에게는 중인적 특성만으로 보기 어려운 점들이 많다. 그의 '소년'은 기존인습을 무시하고 자유로운 창조성을 중시한 점에서 로만주의의 한 전형으로 볼 수 있고, 그 자신 이 나라 신문화 여명기의 동키호테나 이카루스에 해당된다고 할 수 있기 때문이다. 현실적이며 합리적인 중인계급과 로만적 의욕에 휩싸인 '소년', 순진하고 저돌적인 이상주의자 동키호테, 현실망각의 환상주의자인 이카루스와는 서로 대조적인 것이다. 또 그는 후년에 자연친화와 보수주의적 경향을 보여주는데, 이는 사대부의 그것과 별로 다를 바가 없는 것이다. 후년의 육당은 인공보다 자연을 좋아하고, 기계문명보다 전원생활을 즐겼으며, 근대주의자라기보다는 농본주의자의 면모를 보여준다. 그가 가진 자인 중인으로 이 민족의 노예적 상태를 승인하고, 더 나아가 친일 행위로 이어

---

7) 김용직: 「거인의 탄생과 추락」, 『한국근대문학의 사적 이해』, 삼영사, 1977, 198쪽

졌다고 보는 것[8]은, 계층적 특성으로 인간을 이해하려는 획일적 태도가 아닌가 한다.

육당 당시의 광복 달성의 방법으로는 투쟁론과 준비론을 들 수 있는데, 문화주의자이며 현실주의자인 육당에겐 도산 안창호의 준비론이 효과적인 것으로 생각되었을 것이다. (육당의 도산에 대한 경도는 그가 『태백산 시집』을 도산에게 헌정한 것이나, 또 도산과 함께 청년학우회의 설립위원이 된 것을 보아도 뚜렷이 알 수 있다.) 도산의 務實力行무실역행 사상은 민족성의 개조에 입각한 준비론으로, 박은식이나 신채호의 투쟁론과는 대조적인 것이다. 단재의 민족운동관은 전면, 적극, 직접적인 무력투쟁을 통해 일제가 한반도 내에 구축한 식민지 체제를 격파 붕괴시키자는 생각에 귀착된다. 그러나 도산의 저항관, 또는 독립운동에 대한 생각은 그와 달랐다. 우선 국권을 상실하게 된 원인 분석에 있어서, 도산은 단재류丹齋流의 외부요인설을 버리고, 그 각도를 우리 민족 자체 내부로 돌린다. 따라서 도산에 의하면 빼앗긴 주권을 재탈환하기 위해서 우리가 해야 할 일은 인격도야와 자기수련이었다[9]. 육당이 준비론에 찬동한 것은 그의 점진개화사상에도 기인한다. 육당이 이처럼 도산의 사상과 일치를 보이면서도 서로 다른 행적을 보인 것은 무엇 때문일까. 육당은 신화적 공간 속에서 이 민족의 영속을 예언할 줄은 알았지만, 눈앞의 질곡과 절망을 타개하거나 단축할 신념이나 용기는 없었다. 그 결과 그의 문화적 민족주의는 무력해지고 굴절되어 친일이라는 변절행위

8) 김윤식: 「최남선의 계몽주의」, 『한국문학사』, 107쪽
9) 김용직: 전게서 181쪽

로 이어졌다. 1928년 이후 그는 변절하여 그에게 큰 기대를 걸고 있는 동족을 당황하게 했고, 이후 종잡을 수 없이 쏟아지는 그의 친일행위는 온 민족을 격분하게 했다. 그의 '소년'적 의욕은 왕학王學(양명학陽明學)이나 실학을 존숭하면서도 개화의 전형을 서구에서 찾음으로써 자아상실에 이르게 된다. 이러한 자아상실의 결과 그는 우리 문명을 비문명이라 하여 민족허무주의에 빠지게 된다. 이러한 민족허무주의는 개화된 일본인이 비문명인인 조선인을 억압하는 것은 당연한 일이라는 논리가 되어 제국주의의 약소국 지배를 인정하는 결과가 되고 만다[10]. 그의 친일행위를 보면서 오늘날의 우리들이 착잡해하는 것은 그로 하여금 그 정도의 자기 보전을 할 수밖에 없게 한 이 땅의 정신풍토며 그 지적인 상황이다.

끝으로 개화기의 문학관에 대해 알아보자. 개화주의자들은 과거의 문화전통에 대해 비판적이었자만 사대부의 효용적 문학관은 그대로 이어받고 있었다.

> 시대의 압력에 못이겨 문학을 하게 되었다는 육당의 입장이나 한국사회 개량의 목적으로 소설을 쓰게 되었다는 춘원의 입장은 기본적으로 동일한 정신사적 입장을 유지하고 있기 때문이다. 우리는 여기서 개화기 시대를 구축했던 일반적 문학관념들을 추출할 수가 있다. 그리고 그들 세대가 어째서 윤리적 문학관을 지향하게 됐으며, 또 그들의 뒤를 잇는 20년대 예술파 문인들과 대립하게 되었는지, 그 이유를 살필 수 있을 것 같다. 만일 이와 같은 관점이 허용될 수 있다면, 그들 세대의 문학여기설餘技說은 단순히 문학(또는 예술일반)에 대한 근본적인 이해의 결여

10) 조동일: 「최남선」, 『한국문학사상사시론』, 지식산업사, 1978, 310~313쪽

라든가 태도의 불철저를 가리키는 것으로 매도될 수만은 없다. 그보다는 문학 즉 문장文章의 사표師表라는 종래의 전통적 사고가 아직도 그들 속에 맥락을 잇고 있었다는 점, 그리고 그러한 문학전통에 입각하여 현실참여의식이 그들 중에 강하게 작용하고 있었다는 점 등을 지적할 수가 있다[11].

위의 지적으로 알 수 있는 것처럼, 그들은 시대의 요구에 의해 문학을 했다. 그들의 문학관은 교훈적, 사회비판적인 공자의 문학관과 궤를 같이하는 것이었다. 따라서 그들은 비현실적이고 비윤리적인 20년대 예술파 문인들과 대립했다. 그들은 문학을 여기로 생각했다기보다 개화를 위한 적극적 수단으로 여겼다. 그들은 종래의 풍교風敎보다 실사구시實事求是, 이용후생利用厚生에 더 많은 관심을 갖고 사회개량을 염원하였다. 육당의 문학관도 이러한 시대적 특성에서 벗어난 것이 아니었다. 그의 작품 속에는 외향적 충동과 내면적 충동이라는 두 개의 충동이 서로 마찰하거나 대립함이 없이 병존하고 있는데, 만일 두 충동이 마찰하거나 대립, 분열함으로써 모종의 긴장상태를 조성할 수 있었다면, 그의 작품은 더욱 풍요한 언어공간을 획득할 수 있었을 것이고, 당대 사회의 내부를 들여다보고 비판할 수 있는 역사적 안목을 구체적으로 제시할 수 있었을 것이나. 그러한 기대 자체가 무리라고 할 것이다[12].

---

11) 김시태: 전게서 514쪽
12) 김시태: 전게서 518쪽

Ⅱ. 육당의 조선주의

육당이 일본에 가기 전부터 이미 한문을 공부했고, 평생의 독서에서 한적漢籍이 가장 큰 비중을 차지했다는 것은 주의를 요한다. 이러한 점이 그로 하여금 기존문화의 파괴에만 종사하지 않게 한 원인이 되었다고 볼 수 있기 때문이다. 개화기 시대의 지식인들이 일반적으로 그랬듯이 육당은 진보적인 면과 보수적인 면을 동시에 지니고 있었다. 그러나 이 두 개의 축은 서로 분열하거나 갈등을 일으키지 않고, 오히려 상보적 관계를 유지하면서 동일한 지향점을 구축하고 있다[13]. 1910년대에는 진보적 개화주의자로 군림해 온 그가 '20년대에 이르러서는 보수주의자의 입장을 취하게 되는 것이 이를 말해준다.

그의 전통복귀에 대해 다음과 같이 부정적으로 해석하는 견해도 있다.

> 파괴기에는 우리 문학의 전통을 거부하고 밖으로 나아갔고, 건설기에는 전통으로 복귀하는 데 이르는 상투적인 궤적을 그렸다.…중략…그리하여 단군예찬론이 이루어졌다.…중략…문명의 우상이 단군의 우상으로 바뀌었다.…중략…개화를 추구하는 시대에는 문명을 향해 달리던 근면한 달리기 선수가 민족문화에 대한 이해가 요구되는 시대에 이르러서는 방향을 바꾸어 달린 것이다.
>
> 그러기에 파괴기의 의지가 바로 건설기의 의지이고, 그 사이에 질적인 변화는 없었다. 먼 곳의 문명을 동경해서 달리거나 옛날의 조선심朝鮮心을 향해 달리거나 지금 이곳의 문제를 외면한 도피라는 것에는 차이가

13) 김시태: 전게서516쪽

> 없다. 먼 곳과 이곳, 옛날과 지금의 우열을 따지고, 우월한 쪽을 전면적으로 긍정하고 열등한 쪽을 전면적으로 부정하는 양단논법은 지금 이곳의 문제를 정확하게 이해하고 해결할 수 있는 것이 아니다. 공허한 목표를 숭상하는 우상숭배가 비판정신을 마비시키고 현실과 대결하는 의지를 약화시키는 구실을 했다.
>
> 시조부흥론도 이런 데서 나온 것이었다. …중략…조선아朝鮮我라는 신비적인 무엇을 신앙의 대상으로 설정하고, 조선아는 단군시대에나 모습을 드러냈고 그후에는 시조에서 그림자를 비치었다고 하여, 시조는 육화肉化되어 있는신의 모습인 듯이 숭상했다[14].

육당의 현실인식이 철저하지 못하고 대결의지가 확고하지 못하다는 것은 수긍이 간다. 그러나 그를 달리기 선수로 희화화戲畵化하고, 개화기의 문명을 향해 달리거나 옛날의 조선심을 향해 달리거나 그 사이에 질적인 차이가 없었다거나, 그의 단군숭배를 단순한 우상숭배로 보고 시조부흥론도 이와 같은 우상숭배에서 나온 것이라는 해석은 지나친 감이 없지 않다. 소년기의 개혁의지와 장년기의 귀소의지가 어떻게 같을 수 있단 말인가. 또 그의 단군숭배는 단순한 우상숭배가 아니라 소멸해 가는 한민족의 정신적 거점을 확보하려는 노력의 소산이며 원형原型의 탐구라고 해석해 볼 수 있기 때문이다.

> 그의 생각에 의하면 단군은 한국민족의 '인문人文적 시원始原'이 되며 '조선 역사의 출발점', '조선 역사의 중심적 사실'이 된다는 것이다. 즉 육당은 단군과 그의 시대에서 우리 민족의 문화가 시발한 한 원천을 찾고

14) 조동일: 전게서 315~316쪽

있으며 아울러 우리 민족을 지배하는 여러 사유형태의 원형을 찾고 있는 셈이다. '나'를 정리, 체계화하기 위해서는 물론 '나'의 가장 집약적인 부분, 또는 원점에 속하며 원형적인 것을 탐구, 파악할 필요가 있다[15].

그의 시조부흥론도 이런 관점에서 긍정적으로 평가될 수 있다.

육당의 주장을 빌면, 국민문학운동은 민족적 자아의 발견에 값하는 중대한 사건이다. …중략…오랜 문화적 인습과 타성에서 벗어나 자기 탐구의 길을 밟게 되었다는 이 지적은 국민문학운동의 역사적 의의를 부여한 소중한 부분으로 평가된다. …중략… 그의 말마따나 '이만큼 정신을 차리게 된 것, 제 본질을 검토하려 하게 된 것, 근저根底 있는 자기로부터 든든히 출발하겠다 하는 것'은 이 땅의 문학이 근대화 과정에서 얻은 최초의 정신적 승리에 값하는 것이기 때문이다. …중략… 육당은 '예술'과 '인생' 어느 면에 있어서든 민족적 자아상실증을 초래한 예술파 및 프로문학파의 오류를 지적하고, '조선적으로는 한 걸음도 내어놓지 못하였음'을 들어 국민문학운동의 필요성을 강조하고 있다. …중략… 일본제국주의자들은 한국을 영원한 속국으로 만들기 위해 정신적 죽음을 강요하기에 이르렀다. 이러한 외적 압력에 대한 대응책으로 대두된 것이 국민문학운동이었다. 이런 점에서 보면, 국민문학운동은 민족저항운동의 민중화 단계에 나타난 한 시대의 반응으로 볼 수 있다. 육당의 조선주의 사상과 그 문화적 표현으로 제시된 시조부흥론은 위와 같은 역사적 맥락 속에서 이해될 수 있다[16].

---

15) 김용직: 전게서 192쪽
16) 김시태: 전게서 521~523쪽

이처럼 그의 단군숭배와 시조부흥론은 민족적 자아의 발견과 문화적 저항의 우회적 표현으로, 현실로부터의 도피라고 간단히 단정해 버릴 수는 없다. 그의 전통복귀는 진정한 구심점, 출발점을 찾기 위한 노력으로, 민족저항운동의 정지작업이라고 할 수도 있다. 그는 '바다'를 버리고 '산'으로, 서구의 문명을 버리고 조선의 문화로 돌아온다. 우리 것이 말살되어 가는 때에 그는 우리 것의 보존이 무엇보다 급선무라고 생각했을 것이다. 우리 혼이 깃들지 않은 서구문명의 모방이 근본적 타개책이 아님을 그는 깨달았던 것이다. 이런 깨달음이 그를 조선주의라는 문화적 준비론에 몰두하게 했을 것이다. 그의 조선주의는 '새로움을 받아들여 우리의 새로움을 창조하는 일보다 옛스럽고 고유한 우리의 것에 집착하는 일에 몰두하게 하였으며, 자아의식보다 민족의식을 선행시켜 시적 미의식에 대한 각성을 지체시킨'[17] 결과를 가져오긴 했으나, 그의 원래 의도는 우리 것의 고수가 아니라, 우리 것의 재인식을 통한 새로운 저항운동, 곧 문화적 준비론에 있었다고 보는 것이 더 타당할 것이다.

육당의 사상은 독창성이나 모방의 어느 한편으로 볼 것이 아니라 한국 근대사상사적 측면에서 살펴보아야 할 것이다. "…전략… 즉 우리의 전통사상이 후기 실학사상과 서양의 충격을 받아 점진개화사상으로 피어났고, 이 개화사상을 이어받은 육당은 이를 문화적 민족주의, 민족적 계몽주의로 확대 심화시켰으며, 일제의 식민지 치하에 와서는 다시 폐쇄적 민족주의인 조선주의로 응결되었다(이리하여 육당은 '바다'를 버리고 '산'으로, 시를 버리고 시조로, 나폴레옹 페터

17) 정한모: 「육당의 시가」, 『한국현대시문학사』, 일지사, 1974, 208쪽

대제를 버리고 단군으로, 문학을 버리고 역사학으로 그 진로를 바꾸게 되었다)[18]. 그러니까 육당에 의하여 주창된 조선주의는 특수한 시기에 특수한 사명을 띤 한국의 특수 민족주의인 동시에 파행적 한국 근대사상의 한 단면이라고 할 수 있다[19]". 그러나 그의 조선주의는 그로 하여금 실의와 절망으로부터 그를 헤어나게 하는 원동력이 된 것 또한 부인할 수 없다. 육당의 조선주의나 시조부흥론은 그가 근본적으로 민족주의자임을 입증한다. 어떤 극한상황에서도 국가민족의 문화담당자는 있어야 한다. 그는 조선주의자로서는 일생동안 일관성을 유지하였다.

마지막으로 그의 조선주의를 동일성(Identity)의 측면에서 살펴보기로 하겠다. "동일성의 추구는 바로 동일성의 혼란이라는 위기감의 표현이며, 객관세계의 상실과 자아상실이라는 두 가지 위기감에서 야기된다. 잃어버린 진정한 자아의 탐구는 자기의 회복이며 새로운 발견이다. 향수나 실향의식은 본래의 자아와 세계에 대한 통시적 동일성에 대한 동경이라고 할 수 있다. 복고주의 또는 과거지향성의 태도와 고립주의적 태도의 인생관에서 아무런 갈등의 드라마 없이 전개되는 동일성을 소극적 자기동일성이라고 하는데, 그 가치는 과거의 재생과 지킴에 있다. 자아는 무력하고 순결하지만 세계는 강하고 악하다. 세계는 뛰어넘을 수 없는 심연을 두고 자아와 영원한 평행선을 이룬다. 한편, 신화나 전통설화에서 개인적 동일성을 승화 확대시키는 방법을 찾기도 한다. 신화나 설화의 현대적 의의는 자아

18) 홍일식: 「육당의 사상과 신시」, 『한국개화기의 문학사상연구』, 열화당, 1980, 128쪽

19) 홍일식: 전게서 107쪽

와 세계의 동일성을, 인류의 연속성을 보여주는 데 있다. 신화나 전통성에 접맥된 동일성은 개인적 동일성이 아니라 원형原型적 동일성이다[20]". 이러한 동일성의 이론에 비추어 볼 때 육당의 동일성은 개인적 동일성이 아니라 자아와 조선과의 일체감 결속감으로서의 동일성이라고 할 수 있다. 그런데 조선주의의 시공時空은 〈지금-여기〉가 아닌 상대의 조선이다. 이러한 시공에서 갈등을 해소하고 세계와의 일체감 결속감을 맛보려는 것은 이율배반적으로 그의 동일성추구가 소극적 자기동일성임을 말해준다. 이러한 소극적 자기동일성이 문화적 민족주의로 이어지고, 민족의 원형으로서의 단군을 추구한다. 우회적이기는 하지만 원형적 동일성의 추구는 개인적 동일성의 포기가 아니라 또 다른 모색이라고 할 수 있다. 단군이라고 하는 원형적 대표단수에 의해 우리 민족은 차이성을 극복하고 일체감 결속감을 유지하게 된다. 결론적으로 말해 육당의 동일성추구의 종합이 곧 조선주의이고, 그 추구대상이 바로 '님'이다.

Ⅲ. 전래의 '님'

인간은 서정적 존재, 역사적 존재, 구도적 존재라고 할 수 있다. 이러한 인간은 서정적 대상, 역사적 대상, 구도적 대상으로서의 '님'을 그리워한다. 우리 전래시가에 나타난 님도 이런 범주에서 벗어나지 않는다. 우리 시가에 '님'이란 어휘가 확연히 드러나기로는 현재

---

20) 김준오: 「동일성과 서정양식」, 『시론』, 문장사, 1982

전하는 신라가요 중 「서동요」가 그 처음이 아닌가 한다. 향찰표기인 '善花公主主隱'은 '선화공주님은'으로 풀이할 수 있는데, 이러한 접미사로서의 '님'은 점차 독립하여 체언의 '님'이 된다.

1. 서정적 대상으로서의 '님'

상대의 남녀관계는, 비록 신분의 제약은 있었지만, 하대처럼 무미無味하고 제도적인 것은 아니었다. 상대방의 미를 있는 그대로 볼 줄 알았으며, 뜨거운 시선에 감응할 줄도 알았다. 서동薯童이나 지귀志鬼는 선화공주나 선덕여왕의 미에 몰입할 줄 알았고, 그들의 순수하고 열렬한 사랑에 그녀들은 감응할 줄 알았다. 서동이나 지귀에게 선화공주나 선덕여왕은 '님'이다. 이처럼 신라시대에는 신분의 고하에도 불구하고 남녀간의 인간적이고 진실한 교류가 이루어졌다. 이러한 남녀간의 서정적 교류의 극치를 우리는 「헌화가」에서 볼 수 있다.(예로 든 신라가요는 모두 양주동이 재구再構한 것임)

딛배 바회 ᄀᆞᆫᄒᆡ
자ᄇᆞ온손 암쇼 노ᄒᆞ시고
나ᄒᆞᆯ 안디 븟ᄒᆞ리샤ᄃᆞᆫ
곶ᄒᆞᆯ 것가 받ᄌᆞᄫᆞ리이다

수로부인水路夫人과 실명失名노인을 둘러싸고 동해의 푸른 물결이 춤추고, 아스라이 높은 벼랑 끝에선 철쭉꽃이 불타오른다. 수로부인의 아름다움은 손에 쥔 암소의 고삐를 놓게 할 정도이다. 미에 취한 노인은 높은 벼랑 끝에 올라 꽃을 따 와서는 이 노래와 함께 부인에게 바친다. 그러나 노인의 높은 풍류는 이러한 사랑의 통과의식을 단순한 감정의 차원에 머무르게 하진 않는다. 그는 수로의 마음을 얻고 싶은 것이다. 진정한 사랑은 마음과 마음이 서로 소통하는 것 아닌가. 이러한 의도가 '나흘 안디 붓ᄒᆞ리샤ᄃᆞᆫ'에 나타나 있다. 여기서 '나를 아니 부끄러워하시면'은 미묘한 애정심리이다. 수로가 부끄러움을 느끼라는 것인가, 말라는 것인가. 결론부터 말하면 부끄러움을 느끼라는 것이다. 여성이 남성의 열렬한 사랑에 부끄러움을 느낀다는 것은 그 사랑을 느끼고 내밀히 반응한다는 것이다. 그러면 왜 '날 아니 부끄러워하시면'이라고 언명했는가. 남녀 차이, 신분 차이인 데다 뭇 사람이 둘러보고 있는 주변사정 때문이다. 이렇게 부끄러움을 유도하며 수로와 자신의 마음이 소통하여 서로의 '님'임을 확인한 노인은 꽃을 바친 후 표연히 사라진다. 이러한 신라의 '님'은 높은 인격과 인간적 향취로 해서 우리 문학의 귀한 유산이 된다. 후백제인의 작품이라는 「정읍사」에는 아직 격조 높은 기다림의 원융한 정서가 나타나 있다. 헌신적으로 기다리는 이 여인에게 '님'은 곧 '나'가 된다. '님'을 염려하고 포용함으로써 '님'과 하나가 된다.

그러나 이러한 원융한 심성은 고려조에 들어오면서 급격히 변모된다. 이는 잦은 내우외환으로 백성들의 항심恒心이 파괴되어 실의와 좌절, 애상과 한별恨別, 자학과 체념, 향락과 퇴폐가 만연되었기 때문이다.

유월 보로매
아으 별헤 ᄇᆞ룐 빗 다호라

도라보실 니믈
적곰 좃니노ㅇl 다
—「동동」에서—

어름 우희 댓닙자리 보와 님과 나와 어러주글만뎡
어름 우희 댓닙자리 보와 님과 나와 어러주글만뎡
정둔 오ᄂᆞᆳ밤 더듸 새오시라 더듸 새오시라

…2,3연 생략…

올하 아련 비올하
여흘란 어듸 두고 소해 자라 온다
소콧 얼면 여흘도 됴ᄒᆞ니 여흘도 됴ᄒᆞ니
—「이상곡」에서—

남산에 자리보와 옥산을 버여 누어
금수산 니블안해 사향각시를 아나누어
—「만전춘별사」에서—

위의 작품들에 나타난 '님'은 떠나가려는 님이거나 향락적 대상으로서의 님이다. 「동동」에는 님을 여의고 홀로 살아가는 이의 애상과 실의가 절절하게 나타나 있다. '님'에 대한 연모와 송축이 간절하면 간절할수록 현실의 외로움과 실의도 커 간다. 고려는 백성들이 편안히 살아가고 알뜰히 사랑할 만한 환경을 만들어주지 못했다. 그래서 이성 관계의 질서는 무너지고 도처에 이별이 많았다. 한편에선 뿌리치고 떠나가는 이들이 있는가 하면, 다른 한편에선 잊지 못하고 기다리는 이들이 있다. 「가시리」는 이별의 시 중 절창으로서 '셜온 님'이라는 탁월한 시어를 낳는다. 보내기 서러운 자신의 심정을 '님'에게 전이하여 결국 '나'를 떠나기 서러워하는 '님'으로 만들고 만다. 그러나 이 시대에는 이러한 청순하고 애절한 사랑보다는 향락적이고 자포자기적인 사랑이 압도적으로 많았다. 내일이 없는 남녀들의 찰나적 사랑은 퇴폐적인 격정을 동반한다. 「이상곡」이나 「만전춘별사」의 '님'은 이러한 격정의 대상으로서의 '님'이다.

유교를 국시로 하는 근세조선에 오자 고려조의 격정은 많이 가라앉고 숨어들었으나 일반서민들이나 기류妓流, 일부 사대부들의 시가에는 여전히 이성의 님에 대한 연모의 정이 주류로 흐르고 있다(『시조문학사전』의 2,376수 중 354수에 '님'이 나오는데 그 중 318수가 이성간의 '님'임[21]).

마음이 어린 후이니 하는 일이 다 어리다
만중운산萬重雲山에 어늬 님 오리마는
지는 입 부는 바람에 행여 귄가 하노라
—서경덕—

이화우梨花雨 흩날릴 제 울며 잡고 이별한 님
추풍낙엽에 저도 날 생각는가
천리에 외로온 꿈만 오락가락 하노매
—이매창—

---

21) 신상철: 「한국의 현대시에 나타난 '님'의 연구」(동아대 박사학위 논문)

창내고자 창내고자 내 가슴에 창내고자
들장지 열장지 고모장지 세살장지 암돌쩌기 수돌쩌기 쌍배목雙排目 외걸새를 크나큰 장도리로 뚝딱 박아 이 내 가슴에 창내고자
님그려 하 답답할 제면 여닫어나 볼가 하노라
—작자 미상—

산중에 사는 도학자라고 해서 연정이 없을 수 없다. 다만 그는 이러한 연정을 방류하지 않고 마음으로 잘 다스려서 성정의 본래성을 유지하려 할 뿐이다. 이러한 마음자세 때문에 그는 님에게 직핍하지 못하고 먼 거리에서 그리워하고만 있다. 이에 비해 그 처지가 특이하고 체험이 절실한 기류의 시조에는 님에 대한 그리움이 꾸밈없이, 그러면서도 미적인 절제를 잃지 않고 토로되어 있다. 그들은 님에 대한 사랑을 통해서만 현실의 아픔과 차별을 이겨낼 수 있었다. 그들의 사랑은 인간의 존엄성과 평등에 대한 마지막 호소이며 요구라고 할 수 있다. 그러기에 사랑하는 '님'은 나에게 신분을 떠나 '저'일 수 있고, 천리상거千里相距에도 변함없이 애절한 연심이 오고 간다. 여염의 아낙네들의 사랑 또한 이와 별로 다를 바 없다. 유교적 도덕규범이 지배하는 근세조선 사회에서 그들의 사랑은 봉쇄되어 있었고, 답답감을 참다못한 그들은 마음의 창을 내고 싶어 한다. 그들은 서로 사랑하면서도 맺어질 수 없었고, 부부 사이에서도 여러 제약 때문에 마음껏 사랑을 드러낼 수가 없었다. 그들은 엇시조, 사설시조 등의 형식을 빌어 솔직한 심정을 토로해 보기도 하지만 그것도 이름을 밝히지는 못한다. 이름을 밝힐 수 없는 데서 근조의 '님'은 성장하지 못하고 그늘 속의 존재가 될 수밖에 없었다. '님'의 공인은 곧

인간성의 공인이고, 올바른 남녀관계의 공인이고, 만민평등의 공인이다. 한편 현세적, 이성적인 님은 가사에도 많이 나타나는데[22], 한결같이 그늘 속의 '님'이다. 그 예로는 「규원가」, 「상사별곡」, 「춘면곡春眠曲」, 「석춘사惜春詞」, 「사미인곡」(정철의 「사미인곡」과 동명이작同名異作), 「단장사斷腸詞」, 「관등가觀燈歌」, 「상사진정몽가相思陳情夢歌」, 「과부가」, 「규수상사곡閨秀相思曲」, 「한별곡恨別曲」 등을 들 수 있는데, 이러한 연모와 한별의 근조가사는 「규원가」를 제외하고는 작자가 미상인 것이 특징이다.

이상 살펴본 대로 연모의 대상으로서의 '님'은 그 성격이 변모해 가면서도 우리 전 역사를 통해 꾸준히 정서의 주류로 이어져 내려왔음을 알 수 있다.

2. 정신적 대상으로서의 '님

신라가요에는 높은 인격과 구경究竟의 존재에 대한 흠모의 정이 잘 나타나 있다. 「모죽지랑가」나 「찬기파랑가」는 '님'(랑郎)에 대한 모慕요 찬讚이다. 주변에서 이와 같이 친근하면서도 매력적인 '님'을 발견할 수 있는 것은 행복한 일이다. 이같은 행복은 인간성의 발현을 억압하지 않는 열린 사회에서만 가능하다. 신라의 삼국통일이 가능했던 것도 이같은 친근하면서도 매력적인 '님'들이 백성들 사이 사이에 끼여 있어서 그들과 호흡을 같이 했기 때문이라고 생각이 된다. 죽

22) 신상철의 전게 논문에 의하면 연군시와 애정시가 1:2의 비율로 나타남. 또 그는 한국민요집의 10,734수 중 1312수에 '님'이 나타난다고 함.

지랑과 기파랑은 멋있는 화랑으로 백성들과 동고동락하는 진정한 현세의 '님'이다. 이러한 '님'을 위해서라면 어떠한 고난이라도 감수할 수 있고 생사도 위임할 수 있다. 이러한 신뢰와 흠모는 '님'들의 사후에까지도 이어져 백성들의 삶을 이끌고 격려한다. 신라인들은 또 아미타불(무량수불), 미륵불, 관음보살 등에 귀의한다. 일심귀의에 의하여 그들은 현세적 삶을 반성하고 불국토 건설을 희원하거나, 고통이 없는 내세를 꿈꿀 수 있게 된다. 신라인에게 정신적 삶이 가능했던 것은 흠모하거나 귀의할 수 있는 현세의 님이나 내세의 님이 있었기 때문이다. 다음 작품들은 이러한 '님'들을 보여준다.

간봄 그리매
모ᄃᆞᆫ것ᅀᅡ 우리 시름
아ᄅᆞᆷ 나토샤온
즈ᅀᅵ 살쯈 디니져
눈 돌칠 ᄉᆞ이예
맛보ᅀᆸ디 지ᅀᅩ리
랑郞이여 그릴ᄆᆞᄉᆞᄆᆡ 녀올 길
다봊ᄆᆞᅀᆞᆯᄒᆡ 잘밤 이시리

—「모죽지랑가」 전문—

달하 이뎨
西方ᄭᅡ장 가샤리고
무량수불전에
닏곰다가 ᄉᆞᆲ고샤셔
다딤기프샨 尊어ᄒᆡ

두손 모도호솔바
원왕생 원왕생
그릴 사룸 잇다 숣고샤셔
아으 이몸 기텨두고
사십팔대원 일고샬까

—「원왕생가」 전문—

그러나 이러한 정신적 대상으로서의 '님'은 같은 불교국가인 고려에 와서는 별로 나타나지 않는다. 이는 고려사회가 잦은 내우외환으로 가치관을 상실하고, 민중을 위로하고 이끌어주어야 할 불교마저 귀족층과 결탁하여 멀어짐으로써 현세와 내세의 '님'에 대한 기대를 포기했기 때문이라고 생각이 된다. 따라서 그들의 '님'은 이성으로서의 '님'일 뿐이다. 이러한 점은 유교국가인 근세조선에 와서도 마찬가지다. 주자학을 절대 신봉하는 근세조선은 엄정한 성리학자나 입신양명을 목표로 하는 양반관료를 배출했을 뿐, 민중의 삶과 정신을 이끌 현세와 내세의 '님'을 제시하지는 못했다. 고려와 근조의 이러한 '님'의 부재가 치자와 피치자간의 괴리를 가져와서 임란, 호란의 고초를 겪고 35년에 육박하는 일제강압통치의 치욕을 겪게 된 것이 아닐까.

그러나 이러한 '님'의 부재는 일시적, 간헐적 현상이지 영속적인 것은 아니다. 지배계급에 대한 민중의 불신과 분노는 대단한 것이었지만, 그럴수록 그들에게 빛을 제시할 '님'에 대한 갈망은 절실한 것이었다. 동학의 창시자인 수운 최제우는 이러한 민중의 갈망에 부응해 일어난 대표적 인물이라고 할 수 있다. 정신적 대상으로서의 '님'

은 이 나라의 국권이 상실되고 민족의 존엄성이 유린되자 정신의 마지막 거점으로 새로이 인식된다. 만해 한용운의 '님'이 그 대표적 예라고 할 수 있다.

3. 이상국가실현의 주체로서의 '님

인간은 그가 속한 사회를 떠나서 가치실현을 할 수가 없다. 이러한 가치실현의 욕구가, 특히 왕조에 있어서는, 임금을 '님'으로 부르고, 그의 신임을 얻어 이상국가를 실현하려는 태도로 나타난다. 임금은 이상국가를 실현할 수 있는 유일한 실체, 곧 그러한 권능을 가진 유일한 존재이기 때문이다. 이러한 '님'은 비판의 대상이 될 수 없고, 모든 잘못은 그를 보좌한 신민들에게 돌아간다. 그들에게 임금은 오매불망하는 '미인', 언젠가는 자기의 충심을 알고 불러줄 낭군이다.

신라가요인 「원가怨歌」에 이미 이러한 짝사랑은 나타나 있다. 자기와의 약속을 잊은 임금을 일심으로 그리워하며 하소연한다. 마침내 이러한 하소연은 받아들여지고 임금의 신임을 얻어 정사에 관여하게 된다. 고려의 「정과정」도 같은 사정의 반복이다. 임금에 대한 일편단심은 그의 권위를 건드리지 않고 감동시켜 스스로 바른 판단에 돌아오게 하는 효과를 낳는다. 그래서 근조의 사대부들은 직간보다 연주戀主라는 우회적 방법으로 임금의 생각을 돌리려 했다. 정송강의 「사미인곡」등이 그 예에 속한다. 한편 무수히 많은 사대부의 시조들이 연군의 정을 토로하고 있다. 강호한정가, 교훈가, 도덕가 등은 태평성대에 한가로이 노니는 기쁨을 군은君恩에 돌리고 있다. 다만 여

말이나 선초의 절의가만은 무도한 님을 거부하고 본래의 님을 그리워하고 있다. 그들에게 명분은 목숨을 유지시키는 산소와 같은 것으로, 명분이 무너졌다는 것은 곧 그들의 삶의 방향을 상실했다는 것이다. 이상의 실현을 기대할 수 없는 임금에게 그들은 복종할 수 없었다. 이러한 절의는 그들이 심복할 수 있는 임금을 만날 때 어떠한 위험도 두려워하지 않는 충성심으로 나타난다.

이 몸이 죽어 죽어 일백번 고쳐 죽어
백골이 진토되어 넋이라도 있고 없고
님향한 일편단심이야 가실 줄이 이시랴
–정몽주–

미나리 한 펄기를 캐여서 싯우이다
년 대 아니아 우리 님끠 바자오이다
맛이야 긴지 아니커니와 다시 십어 보소서
–유희춘–

가노라 삼각산아 다시 보자 한강수야
고국산천을 떠나고자 하랴마는
시절이 하 수상하니 올동말동 하여라
–김상헌–

이상실현의 주체자나 사직의 표상으로서의 임금에 대한 이러한 사랑은, 개화기를 지나 일제치하가 되자, 조국에 대한 사랑, 민족에 대한 사랑으로 전환된다. 곧 만민평등을 통해 자기의 존엄성을 알게 되고, 이 나라가 곧 자기들의 나라라는 인식에서 소진해가는 이 나라와 민족을 '님'이라 부르며 그 소생을 축원했다. 육당이나 춘원도 한때는 이러한 대열의 선두주자들이었다.

Ⅳ. 『백팔번뇌』의 '님

시조집 『백팔번뇌百八煩惱』는 육당의 조선주의와 시조부흥론의 실천적 산물이자 개인적 번뇌가 시대적 고뇌를 거쳐 조국애, 민족애로 결정되는 과정의 기록이다(참고로 한용운의 『님의 침묵』은 1926년 5월 20일 출간했다). 득의의 시절에 그는 서구와 바다를 동경했다. 그러나 실의와 좌절을 맛보게 되면서 조선과 산으로 돌아온다. 곧 조선주의로의 발걸음이 시작되는 것이다. 조선주의라는 일견 건강해 보이는 그의 사상에는 실제 실의와 좌절이 깊게 깔려 있다. 그는 역사전개의 시점을 현재로 하지 못하고 상고로 올라가 가상의 자유와 광명만을 누리는 것이다. 그의 '밝'추구는 어둠에 질식되지 않으려는 몸부림이라고 할 수 있다. 현실로 돌아올 때 그의 조국과 민족은 힘없고 절망적이다. 그런 조국과 민족을 미래의 불국토요 대자유인으로 보아 그는 달래고 격려하고 하소연하고 찬양한다. 민족주의자, 현실주의자인 그의 사상적 배경은 아무래도 유교인 것 같다. 그러나 실천규범인 유교는 절망에 처한 인간의 내면을 근본적으로 위무해 주진 못한다. 유가儒家인 매월당 김시습이 그의 질식할 듯한 고뇌를 불교에 의탁해 넘어가려 한 것도 이런 관점에서 이해된다. 석전石顚 박한영朴漢永선사와 함께 한 그의 국토순례는 그의 민족주의와 불국토사상을 하나로 만드는 계기가 되었다. 따라서 그의 『백팔번뇌』의 '님'은 유교이념에 바탕한 역사적 대상으로서의 '님'과 불교정신에 바탕한 구도적 대상으로서의 '님'으로 그 성격을 크게 나눌 수 있다.

1. 역사적 대상으로서의 '님'

1926년에 간행된 『백팔번뇌』 안에서만은 육당은 철저한 조선주의자이다. 조선이라는 '님'에게 그는 어떤 구박을 받더라도 결코 떠나지 않는 '아내'이다. 그는 이성간의 님이나 치국의 이념으로서의 님에게 대하듯 국가민족에 일심귀의한다. 그는 조선의 모든 것, 곧 흙이나 초목, 깨진 기와조각 하나에게까지 '님'이라 부르며 경배한다. 그가 이리 하는 것은 조선에 대한 끝없는 연민과 사랑 때문이다. 조선에 대한 그의 사랑은 국토순례로 이어지고, 그 과정에서 그는 이 국토와 민족이 언젠가는 깨어날 이상향, 대자유인임을 확신한다. 그리고 어떠한 고난과 박해가 있더라도 조국과 민족이라는 '님'에게 헌신하려고 한다.

뮈우면 뮈운 대로
살에 들고 뼈에 박여,

아모커나 님의 속에
깃들여 지내과저,

애적에 곱게 보심은

뜻도 아니 햇소라

—「궁거워」 기7—

열 번 올흐신 님
눈물지어 늦기면도,

돌리다 못돌리는
이 발길을 멈추고서,

저녁해 엷은 빗알에
눈꽉감고 섯소라

—「떠나서」 기8—

진대 마른대를
해를 동갑 휘돌아서,

마즈막 차저드니
돌우 그냥 님의 품을,

목마다 딴길만 너겨
새것 보려 햇소라

—「어쩔가」 기8—

아득한 어느 제에
님이 여리 나립신고,

버더난 한 가지에
나도 열림 생각하면,

이 자리 안 차즈리까
멀다 놉다 하리까

—「단군굴에서」 기1—

그에게 있어서 조국이나 민족은 벗어나려도 벗어날 수 없는 '님'이다. 무능하고 게을러서 짜증이 나면서도 숙명적으로 사랑할 수밖에 없는 '님'이다. 그에게 이 민족은 단군의 한 자손이다. 따라서 이 민족은 언젠가는 밝게 소생할 단군의 분신들이다. 그는 이러한 '님'들이 소생하도록 열렬히 주문을 왼다. 조국과 민족이라는 역사적 대상으로서의 이 '님'은 『백팔번뇌』의 핵심내용이다. 조국과 민족에 대한 육당의 애정은 도덕적 정조情操(ethical sentiment)라고 할 수 있다. 도덕적 정조란 박애나 동정과 같이 도덕적 생활에 있어서 인정되는 정조로, 선행을 좋아하고 악을 미워하는 것과 같은 감정이다. 도덕적 정조는 좁게는 양심을 의미하기도 하는데, 예컨대 잘못을 뉘우치고 개심改心한다거나 국가적인 문제에 고민하고 사회의 부패상을 개탄하는 것 등이 이에 해당한다. 육당은 무도한 일본제국주의에 맞서서 민족적 양심을 지키려고 한다. 그러나 그는 기질적으로 불굴의 투사는 아니었다. 그는 우회적으로 문화적 저항을 택하고 준비론자가 된다. 그러나 그의 문화적 저항의 속내를 간파한 일제는 그를 온전히 놓아두지를 않는다. 약한 기질 탓에 행동을 포기한 그는 그 대안으로 상고上古의 조선주의를 택한다. 그는 조선주의의 관점에서 조선과 조선민족의 장래를 고민한다. 이 고민이 곧 '님'을 찾는 행위이고, 이러한 행위의 구체화가 곧『백팔번뇌』이다.

2. 구도적 대상으로서의 '님'

춘원은『백팔번뇌』의 발문에서 "가정인으로서의 번뇌, 조선인으로서의 번뇌, 인생으로서의 번뇌, 누구나 이 번뇌가 없으랴마는 육당이 강렬한 성격의 사람인 만큼 그 번뇌도 남보다 크다. 작은 고통에 태연한 사람일수록 큰 고통이 있는 셈으로 작은 번뇌에 초연한 듯한 그에게는 큰 번뇌의 압통壓痛이 있는 것이다."고 하여 육당의 대외적 번뇌와 대내적 번뇌에도 주의를 환기시키고 있다. 춘원이 그의 번뇌를 크다고 하는 것은 대내적 번뇌와 대외적 번뇌를 일원화했기 때문일 것이다. 이런 큰 번뇌는 자아와 이 민족이 귀의할 정신적 대상으로서의 '님'을 추구한다. 그의 번뇌는"유일한 '님'을 상실한 데서 비롯된 번뇌요, 그 번뇌 속에서 또한 그 '님'을 그리며 찾는다. …중략… 육당은 이때부터 아상我相을 버리고 참된 '님'과 참된 '자기'를 찾고 싶은 욕망 속에서『백팔번뇌』의 심상을 시심으로 승화시켰던 것이다. 여기 육당은 자기의 '님'과 타의 '님'을 늘 번뇌 속에서 찾았고, 이런 번뇌를 시작품으로 표상화表象化했던 것이다. …중략… 그 노래 속에서 일체중생의 번뇌를 용用으로 다스려 보려는 대승사상도 감득할 수 있다."[23].

---

23) 김해성:「육당시의 불교사상연구」,『한국시가연구Ⅳ』, 태학사, 1983, 44~46쪽

보면은 알련마는
하마 알듯 더 몰라를,

나로써 님을 혜니
혜올사록 어긋나를,

미드려 미들 뿐이면
알기 구태 차즈랴

-「궁거워」 기3-

허위고 넘을수록
놉하가는 님의 고개,

고으나 고은 꽃밧
빤히 조긔 보이건만,

여긔만 막다라짐을
낸들 어이 하리오

-「어쩔가」 기3-

몃몃 번 비바람이
알엣녁에 지냇는고,

언제고 님의 댁엔
맑은 하늘 밝은 해를,

들어나 환하시려면
구름 슬적 거쳐라

—「단군굴에서」 기3—

대신라 산아이가
님이 되어 계시도다,

이 얼굴 이 맵시오
이 정신에 이 솜씨를,

누구서 숨잇는 저를
돌부텨라 하느뇨

—「석굴암에서」 기2—

그에게 단군은 곧 부처일 수 있다. 그는 우리 국토가 예토穢土에서 청정불토淸淨佛土로 바뀌기를 염원한다. 일제치하에서 그나 이 민족에겐 귀의할 대상이 필요했다. 그러한 대상이 단군이나 부처였다. 단군과 부처를 일치시킴으로써 그는 겨레에게 귀의대상을 제시해 줄 수 있었다. 그에게 조선주의는 '숨은 신(hidden god)'을 찾는 의식이며, 찾아낸 신이란 단군이나 부처라는 이름의 '님'이다. 이 '님'은 "모든 작품 속에서 '연소燃燒'한 빛, 즉 '볽'으로 나타나 있다. …중략… 이 '볽'을 통하여 그는 현실과 대립하는 혼란을 면하고, 순화純化와 평형을 유지하게 되었다."[24] 그의 '볽'의 이념은 로만주의의 이

24) 황양수: 「육당의 백팔번뇌 고」(동국대 석사학위 논문), 1967, 17쪽

념(idea) 추구와 연관지어 생각해 볼 수 있다. "그는 공空의 묘체妙諦를 터득했기에 진애塵埃 가운데서 벗어나질 못하는 벌레를 자처하고, 일신상의 정토왕생이란 아랑곳없이, 오직 공동운명에 처한 중생, 더 나아가 민족과 동고동락하여…중략… 대승의 오의奧義는 이론에 있는 것이 아니라 실천에 있는 것을 그는 깨달았던 것이다. …중략… 그러므로 그는 불타에 앞서 자연과 국토에 달려가며, 국토의 한 줌 흙에 입맞추며 웃고 또한 울었다."[25] 이러한 그의 감정은 종교적 정조(religious sentiment)라고 할 수 있다. 정조란 교양에서 얻은 고상한 지적 감정이며 가치감정이다. 종교적 정조란 미약하고 유한한 인간이 초자연적, 초인간적 절대자를 외경하고 귀의할 때 생기는 감정으로 염원, 감사, 법열 등이 이에 속한다. 이러한 종교적 정조에 바탕하여 그는 기진해 가는 조국과 민족을 '님'으로 인식하고, 그 '님'이 본래의 절대자로 소생하기를 전심전력으로 기원한다.

Ⅴ. 문학사적 의의

1890년에 태어난 육당 최남선은 시대의 요구에 따라 열렬한 개화, 개혁주의자가 된다. 젊고 의욕에 넘친 그는 서구와 바다를 동경했다. 그러다 실의와 좌절을 겪게 되면서 상고의 조선과 산으로 돌아온다. 곧 조선주의로의 발걸음이 시작되는 것이다. 조선주의로의 수행과정에서 그는 핍박받는 조국과 동족이 '님'임을 깨닫는다. 그

25) 황양수: 전게 논문 41쪽

는 이 '님'이 훼손된 자존심을 되찾고 소생하도록 전심으로 하소연하고, 찬양하고, 귀의하는데, 그 생생한 기록이 곧 시조집 『백팔번뇌』이다. 『백팔번뇌』의 님은 전래의 서정적 대상으로서의 '님'이나 연군戀君의 '님'과는 판이하게 다르다. 이 시조집의 '님'의 성격은 역사적 대상으로서의 '님'과 구도적 대상으로서의 '님'으로 크게 나눌 수 있다. 곧 일제라는 극한상황에서 이 민족이나 국가가 의지하고 귀의할 대상으로서의 '님'을 필요로 했고, 이와는 달리 역사적 대상으로서의 핍박받는 조국과 동족에 하나 되기 위해서 그는 이들을 소중한 '님'으로 인식하고 그들을 격려하고 찬양한다. 당시 상황에서 조국과 민족에 대한 이러한 인식은 대단히 가치있는 것으로 한민족 개개인의 자부심을 되살려주고 정신적 거점을 마련해주는 일이었다. '님'을 조국, 민족, 부처 등 다의多義로 인식하면서 그 시대와 시대인들에게 다가간 것은 만해 한용운과 크게 다를 바 없다. 우리 문학사에서 님에 대한 인식이 달라졌다는 것은 민족과 국가에 대한 인식이 근본적으로 달라졌다는 것이다. 왕조에 있어서 임금은 사대부나 일반관료의 '님'일 뿐이요 국가도 지배층의 것으로 일반민중과는 괴리가 심한 것이었다. 그러나 왕이 사라지고 인간 개개인이 평등한 자격일 때, 그들은 자신과 국가사회에 대해 애정을 갖게 된다. 나아가서 이러한 인간들은 고귀한 존재, 곧 '님'이 될 수 있다. 이러한 '님'들은 그들이 사는 생존공간이 부당하게 침해되고 훼손당하는 것을 용납하지 않는다. 비록 지금은 힘이 없어 남의 치하에 있을지라도 언젠가는 해방될 존재, 곧 본래의 '님'이 될 존재라고 인식하는 것이다. 적어도 『백팔번뇌』를 쓸 때까지의 육당은 개인적, 시대적 번뇌를 '님'에 의지해 사유하고 극복하려 한 열렬한 조선주의자였다. 이 점 문학사적 의의

가 크다고 할 것이다.

그럼에도 불구하고 『백팔번뇌』의 '님'이 현대적 공감을 얻는데 취약한 것은 아마도 다음과 같은 요인들 때문이 아닐까 한다. 첫째는 '님'의 상대인 '나'의 자기인식이 투철하지 못하다. 나아가서 이러한 '나'의 시대인식도 투철하지 못하다. 그의 선구자적 선민의식이 시대와 시대인들과 더불어 동행하지 못하고, 밑바닥까지 동행하지 못한 만큼 개인적, 시대적 고뇌도 철저하지 못한 것이었다. 그 결과가 상대의 신화적 공간만 나타나고, 〈지금-여기〉의 아픈 현실인식은 따르지 않는다. 아픈 '나'가 없으니 진심으로 고뇌하고 추구하는 '님'도 없다. 이 점 『님의 침묵』의 '나'나 '님'과 다른 점이다. 다음으로 시조라는 고전적 시가양식이 주는 폐쇄성을 들 수 있다. 현대인의 고뇌와 염원을 토로하기에는 시조는 그 잣수나 율격에서 많은 제약을 받고 있다. 시조의 해조는 현대인의 대결의지를 증폭시키기보다는 오히려 해소시키고 있다고 할 수 있다. 그의 시적 사유는 다양하고 자유로운 바탕 위에서 동심원적으로 수행되었어야 할 터인데, 다방면에 걸친 그의 관심과 활동이 시업에의 전념을 가로막아 그 시대인과 후대인에게 더 설득력 있는 '님'을 제시하지 못한 것 같아 안타깝다.

찾/아/보/기

저자 | 윤석성

광주제일고등학교 졸업
동국대학교 국어국문학과 및 대학원 졸업, 문학박사
《현대문학》에 시로 등단
서울 대성고등학교 교사, 호남대학교 국문학과 전임강사
동국대학교 한국문학연구소 상임연구원, 동국대, 한양대 강사
동국대학교 인문과학대학 국어국문학과 교수, 도서관장
만해연구소 초대 소장 역임
현재 동국대학교 명예교수
저서로 『조지훈』(건국대 출판부), 『님의 침묵』 연구(지식과 교양), 『님의 침묵』 풀어읽기(동국대 출판부) 외 다수의 공저가 있고, 시집으로 『한로기』(한국문연)와 『내린천길』(문학아카데미), 발간 예정인 『여름 수수밭에서』, 『세월』이 있다.

한국 현대시인 연구

초판 인쇄 | 2015년 12월 20일
초판 발행 | 2015년 12월 20일

저　　자 윤석성

책임편집 윤수경

발 행 처 도서출판 지식과교양
등록번호 제 2010-19호
주　　소 서울시 도봉구 창5동 262-3번지 3층
전　　화 (02) 900-4520 (대표) / 편집부 (02) 996-0041
팩　　스 (02) 996-0043
전자우편 kncbook@hanmail.net

ISBN 978-89-6764-046-0 93810　　　　정가 40,000원